HEYNE BÜCHER

Das Buch

Der junge Anwalt Ben Kincaid gibt seinen Posten beim Bezirksstaatsanwalt auf, um mehr Berufserfahrung zu sammeln. Daß man ihm in der Großkanzlei Raven, Tucker & Tubb – der renommiertesten Kanzlei in ganz Tulsa – einen Job anbietet, kommt ihm da gerade recht. Doch schon am ersten Tag wird Ben in seiner Euphorie gebremst. Denn an seinem neuen Arbeitsplatz zählt offenbar nur eines: der Profit. Und Profit macht man, indem man seine besten Klienten zufriedenstellt – auch wenn diese über Leichen gehen. Der Zufall will es, daß Ben in seinem ersten Fall schon mit der Entscheidung konfrontiert wird, entweder einen der wichtigsten Klienten des Hauses zu decken oder einem seiner Angestellten zu seinem Recht zu verhelfen. Für Ben scheint die Sache klar – er ist Jurist geworden, weil er auf der Seite des Rechts steht. Doch als sein Mandant kurze Zeit nach dem Gesprächstermin ermordet wird, begreift er den Ernst der Lage. Aber ein Ben Kincaid gibt nicht auf...

Der Autor

William Bernhardt arbeitet selbst als Anwalt in einer großen Kanzlei in Tulsa, Oklahoma. Er wurde 1993 von der Vereinigung der amerikanischen Rechtsanwälte unter die Top Twenty der jungen amerikanischen Rechtsanwälte gewählt. Seine Ben-Kincaid-Thriller – der erste erschien 1992 – haben ihm weltweit großen Erfolg eingebracht.
Im Wilhelm Heyne Verlag sind erschienen: *Blinde Gerechtigkeit* (01/9526), *Tödliche Justiz* (01/9761), *Gleiches Recht* (01/10099).

WILLIAM BERNHARDT

FAUSTRECHT

Roman

Aus dem Amerikanischen
von Peter Pfaffinger

Deutsche Erstausgabe

WILHELM HEYNE VERLAG
MÜNCHEN

HEYNE ALLGEMEINE REIHE
Nr. 01/10364

Titel der Originalausgabe
PRIMARY JUSTICE

Umwelthinweis:
Dieses Buch wurde auf
chlor- und säurefreiem Papier gedruckt.

Redaktion: Werner Bauer

Printed in Germany 1997
Umschlagillustration: Bildagentur Mauritius/GFP; Mittenwald
Umschlaggestaltung: Atelier Ingrid Schütz, München
Satz: Pinkuin Satz- und Datentechnik, Berlin
Druck und Bindung: Ebner, Ulm

ISBN 3-453-12535-5

Für meine Eltern

PROLOG

»Noch mal«, sagte der Mann, der das kleine Mädchen an einer Leine hinter sich her zog. »Wie heißt du?«

»Ich kann mich nicht erinnern.«

»Wo wohnst du?«

»Ich kann mich nicht erinnern.«

»Kommst du aus Tulsa?«

»Ich kann mich nicht erinnern«, wiederholte das Mädchen mechanisch.

»Langsamer. Du mußt zögern. Es muß sich anhören, als würdest du versuchen, dich zu erinnern. Wer sind deine Eltern?«

»Ich ... kann mich nicht erinnern.«

Der Mann und das Mädchen traten aus dem Schatten der grauen Steintreppe einer Tiefgarage und überquerten das Parkdeck. Durch die hohen Fenster in der Ostwand war ein Stück Himmel zu erkennen. Bald würde die Sonne aufgehen; nach und nach breitete sich am Horizont ein roter Schimmer aus und tauchte die Wolkenkratzer der Innenstadt von Tulsa in ein orangefarbenes Licht. Die verschmierten Fenster dieser Tiefgarage ließen allerdings den Tag so gut wie gar nicht herein, und da auch die Beleuchtung spärlich war, blieben die zwei Gestalten in nebelhaftes Grau gehüllt.

Sie liefen an einem Fahrstuhlschacht vorbei und weiter zwischen zwei Wagenreihen auf eine schwarze Limousine zu. Das kleine Mädchen, das an die sieben oder acht Jahre alt sein mochte, trug über einem blauen Kleid eine schlichte weiße Schürze, die das kräftige Blau ihrer Augen erst richtig zur Geltung brachte. Ihr Gesicht wirkte unnatürlich blaß, als wäre sie ihr ganzes Leben nie in der Sonne gewesen. Völlig im Kontrast dazu stand ihr langes schwarzes Haar, das zu einem Zopf zusammengebunden war.

Als sie sich der Limousine näherten, sträubte sich das Mädchen. Mit einem Mal wurde die Leine, die der Mann ihr ums Handgelenk gebunden hatte, straff. Er wandte sich wütend um, sagte aber kein Wort. Mit einem kräftigen Ruck zerrte er das Mädchen weiter.

In diesem Augenblick kam eine Frau kreischend die Treppe heruntergerannt. Sie war mit nichts als einem löchrigen blauen Morgenrock bekleidet, der sich im Laufen öffnete. Ihr ungewaschenes braunes Haar hing ihr in Strähnen herunter; sie war barfuß. Dicht auf den Fersen folgte ihr keuchend eine etwas ältere, kräftig gebaute Frau in einem weißen Kittel.

Die junge Frau im Morgenrock lief wimmernd und mit ausgestreckten Armen zwischen den geparkten Wagen herum. Verzweifelt sah sie sich immer wieder um. Als sie den Mann und das an ihn gefesselte Mädchen entdeckte, raste sie auf sie zu. Ihre Verfolgerin blieb zurück.

Der Mann schob das Mädchen kurzerhand hinter sich und stellte sich der jungen Frau in den Weg. Diese rannte jedoch weiter und prallte mit voller Wucht mit ihm zusammen. Er taumelte benommen gegen die Limousine. Einen Moment lang rangen sie miteinander, die Frau schlug blindlings auf den Mann ein. Als sie ihm das Gesicht zu zerkratzen begann, packte er sie erbost an den Handgelenken und drehte ihr beide Arme auf den Rücken.

»Hör auf!« schrie das Mädchen weinend. »Hör auf! Du tust ihr weh!« Sie trat ihm mit aller Kraft ins Wadenbein.

Das Gesicht des Mannes verzerrte sich vor Wut zur Fratze. Blitzschnell schloß er die linke Hand um beide Unterarme der Frau, packte mit der rechten das Mädchen am Genick und schleuderte es gegen die Limousine. Das Kind sackte leblos auf den grauen Steinboden.

Endlich hatte die kräftige Frau sie erreicht. Während der Mann seiner Gefangenen nach wie vor beide Arme hinter dem Rücken festhielt, machte sich die Frau im Kittel daran, ihr einen dicken Lederriemen um Arme und Brust zu schnüren und straff zu verknoten. Dann zog sie eine Spritze aus der Rocktasche und rammte sie der sich immer noch wehrenden jungen Frau in den Arm. Binnen Sekunden gab ihr Opfer Ruhe, ihr Körper wurde schlaff.

Der Mann und die ältere Frau wechselten einen Blick. *Das wird nie wieder vorkommen*, schien sie zu sagen. *Nie wieder*. Sie packte die andere am Riemen und stieß sie zur Treppe hinüber.

Unterdessen beugte sich der Mann über das Mädchen; kurz zog er ihre Augenlider hoch, dann befühlte er mit zwei Fingern ihren Hals. *Sehr gut*.

Nun drang doch etwas Sonnenlicht durch das schmutzige Fenster herein. Plötzlich wurde dem Mann bewußt, daß er zuviel Zeit verloren hatte. Eigentlich hätte er bereits lange vor Sonnenaufgang weit weg von hier sein müssen. Er öffnete die Wagentür und hob das Mädchen auf den Rücksitz. Dann entknotete er die Leine, warf sie achtlos zu Boden und schloß die Tür. Nach einem hastigen Blick auf die Uhr stieg er ein, ließ den Motor an und brauste davon.

ERSTER TEIL

EINE BIENE UND EIN TRAUM

1

Benjamin Kincaid sah auf die Uhr.

Es war fünf nach neun. Na gut, der Personalreferent hatte ihn darauf hingewiesen, daß die Einführungsveranstaltung verspätet beginnen könne. Doch ausgerechnet jetzt meldete sich Bens Magen mit einem lauten Knurren zu Wort. Sofort sahen die übrigen Junganwälte auf, und Bens Blick wanderte nach links, als wäre das Geräusch aus dieser Richtung gekommen. Ich hätte früher aufstehen und was essen sollen, hielt er sich vor. Erfolgsmenschen frühstücken doch immer. Gesunder Geist in einem gesunden Körper und so weiter. Aber er hatte den Wecker so lange ignoriert, bis das Schrillen nicht mehr zu überhören gewesen war. Eine Verspätung schon am ersten Tag hätte er andererseits unmöglich riskieren können, folglich hatte er das Frühstück ausfallen lassen müssen.

Er trommelte nervös mit den Fingern auf dem Cafétisch, an dem er saß. Noch ein anderes Gefühl, das nichts mit Hunger zu tun hatte, nagte unbarmherzig in seiner Magengrube: Ihm war unbehaglich zumute, und er wußte nicht, warum.

Sein Blick schweifte durch den Raum. Mit ihm zusammen warteten noch mehrere andere neu eingestellte Anwälte in der Empfangshalle der Firma Raven, Tucker & Tubb und musterten einander möglichst unauffällig. Insgesamt waren sie zu acht, sechs Männer und zwei Frauen. Die Männer trugen Anzüge in den Farben Grau oder Blau. Ein graublau schimmernder Stoff oder graue Nadelstreifen auf blauem Grund mußten da schon fast als wagemutige Ausnahmen bezeichnet werden. Die Hemden wirkten ausnahmslos gestärkt, bis zum Hals zugeknöpft und weiß. Die beiden Frauen waren jeweils mit Hosenanzug, Halstuch und hochgeschlossener Bluse bekleidet – eine Art von Aufmachung, von der sich nach Bens Einschätzung die männlichen Kollegen nicht sonderlich bedroht zu fühlen brauchten, weil sie wohl nur den wenigsten Frauen stand.

Gespräche wurden nicht geführt. Die jungen Anwälte warteten und beobachteten.

Ben sah verstohlen zu seinem Nachbarn hinüber, einem Burschen mit Pferdegebiß und grauem Anzug.

»Ob die uns vergessen haben?« fragte dieser.

Ben bedachte ihn mit der Andeutung eines Lächelns. »Das bezweifle ich. Sie haben eben viel zu tun. Das ist eine vielbeschäftigte Kanzlei.« Wie aufgeblasen ich tue! hielt er sich im selben Moment vor und schämte sich für sein Geschwätz. Als ob er eine Ahnung von der Arbeit bei Raven, Tucker & Tubb hätte …

»Das ist richtig«, pflichtete ihm der andere bei. Er hatte ein langes, blasses Gesicht, kurzgeschnittenes Haar und einen dünnen Bart, der seine ungesunde Hautfarbe nicht zu verdecken vermochte und eher den Eindruck erweckte, jedes Härchen würde im Akkord arbeiten, nur um den Anschein eines Vollbartes zu erwecken.

»Unter Berücksichtigung der Abweichungen in den einzelnen Bereichen ist die Produktivität im Schnitt um achtzehn Prozent gestiegen«, fuhr der Mann fort »Rechtsstreitigkeiten haben ein Plus von fast fünfundzwanzig Prozent zu verzeichnen, während Umweltsachen natürlich im Keller sind. Gegenüber dem letzten Abrechnungszeitraum konnten die Bruttoeinkünfte um eine halbe Million Dollar gesteigert werden, was angesichts der gegenwärtigen Wirtschaftskrise im Südwesten eine ungemein beeindruckende Leistung ist.«

Ben starrte ihn verdattert an. »Woher wissen Sie das alles?«

»Ach, ich habe Recherchen betrieben. Ich hatte eine ganze Reihe von Angeboten vorliegen, verstehen Sie. Darum konnte ich mir das beste aussuchen.«

»Logisch.« Ben war vor allem erleichtert, daß sein leeres Gerede unbemerkt geblieben war. »Übrigens, mein Name ist Ben Kincaid.«

»Freut mich. Ich heiße Alvin Hager.« Der Mann drückte Bens Hand, als wolle er ihm sämtliche Knochen brechen. »Vielleicht werden wir zusammenarbeiten. Stammen Sie aus Tulsa?«

»Nein. Ich bin frisch zugezogen.«

»Haben Sie Verwandte in der Gegend?«

»Nein. Na ja, bis auf einen Schwager vielleicht. Ex-Schwager vielmehr. Er ist Polizist.«

»Dann haben Sie Mom und Pop daheim gelassen?«

»Mom und ...« Ben schloß für einen Moment die Augen. Dann wählte er einen anderen Anfang: »Und Sie? Haben Sie Verwandte in der Stadt?«

»Nein«, erwiderte Alvin. »Ich bin ganz allein hier. Natürlich habe ich es so gewollt. Ich habe mir gesagt, entweder du arbeitest dich aus eigener Kraft nach oben, oder du läßt es bleiben.«

»Natürlich.«

»Entschuldigen Sie bitte, aber haben Sie nicht für den Bezirksstaatsanwalt in Oklahoma City gearbeitet?«

Ben drehte sich in die Richtung, aus der diese Frage gekommen war, und erblickte eine brünette Mittzwanzigerin mit dreieckiger Brille. »Ja, das stimmt«, antwortete er. »Aber woher wissen Sie das?«

Die Frau beugte sich vor. Sie trug einen grauen Hosenanzug und ein eng um den Hals geschlungenes poppiges Tuch mit einer Kameebrosche aus Elfenbein in der Mitte.

Ben wunderte sich, daß sie überhaupt noch sprechen konnte. Er wäre garantiert erstickt.

»Im dritten Studienjahr habe ich für den Pflichtverteidiger der Stadt gearbeitet«, erklärte die Frau. »Darum hatte ich auch ständig beim Bezirksstaatsanwalt zu tun. Was hat Sie eigentlich dazu bewogen, vom öffentlichen Dienst in eine private Kanzlei zu wechseln?«

»Ach ...« Ben überlegte fieberhaft, aber ihm fiel nichts ein. »Eine ganze Reihe von Gründen.«

»Wie zum Beispiel achtundvierzig Riesen«, grinste Alvin. »Hör mal, Ben, wir sind jetzt Kollegen. Da kannst du die Karten unbesorgt auf den Tisch legen. Wir haben für alles Verständnis.«

Ben lächelte ihn freundlich an, gab aber keine Antwort. Doch wenigstens war jetzt das Eis gebrochen.

Unvermittelt schlug sich die Frau an die Stirn. »Was habe ich nur für schlechte Manieren! Ich habe mich ja noch gar nicht vorgestellt. Mein Name ist ...« – sie zögerte – »... Marianne Gunnerson.« Sie reichte Ben und Alvin die Hand. »Seid mal bitte ganz ehrlich. Glaubt ihr, Marianne ist passabel? Für einen Namen, meine ich.«

Ben warf einen Blick zu Alvin hinüber, dann wandte er sich wieder Marianne zu. »Äh, es ist doch dein Name, oder?«

»Ja, aber meint ihr nicht, daß er zu feminin wirkt? Immerhin bin ich doch Anwältin.« Sie nahm eine Zeitschrift vom Cafétisch und rollte sie zu einem Rohr zusammen. »Ich glaube eher nicht, daß er sich bei einer Anwältin besonders gut macht.«

»Was für ein Name würde sich denn gut machen?« fragte Ben neugierig.

»Das weiß ich ja auch nicht.« Sie fing an, mit ihrer Zeitung auf den Cafétisch zu klopfen. »Lilian. Claire. Margaret vielleicht.«

»Vergiß Margaret«, brummte Alvin. »In dieser Firma gibt es schon zwei Frauen, die so heißen. Drei, wenn die zweiten Vornamen auch zählen. Da würdest du völlig untergehen.«

Ben starrte ihn mit offenem Mund an.

»Wirklich?« fragte Marianne. »Das wußte ich noch gar nicht.« Sie strich die Zeitschrift glatt und rollte sie in die andere Richtung zusammen. »Euch als Männern kommt das vielleicht lächerlich vor, aber man wird uns heute noch fragen, welche Namen wir auf unserer Tür stehen haben wollen, und ich weiß immer noch nicht, was ich dann sagen soll. Was werden die nur von einer Anwältin halten, die ihnen nicht einmal sagen kann, wie sie heißt?«

Darauf fiel Ben auch keine passende Antwort ein.

»Hey, kann ich mitreden? Noch länger kann ich unmöglich den Teppich anglotzen.«

Ben drehte sich um. Die Stimme gehörte einem weiteren Junganwalt, einem gutaussehenden Mann, der anscheinend etwas jünger war als er selbst. Er hatte dunkles Haar und ein bronzefarbenes Gesicht. Sein blauer Anzug glich dem von Ben. In der Brusttasche steckte ein weißes Tuch, und auf dem Schoß hatte der neue Kollege einen weißen Kamelhaarmantel liegen.

Sein Händedruck war fest, aber nicht gemeingefährlich. »Ich heiße Greg Hillerman«, sagte er, woraufhin sich ihm die drei anderen vorstellten.

»Auf deinen Namen bin ich bei meinen Recherchen gar nicht gestoßen«, meinte Alvin. »Hast du in Tulsa studiert?«

Greg blickte ihn mit einem perfekten Lächeln an. Wie auf Kommando kamen auf beiden Wangen Grübchen zum Vorschein. Wenn er nicht als Jurist den Durchbruch schaffte, dachte Ben unwillkürlich, dann gewiß als Dressman oder Showmaster im Fernsehen. »Nein, ich habe den Abschluß in Austin gemacht. Und das Grundstudium habe ich an der University of New Mexico in Albuquerque absolviert.«

»Alles klar. Dann haben sie dich also aus einem anderen Staat angeworben.«

»Ich war auch ein Jahr lang an der University of New Mexico«, schaltete sich Ben ein.

»Wirklich?« Greg legte wieder sein perfektes Lächeln hin. »Warst du dort auch in einer von den Verbindungen?«

»Nein. Oder vielmehr nur ganz kurz.«

»Aber du hattest doch sicher gute Kontakte?«

»Um ehrlich zu sein, bin ich diesen Burschen nach Möglichkeit aus dem Weg gegangen«, erwiderte Ben, um sich sogleich zu fragen, ob er nicht zu schroff gewesen war. Greg war bislang der einzige in dieser Gruppe, der halbwegs normal auf ihn wirkte. Da wollte er es sich nicht mit ihm verscherzen.

»Mir persönlich gefällt der Name ›Marianne‹ eigentlich ganz gut«, meinte Greg an die junge Frau gewandt.

Mariannes Augen leuchteten. »Findest du, daß er professionell klingt?« fragte sie.

»Das nicht, aber er erinnert mich an eine aufregende Frau auf *Gilligan's Island*. Mann, war ich scharf auf die!«

Marianne war nicht sehr amüsiert.

Um Viertel nach neun kannte Ben die Empfangshalle der Kanzlei Raven, Tucker & Tubb in- und auswendig. Der Raum war in einem prunkvollen und doch nüchternen Stil gehalten. Darin spiegelte sich das Selbstverständnis einer Kanzlei wider, die als seriös, wenn auch teuer gelten wollte: burgunderrote Läufer auf dunkelbraunem Hardwoodboden; ein edles weißes Sofa, das einen Halbkreis um den Wartebereich beschrieb, und in der Mitte des Raums eine mannshohe Bronzestatue der in eine Toga gehüllten Justitia mit verbundenen Augen und einer Waagschale in der Hand.

»So hatte ich mir meinen ersten Arbeitstag eigentlich nicht vorgestellt«, meinte Ben und sah erneut auf die Uhr.

Greg zog eine Augenbraue hoch. »Hattest du denn Tee und Gebäck und eine persönliche Ansprache von Arthur Raven erwartet?«

»Damit ist kaum zu rechnen«, wurden sie von Alvin belehrt. »Raven ist schon halb in Rente.«

»Danke für die erhellenden Worte, Alvin.« Greg zwinkerte Ben zu.

»Weißt du denn schon, wer der für dich zuständige Anwalt ist, Alvin?« erkundigte sich Ben.

»Ja. Thomas Seacrest.«

»Wie hast du das rausgefunden?«

»Tja, ich habe eine Analyse der wahrscheinlichsten Kandidaten auf der Grundlage der bisherigen Zuweisungspolitik der Firma durchgeführt.«

Ben holte tief Luft. »Jetzt aber im Ernst – wie hast du es rausgefunden?«

»Ich habe den Personalreferenten im neununddreißigsten Stock oben gefragt.«

Ben verkniff sich ein Lächeln. »Dann hast du dich deinem Chef schon vorgestellt?«

»Richtig«, bestätigte Alvin und lehnte sich zurück. »Ich bin eben früh gekommen.«

»Hm, ich nicht. Ich laufe wohl am besten rauf und schaue nach, wer für mich zuständig ist. Aber paßt auf, daß die nicht ohne mich anfangen.«

»Geht in Ordnung, Kumpel.« Alvin klopfte Ben jovial auf die Schulter.

Der hat den Bogen raus, dachte Ben.

Der junge Anwalt ging zum Fahrstuhlschacht und drückte AUFWÄRTS. Fürs erste war er erleichtert, der Empfangshalle entkommen zu sein. Auch wenn sich alle locker gaben, war die Spannung dennoch förmlich mit Händen zu greifen. Acht junge Aufsteiger, die darauf brannten, zu beweisen, was sie alles auf dem Kasten hatten. Was für ein Alptraum!

Der Aufzug ließ auf sich warten, und langsam kam Ben sich dumm vor. Er war doch ohnehin schon in der achtunddreißigsten Etage – da konnte er das eine Stockwerk wirklich zu Fuß hinauflaufen, zumal die Einführungsveranstaltung jeden Moment losgehen konnte. Er öffnete versuchsweise eine Tür rechts neben den Aufzügen. Sie führte ins Treppenhaus. Sekunden später stand Ben vor der Tür eine Etage höher, doch diese ließ sich nicht öffnen. Der Griff gab nicht nach. Nun bekam Ben es mit der Angst zu tun. Er rannte in den vierzigsten Stock und versuchte dort sein Glück. Ohne Erfolg.

Ben brach der kalte Schweiß aus. Irgendwie hatte er schon gewußt, daß etwas schiefgehen würde. Was genau, das hatte er natürlich nicht voraussehen können, aber tief in seinem Innersten hatte er gespürt, daß er sich bis auf die Knochen blamieren würde, noch ehe der erste Tag an seiner neuen Arbeitsstätte vorbei war.

Er jagte weiter ins nächste Stockwerk, aber auch dort ging die Tür nicht auf. Sein erster Impuls war, laut schreiend gegen die Tür zu hämmern. Er unterdrückte ihn. Was wäre denn, wenn jemand käme? Wollte er sich den Leuten an seinem ersten Tag etwa so präsentieren? Zwar hatte die Kanzlei Raven, Tucker & Tubb in diesem Büroturm nur etwa zehn Etagen belegt, doch in der Panik konnte Ben sich nicht mehr erinnern, welche nun dazugehörten und welche nicht.

Er war inzwischen im neunundvierzigsten Stock angelangt, als ihm in den Sinn kam, daß er wohl überall auf verschlossene Türen stoßen würde. Da fiel ihm Alvin ein. Alvin war doch sein neuer Kumpel. Er machte sich bestimmt schon Sorgen um ihn. Und wenn sich Alvin nichts dachte, dann eben Greg. Möglich war es wenigstens.

Ben drehte sich abrupt um und rannte in halsbrecherischem Tempo die elf Stockwerke hinunter, die ihn von den anderen frischgebackenen Anwälten trennten. Erneut sah er auf die Uhr. Es war 9.24 Uhr. Na großartig. Die Einführung hatte garantiert ohne ihn begonnen. Schweißtropfen liefen ihm in den Kragen. Sein schönes gestärktes Hemd war längst durchnäßt, sein Herz pochte zum Zerspringen. Die letzten Stufen nahm er mit einem Satz und trommelte mit den Fäusten gegen die Tür: »*Alviiiiin!*«

Ein hochgewachsener älterer Herr mit schlohweißem Haar machte auf und musterte ihn von oben bis unten. Ben erkannte ihn auf Anhieb. Es war Arthur Raven. Raven wie in Raven, Tucker & Tubb.

»Ja?« fragte Raven.

»O Gott.« Ben stieß alle Luft, die noch in seinen Lungen war, mit einem Rasseln aus.

»Sprechen Sie lauter, junger Mann. Ich höre nicht mehr so gut wie früher. Man wird nicht jünger.«

»Es ... es ... es tut mir leid, Mr. Raven«, keuchte Ben, »aber ich war im Treppenhaus eingeschlossen und ...«

»Im Treppenhaus? Dort sollten Sie sich aber nicht aufhalten. Die Türen lassen sich nur von innen öffnen.«

»Wirklich? Ich werde in Zukunft daran denken.« Ben warf einen Blick in die Vorhalle. Die übrigen Junganwälte waren verschwunden. »Sir, ich muß ...«

»Na ja, das ist nicht ganz richtig. Im fünfzigsten Stock und im Parterre kommt man natürlich raus. Aus feuerpolizeilichen Gründen ist das so vorgeschrieben. Aber es ist ein weiter Weg ins Erdgeschoß hinunter. Ich weiß noch gut, wie das damals war, als wir hier einzogen. Ich hielt es für nötig, daß jeder Anwalt durch ein Hintertürchen hinausschlüpfen konnte, wenn ein unbequemer Mandant, dem er lieber aus dem Weg gehen wollte, in der Vorhalle auf ihn wartete.«

»Sehr scharfsinnig, Sir.« Ben überlegte, ob er den Mann einfach stehen lassen sollte. »Aber ich muß jetzt unbedingt gehen ...«

»Leider wurde ich überstimmt. Das Exekutivkomitee befürchtete, die jungen Mitglieder unserer Sozietät könnten sich sonst unbemerkt von ihren Chefs davonstehlen.« Der alte Herr grinste. »So etwas würden Sie wohl nie tun, was, Mr. ... wie hießen Sie gleich wieder?«

Jetzt herrschte oberste Alarmstufe. Egal, wie Ben jetzt reagierte, ein hohes Tier würde sich in jedem Fall über ihn ärgern – wenn nicht Raven, dann der Leiter der Einführungsveranstaltung. Zweifelsohne war Raven der Ranghöhere von den beiden. Andererseits standen die Chancen nicht schlecht, daß er den Vorfall bis morgen wieder vergessen würde ...

Ben schob den alten Herrn sanft beiseite und drückte sich an ihm vorbei in die Vorhalle. »Es tut mir schrecklich leid, Sir, aber ich muß jetzt los. Sprechen wir doch beim nächstenmal weiter.« Er winkte ihm fröhlich zu und rannte zum Empfangspult.

»Wohin sind sie gegangen?«

Die Empfangssekretärin lächelte ihn an. »Die Einführung findet im Konferenzsaal Nordwest statt«, antwortete sie mit britischem Akzent.«

»Wo ist er?«

Sie zeigte ihm die Richtung. »Dort drüben.«

Ben spurtete ohne ein Wort des Dankes los. Für Etikette war jetzt keine Zeit. Noch sah er eine kleine Chance, daß die Veranstaltung eben erst begonnen hatte und er sich unauffällig hineinschleichen konnte, ohne daß ihn jemand nach dem Grund für seine Verspätung fragte. Er stürmte den langen Gang hinunter und steuerte geradewegs auf die offenstehende Tür zum Konferenzzimmer zu, als ein blonder Mann mit einer Kaffeetasse in der Hand heraustrat und einen suchenden Blick in den Korridor warf. Er bemerkte Ben im selben Augenblick, als er mit ihm zusammenprallte.

Ben rammte den Blonden mit solcher Wucht, daß dieser ins Konferenzzimmer stürzte. Ihm folgten die Tasse und der Kaffee, der sich in hohem Bogen über sein Gesicht ergoß. Der Mann brüllte.

Im nächsten Moment stand Ben schon wieder und verlieh mit einer wort- und gestenreichen Entschuldigung der Bedeutung von ›zerknirscht‹ eine neue Dimension.

»Sparen Sie sich Ihre Entschuldigungen«, knurrte der Mann. »Geben Sie mir lieber ein Handtuch.« Der Kaffee hatte ihm Hemd, Krawatte und Anzug vollgespritzt; sein Gesicht war tropfnaß.

Ben riß mehrere Papiertücher aus der Schachtel neben dem Kaffeeautomaten und half dem Mann auf die Beine. Dabei bemerkte er, daß dieser ein Toupet trug. Beim Zusammenstoß war es verrutscht, und nun hing es ihm wie ein Visier über die Stirn.

»Was starren Sie mich so an?« fragte der Mann wütend.

»Nichts, Sir ...« Ben spürte, daß die Blicke aller Junganwälte auf ihn gerichtet waren. »Ich meine ... nein, nichts, Sir.«

»Sie sind Kincaid, richtig?«

»Jawohl, Sir. Ich kann es wohl auch schwer leugnen, nicht wahr?« Er lachte verlegen auf. Niemand lachte mit.

»Ganz richtig«, brummte sein Opfer und wischte sich die Hose ab. »Auch wenn Sie es vermutlich am liebsten täten. Wo haben Sie gesteckt, Kincaid?«

Ben sah, wie das Toupet noch weiter ins Gesicht rutschte.

Das Tuscheln im Raum verriet ihm, daß er das nicht als einziger bemerkt hatte. »Es ist wirklich eine lange Geschichte, Sir. Ich war ausgesperrt.«

»Ausgesperrt?«

»Ja, Sir. Im Treppenhaus. Und dann kam Mr. Raven.«

»Sie und Mr. Raven waren zusammen im Treppenhaus?« Die falschen Haare rutschten weiter. Bald mußten sie ihm über die Augen hängen.

»Nein, nein, ich ...«

»Ist ja auch egal!« bellte der Mann. »Machen wir endlich weiter.«

»Großartig!« rief Ben und setzte sich auf den freien Stuhl neben Greg. Er brachte ein begeistertes Lächeln zuwege. »Was steht denn auf dem Toupet ... äh ... auf dem Programm?«

Zu spät. Bens Versprecher folgte atemloses Schweigen. In dem verzweifelten Bemühen, sich zu beherrschen, kauten all die anderen Junganwälte auf ihren Lippen herum. Ben sah, wie Greg sich die Hand vor den Mund hielt und Marianne zum Fenster schaute. Es nützte nichts. Mit einem Mal prusteten alle los.

Der Toupetträger blitzte sie bitterböse an, und das Gelächter erstarb mit einem Schlag. Wortlos fuhr sich der Mann an die Stirn und schob seinen Haarersatz in etwa an die richtige Stelle. Seine giftige Miene erstickte jeden Kommentar zum eben Geschehenen im Ansatz.

»Um eine Antwort auf das zu geben, was Sie allem Anschein nach fragen wollten, Kincaid: Ich habe soeben jedem der neuen Anwälte den Namen des Teilhabers mitgeteilt, der ihm als Mentor an die Seite gestellt wurde.«

»Ich verstehe«, murmelte Ben, ohne aufzusehen. »Und wem wurde ich zugewiesen?«

»Mir«, erwiderte der Mann. »Mein Name ist Richard Derek. Ich möchte Sie um zehn in meinem Büro sehen. Und zwar Punkt zehn Uhr. Und noch etwas, Mr. Kincaid ...« Er hielt inne. »Gehen, nicht rennen.«

2

Ben saß bei Derek im Büro und haderte mit seinem Schicksal. Bisher war sein erster Arbeitstag eine einzige Katastrophe gewesen. Er solle einfach versuchen, nicht daran zu denken, hatte Greg gemeint. Einen dümmeren Ratschlag hatte er wohl im ganzen Leben noch nicht gehört.

Und Derek wählte die grausamste aller Methoden, mit dem Unglück im Konferenzzimmer umzugehen: Er erwähnte es kein einziges Mal. Zumindest nicht direkt.

»Dieser Scheißrücken bringt mich noch um«, brummte er einmal mit zusammengekniffenen Lippen, zwischen die er sich eine Zigarette geklemmt hatte. »Hält keine ... unerwarteten Belastungen mehr aus. Habe ich meiner Zeit bei der Küstenwacht zu verdanken.«

»Küstenwacht?« fragte Ben. »Hatten Sie Kampfeinsätze?«

»Nein, ich wurde während der Grundausbildung verletzt, und das ist noch viel schlimmer.« Derek drückte die Zigarette in dem bereits überquellenden Aschenbecher aus. »Gottverdammte Sadisten waren das!« Wie um seine Schmerzen zu betonen, krümmte er sich in seinem burgunderroten Stuhl.

Geschmack hatte der Mann, das mußte man ihm lassen. Der Stuhl und der überaus mächtige Schreibtisch paßten vorzüglich zusammen. Gleichwohl kam sich Ben klein und verloren vor. Er saß in weitem Abstand zu seinem neuen Vorgesetzten am anderen Ende des Schreibtisches. Dem jungen Anwalt fiel auf, daß neben dem seinen noch ein zweiter Besucherstuhl stand. Wenn Derek bei Unterredungen mit einem anderen Mitglied der Kanzlei oder einem Mandanten eine entspannte Atmosphäre schaffen wollte, konnte er sich jederzeit neben seinen Besucher setzen und mit ihm sprechen, ohne daß sich diese große Tischplatte zwischen ihnen auftürmte. Umgekehrt war Ben klar, daß Derek Menschen immer dann auf Distanz hielt, wenn er sie seine Macht spüren lassen wollte. Dann machte er es sich hinter seinem Schreibtisch bequem und ließ sie genüßlich zappeln. Wie jetzt zum Beispiel.

Dereks Blick wanderte über die Tischplatte und fiel, während er sich die nächste Zigarette anzündete, auf einen Bogen Büttenpapier, den Ben sofort wiedererkannte: Es war sein Lebenslauf. »So, so, Musiktheorie als Wahlfach – ein unbedingtes Muß für jeden Anwalt; ein Jahr freiwilligen Dienst beim Friedenscorps; ein Jahr Mitarbeit bei Rotary International. Ach Gott! Lassen Sie mich raten. Sie haben wahrscheinlich Jura studiert, weil Sie ...« – er stieß eine Rauchwolke aus und kräuselte die Lippen – »... *helfen* wollten.« Sein Mund verzog sich zu einem breiten Grinsen.

»Nun«, erwiderte Ben, »ich wollte in der Tat ...«

Derek lachte auf. »Wie reizend! Aber was wäre die Jugend denn auch ohne den Glauben an Märchen?« Er streckte sich und rieb sich den Rücken an der angeblich wunden Stelle. »Aber wenn Sie wirklich helfen wollten, hätten Sie sich natürlich eine Stelle bei einem Strafverteidiger oder einem Wohltätigkeitsverein gesucht und nicht bei der reichsten Sozietät in diesem Staat – stimmt's oder habe ich recht?« Derek grinste. Offenbar hatte ihn seine profunde Menschenkenntnis selbst beeindruckt.

»Ich habe für den Bezirksstaatsanwalt in Oklahoma City gearbeitet«, erklärte Ben.

»Richtig, das steht in Ihrem Lebenslauf. Sie waren dort eineinhalb Jahre tätig – gerade lange genug, um sich marktfähig zu machen.«

»So war das nun wirklich n...«

»Schon gut.« Derek gebot Ben mit erhobener Hand Schweigen. Sein Gebaren verriet dem jungen Anwalt bereits, daß er gleich einen unendlich weisen Spruch von sich geben würde. »Sie brauchen es nicht abzustreiten. Ich kritisiere Sie ja nicht – im Gegenteil: Ich mache Ihnen ein Kompliment!« Er beugte sich über seinen Schreibtisch. »Wissen Sie, worum es in der Welt der heutigen Justiz eigentlich geht?«

Ben nahm einen vor ihm liegenden Füllfederhalter in die Hand und fing an, damit zu spielen. »Nein, Sir. Worum denn?«

»Um Marketing. Und sonst nichts.«

»Marketing, Sir?«

»Richtig. Was verstehen Sie von Marketing, Kincaid?«

»Was? ... Ich weiß nicht, Sir. Das steht an der Universität nicht auf dem Lehrplan.«

»Hmmm.« Derek schürzte erneut die Lippen und zog so gierig an seiner Zigarette, daß man meinen konnte, die Luft im Raum würde nicht ausreichen. »Wahrscheinlich nicht. In Harvard wurde es auch nicht gelehrt. Aber natürlich ist das in Harvard auch nicht nötig. Die bloße Anwesenheit in Harvard ist schon Marketing genug.«

Derek deutete auf das Diplom der berühmten Universität, das auf seinem Schreibtisch lag. Gleich daneben stand ein ausgestopfter Luchs, der für alle Zeiten mitten im Sprung erstarrt war. Merkwürdig, dachte Ben. Eigentlich kam ihm Derek gar nicht wie ein Jäger vor, sondern eher wie ein Bridgespieler.

»Andererseits«, fuhr Derek fort, »haben die Sachen, die man heute an der Universität lernt, durchaus einen gewissen Wert. Aber wenn Sie sich nicht auf Marketing verstehen, haben Sie auch keine Mandanten. Und was nützen Ihnen Ihre Kenntnisse der Paragraphen, wenn die Mandanten ausbleiben?«

Ben führte den Füllfederhalter an seine Lippen und ertappte sich gerade noch rechtzeitig dabei, wie er anfing, auf dem Verschluß herumzukauen. Er legte den Stift hastig zurück und verbarg die Hände unter dem Tisch. »So habe ich das wohl noch nie gesehen, Sir«, gab er zu.

»Tja, so geht es aber im wirklichen Leben zu, junger Mann. Machen Sie sich das von Anfang an klar. Wie alt sind Sie eigentlich, Kincaid?«

»Neunundzwanzig, Sir.«

»Hmmm. Nun, vielleicht haben Sie gerade das richtige Alter. Noch ein Tip, Kincaid – und ich hoffe, Sie sind nicht zu jung, um ihn zu würdigen. All das, was Sie an der Universität lernen, zum Beispiel den Spruch, daß das Gesetz die sakrosankte Weisheit der Menschheit sei, die von Generation zu Generation weitergereicht wird und ungeachtet der sich wandelnden Verhältnisse jederzeit Anwendung findet ... Sie verstehen, was ich meine?«

»Ja?«

»Es ist eine Mogelpackung. Ein Schwindel, in die Welt gesetzt von irgendwelchen verstaubten Akademikern. Wissen Sie, worum es in der Justiz im Grunde geht?«

Ben hielt es für klüger, sich jetzt nicht auf ein Ratespiel einzulassen. »Worum?«

»Um Spiegel und Gummi. Sakrosankt ist einzig und allein Ihr Mandant. Ihr Mandant braucht Hilfe, aber in der Regel gibt es kein Gesetz, das genau auf seine Bedürfnisse zugeschnitten ist. Also müssen *Sie,* als sein Anwalt, die bestehenden Paragraphen dehnen und ein kleines Zauberkunststück vorführen. Blenden Sie Ihren Mandanten. Schaffen Sie die Illusion eines Präzedenzfalles und lassen Sie das Gesetz das sagen, was er hören will. Nur darum geht es in unserem Geschäft.«

Ben legte die Stirn in Falten und versuchte, den Anschein zu erwecken, als sauge er all diese Weisheit ehrfürchtig in sich auf.

»Und genau das hat Joseph Sanguine schon am ersten Tag an mir gemocht.« Derek lehnte sich zufrieden zurück. »Ich erklärte ihm, das Gesetz sei ein Werkzeug, nicht anders als ein Hammer oder ein Schraubenschlüssel, und ich könne es ihm in den Werkzeugkasten legen. Seitdem vertraut er alle Rechtssachen mir an. Er ist einer der größten Mandanten unserer Firma. Und er ist ein enger Freund von mir.«

Aus irgendeinem Grund fiel Ben die Vorstellung schwer, Derek könnte enge Freunde haben.

»Verstehen Sie, worauf ich hinaus will, Kincaid?«

»Äh … ja, Sir, ganz gewiß.«

Derek lächelte matt. »Gesprächig sind Sie ja nicht gerade. Na ja, vielleicht gibt sich das mit der Zeit.« Er stieß eine weitere Rauchwolke in die Luft. »Nun, hoffentlich beherzigen Sie meine Worte. Es wird vielleicht bald nötig sein, denn ich habe einen Fall für Sie, Kincaid. Ein wichtiger Auftrag von Joseph Sanguine, dem Kunden, den ich vorhin erwähnt habe. Er ist der Inhaber von Sanguine Enterprises. Deren größtes Tochterunternehmen ist Eggs'N'Stuff, der Franchisegeber, der diese süßen kleinen Frühstücksrestaurants im ganzen Land kontrolliert. Der Firmensitz ist hier, mitten in Tulsa, wissen Sie. Tja, dort ist jetzt ein Problem aufgetreten, das sich meiner Meinung nach hervorragend für den Einstieg eignet. Da können Sie gleich beweisen, was in Ihnen steckt.«

Ben strahlte. »Wirklich, Sir?«

»Na, bleiben Sie auf dem Teppich, junger Mann«, grinste der ältere Anwalt. »Es geht um eine häusliche Angelegenheit. Sie haben sich im Studium doch mit Familienrecht befaßt, oder?«

Ben nickte, allerdings deutlich weniger begeistert.

»Einer von Sanguines Managern strebt eine Adoption an. Sie treffen ihn in einer Stunde.«

Ben zögerte. »Ich dachte, Raven, Tucker & Tubb befaßt sich nicht mit Familienrecht.«

Derek rutschte stöhnend auf seinem Stuhl herum und rieb sich den Rücken. »Normalerweise tun wir das auch nicht, aber bei Joseph Sanguine gelten andere Maßstäbe. Wahrscheinlich würden wir für Joseph Sanguine sogar den Mülleimer leeren, wenn er das von uns verlangte.«

Ben versuchte sich die Enttäuschung nicht anmerken zu lassen.

»Das ist vielleicht kein übermäßig aufregender Fall«, fuhr Derek fort, »aber für die ersten Gehversuche eines blutigen Anfängers wie geschaffen.« Er musterte Ben über den riesigen Schreibtisch hinweg. »Oder halten Sie sich für zu gut für eine Adoptionsgeschichte? Sehen Sie darin vielleicht eine Zeitverschwendung für einen jungen Aufsteiger?«

»Absolut nicht, Sir!«

»Na gut. Joseph Sanguine ist einer unserer wichtigsten Mandanten. An ihm und seinen Firmen allein verdiente Raven, Tucker & Tubb im letzten Jahr über drei Millionen Dollar. Er geht davon aus, daß er sich stets auf uns verlassen kann. Wir möchten ihn nicht enttäuschen.«

»Ich verstehe, Sir.«

»Sehr schön. Wenn Sie noch Fragen zur Bibliothek haben oder Büromaterialien benötigen, wenden Sie sich an Maggie, meine Sekretärin. Wir werden sie uns teilen, zumindest so lange, bis Sie sich eingearbeitet haben.«

Ben erhob sich.

»Nur eins noch, Kincaid.«

»Ja, Sir?« Ben blieb unschlüssig vor dem Schreibtisch stehen, um es sich schließlich doch wieder anders zu überlegen und erneut Platz zu nehmen.

»Haben Sie sich die übrigen Anfänger gut angesehen?«

»Ich ... ich glaube, ja, Sir.«

»Hervorragend. Lassen Sie sich eins gesagt sein, Kincaid. In den nächsten drei Jahren werden sie alle hart arbeiten, so wie Sie. Sie werden Überstunden machen, es darauf anlegen, spät in der Nacht noch von ihrem Boß gesehen zu werden, und Berge von Akten mit nach Hause schleppen – selbst wenn sie gar nicht vorhaben, sie durchzuarbeiten. Im Prinzip werden sie alle genauso rackern wie Sie. Einige Fälle werden in hochinteressante Prozesse münden, andere werden zähe Sachen sein wie diese Adoptionsgeschichte. Nach drei Jahren werden die Karten neu gemischt. Dann erhält jeder Junganwalt eine Beurteilung. Der Hälfte wird man sagen, daß sie auf dem richtigen Weg zur Teilhaberschaft sind, dem Rest wird man etwas anderes sagen. Nach weiteren drei Jahren – vorausgesetzt, es sind noch alle bei uns, was höchst unwahrscheinlich ist – wird vielleicht ein Viertel von ihnen befördert, die anderen eben nicht. Nach einer Beschäftigung von acht Jahren – immer vorausgesetzt, es ist niemand von außen abgeworben worden, wovon aber nicht auszugehen ist – wird man einen, vielleicht auch zwei Vertreter Ihres Jahrgangs als Teilhaber der reichsten Sozietät im Staate Oklahoma aufnehmen, während man den anderen eine Anstellung ohne Gewinnbeteiligung anbietet oder ihnen die Koffer vor die Tür stellt.«

Derek sah Ben in die Augen. »Wo werden Sie dann sein, Mr. Kincaid?«

In der Annahme, daß dies lediglich eine rhetorische Frage war, verzichtete Ben auf eine Antwort.

Derek zerquetschte seine inzwischen erloschene Zigarette im Aschenbecher. »Und jetzt an die Arbeit.«

3

Bei der Entgegennahme seines Diploms hatte Ben geglaubt, nach vier Jahren High-School, drei Jahren Jura- und zwei Jahren Postgraduiertenstudium sei es endlich vorbei mit der Paukerei auf den letzten Drücker. Wie er sich doch getäuscht hatte!

Nach dem Gespräch mit Derek blieb ihm noch ungefähr eine Dreiviertelstunde, um sich ins Adoptionsrecht zu vertiefen, ehe er sich mit diesem für die Kanzlei angeblich so enorm wichtigen Mandanten traf. Soviel er auch an der Universität gelernt hatte, für ihn stand jetzt schon fest, daß weder der Grundkurs Familienrecht I noch das Seminar über die Sokratische Methode auch nur ansatzweise in die Nähe von praktischer Erfahrung kamen, geschweige denn ihn in die Lage versetzten, anderen einen Rat zu erteilen. Er hatte auch schon Greg, Alvin und Marianne gefragt, doch sie hatten entweder genausowenig gewußt oder ihm nichts sagen wollen. So besorgte er sich in der Bibliothek einen Wälzer über Familienrecht und eine Kopie der relevanten Gesetze im Staat Oklahoma und eilte damit in sein neues Büro.

Zwischen Dereks Diensträumen und Bens Büro befand sich ein durch einen Raumteiler aus schwerem Holz vom Flur abgetrenntes Vorzimmer. Dort residierte eine Dame mittleren Alters mit hochaufgetürmtem Haar, die schon von weitem nach Parfüm roch, obwohl sie sich gerade eine Zigarette angezündet hatte. Die vielen Stummel in ihrem Aschenbecher legten den Schluß nahe, daß sie mit der gleichen Hingabe wie Derek qualmte. Bei Bens Eintreten reagierte sie nicht.

»Sie müssen Maggie sein«, sagte der junge Anwalt freundlich.

Jetzt erst sah die Frau von einem Liebesroman auf, der vor ihr auf dem Schreibtisch lag. »Ja.« Sie hatte einen eindeutig näselnden Tonfall. Ben fragte sich, ob sie gemeinsam mit Derek von der Ostküste hierhergekommen war.

Er lächelte sie an. »Ich bin Ben Kincaid. Soviel ich weiß, werden wir in Zukunft zusammenarbeiten.«

»Ich arbeite für Mr. Derek«, erwiderte sie steif und wandte sich wieder ihrem Roman zu.

»In Zukunft werden Sie offenbar auch für mich arbeiten. Ich bin das neue Mitglied in Mr. Dereks Team.«

Maggie hob den Blick betont langsam. »Ich arbeite seit sieben Jahren mit keinem Berufsanfänger mehr zusammen.« Sie nahm ihre Lesebrille ab, die an einer Kette um ihren Hals befestigt war, und rieb sich mit dem Plastikgestell die Nase. »Junganwälte schreiben immer alles mögliche und wollen es am besten bis vorgestern getippt haben. Und wenn ich ihnen den Gefallen getan habe, nehmen sie tausend Änderungen vor.«

Ben verlagerte das Gewicht von einem Bein auf das andere. »Hören Sie, es tut mir leid. Es war ja nicht meine Idee. Ich werde versuchen, Ihnen nicht zur Last zu fallen.«

Unvermittelt nahm Maggie den Telefonhörer ab und drückte auf ihrer Fernsprechanlage, einem wahren Ungetüm von Apparatur, eine Taste. »Das werden wir ja noch sehen«, murmelte sie. »So war das nicht abgemacht.«

Ben kam mittlerweile zu dem Schluß, daß sein Bedürfnis, sich die Bücher vorzunehmen, wichtiger war als eine Fortführung dieses wenig erquicklichen Gesprächs, und er verabschiedete sich mit den Worten: »Ich bin in meinem Büro.«

Maggie nickte nicht einmal.

Als erstes begutachtete Ben seine neue Arbeitsstätte. Na gut, zumindest lenkt mich hier nichts ab, dachte er.

Raven, Tucker & Tubb hatten ihm einen Schreibtisch zur Verfügung gestellt – einen Tisch, genauer gesagt – und einen dazu passenden Stuhl, beides aus billigstem Kiefernholz, das Ben nicht einmal in seiner Studentenzeit gern um sich gehabt hätte. Die Wände waren rundherum weiß und kahl. Auf dem Tisch standen eine grüne Lampe und eine Fernsprechanlage, die kleiner als die von Maggie war, auch wenn sie ähnlich kompliziert aussah. Neben dem Tisch erblickte Ben ein leeres kleines Bücherregal und zwei absolut häßliche Besucherstühle, deren Sitzpolster mit orangefarbenem Cord überzogen waren. Offenbar erbten in diesem

Haus die Berufsanfänger stets das, was ihre Vorgänger nicht mehr haben wollten. Die guten Sachen wurden mitgenommen, den Schrott ließ man zurück. Ben konnte nur hoffen, daß sein erster Mandant in Fragen Geschmack nicht allzu penibel war.

Kurz vor elf schreckte Ben ein elektronischer Pfeifton auf. Eine der Tasten seiner Telefonanlage blinkte. Er drückte darauf und war mit Maggie verbunden.

»In der Empfangshalle warten Besucher auf Sie«, sagte sie knapp.

»Danke, Maggie. Könnten Sie sie bitte zu mir führen?« Am anderen Ende der Leitung herrschte Schweigen. Dann hörte Ben die Sekretärin tief Luft holen. »Sie wissen, daß das nur vorübergehend so gehandhabt wird, Mr. Kincaid?«

»Ja, Maggie. Aber während dieser Zeit werde ich jeden Moment, den wir gemeinsam verbringen, zu schätzen wissen.«

»Ich hole Ihre Besucher ab«, fauchte sie und legte auf.

Eigentlich bestand zu Überraschung keinerlei Anlaß. Auch wenn Derek die ersten Mandanten Bens in Zusammenhang mit einer der reichsten und schillerndsten Gesellschaften im gesamten Staat genannt hatte, war ihm kein Wort über ihr Erscheinungsbild eingefallen. Dennoch war Ben etwas verwundert und sogar ein bißchen enttäuscht, als Maggie die Besucher in sein Büro führte. Die zwei Erwachsenen, ein Mann und eine Frau, waren älter, als er erwartet hatte, vielleicht Anfang sechzig. Beide hatten weißes Haar. Der Mann trug eine Bluejeans und ein weißes Hemd mit auffälligen gelben Flecken unter den Achseln und einem Bleistifthalter in der Brusttasche. Die Frau hatte ein schlichtes grünes Kleid und einen braunen Mantel an. Um ihren Hals baumelten billige weiße Perlen.

Der Mann schüttelte Ben die Hand. »Mein Name ist Jonathan Adams, und das ist meine Frau Bertha.«

Dieser eine Satz verriet Ben schon einiges über Mr. Adams' Herkunft. Er hatte einen gedehnten Tonfall, wie man ihn vor allem im ländlichen Westen der Vereinigten Staaten antrifft.

Ben gab erst ihm, dann seiner Frau die Hand und stellte sich seinerseits vor.

»Im Ernst?« rief Bertha und beäugte ihn argwöhnisch. »Sie sind Anwalt?«

Ben zuckte nicht mit der Wimper. Er war es gewohnt, für jünger gehalten zu werden. »Ja, wirklich«, erwiderte er liebenswürdig. »Ich habe ein Diplom und alles, was so dazugehört. Nur zum Einrahmen hat mein Geld noch nicht gereicht.«

»Oh.« Sie warf ihrem Mann einen vielsagenden Blick zu. »Ich verstehe.«

Ben wußte genau, was diese Miene zu bedeuten hatte: Jonathan, ich dachte, wir kriegen einen richtigen Anwalt.

Zögernd wandte sie sich nun wieder Ben zu und musterte ihn. Und auch diesmal las er von ihrem Gesicht ab, was sie dachte: Dieser Fall bedeutet Ihrer Firma vielleicht nicht sehr viel, aber für uns hängt alles davon ab und – und darum möchten wir einen *richtigen* Anwalt haben und nicht so ein Milchgesicht.

»Du brauchst dich nicht zu verstecken, Liebes«, sagte Bertha abrupt.

Ben sah verwirrt auf. Erst dachte er, die Frau spreche mit ihm, doch dann erblickte er hinter den Erwachsenen ein kleines dunkelhaariges Mädchen.

»Mr. Kincaid, das ist unsere Emily.«

Das Mädchen war wunderschön. Sie hatte zarte, ebenmäßige Züge, und ihre Haut wirkte geradezu durchsichtig. Fast konnte man meinen, das lange schwarze Haar diene dazu, die makellose weiße Haut hervorzuheben. Ben fühlte sich unwillkürlich an einen Engel von Botticelli erinnert. Und darüber hinaus schien so etwas wie ein Licht oder ein *Glühen* aus ihr zu strömen.

Auf einmal war Ben die ganze Situation peinlich. Er schwärmte doch glatt von einem kleinen Mädchen! Und starrte es auch noch an!

»Guten Morgen«, sagte er lächelnd.

Emily sah ihn verunsichert an. Allerdings konnten sich ihre Augen nicht ganz auf sein Gesicht einstellen. »Guten Morgen, Mr. Kincaid. Habe ich dich schon mal gesehen?«

Ben blinzelte. »Äh, nein, das glaube ich nicht.«

»Oh.« Emily sah sich im Büro um. »Bin ich hier schon mal gewesen?«

»Mein Gott, Mädchen!« fiel ihr Mr. Adams ins Wort. »Wie viele Fragen du nur stellst! Sag einfach guten Tag.«

»Ist schon gut«, meinte Ben lächelnd. »Ich stelle ja auch gern Fragen.« Er nahm dem Mädchen einen rosa Wollpullover, den sie in der Hand hielt, ab und hängte ihn an einen Haken hinter der Tür. »Wie alt bist du denn, Emily?«

»Ich bin fünf«, antwortete sie und reckte fünf Finger in die Höhe.

Fünf? Ben hatte keine Erfahrung mit Kindern, aber dieses Mädchen kam ihm eher wie acht oder neun vor. Er bemerkte, daß Mr. und Mrs. Adams erneut einen vielsagenden Blick wechselten. Doch statt sich den Erwachsenen zuzuwenden, ging er neben dem Mädchen in die Hocke. »Und in welche Klasse gehst du?« fragte er.

Emily kicherte. »Ich bin doch noch nicht alt genug für die Schule, du Dummerjan. Mommy wollte mich auch nicht in den Kindergarten schicken.«

Bertha Adams sah plötzlich zum Fenster hinaus.

Emily wechselte abrupt das Thema. »Kannst du ›Backe, backe Kuchen‹ singen? Das geht so: Backe, backe Kuchen, der Bäcker hat gerufen ...«

»Nein, ich fürchte, das kenne ich nicht«, gestand Ben mit einem Augenzwinkern in Mrs. Adams' Richtung.

»Ich kenne noch mehr!« erklärte das Mädchen strahlend und sang fast im selben Rhythmus: »Kleeblatt, Biene und ein Traum. Gibt es keine Bienen ...«

»Bertha«, sagte Mr. Adams, »hast du die Malstifte dabei?«

»Natürlich.« Sie öffnete ihre Handtasche und zog ein großformatiges Buch heraus. »Schau, Emily, Schätzchen, ich habe dein Malbuch mitgebracht.«

Emily starrte das Buch an. »Was ist das?«

Bertha drückte es ihr in die Hand. »Es ist dein Malbuch, mein Prinzeßchen. Wir haben es dir unterwegs gekauft. Und da sind deine Stifte. Nimm sie doch und setz dich draußen in der großen Halle hin.«

Emily legte die Stirn in Falten. »Kann mich an keine Halle erinnern. Wo soll die sein?«

Bertha zeigte sie ihr durch die geöffnete Tür.

»Aber ihr laßt mich nicht allein, oder?«

»Aber natürlich nicht, mein Kind«, versprach Mr. Adams. »Setz dich dort draußen hin und warte auf uns. Wir müssen uns nur ein bißchen mit Mr. Kincaid unterhalten.«

Ben richtete sich auf. »Bis später, Emily. Vielleicht können wir nachher noch ein bißchen spielen.«

Zögernd setzte sich das Mädchen in Bewegung.

»Warte, Emily«, sagte Ben. »Nimm lieber deinen Pullover mit. In der Vorhalle ist es sehr frisch, weil die Klimaanlage nicht richtig eingestellt ist.«

Das Mädchen legte den Kopf schräg und sah verwirrt zu, wie Ben ihren Pullover vom Haken nahm und damit auf sie zutrat.

»Hast du ihn etwa vergessen?«

Emily hatte nur noch Augen für den Pullover. »Der ist aber schön! Kann ich ihn haben?«

Ben warf Mr. und Mrs. Adams einen fragenden Blick zu, doch sie sahen krampfhaft weg. »Aber natürlich«, sagte er schließlich und drückte Emily den Pullover in die Hand.

»So, jetzt lauf aber, Liebes!« rief Mrs. Adams und deutete zur Halle.

Endlich gehorchte das Mädchen.

Mit einer Geste forderte Ben die zwei Besucher auf, sich auf die Cordstühle zu setzen. Danach trat zunächst eine Gesprächspause ein. Keiner wußte so recht, wie er das, was so offenkundig auf der Hand lag, anschneiden sollte.

Schließlich gab sich Mr. Adams einen Ruck. »Sie wissen wahrscheinlich schon, Mr. Kincaid ...«

»Nennen Sie mich ruhig Ben.« Der junge Anwalt kam

sich lächerlich vor, wenn ihn ein Mann, der eine Generation älter war als er, mit Mister ansprach.

»Gern. Also, Ben, wie Sie ja wissen, arbeite ich für Joe Sanguine bei Sanguine Enterprises. Dort bin ich der für neue Projekte und Entwicklungen zuständige Abteilungsleiter. Seit vierzehn Jahren mache ich das nun schon. Ich war sogar schon dabei, bevor Sanguine die Firma kaufte. Das einzige, was sich geändert hat, ist mein Titel. Das war damals, als ich zwischendurch in Kalifornien arbeitete ...«

»Schweif nicht vom Thema ab, Jonathan.«

»Ja, Bertha«, sagte er mit einem verlegenen Grinsen. »Wie dem auch sei, vor ungefähr einem Jahr schaute ich mir auf der Suche nach einem neuen Restaurant südlich von Tulsa in Jenks ein Grundstück an. Es war ein brachliegendes Gelände in einer total verlassenen Gegend. Und wen sehe ich da herumirren? Niemand anderen als die kleine Emily. Sie war am ganzen Körper verschmutzt und so verwirrt, daß kein vernünftiges Wort aus ihr herauszubringen war. Sie wußte nur, daß sie Emily heißt und irgendwo eine Mutter hat, die sie aber nicht beschreiben konnte. Das war auch schon alles. Ansonsten konnte sie nur noch sagen, daß sie ganz in der Nähe aufgewacht war, konnte sich aber nicht erinnern, wie sie hergekommen war. Damals dachte ich natürlich, sie sei eben ein bißchen durcheinander, weil man sie dort ausgesetzt hatte.« Er hielt inne und warf seiner Frau einen Blick zu. »Wie schlimm es um sie steht, haben wir erst später rausgefunden.«

»Ähm ... stimmt etwas nicht mit Emily?« fragte Ben in einem betont sachlichen Ton. Er wollte seinen Mandanten das Bild eines nüchternen, effizienten Anwalts vermitteln.

»Darauf können Sie Gift nehmen.« Adams massierte sich beide Wangen, als müsse er sich wachhalten. »Korsakov-Syndrom.«

»Bitte?«

»Die Ärzte nennen es so: Korsakov-Syndrom. Verbunden mit visueller Agnosie. Emily hat kein Langzeitgedächtnis. Im Grunde genommen hat sie auch kein Kurzzeitgedächtnis. Egal, was man ihr sagt oder zeigt, sie vergißt es, sobald man das Zimmer verläßt oder sie von etwas anderem abgelenkt wird.« Er zögerte. »Emily lebt ausschließlich in der Gegenwart. Und auch darin nicht sehr lange.«

Ben nickte, obwohl er immer noch nicht verstand. »Warum hält sie sich für fünf?«

»Weil sie sich an die Zeit bis zu diesem Alter noch erinnern kann. Danach hat ihr Gedächtnis dichtgemacht. Bis dahin war es aber mehr oder weniger intakt. Sehr viel ist natürlich nicht von ihr zu erfahren – was kann man denn auch schon von einem fünfjährigen Kind erwarten? Außerdem hat sie noch diese visuelle Agnosie, offenbar sieht sie keine Gesichter. Oder zumindest kann sie sie nicht beschreiben. Sie kann weder Eindrücke in Worte fassen noch Bilder zeichnen.«

Er rieb sich mit der Hand die Stirn und strich sein weißes Haar zurück. »Irgendwann in ihrem sechsten Lebensjahr war plötzlich Schluß. Jetzt kann sie uns nicht einmal sagen, was vor einer Stunde passiert ist. Das ist auch der Grund, warum sie Sie am Anfang gefragt hat, ob sie Sie kennt. Sie kann sich nicht erinnern.«

»Sogar mich fragt sie das noch manchmal«, ergänzte Bertha. »Und das, obwohl sie jetzt schon bald ein Jahr bei uns lebt.« Sie wahrte den Anschein von Ruhe, doch Ben merkte ihr eine tiefe Trauer an.

»Aber mit Stimmen ist sie ziemlich fit«, meinte Jonathan. »Nach einem Monat oder so erkannte sie Bertha und mich an der Stimme. Und jetzt kommt es mir sogar so vor, als würde sie sich ein bißchen erinnern, sobald sie uns hört, und uns vertrauen.«

»So etwas habe ich noch nie gehört«, murmelte Ben.

»Laut den Ärzten handelt es sich um eine sehr seltene Form von Gedächtnisschwund. Meistens tritt sie als Folge von Alkoholismus auf.«

Ben runzelte die Stirn. »Aber Emily kann doch unmöglich ...«

»Nein, Ben, sie war bestimmt keine Alkoholikerin. Auch ein schwerer Schlag an den Kopf oder ein Gehirntumor kann eine solche ...« – er holte tief Luft, als wappne er sich für einen schwierigen Ausdruck – »... *neurologische Dysfunktion* auslösen.«

»Sie wurde auch von Ärzten untersucht?«

»Ja, natürlich.« Erstmals mischte sich eine Spur von Irritation in Adams' Stimme. »Sie wurde so ziemlich von jedem Neurologen im Südwesten der Vereinigten Staaten durchgecheckt: EEGs, Bluttests, Computertomographien, Psychopharmaka und was sonst noch so alles dazugehört. Sichtbare Anzeichen einer Schädigung des Gehirns hat man nie feststellen können. Andererseits haben sie uns erklärt, läßt sich die Atrophie der winzigen ... *Mammillaren,* die diese Funktionsstörung verursacht, in Tests nicht nachweisen.«

»Da fragt man sich, warum sie diese schaurigen Sachen überhaupt machen«, fügte Bertha sarkastisch hinzu.

»Also hat niemand eine Ahnung, was der eigentliche Grund ist?« fragte Ben.

»Es gibt eine Theorie, auch wenn sie nicht bewiesen werden kann«, antwortete Adams zögernd. »Demnach rührt das Syndrom von einer *hysterischen Amnesie* her ... Das heißt, daß Emily ein Trauma erlebt haben muß, das zu schrecklich war, als daß sie sich daran erinnern könnte. Ein Trauma, das ein Teil ihres Bewußtseins mit aller Macht verdrängt. Darum fällt ihr Gedächtnis seitdem aus.«

Auf einmal war Ben sein voreiliges Urteil peinlich. Jonathan Adams war offensichtlich ein intelligenter Mann, auch wenn ihm die medizinischen Fachausdrücke anscheinend Schwierigkeiten bereiteten. »Damit ließe sich erklären, warum ihr Gedächtnis im Alter von fünf Jahren schlagartig aussetzt«, murmelte er. »Aber was für Erlebnisse können so schrecklich sein, daß ein fünfjähriges Mädchen gleich das Erinnerungsvermögen verliert?«

Bertha, die den Kopf hatte sinken lassen, sah auf. »Hoffentlich muß sie sich nie daran erinnern«, sagte sie leise. »Wir versuchen auch, sie mit nichts Schlimmem zu konfrontieren. Wir lieben unsere kleine Emily, und die Vorstellung ...« Sie verstummte abrupt, und ihre Miene nahm einen entschlossenen Ausdruck an. Dann fixierte sie wieder einen bestimmten Punkt im Teppich.

Es war ihr Mann, der das Schweigen überbrückte. »Es muß ihr nicht notwendigerweise im Alter von fünf zugestoßen sein. Beim Korsakov-Syndrom geht der Gedächtnisschwund bisweilen in beide Richtungen, also nicht nur in die Zeit nach dem Trauma, sondern auch in die Zeit davor.«

Stille breitete sich aus. Ben wünschte sich, er hätte einen Kaktus, Kalender oder sonst etwas im Zimmer, das ihn hätte ablenken können. Dann begriff er plötzlich, daß er sich so sehr auf Emilys Bewußtseinsstörung eingelassen hatte, daß er völlig vergessen hatte, die rechtlichen Probleme seiner neuen Mandanten zu erkunden.

Er räusperte sich. »Verzeihen Sie mir bitte, wenn ich das Thema wechsle, aber mir wurde gesagt, Sie suchen Rat in einer Adoptionsangelegenheit. Möchten Sie Emily adoptieren?«

»Ja«, antwortete Bertha ohne aufzusehen.

»Wissen Sie, Ben«, sagte Jonathan, »es klingt vielleicht lächerlich, aber ich bin nun mal ein alter Spinner und habe einfach das Recht, mir hin und wieder eine kleine Narretei zu gönnen. Es dürfte wohl kein Geheimnis mehr sein, wieviel uns die kleine Emily bedeutet. Ich habe sie schon in dem Augenblick ins Herz geschlossen, als ich sie zum erstenmal auf diesem verlassenen Grundstück sah.«

»Nun, wenn Sie sich so sicher sind, dann ...«

»Wir wissen, was Sie jetzt denken, Mr. Kincaid«, unterbrach ihn Bertha. »Glauben Sie etwa, das wäre uns nicht auch in den Sinn gekommen? Wozu sich soviel Ärger aufhalsen? Noch dazu in unserem Alter! Wir können nicht erwarten, daß sie je Zuneigung zu uns entwickelt. Sie weiß ja kaum, wer wir sind.« Sie gab ein kurzes, bitteres Lachen von sich.

Jonathan ergriff die Hand seiner Frau und drückte sie zärtlich.

»Aber wir lieben sie, Mr. Kincaid. Wir lieben sie von ganzem Herzen.« Zum erstenmal brach die Stimme dieser starken Frau. »Wir hatten nie eigene Kinder. Das war uns nicht möglich.« In einem Versuch, ihre Fassung wiederzuerlangen, atmete sie tief durch. »Und dann, als wir längst jede

Hoffnung aufgegeben hatten, kam Jonathan mit der kleinen Emily an. Seit einem Jahr verfolge ich nun, wie sie von einem Moment zum nächsten treibt. Und ich bin fast die ganze Zeit glücklich dabei. Jetzt ist sie mein Kind, und ich will sie behalten.«

Ben musterte die Frau, dann wandte er den Blick ab. Endlich war die uneinnehmbare Festung doch gefallen. Mrs. Adams brach in Tränen aus.

4

Ben rief bei Maggie an und bat sie um Softdrinks für seine Besucher. Sie brummelte einige unwirsche Worte und ließ ihn fünf Minuten warten, ehe sie sich schließlich doch mit drei Dosen Coke Classic auf einem Tablett in sein Büro bequemte.

Während die Getränke serviert wurden, trat Small talk an die Stelle des ernsten Gesprächs von vorhin. Erleichtert stellte Ben fest, daß die Anspannung verebbte.

Dann nahm Jonathan den Faden wieder auf. »Sie wirkt nicht immer so ... abwesend, wissen Sie. Sie sollten sie mal sehen, wenn sie Musik hört. Wenn wir eine Platte auflegen, verändert sich ihre gesamte Persönlichkeit. Sie taucht vollständig in die Musik ein.«

»Genauso ist es auch in der Kirche«, ergänzte Bertha, »wenn die Orgel spielt.«

Jonathan nickte. »Sie saugt die Zeremonie regelrecht in sich auf. Und sie hilft mir für ihr Leben gern im Garten. Anscheinend macht es ihr Spaß, dieselbe Tätigkeit immer wieder zu verrichten. Sie fühlt sich wohl dabei.« Er nippte an seiner Cola. »Und es ist so schön, sie dabei zu beobachten, Mr. Kincaid! Mit einem Schlag ist sie nämlich nicht mehr das ruhelose, verlorene Kind, das sie eben noch war.«

»Eins will mir beim besten Willen nicht in den Kopf«, meinte Ben. »Wie konnten Sie Emily fast ein Jahr bei sich behalten, ohne in die Mühlen der Bürokratie zu geraten?«

Die zwei älteren Leute wechselten einen Blick. »Nun ja, das war so«, murmelte Jonathan und trank wieder einen Schluck Cola. »Als wir Emily fanden, meldeten wir das natürlich der Polizei. Angeblich leiteten die auch sofort eine Untersuchung ein. Wie dem auch sei, wir waren alles andere als überrascht, als sie uns dann mitteilten, sie hätten nicht den blassesten Schimmer, wer das Mädchen sein könnte. Sie forderten uns auf, den Fall dem Jugendamt zu melden, aber das … äh … haben wir irgendwie vergessen.« Er zwinkerte seiner Frau zu.

»Aber selbst wenn Sie damals schon Emily in ihr Herz geschlossen hatten, hätten Sie das Kind den Behörden übergeben und sich um die Freigabe zur Adoption bemühen müssen.«

Bertha schüttelte bestimmt den Kopf. »Was hätte das gebracht? Lassen Sie sich eins gesagt sein, Mr. Kincaid. Ich bin neunundfünzig Jahre alt, Jonathan ist einundsechzig. Wir hatten nie eigene Kinder. Die würden uns nicht einmal einen Welpen zusprechen, geschweige denn ein süßes kleines Ding wie Emily.«

»Und zudem wurde uns von Tag zu Tag klarer, wie schlimm es um Emily wirklich steht«, meinte Jonathan. »Ihr Zustand ist von Dauer. Wahrscheinlich würden sie sie gar nicht zur Adoption freigeben, sondern in eins von diesen Heimen für *Problemkinder* stecken. Ich habe gehört, was man dort mit den armen Kleinen anstellt, Mr. Kincaid. Wir konnten unmöglich zulassen, daß mit Emily das gleiche geschieht.«

Ben blickte ihn nachdenklich an. Wenn der Mann das vor dem Vormundschaftsgericht wiederholte, würden ihre Chancen nicht gerade steigen.

»Also haben wir Emily eben bei uns behalten«, fuhr Jonathan fort. »Den wenigen Nachbarn, mit denen wir bekannt sind, haben wir gesagt, sie sei die Tochter irgendeiner Nichte von Bertha in Kansas City. Eine Zeitlang hat das auch ganz gut geklappt. Aber Sie wissen ja, wie Nachbarn so sind.« Seine Stimme wurde auf einmal schrill. »›Warum geht denn die kleine Emily nicht in die Schule?‹ ›Wann kommt denn Ihre Nichte aus Kansas City das Kind holen?‹ ›Vielleicht gehören die Adams ja zu den Paaren, die Kinder aus Einkaufszentren entführen ...‹« Er geriet ins Stocken. »Schließlich hat jemand die Polizei alarmiert.«

Bertha schnitt eine Grimasse. »Den ersten Schnüffler wurden wir mit viel Tee und einer dick aufgetragenen Rührgeschichte auch ganz gut los – glaubten wir zumindest. Na ja, wahrscheinlich konnten auch wir das Glück nicht ewig festhalten.« Sie zog ein Dokument aus ihrer Handtache. »Das hier wurde uns letzte Woche von einem unverschämten jungen Mann mit dunkler Sonnenbrille beschert.«

Ben nahm das Formular entgegen. Es handelte sich um eine Vorladung zum Gericht, verbunden mit der Aufforderung, die Gründe darzulegen, warum Emily Jonathans und Berthas Auffassung nach in ihrer Obhut bleiben und nicht unter die Vormundschaft des Jugendamts gestellt werden sollte. Als Termin für die mündliche Verhandlung war der nächste Freitag festgesetzt worden.

Ben studierte noch die Vorladung, als plötzlich die Tür aufflog und Greg hereinplatzte.

»Hey, Ben, wir führen gerade eine Meinungsumfrage zu Mariannes Namen ...« Er verstummte abrupt. »Oh, ich wußte nicht, daß du Besuch hast.«

»Greg«, sagte Ben, »darf ich dir Jonathan und Bertha Adams vorstellen? Jonathan ist Abteilungsleiter bei Sanguine Enterprises.«

»Wirklich?« Greg starrte Adams entgeistert an. Dann trat er auf ihn zu und schüttelte ihm die Hand. »Sehr erfreut.« Im nächsten Moment hatte er sich schon wieder abgewandt. »Na ja, Marianne muß sich erst bis zur Mittagspause entscheiden. Ich komme später noch mal vorbei, wenn du Zeit hast.« Mit diesen Worten stolperte er zur Tür und schlüpfte hinaus.

»O Mann, der ist noch keine zwei Stunden da, und schon verhandelt er mit Mandanten,« hörte Ben ihn zu Maggie sagen.

»Ist dieser junge Mann hier Anwalt?« wollte Jonathan wissen.

»Merkwürdig, aber wahr«, erwiderte Ben. Er überflog noch einmal die Vorladung. »Rein formal gibt es nichts dagegen einzuwenden. Das Jugendamt nimmt die Angelegenheit offenbar sehr ernst.«

»Können wir denn gar nichts dagegen tun, Mr. Kincaid?« fragte Bertha.

Ben begriff, daß es höchste Zeit war, den Anwalt herauszukehren. »Natürlich werden wir Sie bei der Verhandlung vertreten und versuchen, das Gericht davon zu überzeugen, daß ein Verbleib bei Ihnen dem Wohle des Kindes dient. Wir werden auch die Adoption beantragen. Ansonsten können wir aber nicht viel machen. Leider werden bei Adoptionen äußerst strenge Maßstäbe angelegt. Und wenn das Gericht erfährt, daß Sie Emily ein Jahr lang einfach bei sich behalten haben, ohne das Jugendamt zu informieren, wird es das gegen Sie auslegen. Das beste wäre es natürlich, die Adoption im Einvernehmen mit den Eltern anzustreben. Dazu müßten Sie allerdings die Mutter oder den Vater auftreiben und deren Einwilligung bekommen.«

Jonathan seufzte. »Sind Sie sicher, daß das die einzige Möglichkeit ist?«

»Es ist der einzige erfolgversprechende Ansatz. Und wichtig ist die Anwesenheit der Eltern vor Gericht. Bei einer bloßen schriftlichen Einverständniserklärung bleibt uns nur das Prinzip Hoffnung. Haben Sie denn keine Ahnung, wo Emilys Eltern abgeblieben sein könnten?«

Adams preßte stumm die Lippen zusammen, und seine Miene nahm einen abwesenden Zug an. »Nein«, sagte er schließlich. »Ich habe nicht den blassesten Schimmer.« Und nach einer weiteren Pause murmelte er: »Aber ich kann vielleicht was rausfinden.«

Bertha starrte ihren Mann unverwandt an.

»Wie bald brauchen Sie denn die Information?« fragte Jonathan.

»Je eher, desto besser. Auf alle Fälle bräuchte ich noch vor dem Gerichtstermin eine eidesstattliche Erklärung.«

»Alles klar. Ich melde mich bei Ihnen, sobald ich mehr weiß.«

Die Besucher erhoben sich. Ben drückte Jonathan noch seine frisch gedruckte Visitenkarte in die Hand und bat Maggie, Emily zu holen.

Das kleine Mädchen wirkte recht vergnügt. »Hallo«, sagte sie und sah Ben mit großen Augen an. »Kenne ich dich?«

Mit einem dünnen Lächeln nahm Bertha das Findelkind bei der Hand und führte sie aus dem Büro.

Ben ließ sich seufzend auf seinen Stuhl sinken. Das flaue Gefühl in seiner Magengrube war nicht verschwunden. Im Gegenteil! Warum nur bekam er für den Anfang nichts Normaleres vorgesetzt? Eine schlichte Schuldforderung zum Beispiel. Damit hätte er doch auch in die Gänge kommen können.

Er seufzte. Aber Lamentieren brachte ihn auch nicht weiter. So versuchte er, den Fall auf die Chancen vor Gericht hin zu analysieren, ertappte sich jedoch immer wieder bei Tagträumen über Emily. Ein ums andere Mal fragte er sich, wie ihr Leben wohl aussehen mochte. Voller Bewunderung überlegte er, daß für Emily nur die Gegenwart, der jeweilige Augenblick existierte. Kein Gedächtnis, keine Schuldgefühle, kein Bedauern. Ein ganzes Leben im Hier und Jetzt.

5

»Raus mit der Wahrheit, Alvin«, forderte Greg. »Hast du wirklich Nachforschungen über die Firma angestellt, oder wolltest du nur angeben?«

Ben, Alvin, Greg und Marianne saßen in Bens Apartment in einem Halbkreis auf dem Boden. Das taten sie allerdings nicht um der besseren Kommunikation willen, sondern mangels anderer Möglichkeiten. Ben hatte keine Möbel – ein Umstand, der ihm entfallen war, als er die anderen zum besseren Kennenlernen zu Pizza und Wein bei sich eingeladen hatte.

»Es ist die Wahrheit«, verkündete Alvin stolz. »Ich nehme meine Karriere sehr ernst. Und was spricht dagegen?

Habt ihr die anderen Assistenten gesehen? Die haben sich vor Angst fast in die Hosen gemacht. Aber warum soll ich meine Energie mit Sorgen vergeuden, wenn ich die Antworten auf all die Fragen, die mich beunruhigen, rausfinden kann?« Er wandte sich an Marianne. »Wieviel Zeit hast du mit Grübeln über die Vornamen der anderen Anwältinnen bei Raven verbracht? Und du, Ben: Wieviel Zeit hat es dich gekostet, über die Höhe der Anwaltsgehälter in den jeweiligen Phasen der Beschäftigung nachzudenken? Ich dagegen habe mich nicht mit Spekulationen abgegeben. Ich habe alles Wichtige rausgefunden.«

Greg legte die Hand auf sein Herz. »Alvin Hager«, sagte er in salbungsvollem Ton, »der Musteramerikaner.«

»Ich bin heute geblieben, bis alle gegangen sind«, fuhr Alvin ungerührt fort, »und habe die Leute beobachtet. Ich wollte wissen, ob man rein äußerlich die bloßen Angestellten von den Teilhabern unterscheiden kann.«

»Und?« fragte Ben.

»Ein Kinderspiel. Die hohen Tiere sind ganz locker rausgeschlendert und hatten allenfalls eine elegante Aktentasche unter dem Arm. Die anderen dagegen, die noch nicht so weit sind, waren ausnahmslos mit Bergen von Büchern, Akten und Dossiers beladen, so als wollten sie sich auf den Markt stellen und schreien: ›Seht her, wie hart ich arbeite! Wann werde ich zum Teilhaber befördert?‹«

Marianne beäugte ihn mit einem skeptischen Blick. »Für meinen Geschmack bist du ein bißchen zu gewitzt, Hager. Du denkst anscheinend gar nicht daran, vor deinem Chef zu kriechen, oder?«

»Natürlich nicht! So kommt keiner weiter. Wer zum Teilhaber aufsteigen will, muß es verstehen, devote Untertänigkeit mit dem Anschein von Unabhängigkeit zu vereinen. Schließlich willst du doch nicht, daß dein Vorgesetzter sich unbehaglich fühlt.«

»Für mich ist das zuviel auf einmal«, brummte Ben kopfschüttelnd.

Plötzlich klingelten fast gleichzeitig die Türglocke und das Telefon.

»Greg, kannst du den Hörer abnehmen?« bat Ben, der bereits in Richtung Tür unterwegs war.

Im Treppenhaus stand ein verschwitzter Junge und lächelte ihn an. Es war der Lieferant von Antonios Pizzaservice. Ben zahlte und nahm eine große Pappschachtel entgegen.

»Irgendwie verstehe ich das nicht«, seufzte Marianne, als sie die Pizza zerteilten. »Wir sind doch jetzt Yuppies. Gehören da nicht edle Restaurants mit einem Ober namens François zum guten Ton?«

Nun kehrte auch Greg in den Kreis zurück und nahm sich ein Stück. »Es war deine Mutter, Ben«, sagte er. »Du sollst sie später zurückrufen.«

»Ach, jetzt fällt es mir wieder ein!« rief Ben, an Marianne gewandt. »Welchen Namen hast du jetzt eigentlich auf dein Türschild gravieren lassen?«

Den Blick auf ein mit Peperoni belegtes Stück Pizza fixiert, murmelte seine neue Kollegin: »Keinen. Ich habe es bei den Initialen belassen. M. H. Gunnerson.«

Alvin nickte. »Sehr professionell.«

Ben dagegen mußte sich ein Grinsen verkneifen. »M. *H.?* Wofür steht denn das H?«

»Das möchte ich lieber für mich behalten.«

»Aha, ein großes Geheimnis!« rief Greg und stieß Ben in die Rippen. »Muß ja wirklich grauenhaft sein.«

»Harriet?« fragte Ben.

»Ich tippe auf Hildegard«, witzelte Greg.

»Hermione vielleicht«, mutmaßte Alvin.

»Hört auf!« kicherte Marianne. »Ich verrate es sowieso nicht.« Sie griff nach einem weiteren Stück. »Ich habe gehört, Berufsanfänger sollen im Namen der Firma zweihundertfünfundzwanzig Arbeitsstunden pro Monat berechnen.«

»Das ist ja unglaublich!« rief Ben. »Hast du das von deinem Vorgesetzten?«

»Nein. Von meiner Sekretärin. Darum muß es stimmen.«

»Das sind ja über fünfzig Stunden pro Woche.«

Alvin lachte spöttisch auf. »Wozu glaubst du, sind wir

denn da? Wir haben weder Erfahrung noch eigene Mandanten. Wenn die uns eingestellt haben, dann nur zu dem einen Zweck, die Teilhaber noch reicher zu machen.« Er legte eine Kunstpause ein. »Und das geht nur, wenn wir schuften, schuften, schuften und möglichst viele Stunden aufschreiben.«

»Ich glaube nicht, daß man zum Workaholic werden muß, damit die Firma Profite abwirft«, widersprach Ben.

Alvin schnalzte in gespieltem Entsetzen mit der Zunge. »Oh, oh, haben wir da ein Problem mit der Einstellung? Keine Angst, Ben, ich werde es deinem Vorgesetzten nicht melden – fürs erste zumindest nicht.«

»Das würde das Kraut auch nicht mehr fett machen. Schlechter als im Augenblick kann er ohnehin nicht mehr von mir denken.«

Greg biß herzhaft in sein Stück Pizza. »Wenn du die Sache mit dem Toupet meinst«, brummte er mit vollem Mund, »dann brauchst du dir deswegen keine grauen Haare wachsen zu lassen. Wahrscheinlich hat er sie längst vergessen.«

Ben sah nacheinander ihn, Alvin und Marianne an. Sie erwiderten seinen Blick, und plötzlich brachen alle vier in schallendes Gelächter aus.

»Stimmt wohl«, keuchte Ben schließlich und wischte sich die Augen aus. »Was ist schon dabei?«

Wieder schrillte das Telefon. Greg wollte schon aufstehen, doch Ben kam ihm zuvor. »Nicht nötig«, sagte er hastig. »Ich gehe schon hin. Mit drei betont langsamen Schritten erreichte er den Apparat und nahm ab. »Hallo?«

»Hallo, Ben. Ich bin's, Mike. Dein Schwager.«

»*Ex*-Schwager. Du hast dich von Julia scheiden lassen, weißt du das nicht mehr?«

»Rühren wir bitte nicht an alte Wunden. Sag mal, wie lange bist du schon in der Stadt?«

Im Hintergrund konnte Ben Verkehrslärm hören. Anscheinend rief Mike von einer Telefonzelle aus an. »Erst seit Samstag«, antwortete er. »Ich wollte mich schon die ganze Zeit bei dir melden, aber ...«

»Ja, ja, schon gut. Im Moment hast du keine Zeit, was?«

»Na ja, ein paar von den neuen Kollegen sind gerade bei mir. Wir essen Pizza.«

»So macht man Karriere. Sag mal, warum läßt du sie nicht allein weitermampfen und fährst zu mir raus?«

»Mike, ich möchte dich ja auch gern treffen, aber im Moment wäre es wirklich ziemlich unhöflich. Meine Gäste ...«

»Es ist keine Einladung zu einer Fete«, fiel ihm Mike ins Wort. »Ich bin im Dienst. Vor mir liegt ein Toter, der ganz so aussieht, als hätte er beim Streit mit einem Metzger den kürzeren gezogen.«

»Mein Gott«, murmelte Ben. »Wer ist es?«

»Das wüßten wir auch gern. Aber vielleicht kannst du es uns sagen.«

»Ich? Hör zu, Mike. Während meiner Zeit beim Bezirksstaatsanwalt habe ich der Polizei immer gern geholfen, wenn ich konnte. Aber jetzt ist es schon elf Uhr. Morgen muß ich um acht auf der Matte stehen und ...«

»Du verstehst mich nicht richtig, Ben. Wir haben Indizien.«

»Was für Indizien?«

»Eigentlich nur eins, aber das ist ein Hammer. Der Mörder hat dem armen Kerl alles abgenommen – nicht mal den Ausweis hat er zurückgelassen. Aber eins hat er übersehen. In seiner Hemdtasche haben wir einen Bleistifthalter gefunden, wie sie früher immer die Buchhalter hatten. Und darunter steckte eine Visitenkarte.« Er hielt inne. »Es war *deine* Visitenkarte, Ben.«

Ben verschlug es die Sprache. Plötzlich hatte er das Gefühl, keine Luft mehr zu bekommen.

»Ich glaube, du solltest dich besser auf die Socken machen. Und zwar sofort.«

6

Ben stand in einem dunklen Durchgang im als anrüchig verschrienen Nordteil der Innenstadt und verstand die Welt nicht mehr. Wie war es nur möglich, daß er nach seinem ersten Arbeitstag in der neuen Firma hier in der Halbwelt gelandet war? Auf der Straße gegenüber blinkte rhythmisch die Neonreklame eines ›Red Parrot Café‹, und gleich darunter leuchtete in kleineren Buchstaben das Wort ›Bier‹. Dort hatte sich ein Grüppchen zwielichtiger Gestalten gebildet. Über ihre Gesichter zuckten die sich im Kreis drehenden roten und blauen Lichter der Polizei- und Krankenwagen.

Ben sah zu, wie die Sanitäter und die Helfer des Gerichtsmediziners die bereits steife, blutüberströmte Leiche auf eine Bahre hoben. Vorher hatten sie sich fünfzehn Minuten lang damit abgemüht, sie aus einem Müllcontainer zu hieven, in dem eine Obdachlose sie gefunden hatte.

Voller Entsetzen starrte Ben den gräßlich verstümmelten Toten an, der von einer längst verkrusteten, schwarzen Blutschicht bedeckt und kaum noch auch als die sterbliche Hülle eines Menschen zu erkennen war. Die linke Gesichtshälfte war von einem gewaltigen Schlag vollständig zertrümmert, die rechte mehr oder weniger entstellt worden. Der Kiefer war gebrochen und baumelte lose herab. Die Schädeldecke war bis zum rechten Ohr gespalten worden, und im Hinterkopf klaffte ein Loch. Nicht minder übel zugerichtet sah auch der ganze Rest des Körpers aus. Er wies zahlreiche Einstiche auf, aus denen Unmengen von mittlerweile geronnenem Blut geströmt sein mußten. Dazu waren mit einem schweren Gegenstand beide Knie zerschmettert worden.

Keine Frage: Das waren die Überreste von Jonathan Adams. Gewiß, das Gesicht war bis zur Unkenntlichkeit verstümmelt, doch Ben konnte sich noch gut an die Kleider erinnern, die Adams am Vormittag bei ihm im Büro getragen hatte, und vor allem an den auffälligen Bleistifthalter. Und in der Brusttasche hatte seine Visitenkarte gesteckt, die erste, die Ben je hergegeben hatte.

Doch auch wenn Ben ihn wiedererkannte, von der Würde, die dieser Mann ausgestrahlt hatte, von seiner Ruhe und inneren Kraft war nichts mehr übriggeblieben. Die Leiche erinnerte viel eher an einen geplatzten Luftballon.

Der Polizeifotograf, der offenbar einen Magen aus Edelstahl besaß, schoß aus allen möglichen Perspektiven und Winkeln Aufnahmen. Ben würgte und sah weg.

»Habt ihr eine Waffe gefunden?« fragte er.

»Nein.«

Der Mann, der ihn hierher beordert hatte, Lieutenant Mike Morelli, zündete im kräftigen Nachtwind mühsam seine Pfeife an. Er trug einen Hut und einen für die Jahreszeit viel zu warmen Mantel, doch Ben wußte, daß es für Mike einfach zu seinem Berufsethos gehörte, jederzeit wie ein Detective auszusehen. »Meine Leute kämmen die Gegend durch, aber ich mache mir keine großen Hoffnungen. Die Anwohner sind nicht gerade hilfsbereit. Als nächstes stelle ich ein Team zusammen, das nach blutbefleckten Kleidern Ausschau halten soll. Ab Tagesanbruch werden sie sämtliche Mülltonnen der Stadt durchsuchen.«

»Glaubst du, ihr werdet was finden?«

»Schon möglich. Vorausgesetzt, der Mörder stammt aus der Gegend und ist nicht schlau genug, um seine Sachen zu verbrennen. Am besten wäre es natürlich, wir könnten das Messer sicherstellen, mit dem er ihm all die Stichwunden beigebracht hat.«

»Was für eine Art von Messer ist es denn?«

»Kann ich nicht mit Bestimmtheit sagen. Vielleicht wissen wir mehr, wenn der Bericht des Gerichtsmediziners vorliegt. Auf alle Fälle war es groß und scharf. Könnte ein Küchenmesser gewesen sein, wie man es in jedem Haushalt findet.« Er zog zweimal an seiner Pfeife.

»Aber warum gerade mit einem Messer? Da wird man ja total schmutzig dabei! Jeder Idiot kann sich doch auf dem Schwarzmarkt eine Pistole besorgen, noch dazu in dieser Gegend.«

»Du gehst also davon aus, daß jemand diesen Mord im voraus geplant hat«, brummte Mike. »Aber vergiß nicht, daß Adams' Geldbeutel fehlt. Im Umkreis von fünf Meilen um den Tatort leben fünfundneunzig Prozent aller Gauner, Drogensüchtigen, Dealer und Zuhälter von Tulsa. Wahrscheinlich war Adams nichts als ein naiver Bonze, der sich hier vergnügen wollte und statt dessen ausgeraubt wurde. Entweder artete der Überfall zu einem Blutbad aus, oder Adams war tatsächlich so dumm und versuchte sich zu wehren. Da sah der Täter eben rot. Und noch etwas, Herr Anwalt: Ein Messer mag zwar unappetitlicher sein, aber es ist tausendmal schwerer aufzuspüren als eine Pistole.«

Wieder paffte Mike an seiner Pfeife, und fast sah es so aus, als bilde der Rauch einen Kreis um seinen Kopf. Ben fragte sich insgeheim, ob er das geübt hatte.

»Keine Registriernummer«, fuhr Mike fort, »keine Lizenz, kein Paraffin und keine ballistischen Tests. Außerdem ist ein Messer viel leiser. Auch wenn diese Gegend noch so runtergekommen ist, leben hier immer noch Leute. Manche Menschen kommen zeitlebens immer wieder hierher und werden ihre Gewohnheiten bestimmt nicht ändern. Und soviel ich weiß, suchen manche ältere Herrschaften hier gern ein bißchen Abwechslung in fremden Betten.«

»So einer war Adams aber nicht.«

»Sagst du. Und wie lange kanntest du ihn? Eine Stunde? Dieses Viertel ist übrigens auch ein Jagdgebiet für Yuppies, wie du jetzt einer bist, die es für wahnsinnig aufregend halten, sich zwischendurch mal einen Abend lang in der Halbwelt rumzutreiben und sich ein bißchen Kokain oder so was reinzuziehen.«

Ben schüttelte nachdenklich den Kopf. War Mike ihm etwa böse? Aber warum nur? Vor sechs Jahren war er noch sein Trauzeuge gewesen.

Sie hatten sich an der Universität in einem Lyrikkurs kennengelernt. Beide hatten selbst Gedichte schreiben wollen und dabei noch andere Gemeinsamkeiten entdeckt: Pizza, Musik, die Welt retten.

Im nächsten Semester mieteten sie zusammen eine Wohnung und traten gemeinsam in einem Pizzarestaurant auf, Ben als Keyboardspieler und Mike als Gitarrist und Sänger.

Über Ben lernte Mike auch dessen Schwester Julia kennen. Zwei Monate später brach Mike das Studium ab und verlobte sich mit Julia. Ein Blinder hätte sehen können, daß die zwei in verschiedenen Welten lebten. Bens und Julias Vater war Kardiologe, der von Mike hatte sich früh scheiden lassen und sich vor allem um Ölquellen, aber nie um seine Kinder gekümmert. Doch sie waren verliebt. Da kam es auf die Unterschiede nicht an. Am Anfang zumindest.

Julia war den Lebensstandard einer Akademikertochter gewöhnt, der jeder Wunsch von den Augen abgelesen wurde und der von Einladungen in schicke Restaurants bis Theaterbesuchen alles geboten wurde. Damit konnte Mike allerdings nicht dienen. Nach dem Abbruch des Studiums begann er seine Ausbildung an der Polizeiakademie und arbeitete nebenbei als Gefängniswärter. Wenn er sich einschränkte, so dachte er, würde das Geld für das Nötigste reichen. Ein unmöglicher Traum, solange Julia Luft zum Atmen und Kreditkarten für ihre Wünsche hatte. Ihretwegen mußte Mike sich bei ihrem Vater Geld leihen, was für zusätzliche Spannungen in dem ohnehin von Anfang an getrübten Verhältnis zwischen Mike und seinen Schwiegereltern sorgte.

In dieser Zeit wiederum verlor Ben seinen besten Freund nach und nach aus den Augen. Er studierte ja noch immer an der Universität und hatte seine eigenen Probleme. Eines Tages erfuhr er von seiner Mutter, daß Julia Mike verlassen hatte und mit einem Professor für englische Literatur in Montana zusammengezogen war. Mom und Dad waren entsetzt, aber natürlich gaben sie Mike die Schuld.

Da er nun keine Einkaufssucht mehr zu befriedigen hatte, schaffte Mike die Ausbildung mühelos. Was seine verletzten Gefühle betraf, so nahm Ben an, daß er sie mit seiner burschikosen Art mehr oder weniger überspielte. Binnen vier Jahren stieg Mike zum Detective bei der Mordkommission auf. Beamte, die kurz vor dem Diplom in Jura gestanden hatten, bekam die Polizei von Tulsa nicht allzuoft.

Nach all den Jahren der Trennung hatte Ben aufrichtig vorgehabt, sich bei Mike zu melden, sobald er sich eingelebt hatte.

»Du glaubst also, daß es ein Überfall war und der Täter durchgedreht ist?« fragte Ben.

Mike nahm einen tiefen Zug aus seiner Pfeife. »Sieht ganz so aus. Die Gegend, das Opfer, das Fehlen der Brieftasche. Trotzdem – und das sage ich dir auf die Gefahr hin, daß es sich vielleicht abgedroschen anhört: Irgendwas gefällt mir nicht an der Sache. Ein Schlag hätte doch genügt, um den Kerl auszurauben. Und nach zweien wäre er auch schon tot gewesen. Warum, zum Teufel, hat sich der Mörder eingebildet, er müsse den Mann zu Gulasch verarbeiten?«

»Vielleicht war er übergeschnappt. Oder high.«

»Kann sein. Würde auf alle Fälle zum Viertel passen. Aber etwas stört mich trotzdem an dieser Theorie, Ben.«

Ein junger Beamter in Uniform trat auf Mike zu. »Der Tote liegt jetzt im Rettungswagen, Sir. War aber eine Heidenarbeit, ihn aus dem Müllcontainer zu bergen. Wir haben ihn und den Container auch schon nach Fingerabdrücken untersucht. Nichts gefunden. Pech auf der ganzen Linie. Nicht mal Fußabdrücke sind da.«

»Herrgott, was seid ihr für Penner?« wetterte Mike. »Ihr durchkämmt jetzt sofort die gesamte Umgebung in einem Umkreis von zehn Blocks, kapiert! Und daß ihr euch genau umschaut! Das heißt, ihr dreht jeden Stein um und geht auch in die Wohnungen. Fragt die Leute, ob sie sich kürzlich gebadet haben. Und wehe, ihr kommt nicht mit einem brauchbaren Hinweis zurück!«

Der junge Beamte schluckte. »Jawohl, Sir.«

»Und fordert die Spurenfahnder an, du weißt schon, die Jungs mit den Pinzetten!«

»Jawohl, Sir.«

»Und wo, zum Teufel, steckt die Chemikerin vom Labor, Bolton oder Dolton oder wie sie heißt? Ruf sie noch mal an.«

»Jawohl, Sir.«

»Und mach gefälligst McAfferty Feuer unter dem Arsch. Er soll Crazy Jane zu mir bringen. Mr. Kincaid und ich wollen uns mit ihr unterhalten.«

»Jawohl, Sir.« Der junge Mann drehte sich hastig um und verschwand.

»Du kehrst wohl immer noch den hartgesottenen Macker raus, was?« meinte Ben. »Dashiell Hammett wäre stolz auf dich.«

Mike wich seinem Blick aus. »Keine Ahnung, wovon du sprichst.«

»Schon gut. Vergiß, daß ich was gesagt habe. Es ist sicher purer Zufall, daß du dich so anziehst und so benimmst wie die Gestalten in einem *film noir.*«

Mike starrte ihn wütend an.

»Keine Sorge, Mike. Ich werde ihnen schon nicht verraten, daß du freiwillig ein Seminar über englische Literatur besucht hast.«

»Ich habe jetzt keine Zeit, mit dir über so was zu quatschen«, knurrte Mike.

Ben hielt es für das Klügste, ihn nicht mehr an die Vergangenheit zu erinnern. »Was ist eigentlich mit dieser Crazy Jane?« erkundigte er sich.

»Das ist die Stadtstreicherin, die den Toten beim Rumwühlen in den Abfällen gefunden hat. Suchte anscheinend nach was Eßbarem.«

Ein anderer Uniformierter führte eine ausgemergelte Frau zu ihnen. Das mußte Crazy Jane sein. Sie war so klein und buckelig, daß man meinen konnte, sie hätte ihr ganzes Leben in einer kauernden Stellung verbracht, um sich vor der Kälte zu schützen. Ihr dünnes graues Haar stand in alle Richtungen ab. An ihrem Hinterkopf bemerkte Ben eine kahle Stelle. Es war das erstemal, daß er eine Frau mit Glatze sah. Ihre Haut hatte sich bläulich verfärbt und erinnerte eher an kalten Stahl. Über dem linken Auge war die Stirn mit Schorf bedeckt. Um den Oberkörper hatte sie sich einen Müllbeutel gewickelt. Die Jacke einer Bettlerin, dachte Ben.

»Hast du sie ausgenüchtert, McAfferty?« fragte Mike.

Der junge Beamte zögerte. »Ich habe ihr Unmengen von Kaffee reingekippt, aber als nüchtern würde ich sie nicht gerade ...«

Mike hatte schon verstanden. Er pflanzte sich vor der Frau auf. »Wie lange haust du hier schon, Jane?«

»Mein ganzes Leben lang, Süßer.« Ihre Lippen, die so dünn wie ein Strich waren, öffneten sich kaum.

»Hast du heute abend jemanden in dieser Gasse gesehen? Außer dem Toten natürlich.«

Sie blickte ihn ganz merkwürdig an. »Der Schneevogel war's.«

Mike verdrehte die Augen.

»Der Schneevogel. Der weiße Friedensvogel. Er kommt vom Himmel runter und fliegt mit ihnen wieder zu den Wolken.«

Mike und Ben wechselten einen Blick. »Ich verstehe ...«

»Er kam vom Himmel.« Sie riß sich plötzlich von dem Polizisten los und fing unvermittelt an zu schreien. Ihr Blick war starr auf die Wolken gerichtet. »Großer allmächtiger Gott, öffne endlich deine Tore! Die Zeit des Herrn ist gekommen. Preiset Gott, den Herrn, Halleluja!«

»Das wär's fürs erste, Jane«, seufzte Mike. »Vielen Dank.«

»Klar doch, Süßer«, murmelte Crazy Jane, deren Augen und Stimme nun wieder ganz im Diesseits verhaftet waren. McAfferty führte sie weg.

»O Mann«, stöhnte Ben, sobald sie wieder allein waren. »Die ist ja total übergeschnappt.«

»Leb du mal eine Weile auf der Straße, dann werden wir ja sehen, wie du das überstehst. Diese Leute haben ein verflucht hartes Leben. Die wärmen sich vor Abzugsschächten auf und wühlen im Abfall nach Essensresten. Also, Ben, wenn du keine neuen Erkenntnisse hast, kannst du gehen.«

»Wie schade. Wo ich die Gegend gerade erst liebgewonnen habe ... Sag, wie lange wird es dauern, bis ihr den Mörder habt?«

»Wahrscheinlich ewig.«

»Was?«

»Du hast mich gehört.«

»Ist es nicht ein bißchen früh, schon jetzt alle Hoffnung aufzugeben?«

»Ich versuche nur realistisch zu sein«, erklärte Mike. »Tatsache ist nun mal, daß wir völlig im dunkeln tappen.

Vielleicht bekommen wir ja noch was vom Labor oder dem Gerichtsmediziner, aber davon können wir nicht ausgehen. Der Mörder war wahrscheinlich irgend so ein Geisteskranker, der sich mit dem Bargeld davongemacht hat und jetzt in einem Hotelzimmer in Saint Louis oder so hockt ... Aber Moment mal, etwas habe ich ja – deine Visitenkarte. Das heißt, du bist mein Hauptverdächtiger. Andererseits will ich dich nicht ins Gefängnis karren. Schließlich gehörst du zur Familie.«

»Sag bloß, du gibst auf, noch ehe du angefangen hast! Das verstehe, wer will.«

»Wer spricht denn von Aufgeben? Morgen fahren wir zum Sitz dieser Frühstückskette raus, bei der er laut deiner Aussage gearbeitet hat, und befragen jeden, der in den letzten zehn Jahren ein Wort mit ihm gewechselt hat. Dann gehen wir mit einer gerichtlichen Anweisung zur Telefongesellschaft und lassen uns ein Verzeichnis sämtlicher Gespräche geben, die er in den letzten sechs Monaten geführt hat. Die Spurenermittler werden weiter die Stadt abgrasen, und zwar solange sie können. Das heißt, bis Chief Blackwell die Hoffnung auf Erfolg verliert oder der nächste grausige Mord dazwischenkommt.« Er redete sich mehr und mehr in Fahrt. »Tulsa ist zwar kein Vergleich mit New York City, aber so wenig haben wir hier auch nicht zu tun, als daß wir es uns leisten könnten, unsere Zeit mit hoffnungslosen Fällen zu vergeuden. Dieser Mord war eine Ein-Mann-Show, möglicherweise das Werk eines Verrückten. Wie auch immer, der Kerl hat nicht viele Spuren hinterlassen, und mit einem Geständnis ist wohl kaum zu rechnen. Anders als in den Fernsehkrimis, mit denen du aufgewachsen bist, lassen sich manche Fälle im wirklichen Leben nicht lösen.« Er legte eine Kunstpause ein. »Zumindest nicht mit konventionellen Methoden.«

Ben kniff die Augen zusammen. »Was meinst du damit?«

»Also wirklich, Ben, du bist der Rechtsverdreher hier. Da muß ich dir doch nicht extra die Gesetze erklären. Du hast viel mehr Möglichkeiten als ich.«

»Welche zum Beispiel?«

»Zum Beispiel: Was passiert, wenn ich ohne Durchsuchungsbefehl in ein Haus einbreche und Beweismittel mitnehme?«

»Dann haben sie vor Gericht wahrscheinlich keine Rechtswirksamkeit.«

»Und was passiert, wenn du das tust?«

Ben zuckte mit den Schultern. »Nichts. Das wäre dem Staat egal.«

»Na ja, nicht ganz. Ich müßte dich wegen Einbruchs verhaften, aber die Beweismaterialien, die du gefunden hast, dürften vor Gericht verwendet werden. Mensch, was hast du denn in deinem Studium getan? Vielleicht sollte *ich* Anwalt werden.«

Eine Antwort auf diesen Kommentar schien Ben für unter seiner Würde zu erachten. »Worauf willst du hinaus, Mike?«

»Also gut, noch einmal langsam zum Mitdenken: Wenn du wirklich dem Typen auf die Schliche kommen willst, der deinen Mandanten um die Ecke gebracht hat, solltest du einen Privatdetektiv beauftragen oder auf eigene Faust ermitteln und ab und an Rücksprache mit mir nehmen. Inoffiziell natürlich.«

Ein schwarzweißer Streifenwagen näherte sich und hielt ihnen gegenüber an. Ben erkannte Bertha Adams auf dem Rücksitz. »Weiß sie es schon?« fragte er.

Mike nickte. »Ich habe es ihr am Telefon gesagt. Aber so richtig begreifen sie es erst, wenn sie die Leiche sehen.«

Ben zog den Reißverschluß seiner Jacke hoch. »Ich möchte nicht dabeisein, wenn sie ihn sieht, Mike.«

»Kann ich gut verstehen. Laß dir aber das, was ich vorhin gesagt habe, durch den Kopf gehen, okay? ... Ach ja, fast hätte ich es vergessen ...« Mike griff in seine Jackentasche und zog ein zerknittertes Stück Karton heraus. »Da, das kannst du mitnehmen.«

Ben nahm das Papier entgegen. Es war seine Visitenkarte. »Brauchst du sie nicht als Beweismaterial?«

»Ach, ich glaube, ich kann mir den Namen merken«,

meinte Mike mit einem Augenzwinkern. »Weißt du, Ben, ich habe deine Schwester wirklich sehr geliebt.«

»Hmm.« Ben steckte die Karte ein. Dann wandte er sich ab und ging zu seinem Wagen.

7

»Unmöglich!« Derek knallte mit der Handfläche auf den Schreibtisch. »Unter gar keinen Umständen! Mein Gott, Kincaid, das war als Einstieg gedacht. Ein einfacher und billiger Fall. Ein Freundschaftsdienst. Ich kann es noch gar nicht glauben. Menschenskinder, ich habe ja auch schon mal Mandanten verloren, aber nie auf diese Weise!«

Während Derek in seinem Büro auf- und abstolzierte, saß Ben, die Hände unter den Schenkeln verborgen, auf dem Besucherstuhl.

»Wie soll ich die Extrakosten rechtfertigen? Es geht um nichts als um eine Adoption! Wozu brauchen wir da einen Privatdetektiv?«

»Lieutenant Morelli hat mir gesagt ...«

»Sicher!« Derek fuchtelte auf einmal wild mit den Armen herum. »Morelli wäre glücklich, wenn wir ihm die Arbeit abnähmen. Aber wir haben auch so genug zu tun, Kincaid. Erste Lektion über Verwandte: Wenn sie nicht auf Geld aus sind, dann wollen sie, daß der Anwalt irgendeinen Hokuspokus gratis für sie veranstaltet.«

»Entschuldigen Sie, Sir, aber ich glaube, diese Art von Hokuspokus gehört zu unserem Beruf.«

»Nein. Wir hatten den Auftrag, die nötigen Formalitäten zu erledigen und ein bißchen Papierkrieg zu führen, damit ein freundliches älteres Ehepaar den Antrag auf die Adoption eines geistig behinderten Findelkindes stellen konnte. Niemand hat uns gebeten, einen Mörder zu überführen, und niemand verlangt von uns, daß wir auf eigene Kosten nach den Eltern fahnden, wer immer sie auch sein mögen.« Er suchte in seiner Hemdtasche nach Zigaretten, fand jedoch keine. »Herrgott, wir wissen ja nicht mal, ob die Frau die Kleine jetzt immer noch adoptieren will, wo doch ihr ...« Er rang einen Moment nach Worten, um dann seinen Monolog mit einer wegwerfenden Geste zu beenden.

»Doch, Sir«, widersprach Ben. »Sie will es mehr denn je.«

»Na prima.« Derek versetzte der Wand einen wütenden Tritt, der offenbar vor allem ihm weh tat. Mit schmerzverzerrtem Gesicht griff er sich an den rechten Fuß, humpelte hinter den Schreibtisch und ließ sich auf seinen Stuhl fallen. »Habe mir gestern beim Squashspielen den Knöchel verstaucht. Eigentlich hätte ich heute daheim bleiben sollen.« Er holte tief Luft. »Zurück zur Adoption. Das ist Ihr Auftrag. Aber Privatdetektive sind nicht drin. Und auch sonst keine Extratouren, verstanden? Sie bekommen von mir nicht einmal die Genehmigung, Ferngespräche zu führen. Haben Sie überhaupt eine Ahnung, was so ein Privatdetektiv kostet?«

»Nein, Sir«, gab Ben zu.

»Unsummen. Lassen Sie sich das mal gesagt sein, Kincaid. Dieser Auftrag nützt im Grunde weder unserem Mandanten noch seinem Unternehmen. Er will jemandem eine Wohltat erweisen, mehr nicht. Viele steinreiche Geschäftsleute vom Schlag eines Sanguine verspüren hin und wieder den Drang, ihren Angestellten unter die Arme zu greifen. Das ist gut fürs Image. Dann können sie sich edel fühlen. Aber sie wollen auf keinen Fall, daß ihre Wohltat mehr kostet als unbedingt nötig. Können Sie mir folgen?«

»Wissen Sie, Sir«, erwiderte Ben stockend, »das Jugendamt wird Mrs. Adams die Adoption wahrscheinlich verweigern. Sie ist nicht mehr jung, sie hat nie eigene Kinder großgezogen, und jetzt ... ist sie auch noch Witwe. Es gibt Tausende von adoptionswilligen Paaren, die sämtliche Bedingungen der Behörden erfüllen und trotzdem jahrelang auf ein Kind warten müssen. Die einzige Chance für Mrs. Adams sehe ich darin, daß wir dem Richter sagen, Emilys leibliche Eltern hätten der Adoption durch sie zugestimmt. Dafür müßten wir aber mindestens ein Elternteil aufspüren.«

Derek trommelte ungeduldig auf der Tischplatte herum. »Wie wollen Sie die Eltern finden? Wissen Sie, um wen es sich handelt?«

»Sir, ich habe keine Ahnung, wer Emilys Eltern sein könnten. Andererseits wirkte Mr. Adams sehr zuversichtlich, daß er sie würde auftreiben können. Aber wenige Stunden nachdem er die ersten Schritte eingeleitet hatte, wurde er ermordet. Na gut, vielleicht war das nur ein tragischer Zufall, aber es fällt mir schwer, das zu glauben. Lieutenant Morelli meint, wir könnten ...«

»Wenn Lieutenant Morelli uns einschalten will«, fuhr ihm Derek über den Mund, »und bereit ist, die bei uns üblichen Anwaltshonorare zu zahlen, helfen wir ihm gerne. Er braucht uns nur anzurufen. Mein Stundensatz beträgt zur Zeit einhundertfünfundachtzig Dollar. Ansonsten können Sie es vergessen.« Er massierte sich vorsichtig den rechten Fuß. »Verstehen Sie mich richtig, junger Mann«, fuhr er fort. »Ich weiß, wie Sie sich fühlen. Jeder Anwalt, der frisch von der Uni kommt, will Perry Mason spielen. Vom Fernsehen ist man es ja so gewöhnt. Da glaubt man natürlich, ein Anwalt hätte nichts anderes zu tun, als Kriminalfälle zu lösen. Das stimmt aber nicht. Anwälte haben nur eine Aufgabe: ihre Mandanten zufriedenstellen.«

Ben setzte zu einer Antwort an, doch Derek gebot ihm mit erhobener Hand Schweigen. »Wenn Sie Ermittlungen anstellen müssen, dann von mir aus gern. Aber als Anwalt. Und halten Sie sich dann an den Kodex, der in den *Oklahoma Rules of Civil Procedure* festgehalten ist. Und vergessen Sie nicht, die Stundenzahl aufzuschreiben, die unsere Firma von Ihnen erwartet. Ich denke, daß Joseph Sanguine in dieser Angelegenheit fünf, vielleicht sogar acht Stunden anstandslos bezahlt. Bei mehr wird er sauer. Und ich nicht minder.«

Erneut ließ Derek keinen Widerspruch zu. »Das wär's, Kincaid. Ich habe zwei weitere Akten auf Ihren Schreibtisch legen lassen und erwarte, daß Sie bis morgen früh damit vertraut sind. Bei der ersten handelt es sich um eine Unterlassungsklage. Die Sache muß sehr schnell über die Bühne gehen. Es ist übrigens wieder ein Auftrag von Sanguine. Weil ihm wegen der Praktiken der beklagten Firma Millionenverluste drohen, wollen wir ihr die Weiterführung dieser Geschäfte untersagen lassen. Unsere Begründung muß am Montag vorliegen. Das bedeutet, daß ich sie am Freitag auf meinem Tisch haben will. Und zwar gleich am Morgen.«

Mit einer Geste entließ er Ben. »Sie haben viel zu tun, Kincaid. Machen Sie sich also an die Arbeit.«

Die Lippen fest zusammengepreßt, verließ Ben Dereks Büro.

8

Als ob er sich für Perry Mason hielt! Was für ein Idiot!

Ben schob die Papiere auf seinem Schreibtisch wütend hin und her und brummelte noch einige Verwünschungen mehr vor sich hin.

»Na, zumindest brennt bei Ihnen Licht. Das ist schon mal etwas.«

Ben sah verblüfft auf. In der Tür stand eine mittelgroße Frau, die nicht viel älter sein konnte als er selbst.

»Ihr Vorgänger hatte nie das Licht an. Lance Caldwell hieß er. Arbeitete am liebsten bei Dunkelheit. Und das war noch längst nicht alles.« Sie schüttelte mißbilligend den Kopf. »Das war vielleicht ein komischer Kauz. Zu guter Letzt ist er gegangen. Keine Ahnung, ob sie ihn gefeuert haben, ob ihm die Zulassung als Anwalt entzogen wurde oder ob ihn Außerirdische entführt haben.« Sie trat einen Schritt näher. »Sagen Sie mal, wollen Sie mich nicht hereinbitten? Ich heiße Christina McCall und bin Ihnen als Gehilfin zugewiesen worden.«

Ben lächelte sie an. »Oh, Verzeihung. Kommen Sie bitte herein und setzen Sie sich. Ich bin Ben Kincaid.«

Sie trat ein und schloß die Tür hinter sich. Obwohl Ben mehrere Haarspangen und Gummibänder entdeckte, vermochte er an ihrem schulterlangen rotblonden Haar keine irgendwie zusammenhängende Frisur zu erkennen. Sie hatte ein schmales, aber weiches Gesicht, das im Gegensatz zu den Fotos in den Modemagazinen auf eine sehr natürliche Weise hübsch auf ihn wirkte. Das eigentlich Auffällige an ihr war jedoch ihre Kleidung. Zu gelben Leggings trug sie ein braunes Lederkleid, dessen Unterteil einem Minirock bedenklich nahe kam.

Sie musterte kritisch die zwei Stühle mit dem orangefarbenen Cordbezug. »Hoffentlich entschädigen die Sie mal für diese Stühle.«

»Guter Vorschlag«, meinte Ben. »Wollen Sie ein Memo an das Management schreiben?«

»Kann schon passieren.« Sie setzte sich auf den Stuhl links von Ben und schlug die gelben Beine übereinander. »Na, haben Sie einen netten Plausch mit Dickie gehabt? Es kommt nicht oft vor, daß wir ihn durch die geschlossene Tür hindurch hören. Sie müssen ja wirklich ein besonderes Verhältnis miteinander haben. Und was war das für ein dumpfer Schlag? Hat er gegen die Wand getreten oder was?«

Na großartig. Die ganze Belegschaft wußte schon Bescheid. »Wir haben einen heiklen Fall erörtert.«

»Ach ja. Die Adoptionsgeschichte, wie ich hörte.«

Ben biß sich auf die Lippen. In diesem Haus gab es offenbar keine Geheimnisse.

»Das muß ja ganz schön unheimlich sein«, fuhr sie fort. »Da kommt ein netter Mandant, man unterhält sich mit ihm, und als nächstes erfährt man, daß er schon die Leichenstarre hat. Brrrr!« Sie schüttelte sich theatralisch.

Da Ben immer noch nichts sagte, wechselte Christina abrupt das Thema. »Am Samstag veranstaltet Raven, Tucker & Tubb doch ein Galadinner mit anschließendem Tanz. Gehen Sie hin?«

»Habe ich denn eine Wahl?« Beide brachen in Lachen aus. »Und Sie?«

»*Faux pas, faux pas*. Gehilfinnen bekommen keine Einladung. Nur Anwälte und ihre Begleiterinnen.«

Ben lief rot an. »Oh, das tut mir leid ...«

»Ist nicht so schlimm. So hatte ich wenigstens die Gelegenheit, mein Französisch anzubringen. Beeindruckt es Sie, daß ich französische Redewendungen beherrsche? Ich finde, sie klingen irrsinnig gut. Vor allem *faux pas*. Das gefällt mir am besten. Ich kann es sogar buchstabieren. Sie auch?«

Ben blinzelte verwirrt. »Orthographie war noch nie meine Stärke.«

»Na gut, brechen Sie sich deswegen keinen ab. Die Party wird Ihnen gefallen. Nehme ich zumindest an. Wissen tue ich es leider nicht, weil ich nie dabei war. Aber lassen Sie sich deswegen nicht den Spaß verderben. Ich finde sicher was anderes für Freitag abend, auch wenn der Ballsaal des Excelsior natürlich einmalig ist. Stellen Sie sich nur vor: Dort treffen Sie sich mit der *Crème de la crème* von Tulsa!« Sie hielt inne. »Wieder was Französisches: *Crème de la crème*.«

»Habe ich schon bemerkt.«

»Wissen Sie, was das heißt?«

»Ich glaube, ja.«

»Können Sie es auch buchstabieren?«

»Äh ... nein.«

»Na gut. *C'est la vie*. Eins kann ich Ihnen sagen: Wenn ich einen Freund hätte, würde ich mir schon überlegen, ob ich nicht einfach so hingehen soll ... zur Party am Freitagabend, meine ich. Aber so allein ... Nein, das wäre nicht dasselbe.«

Der Wink mit dem Zaunpfahl ist angekommen, dachte Ben und unterdrückte ein Grinsen.

Christina zog ein dickes Bündel bedruckter Dokumente aus ihrer Tasche und reichte sie Ben. »Das sind Ihre Abrechnungsbögen. Sehen Sie die gepunkteten Zeilen? Dort müssen Sie den Namen des Mandanten, die Codenummer des Falles, die Anzahl der Arbeitsstunden und eine Kurzbeschreibung Ihrer Leistungen eintragen. Daraus ergibt sich dann die Rechnung.«

Ben überflog den obersten Bogen. »Danke. Ich hatte mich schon gefragt, wie das hier so läuft.«

Christina strich sich das Haar aus dem Gesicht. »Ben, darf ich Ihnen einen Ratschlag geben?«

»Danke, eigentlich habe ich schon genügend von Derek bekommen.«

»Sicher, aber meiner wird Ihnen nützen. Ich will Ihnen ja nicht zu nahe treten, aber irgendwie kommen Sie mir ganz nett vor – anders als die sonstigen Zombies, die wir hier kriegen. Sie haben ein gewisses *Je ne sais quoi.*«

»Noch mehr Französisch«, bemerkte er.

»Klar.« Sie strahlte ihn an. »Sagen Sie, haben Sie vorher schon mal in einer Kanzlei oder so was gearbeitet?«

»Beim Bezirksstaatsanwalt.«

»Tja, jetzt sind Sie in einer privaten Kanzlei, noch dazu in einer großen. Und da sehen die Spielregeln ganz anders aus. Lassen Sie sich darum von mir gesagt sein, was ich nach fünfjähriger Erfahrung bei Raven, Tucker & Tubb für die drei wesentlichen Richtlinien halte, die jeder Junganwalt unbedingt befolgen sollte. Wenn Sie nichts dagegen haben.«

»Ganz und gar nicht. Ich kann jede Hilfe gut gebrauchen.«

»Erstens, füllen Sie jeden Tag Ihre Abrechnungsbögen aus. Warten Sie nicht bis zum Ende der Woche oder einer ruhigen Stunde, in der sie gerade mal Zeit dafür haben. Kleinigkeiten vergißt man nämlich unheimlich schnell, und jede verlorene Minute ist eine Minute, für die Raven kein Geld bekommt. Die Teilhaber werden Ihnen vielleicht was von Einarbeitung der neuen Kräfte, Betriebsklima, innerem Wachstum oder was auch immer vorsülzen, aber bei den Entscheidungen über die für Sie wirklich wichtigen Dinge wie Prämien oder eine eventuelle Beförderung achten sie nur auf zweierlei: ob Sie der Firma das große Geld bringen und ob Sie neue Mandanten gewonnen haben. Sie sind neu in Tulsa. Das heißt, wenn nicht gerade ein Wunder geschieht, bringen Sie keine lukrativen Firmen mit ein. Füllen Sie darum Ihre Abrechnungsbögen täglich aus. Und möglichst großzügig.«

Ben tat so, als würde er es sich zu Herzen nehmen. »Abrechnungsbögen, täglich ausfüllen. Alles klar. Und was ist die zweite Regel?«

»Jeden Donnerstag Mittagessen im Oil Capital Club. Dort halten die Teilhaber ihre wöchentlichen Versammlungen ab. Auch wenn Sie es für lächerlich halten und es Sie eine Stange Geld kostet, können Sie damit Eindruck schinden. Die Regel Nummer zwei lautet also: Zukünftige Teilhaber speisen im Oil Capital Club.«

»Ich gehe aber ganz gern ins Carl's Coney Island.«

»Ewige Angestellte ohne Aussicht auf Gewinnbeteiligung speisen im Carl's Coney Island. Das ist die Richtlinie Nummer drei.«

»Ich verstehe.«

»Bringen Sie also ein Opfer für Ihre Karriere.«

»Kann man im Oil Capital Club wenigstens anständig essen?«

»Da bin ich überfragt. Frauen haben keinen Zutritt.«

Bens Augen weiteten sich. »Im Ernst?«

»Großes Indianerehrenwort.«

»Wie können dann die weiblichen Teilhaber an den Versammlungen teilnehmen?«

Christina verzog den Mund zu einem dünnen Lächeln. »Zum Glück ist diese Eventualität noch nie eingetreten.«

»Na gut, haben Sie sonst noch Geheimtips auf Lager?«

Christina legte den Zeigefinger an ihre Lippen. »Ihnen gebe ich noch eine speziell auf Sie zugeschnittene Regel mit, weil für Sie besondere Umstände gelten, denn Sie sind Richard Derek zugewiesen worden.« Mit einem Blick über die Schulter vergewisserte sie sich, daß die Tür zu war. »Derek kommt aus einer Familie hier in Tulsa, die sich mit Öl eine goldene Nase verdient hat. Von insgesamt fünf Kindern ist er das Nesthäkchen. Er hat in Harvard studiert, war kurz bei einer Kanzlei in Philadelphia tätig und ist dann nach Tulsa zurückgekehrt. Er hat beste Beziehungen zu allen möglichen einflußreichen Leuten. Dazu hat er einen unglaublich scharfen Intellekt und ist ein effizienter, wenn auch nicht gerade diplomatischer Anwalt. Er ist egoistisch, herrschsüchtig und kommt mit niemandem gut aus. Den Aufstieg hat er im Grunde seinem guten Aussehen und seinem autoritären Auftreten zu verdenken. Er macht andere für sein

Leben gern zur Schnecke.« Sie sah Ben in die Augen. »Und Sie haben sich ja nicht unbedingt gut bei ihm eingeführt.«

»Sagen Sie bloß, Sie haben auch schon davon gehört«, stöhnte Ben.

»Von der Tragikomödie mit dem Toupet?« fragte sie grinsend zurück. »Das weiß jeder. Damit haben Sie sich in bestimmten Kreisen sehr beliebt gemacht. Wir hatten ja schon immer vermutet, daß dieser Egomane eine Perücke trägt. Danke für die Bestätigung. Für Sie hat die Sache allerdings einen gewaltigen Haken: Sie müssen mit ihm auskommen. In einem Jahr oder so können Sie vielleicht eine Versetzung beantragen. Die Teilhaber werden das auch verstehen, aber noch ist es nicht soweit.«

»Zuallererst muß ich buckeln, wie?«

»So was in der Richtung. Sie wollen doch nicht als Querulant gelten, oder? Nichts ist in einer großen Firma entbehrlicher als ein junger Unruhestifter, der eine Menge Geld kostet. Also riskieren Sie lieber keine große Lippe. Schmieren Sie dem Arschloch Honig ums Maul.«

Sie warf einen Blick auf ihre Uhr. »Himmel, ich rede ja wie ein Buch! Ich muß los. Eigentlich wollte ich mich ja nur vorstellen. Wenn Sie Hilfe brauchen, wenden Sie sich ruhig an mich. Außer Ihnen arbeite ich noch für vier andere Anwälte, aber ich kann immer eine kleine Sonderschicht einlegen.« Sie warf einen Blick auf Bens Schreibtisch. »Sieht ganz so aus, als wären Sie schon im Rückstand.«

Ben sah ebenfalls auf die Akten hinunter. Seine zwei Fälle hatte er ganz vergessen. Dabei mußte er sich bis morgen früh mit ihnen anfreunden. Konnte Christina ihm vielleicht helfen? Bestürzt stellte er fest, daß er von der Arbeit einer Anwaltsgehilfin nicht den blassesten Schimmer hatte.

»Ob es um Korrekturlesen, die Überprüfung von Zitaten, Katalogisieren oder das Protokollieren von Aussagen geht – ich kann alles. Sie brauchen es mir nur zu sagen.«

Und Gedanken konnte sie offenbar auch lesen. »Könnten … Sie denn auch eine Akte zusammenfassen?«

»Kein Problem.« Sie griff nach den zwei Dossiers auf dem Schreibtisch. »Welche?«

»Wählen Sie sie sich aus.«

Sie nahm die dickere. »Bis wann brauchen Sie sie?«

Ben wandte den Blick ab. »Bis morgen früh.«

»Ahh! Ein Richard-Derek-Test. Er wird Sie über die obskursten Details ausquetschen, kurz, alles, was man gern übersieht, weil es einem nicht wichtig erscheint. Ich komme morgen früh zu Ihnen ins Büro, dann können wir den Fall gemeinsam durchgehen. Gott sei Dank haben Sie mich gefragt. Allein hätten Sie das nie geschafft.«

Sie erhob sich und ging zur Tür, um sich dort noch einmal umzudrehen. »Selbstverständlich schulden Sie mir jetzt auch einen Gefallen. *Quid pro quo*, nennt man das, glaube ich. Ist auch so ein französischer Satz. Klingt edel, was?«

Ben zögerte. »Soviel ich weiß, ist das eher lateinisch.«

Christina schob trotzig das Kinn vor. »Von mir aus. Trotzdem gefällt es mir.« Sie grinste ihn fröhlich an und ging.

Ben lehnte sich in seinem Stuhl zurück. In einem gab er Christina jetzt schon recht: Das Leben in einer großen Anwaltskanzlei war nicht so, wie er es sich ausgemalt hatte.

Er öffnete die zweite Akte und fing an zu lesen, konnte sich jedoch nicht so recht konzentrieren. In einem fort drängte sich das Bild von Jonathan Adams' blutüberströmter Leiche dazwischen – und die Szene, in der Bertha Adams vorgefahren war, um ihren Mann zu identifizieren.

Ob es Derek paßte oder nicht, er mußte etwas tun.

Aber er hatte keine Ahnung, was.

9

Raven, Tucker & Tubb veranstaltete nur zwei große Sausen pro Jahr – den Ballabend im Sommer und die obligatorische Weihnachtsfeier. Schon im Vorfeld dieser Feste war die Kanzlei *das* Tagesgespräch. Von seinen Informationsquellen hatte Ben gehört, daß Raven damit sogar satte Gewinne einfuhr. Zum einen möbelten solche Festivitäten das Image der Teilhaber gehörig auf, zum anderen konnte man später zusätzliche Profite von neu gewonnenen Mandanten eintreiben, die sich in diesem exklusiven Kreis bestens amüsierten. Da Ravens Feten mit der Zeit immer aufwendiger geworden waren und auch von der Presse entsprechend hochgepuscht wurden, galt eine Einladung dorthin als Prestigefrage, zumal in einer Provinzstadt wie Tulsa. Und für Leute, die nicht als Anwalt bei Raven arbeiteten oder mit einem von Ravens hohen Tieren verheiratet oder intim waren, gab es nur eine Möglichkeit, eine Eintrittskarte zu ergattern: Sie mußten zum Mandantenstamm zählen. Ein überraschend wirksamer Anreiz.

Der Festsaal des Excelsior war riesig. Doch weil man die Bankettische in einem kleineren Teil des festlich geschmückten Raumes aufgestellt und den Rest als Tanzfläche reserviert hatte, entstand ein durchaus behagliches Ambiente. Außerdem konnten die Gäste auch auf mehrere Nebenzimmer ausweichen, die Billard- und Kartentische und noch andere Angebote für kleine Gruppen bereithielten.

Die Band spielte von ins Ohr gehenden Jazzmelodien bis hin zu auf harmlos getrimmten Popnummern alles, was sich nach einem mehrheitsfähigen Kompromiß anhörte. Da der Abend eben erst angefangen hatte, war die Tanzfläche noch so gut wie leer. Und wenn sich jemand dort hinaus wagte, dann waren es meist Seniorpartner, denen ein peinlicher Auftritt nichts mehr anhaben konnte. Ben fiel auf, daß sie stets mit fremden Frauen tanzten, darunter auch Junganwältinnen, die er sonst nur im grauen Hosenanzug mit dem obligatorischen Halstuch zu sehen bekam.

Nach dem Dinner setzte ein allgemeines Gedränge und Geschiebe ein. Schätzungsweise fünfhundert Gäste versuchten, die richtigen Hände zu schütteln, mit den richtigen Ehefrauen zu flirten und den richtigen Egos zu schmeicheln.

Gemeinsam mit Alvin, Greg, Marianne und den übrigen Junganwälten, die sich alle in Schale geschmissen hatten, saß Ben an einem runden Tisch. Besonders glücklich war er nicht darüber. Vielmehr hatte er gehofft, man hätte sie auf den ganzen Raum verteilt, was ihm die Möglichkeit eröffnet hätte, andere Leute kennenzulernen. Aber, wie Alvin spöttisch bemerkte, bestand für die Teilhaber wahrscheinlich keine Notwendigkeit, sich die neuen Namen zu merken, weil die Hälfte ohnehin nicht bleiben würde.

Der einzige Nichtanfänger an Bens Tisch war Tom Melton, ein geselliger Bursche, der seit fünf Jahren in den Diensten der Kanzlei stand und den Junganwälten bei der Einarbeitung behilflich sein sollte. Nach Bens Einschätzung gehörte Tom zu der Sorte von Menschen, die Feiern und Schmeicheln mit professionellem Geschick betrieben. Er beherrschte die Kunst, anzügliche Witze zu reißen, oft auch auf eigene Kosten, und verstand es genauso perfekt, schamlos um die Teilhaber herumzuscharwenzeln, damit sie sich noch wichtiger fühlen konnten. Wahrscheinlich gehörte er auch bald dazu.

Die Männer an Bens Tisch ergingen sich in Fachsimpeleien über Sport, als gäbe es nichts Wichtigeres als darüber zu spekulieren, wer welche Meisterschaft gewinnen würde. Einmal mehr wurde Ben daran erinnert, daß man zumindest oberflächlich über Sport Bescheid wissen mußte, wollte man in Männerrunden dazugehören. Darum hatte er es sich auch zur Gewohnheit gemacht, vor wichtigen Gesprächen den Sportteil der Zeitung zu lesen, damit er gegebenenfalls mit Namen und Ergebnissen glänzen konnte. Heute war er jedoch völlig unvorbereitet erschienen.

Und das war bei weitem nicht das einzige Problem.

»Offenbar sind wir zwei die einzigen, die allein gekommen sind«, meinte Ben an Alvin gewandt. »Andererseits bin ich ja erst seit Samstag in Tulsa. Und was hast du für eine Ausrede?«

»Mir fällt das Funktionieren bei diesen formellen Übungen im gesellschaftlichen Vorspiel leichter, wenn ich mir keine Gedanken darüber machen muß, ob meine Begleiterin zu tief ins Glas geschaut hat.«

»Ich verstehe. Hättest du Lust auf eine Partie Pool?«

»Nein. Ich finde, die Kugeln lassen sich im Wasser nicht so leicht berechnen.«

»Ach, so eine Art von Gespräch soll das werden«,

brummte Ben. »Dann frage ich dich eben anders. Hättest du Lust auf Billard?« Und an Marianne gewandt, murmelte er: »O Mann, eine unpräzise Formulierung, und schon legen die Kerle einen aufs Kreuz.«

»Ich lege nie Menschen aufs Kreuz«, erwiderte Alvin.

»Wirklich?« entfuhr es Ben. »Dann kann dein Sexualleben ja nicht gerade aufregend sein.«

»Falls es dich interessiert, so etwas gibt es bei mir nicht. Ich lebe im Zölibat.«

Schlagartig verstummte der ganze Tisch.

»Das tut mir leid«, murmelte Ben schließlich.

»Nicht so schlimm«, sagte Alvin. »Ich tue es ja freiwillig. Vor einiger Zeit habe ich mir geschworen, nie eine Frau zu berühren. Es ist mir lieber so.«

»Ich verstehe. Aber da kommt man doch sicher in … Versuchung.«

»Überhaupt nicht. Ich habe nie Sex gehabt und vermisse auch nichts.«

»Ah.« Ben nickte, als könne er das nachvollziehen.

»Dann halte dich aber unbedingt von Ravens neuer Frau fern«, schaltete sich Greg grinsend ein. »Sie läßt dir unter Umständen keine Wahl.«

Mehrere von den Männern brachen in Gelächter aus.

»Raven hat eine neue Frau?« erkundigte sich Ben bei Alvin.

»Mensch, du bist ja überhaupt nicht auf dem laufenden, Kincaid! Sag, wie willst du da in der finsteren Welt der Firmenpolitik bestehen?« Alvin schüttelte angewidert den Kopf. »Ja, Raven hat eine neue Frau. Seine sechste.«

»Kennst du sie?«

»Nicht persönlich, aber ich habe von ihr gehört. Sie soll bedeutend jünger sein als er.«

»Älter ist ja wohl schwer möglich.«

»Da hast du auch wieder recht. Es heißt, daß sie hinter Männern her ist.«

»Hinter Männern her ist?«

»Ich brauche mich wohl nicht zu wiederholen. Vor allem Junganwälte haben es ihr angetan.«

»Jetzt mal im Ernst ...«

»Das sagt man eben über sie. Ich könnte mir vorstellen, daß eine Frau in ihrer Lage alles zu schätzen weiß, was jung ist.«

Die Männer am Tisch brachen in dröhnendes Gelächter aus.

»Kincaid«, sagte Greg, »du bist alleinstehend, gutaussehend und, soviel ich weiß, weder homosexuell noch zölibatär. Das könnte eine Riesenchance für dich sein.« Er legte sein perfektes Lächeln hin, auch wenn es diesmal eher lauernd wirkte.

»Nett gemeint, aber nein, danke.«

Greg sah Ben an, als könne er es nicht fassen. »Mensch, Ben, du kannst Karriere machen! Schließ die Augen und stell dir das nur mal vor.«

»Ich werde es mir überlegen«, versprach Ben mit einem müden Lächeln. Gab es denn gar kein Entkommen aus dieser schrecklichen Runde? Er reckte den Hals und suchte nach irgendeinem bekannten Gesicht, das ihn hätte erlösen können. Und entdeckte unmittelbar hinter sich seinen alten Freund. Richard Derek.

»Guten Abend, Mr. Derek«, sagte Ben und stand auf. »Amüsieren Sie sich?«

»Ach ...« Derek schniefte. »Ich versuche es. Wenn ich nur nicht diesen verdammten Husten und eine verstopfte Nase hätte. Ist wahrscheinlich eine Grippe. Würde mich nicht wundern, wenn ich Lungenentzündung bekäme.«

Mich eigentlich auch nicht, dachte Ben.

Derek wandte sich zu einer zierlichen Blondine um, deren blaues Kleid über den Boden streifte. »Hast du die Hustentropfen dabei, Louise? Ach, Kincaid, das ist meine Frau.«

Wie Soldaten bei der Heeresinspektion sprangen sämtliche männlichen Junganwälte am Tisch auf. »Es ist mir eine Ehre, Sie kennenzulernen, Mrs. Derek«, sagte Ben.

»Nennen Sie mich einfach Louise«, erwiderte sie mit einem matten Lächeln. Neben ihrem Mann wirkte diese ohnehin kleine Frau noch zerbrechlicher. »Dick, ich weiß auch nicht, wo deine Hustentropfen sind.«

Ben war aufgefallen, daß Derek sie gar nicht angeschaut hatte, obwohl er eindeutig mit ihr gesprochen hatte.

Derek räusperte sich so laut, daß die Leute vom Nachbartisch herübersahen. »Schön, daß Sie es heute noch geschafft haben, Kincaid. Sie haben übrigens ganz gute Arbeit bei der Zusammenfassung der beiden Fälle geleistet und nicht allzuviel übersehen. Ich freue mich schon auf den Schriftsatz für unsere Unterlassungsklage. Das ist Ihr nächster Auftrag.« Nachdem er noch einmal vernehmlich geschnieft hatte, wandte er sich mit seiner Frau ab, vermutlich um sich auf die Suche nach Hustentropfen zu begeben.

Komische Ehe, dachte Ben und setzte sich wieder an den Tisch, um festzustellen, daß ihn alle unverwandt anstarrten. Öffentliches Lob von Teilhabern, und sei es auch noch so zurückhaltend, brachte einem wohl nicht gerade die Sympathien der anderen Junganwälte ein. Verlegen schob er seinen Stuhl zurück und stand auf.

Bevor er die Gruppe verlassen konnte, stellte sich Greg neben ihn und flüsterte ihm ins Ohr: »Pst, Kincaid. Komm, wir machen uns selbständig und besorgen uns was Vernünftiges.«

Ben starrte ihn verständnislos an. »Was Vernünftiges?«

»Du weißt schon, Alkohol.«

»Greg, hier wird doch überall was angeboten.«

»Sicher, aber nicht die edlen Sachen. Courvoisier. Dom Pérignon.«

»Meines Wissens dürfen da nur die großen Tiere ran, die mit den Mandanten, die die dicksten Gebühren zahlen.«

Gregs Markenzeichen, sein Lächeln, blitzte wieder auf. »Ich habe die Vitrine gefunden, in der sie aufbewahrt werden. Sie ist im Nebenzimmer.«

»Sie ist doch bestimmt zugesperrt.«

»Die Hausbar, die ich nicht aufkriege, gibt es nicht.« Auf einmal wedelte er mit den Händen unter Bens Augen. »Siehst du diese Finger? Sie kriegen jedes Schloß auf, knakken jede Warnanlage.« Er gab Ben einen Stups. »Und dann gibt es Leute, die behaupten, man würde in Studentenverbindungen nichts lernen.«

»Das habe ich nie gesagt«, protestierte Ben. »Trotzdem möchte ich mich vor Ablauf der ersten zwei Wochen lieber nicht beim Plündern der Vermögenswerte meiner neuen Firma erwischen lassen.«

»Ach, Ben, sei kein Schlappschwanz.«

»Nein.« Ben wandte sich abrupt ab und sah sich plötzlich Mr. Raven gegenüber. Dieser warf einen Blick auf ein Blatt, das er sich dicht vor die Augen hielt.

»Dann wollen wir mal sehen«, brummte der alte Mann. »Sind Sie Amberson?«

»Äh ... nein, Sir.«

»Hager?«

»Nein, Sir.«

»Na gut, ich gebe auf. Wie heißen Sie?«

»Kincaid, Sir. Benjamin Kincaid.«

»Ah, Kincaid!« rief Raven. Er zog einen Bleistift aus der Jackettasche und strich einen der Namen auf seiner Liste durch. »Sehr erfreut.« Sie gaben sich die Hand.

Ben musterte den alten Mann verunsichert. War das nur ein merkwürdiger Test, oder konnte er sich tatsächlich nicht erinnern? Ben entschloß sich, auf das Spiel einzugehen.

»Es ist mir eine große Ehre, Sie persönlich kennenzulernen, Sir.«

Raven nickte. »Das hätten wir. Und wer ist Amberson?« Er ging erneut die Namen auf seiner Liste durch.

»Na gut, wenn er mich nicht vorstellt, dann muß ich das eben selbst tun.«

Jetzt erst erblickte Ben eine schlanke schwarzhaarige Frau in einem schwarzen Abendkleid mit tiefem Dekolleté. Das Kleid war schlicht, aber die Art von schlicht, die edel aussah und entsprechend viel kostete. Oben und unten war es mit schwarzen Spitzen versehen, die fast alles erahnen ließen.

»Ich bin Mona, Ravens neue Frau. Und Sie sind ...?«

»Ben Kincaid«, erwiderte er verlegen. Mit einem Schlag wurde ihm bewußt, daß er sie anstarrte und sie ihn dabei ertappt hatte. Er reichte ihr die Hand.

Jetzt, da er ihr gegenüberstand, erkannte Ben, daß Alvin

sich nicht getäuscht hatte. Diese Frau war nicht annähernd so alt wie Raven. Konnte sie Ende dreißig sein? Unwillkürlich fragte sich Ben, ob der Rest von Alvins Vermutungen ebenfalls stimmte.

»Ben. Sehr angenehm.« Sie ergriff seine Rechte und drückte sie mit beiden Händen. Ihre Fingernägel waren schwarz lackiert. Sie sah ihm in die Augen und schenkte ihm ein bezauberndes Lächeln, das Bens Fragen ganz von allein zu beantworten schien.

Auf dem Podium nahmen die Mitglieder der Band nach einer Pause ihre Plätze wieder ein und stimmten ihre Instrumente für den nächsten Tanz. Mr. Raven verbeugte sich galant vor Marianne. »Darf ich bitten?« fragte er.

Marianne rückte lachend ihre Brille zurecht und ließ sich auf die Tanzfläche führen.

»Was für einen Mann ich doch habe«, bemerkte Mona trocken. »Läßt keinen Rock aus. Tja, dann bleiben wohl Sie und ich übrig, Benjy.« Sie hakte sich bei Ben ein, und ehe er wußte, wie ihm geschah, zerrte sie ihn zum Tanzparkett. Protestieren wäre zwecklos gewesen.

»Nun, Ben, woran arbeiten Sie?«

»Ach, an mehreren Projekten für Richard Derek ...«

»Derek? Armer Junge.« Sie warf einen wehmütigen Blick auf Bens Chef, der am anderen Ende des Raums herumstand. »Was das Aussehen betrifft, kann man nichts sagen, aber ansonsten brachte er nicht viel zustande, wenn Sie verstehen, was ich meine.«

Ben hoffte, daß das nicht der Fall war.

»Führen Sie einfach seine Anweisungen aus und versuchen Sie, nicht zu lachen, wenn er Ihnen von seiner alten Poloverletzung vorjammert, dann wird Ihnen auch nichts passieren. Haben Sie schon Schmutzarbeiten für ihn erledigen müssen?«

»Äh, noch nicht. Im Moment sitze ich an einer Familienangelegenheit für Joseph Sanguine.«

»Wirklich? Haben Sie ihn denn schon kennengelernt?«

Ben schüttelte den Kopf.

»Er ist nämlich auch da. Ich stelle Sie ihm vor.« Unvermittelt winkte sie mit der freien Hand und rief: »Joey! Huhu, Joey! Hie-ier!«

Ben lief knallrot an. Auch wenn er Sanguine sehr gerne kennenlernen wollte, so doch nicht auf diese Weise.

Einen Moment später näherte sich ihnen ein vornehm aussehender Herr mit vollem grauem Haar und einem dichten Schnurrbart. Er hatte ein vom Wetter gegerbtes, markantes dunkles Gesicht. Stammt offenbar von Indianern ab, vermutete Ben. Zumindest teilweise.

Sanguine kräuselte bei Monas Anblick die Lippen. »Mona! Schön, dich wiederzusehen. Wo ist Arthur?«

»Ach, du kennst ihn doch. Hat gerade wieder eine Nymphomanin aufs Tanzparkett geschleppt. Du siehst heute verdammt gut aus, Joey.«

»Danke«, erwiderte er gelassen.

»Joey, ich möchte dir einen von Ravens neuen Angestellten vorstellen. Er arbeitet für dich.«

Ben trat einen Schritt auf ihn zu. »Benjamin Kincaid, Sir.«

Beim Händeschütteln spürte Ben plötzlich, wie ihm ein Schauer den Arm hinaufjagte. Dieser Mann war eine Persönlichkeit. Und die trug er vor sich her wie andere ihren Mantel.

»Ich bin hocherfreut«, sagte Sanguine. »Es ist immer gut zu wissen, wen Raven auf meine Angelegenheiten angesetzt hat. Die haben ja für jeden Fall einen anderen Anwalt. Am Ende verliert man ganz den Überblick. Woran arbeiten Sie denn, junger Mann?«

Ben zögerte. »Na ja ... ich bin mit der Adoptionssache für Bertha Adams befaßt ... die Frau, deren Mann ...« Er führte den Satz nicht zu Ende.

»Ja«, sagte Sanguine. »Schlimme Sache. Jonathan und die Firma waren eins. Er war schon dabeigewesen, bevor ich sie kaufte. Er kam mir wie ... ein Möbelstück vor.« Er hielt einen Moment inne. »Erst muß ein Mensch wohl sterben, bis man begreift, wie sehr man von ihm abhing. Hoffentlich gibt es keine Probleme bei der Adoption des Kindes durch seine Witwe. Ich möchte, daß wir alles in unserer Macht Stehende tun, um dieser reizenden Dame zu helfen.«

»Mr. Sanguine«, erwiderte Ben mit Bedacht, »in dieser Angelegenheit würde ich gerne mit Ihnen sprechen, wenn Sie die Zeit erübrigen können. Mit Ihnen und vielleicht auch anderen Angestellten, die Mr. Adams kannten.«

Sanguine legte die Stirn in Falten. »Wirklich? Ich kann mir nicht vorstellen, daß ich Ihnen weiterhelfen kann. Aber wenn Sie davon überzeugt sind, nehme ich mir gerne für Sie Zeit. Kommen Sie am Montagvormittag in mein Büro.«

»Danke, Sir.«

Offenbar wollte Mona es nicht länger hinnehmen, daß die zwei Männer das Gespräch bestimmten: »Genug, das reicht. Über Geschäftliches könnt ihr ein andermal reden. Ben hat mir einen Tanz versprochen. Mindestens einen.«

Sanguine musterte Ben mit einem fragenden Blick. Dieser versuchte mit einem Achselzucken klarzustellen, daß das hier ohne sein Zutun lief, doch schon hatte Mona den Arm unter den seinen geschoben.

Das Parkett hatte sich inzwischen gefüllt. Die Band spielte gerade eine Nummer von Bruce Springsteen, die sich allerdings in ihrer Interpretation äußerst bieder anhörte. Ben und Mona mischten sich unter die Tanzenden und begannen sich im Takt der Musik zu bewegen. Ben war kein übermäßig begnadeter Tänzer, und weil er erst seit einer Woche für Raven arbeitete und nicht wußte, ob Teilhaber ihn beobachteten, hielt er sich lieber etwas zurück. Zu seinem Entsetzen mußte er feststellen, daß Mona zu den Vertreterinnen des freien Körperausdrucks gehörte, die das Tanzen als Teil des Vorspiels betrachteten. Sie wand sich wie eine Schlange, und wenn sie sich näherkamen, hörte Ben sie stöhnen. Als er sich einmal verstohlen umsah, bemerkte er, daß sämtliche Blicke auf Mona gerichtet waren. Und damit auch auf ihn.

Endlich war dieses Stück überstanden. Ben dachte schon, die Peinlichkeit hätte ihren Höhepunkt überschritten, doch dann wurde es noch schlimmer. Die Band begann einen Schieber.

»Also, vielen Dank«, murmelte Ben und löste sich von Mona. »Es hat Spaß gemacht.«

Doch Mona ergriff seine Hand. »So schnell stiehlst du dich nicht davon, mein Süßer. Komm, halt dich an Mona.«

Ben spürte, wie sein Gesicht brannte. Er war erledigt, soviel stand fest. Genausogut konnten sie ihm seine Bewerbungsunterlagen per Post schicken. Er wollte sie führen, wie es beim traditionellen Walzer üblich war, doch Mona bestand darauf, daß sie sich in der Art von Teenagern aneinanderpreßten. Gott sei Dank wurde jetzt das Licht gedämpft.

Während Ben versuchte, im Rhythmus der Band zu tanzen, kam es Mona vor allem darauf an, ihn zu befummeln. Er spürte ihren heißen Atem am Ohr.

»Laß uns was ganz Verrücktes tun«, flüsterte sie.

»Was denn?« fragte er, um sich sogleich zu wünschen, er hätte nichts gesagt.

»Spiel nicht mit mir, Kincaid. Du reizt mich schon den ganzen Abend. Du läßt wohl alle Frauen abblitzen, was?« Sie drückte sich noch fester an ihn und knabberte an seinem Ohr.

»Aufhören!« zischte er und sah sich hastig um. »Ihretwegen werde ich noch gefeuert.«

»Du machst mich ganz heiß, Kleiner.«

»Bitte! Sie sind die Frau des obersten Chefs. Wenn jemand das rausfindet ...«

»Dann verrat es eben niemandem. Jungen, die erst küssen und dann petzen, sind ungezogen.« Sie leckte sich die Lippen. »Ich bin bereit zu gehen.«

»Ich kann es mir nicht leisten, gleich in der ersten Woche meinen Job zu ver...«

»Tja, Benjy, aber genau das passiert, wenn du nicht in zwei Minuten zu mir in die Vorhalle rauskommst. Vergiß nicht, ich führe regelmäßig Gespräche mit dem Boß. Wenn ich es will, bist du in Null Komma nichts deinen Job los.« Sie streichelte ihn lächelnd unter dem Kinn. »Aber das würde mir sehr leid tun. Wäre doch schade um dich. Also komm in zwei Minuten zu mir raus.«

»Aber ... was soll ich ... den anderen sagen?« stammelte Ben.

»Sag ihnen einfach, daß du frische Luft schnappen mußt.«

»Wohin gehen wir dann?«

Mona löste sich von ihm. »Also wirklich, Benjy! Wir sind in einem Hotel. Und bring mir ein Glas Champagner mit.«

Sie hob den Saum ihres Kleides etwas an und lief zum Ausgang. Ben ging langsam in die entgegengesetzte Richtung, ganz so, als wäre nichts gewesen.

Mit je einem Glas Champagner in den Händen schritt Ben in der Vorhalle auf und ab. Nun wartete er schon seit fünf Minuten. Wenn sie nicht bald kam, wollte er wieder gehen und später behaupten, er habe geglaubt, sie hätte ihn versetzt. Aber wenn sie dann ihrem Mann eine Lüge über ihn auftischte? Nein, er mußte mit ihr sprechen und ihr ihren Irrtum klarmachen. Er war überzeugt davon, daß sie wie vernünftige Menschen miteinander reden konnten. Außerdem hatte er ja wirklich nichts gegen sie – ihr Ansinnen war nur vollkommen unmöglich.

Am anderen Ende der Vorhalle wurden bei der Rolltreppe, die zur Lobby ins Erdgeschoß führte, Stimmen laut. Er erkannte Louise Derek, die unten stand, während ihr Mann nach oben fuhr. Sie stritten heftig miteinander.

»Ich habe deine dämlichen Hustentropfen nicht gesehen!« schrie Louise. Für eine so zierliche Person verfügte sie über eine erstaunlich kräftige Stimme.

»Ja, ja, schon gut«, brummte Derek, ohne sie auch nur eines Blickes zu würdigen. »Aber wo sind sie dann?«

»Wie zum Teufel soll ich das wissen? Vielleicht hast du sie bei deiner *Freundin* vergessen!«

Derek war inzwischen oben angekommen und betrat erregt die andere Rolltreppe, die ihn wieder nach unten brachte. »Fang nicht schon wieder damit an!« rief er. »Immer wenn du dich über irgendwas aufregst, kommst du mir mit diesem …«

»Du schreibst mir nichts vor! Ich spreche, worüber ich will. Du bist ja eine wandelnde Infektion. Weiß Gott, was du mir jetzt schon wieder angeschleppt hast! Und dann legst du dich damit in mein Bett!«

»Louise, das ist doch alles längst Vergangenheit.«

»Das sagst *du.* Und woher soll ich wissen, daß das stimmt? Es ist ja nicht so, daß du jede Nacht heimkommst.« Ihr Gesicht wurde auf einmal rot und fleckig.

Inzwischen war Derek unten bei ihr angekommen. Seufzend zwängte er sich an ihr vorbei und fuhr wieder nach oben. »Ich arbeite nun einmal hart«, brummte er auf halbem Wege.

»Bei bestimmten Dingen, ja.«

»Hör zu, das tue ich alles für dich!« Er wurde lauter. »Für dich und die Kinder!«

»Einen Dreck tust du!« erwiderte sie mit einem bitteren Auflachen. »Wenn du es für mich tust, dann laß es lieber bleiben, Dick. Ich möchte einen Ehemann haben und keinen Staranwalt. Der einzige Mensch auf der ganzen Welt, für den du je etwas getan hast, bist du selbst.« Plötzlich schossen ihr Tränen aus den Augen. »Du bist ein ausgemachter Egoist, sonst gar nichts!« schluchzte sie.

Erneut stellte sich Derek auf die andere Rolltreppe und fuhr nach unten. »Du bist nicht fair!« rief er.

»Warum soll ausgerechnet ich fair sein? Gott ist mein Zeuge, daß du noch nie fair zu mir warst, du Scheißkerl!«

»Was bin ich?« Derek hatte sie nun wieder erreicht. Er baute sich bedrohlich vor ihr auf.

»Rühr mich nicht an!« schrie sie. Dann wandte sie sich ab und rauschte davon.

Seufzend fuhr Derek wieder nach oben und verschwand in der Lobby.

Unterdessen näherte sich Louise Ben. Ihr Gesicht sah aus, als sei sie in wenigen Minuten um Jahre gealtert.

Ben hielt es für das Klügste, sich eilig zu entfernen. Er wandte sich nach links und wollte gerade einen schmalen Gang hinunterhuschen, als plötzlich eine Tür aufging und eine Hand mit langen, schwarz lackierten Fingernägeln nach ihm griff.

»Pst. Hier rein.« Die Hand zerrte so heftig an ihm, daß er den Champagner über seinen Smoking verschüttete. Eine Sekunde später fand sich Ben in einer winzigen dunklen Kammer wieder.

»Was ist das denn?« fragte er perplex.

»Die Besenkammer«, flüsterte Mona. Sie nahm ihm die Gläser ab und riß ihm das Jackett vom Leib.

»Aber ich dachte ...«

»So ist es viel besser. Intimer. Und gefährlicher.« Sie fing an, seine Fliege aufzubinden.

»Auch das noch«, stöhnte Ben. »Gefährlicher. Au!« Er hatte sich den Kopf an einem Regal angeschlagen. Vorsichtig drehte er sich um; so konnte er sich gegen ein anderes Regal lehnen, auf dem Putzmittel standen. »Nicht gerade viel Platz hier.«

»Genau so gehört es sich, Benjy. Du kannst nirgendwo hin als rein zu Mona. Komm zu Mama.«

Ben versuchte, sie daran zu hindern, ihn weiter auszuziehen, doch statt ihres Armes bekam er weiches, warmes Fleisch zu fassen, das nichts anderes sein konnte als ihre Brust. Ben überlief es eiskalt. Die Frau war ja nackt! »Hören Sie zu, Mrs. Raven«, murmelte er. »Versuchen wir doch, ganz rational ...«

»Versuch's doch damit, du Lümmel.« Sie biß ihm ins Ohrläppchen und preßte ihren heißen, feuchten Körper an den seinen. »Erst ein Mädchen in die Besenkammer locken, und dann den Unnahbaren spielen ... Du Sadist! Sei endlich still und mach weiter!«

Ben spürte, wie sie mit flinken Fingern sein Hemd aufknöpfte. Gegen diese Frau kam er nicht an. Er konnte nur hoffen, daß niemand auf die Idee verfiel, ausgerechnet jetzt Staub zu wischen.

10

Am nächsten Morgen weckte Ben das Schrillen des Telefons. Sechsmal gab er ihm die Chance, von selbst aufzuhören, doch der Apparat kannte kein Pardon. Ächzend krabbelte Ben aus dem Schlafsack, der ihm als Bett diente und riß den Hörer von der Gabel.

Es war Mike.

»Was hast du? Sag bloß nicht, du warst noch im Bett.«

»Doch, Mike, ich war noch im Bett und habe friedlich geschlafen und was Wunderschönes geträumt. Bis du mich geweckt hast.«

»Sei mir lieber dankbar. Es ist fast zehn.«

Ben fuhr sich mit der Zunge über die Zähne, die sich heute seltsam rauh und trocken anfühlten. »Heißen Dank, Mike. Ich war bis spät in der Nacht bei einer Fete von Raven.«

»Na gut, dann ist mir alles klar. Und? Glück gehabt?«

»Nein!« sagte Ben abrupt und bestimmt. »Glück hatte ich ganz bestimmt nicht.«

»Schon gut, reg dich ab. Ich bin schließlich nicht deine Mutter.«

»Ist das der Grund deines Anrufs, Mike?«

»Eigentlich nicht.« Ben hörte ihn im Hintergrund mit Papier rascheln. »Dr. Koregai fängt jetzt mit der Autopsie von Adams an. Ich finde, du solltest auch dabeisein.«

Ben hatte auf einmal wieder ein flaues Gefühl in der Magengrube. »Warum sollte ich bei einer Autopsie zuschauen?«

»Komm schon, Ben, kneif jetzt nicht. Immerhin kanntest du den Mann.«

»Was hat das mit der Autopsie zu tun?«

»Ich möchte, daß du dabei bist, wenn die Beweisstücke vorgelegt werden. Außerdem habe ich eine interessante Neuigkeit für dich.«

Ben massierte sich die Schläfen. »Bis jetzt hast du mir kein einziges überzeugendes Argument genannt, warum ich bei einer Autopsie zugegen sein soll.«

»Ich halte es für wichtig, Ben. Tu's mir zuliebe.« Mike zögerte. »Und wenn nicht für mich, dann für Bertha Adams.«

Ben holte tief Luft und ließ sie langsam wieder ausströmen. »Ich bin in zwanzig Minuten da.« Er knallte den Hörer auf die Gabel und machte sich auf die Suche nach seiner Zahnbürste.

Fünfundzwanzig Minuten später, nachdem er unterwegs angehalten und seine traditionelle heiße Schokolade getrunken hatte, traf Ben beim Gerichtsmediziner ein. Vor der Tür nahm ihn Mike in Empfang und führte ihn ins Untersuchungszimmer von Dr. Koregai, einem Japaner mittleren Alters, der an Autopsien offenbar ähnlich nüchtern heranging, wie andere ans Zerlegen von Modellflugzeugen. Mike sagte, er sei der Beste weit und breit. Zwar sei er ein komischer Kauz, aber was könne man schon anderes von einem Mann erwarten, der seinen Lebensunterhalt mit dem Aufschneiden von Leichen bestritt. Zumindest esse er nichts bei der Arbeit und reiße auch keine Witze. Er sei äußerst aufmerksam, aber auch launisch. Wenn man von Koregai etwas wissen wolle, so führte Mike aus, müsse man ihm den Eindruck vermitteln, man sei nur deswegen gekommen, um ihm bei *seinem* Streben nach Wahrheit, Gerechtigkeit und Perfektion in seinem Metier zu helfen.

Beim Betreten des Raums hielt sich Ben ein Papiertuch vor Mund und Nase. Sei tapfer, sagte er sich. Das ist ja nur eine Voruntersuchung und noch keine richtige Leichenbeschau. Doch auch wenn er sich einredete, es sei weniger schlimm, zuzusehen, wie ein Körper systematisch aufgeschnitten wurde, als der Herausnahme von Organen beizuwohnen, wurde ihm schon beim Betreten des Raums schlecht.

Als erstes stieg Ben der Gestank in die Nase. In der Luft hingen der Geruch von Formaldehyd und weiß Gott was für anderen Chemikalien. Danach fiel ihm Streichmusik auf, die aus der Sprechanlage kam. Vivaldi, dachte er. Vielleicht brauchte auch Koregai etwas zur Beruhigung.

Drei grelle weiße Deckenleuchten bestrahlten Jonathan Adams' verstümmelte Leiche. Ben würgte einen Brechreiz hinunter. Er solle sich nicht so aufregen, schalt er sich im nächsten Moment. Wenn sich etwas geändert hatte, dann doch nur zum Guten. Anders als damals, als sie ihn im Müllcontainer gefunden hatten, war der Tote jetzt nicht mehr mit geronnenem Blut bedeckt. Außerdem hatte man ihm den Kiefer und die anderen lose herabhängenden Körperteile wieder eingerenkt. Die Haut hatte eine gespenstisch durchsichtige Färbung angenommen, die Ben grünlich vorkam, aber er vermochte es nicht mit Bestimmtheit zu sagen.

Dr. Koregai nahm eine dünne Motorsäge von seinem Arbeitstisch und wog sie einen Moment lang in der mit einem Latexhandschuh geschützten Hand. Über Mund und Nase hatte er sich eine blaue Maske gestülpt.

»Wenn Sie uns Anhaltspunkte über die genaue Todesursache mitteilen könnten«, sagte Mike in einem unterwürfigen Ton, den Ben noch nie bei ihm gehört hatte, »dann können wir Ihnen vielleicht für die Erstellung Ihres Berichts hilfreiche Informationen geben.«

Offensichtlich gehörte zu den vielen Talenten des Arztes auch die Gabe, während der Arbeit zu plaudern. »Ich weiß schon, wie er gestorben ist«, erklärte Koregai. »Durch ein Messer.«

»Was für ein Durchbruch«, murmelte Ben in sein Papiertaschentuch hinein.

»Die Klinge war zwei Zentimeter breit, und sie war gezackt«, fuhr Koregai fort.

»Wie eine Säge?« fragte Ben.

»Oder ein Tranchiermesser«, meinte Mike. »Leider hilft uns auch diese Information nicht weiter. So ein Ding findet man in jedem Haushalt.«

»Aber kein Mensch würde so etwas mit sich herumtragen«, sinnierte Ben. »Es sei denn, er plant einen Mord.«

»Gibt es sonst nichts, womit wir Ihnen unter Umständen weiterhelfen könnten?« fragte Mike. »Weisen Sie uns armen Handwerkern den richtigen Weg.«

»Würgemale am Hals«, merkte der Arzt an, als diktiere er einen Bericht. »Dazu Blutergüsse an Hals, Schultern und Rücken. Das legt den Schluß nahe, daß das Opfer gegen eine Wand oder zu Boden gedrückt wurde. Wahrscheinlich eine Wand. Es wehrte sich, womit sich die Prellungen an beiden Ellbogen erklären ließen. Weitere Blutergüsse am Kehlkopf weisen auf einen sehr kräftigen Würgegriff hin.«

»Der Mörder hat Adams überwältigt?«

»Womöglich.«

Ben atmete tief und langsam durch und versuchte sich einzureden, er sei in Rio. »Sie haben den brutalen Schlag in sein Gesicht noch nicht erwähnt. Und warum hat er überall diese schrecklichen Wunden?«

»Kein direkter Zusammenhang zwischen Blutergüssen und Schlägen«, brummte Dr. Koregai, ohne von seiner Arbeit aufzusehen.

»Wie bitte?« fragte Ben. »Was bedeutet das?«

Mike erklärte es ihm: »Das heißt, daß Adams schon tot war, als der Mörder ihn zerhackte. Stimmt doch, Doktor, oder?«

»Richtig«, bestätigte Koregai, der nun die Säge mit einem Stilett vertauschte. »Das Opfer wurde mit zwei Messerstichen getötet, einer durch Kopf und Hals, und einer in den Oberkörper. Verstümmelt wurde der Mann danach.«

Ben hörte sich selbst laut nach Luft schnappen. Er preßte sich das Papiertuch mit aller Kraft gegen das Gesicht.

»Ein Einstich drang durch die Genickmuskeln zwischen dem zweiten und dritten Halswirbel in den Hinterkopf ein, durchtrennte die Drosselvene und erreichte das zentrale Stammhirn. Der Mann muß auf der Stelle bewußtlos gewesen sein.«

»Gott sei Dank«, murmelte Ben.

»Aber danach war er völlig hilflos und der Willkür dieses Scheißkerls ausgeliefert, der ihn prompt verstümmelt hat«, knurrte Mike. »Sagen Sie, Doktor, können Sie uns Hinweise geben, die uns Schlußfolgerungen in bezug auf den Zeitpunkt des Todes erlauben?«

Der Gerichtsmediziner hielt mit der einen Hand das Stilett hoch und schälte mit der anderen dünne Hautschichten vom Fett im Rückenbereich. »Ich weiß bereits, wann der Tod eingetreten ist. Die Leiche war noch relativ warm, als sie gefunden wurde. Über zwanzig Grad. Wenn wir davon ausgehen, daß die Serie von Verstümmelungen nach der Ermordung begann und mindestens fünf bis zehn Minuten dauerte, und die Leiche, die nicht gerade leicht war, zum

Müllcontainer geschleift wurde, kann als gesichert gelten, daß der Tod zwischen 22.15 und 22.30 Uhr erfolgte. Eine erste Untersuchung des Mageninhalts hat diese Schätzung im übrigen bestätigt.«

»Ganz schön früh für einen Raubmord«, murmelte Mike. »Um die Zeit treiben sich dort draußen doch noch jede Menge Leute rum.«

Ben nickte zustimmend.

»Kann ich sonst noch etwas für Sie tun, Dr. Koregai?« fragte Mike.

Der Gerichtsmediziner sah kurz auf. »Im Moment nicht. Die Ergebnisse der kriminaltechnischen Untersuchung werden erst in ein, zwei Tagen eintreffen. Und ich werde natürlich alle zusätzlichen Befunde in meinem Bericht festhalten. Sollte ich Sie noch einmal benötigen, lasse ich es Sie umgehend wissen.«

»Jawohl, Herr Kommandant«, flüsterte Mike. Er wandte sich zu Ben um. »Und kann *ich* noch was für dich tun, Kumpel?«

»Ja«, erwiderte Ben und sah zur Tür, durch die zwei Sanitäter gerade eine frische Leiche hereinkarrten. »Bring mich hier so schnell wie möglich raus.«

11

Ben saß in der Vorhalle von Sanguine Enterprises und wartete.

Wo er auch hinsah, der gesamte Empfangsbereich war in den Farben Orange und Weiß gehalten und glich aufs Haar dem Logo von Eggs'N'Stuff. Für Ben stand jetzt schon fest, daß er sein Büro oder seine Wohnung nie mit einem orangefarbenen Teppich ausstatten würde. Eine schrecklichere Farbe konnte er sich nicht vorstellen. Allein vom Hinschauen wurde ihm so schlecht, daß er sich wünschte, er hätte nicht gefrühstückt.

Schließlich erlösten ihn ein Summton und die Stimme

der Empfangsdame: »Mr. Sanguine kann Sie jetzt empfangen.«

Ben folgte der Frau, deren Kleid, wie er angewidert feststellte, ebenfalls die Farben Orange und Weiß aufwies. Sie passierten einen Wachmann und liefen einen langen, gewundenen Gang hinunter zum Aufzug. Während der kurzen Fahrt in den ersten Stock erfuhr Ben, daß dieser Lift normalerweise ausschließlich von Sanguine und seinen Managern benutzt wurde. In der Chefetage ging es dann durch einen mit schwarzen Marmorfliesen ausgelegten Korridor weiter zu Sanguines Büro.

Beim Eintreten fühlte sich Ben überwältigt. Alle vier Wände waren mit dunklem Eichenpaneel verkleidet, auf das bis in die Schattierungen hinein auch die Möbel abgestimmt waren. Tabatieren, Porzellanfigurinen und andere Kunstgegenstände aus Europa waren im ganzen Büro verstreut. An der Wand über Sanguines Schreibtisch hingen geschmackvoll eingerahmte Ölgemälde, größtenteils Werke im Stil alter Meister. Die rechts daran angrenzende Regalwand war vom Boden bis zur Decke mit fast ausnahmlos in Leder gebundenen dicken Büchern vollgestellt. Das hieß: Der Mann, der hier arbeitete, war entweder tatsächlich ein Kenner ersten Ranges, oder er wollte Eindruck schinden.

In einer Vitrine links von Sanguines Schreibtisch erblickte Ben im untersten Fach eine Reihe indianischer Kunstwerke: raffiniert geschnitzte Kachinapuppen, Tom-toms, türkisfarbenen Schmuck. War das ein Tribut an seine Vorfahren? Aber warum hatte der Mann sie dann so schamhaft versteckt, während er den europäischen Kunstwerken so augenfällig huldigte? Wirklich merkwürdig.

Sanguine saß über einen Stapel Dokumente gebeugt an seinem Schreibtisch und sah erst auf, als Ben sich räusperte.

»Ah, da sind Sie ja, Ben.« Er erhob sich und reichte ihm die Hand. »Ich habe Sie nicht eintreten hören. Wissen Sie, bisweilen bin ich so in meine Arbeit versunken, daß ich nichts anderes mehr wahrnehme.«

Nachdem es bei Ravens Party so laut zugegangen war,

hörte Ben in der Stille dieses Raumes zum erstenmal Sanguines wahre Stimme. Sie kam ihm vor wie tiefes Wasser: still, gleichmäßig, kraftvoll und unergründlich.

Sanguine deutete auf einen Stuhl vor seinem Schreibtisch. »Ich überprüfe gerade einen neuen Lizenzvertrag.«

Faszinierend, dachte Ben. Laut sagte er: »Ach so.«

Sanguine setzte sich wieder und lehnte sich lässig zurück. »Nun, wie kann ich Ihnen helfen? Lassen Sie mich vorausschicken, Ben, ich werde alles in meiner Macht Stehende tun, um ... Jonathans Witwe zu helfen. Jonathan war ein loyaler Manager, der mit seinem Engagement zum Aufbau dieser Firma beigetragen hat. Ich habe ihn offen gesagt sehr bewundert, ihn immer zu schätzen gewußt, und glaube, daß er auch mich schätzte. Ich wünschte, ich hätte mehr für ihn tun können.«

Ben beobachtete den Mann aufmerksam. Irgend etwas paßte einfach nicht zusammen, an ihm selbst, an dieser Situation, am ganzen Büro. Und warum konnte er sich nicht an Berthas Namen erinnern, wenn er so große Stücke auf ihren Mann gehalten hatte?

Ben räusperte sich. »Nun, Mr. Sanguine, wie Sie wissen, wurde ich gebeten, Jonathan Adams bei der Adoption des Findelkindes Emily zu helfen, und führte am Tag seiner Ermordung ein ausführliches Gespräch mit ihm.«

»Ja. Das ist eine Tragödie, bei Gott, eine schreckliche Tragödie.«

Unbeirrt fuhr Ben mit seiner Geschichte fort und erläuterte Sanguine, warum er es für so wichtig hielt, Emilys Eltern zu ermitteln. Er schloß mit den Worten:

»Ich bin davon überzeugt, daß zwischen dem Mord und der angestrebten Adoption ein – wenn auch bislang unerklärlicher – Zusammenhang besteht. Adams deutete an, er könne die Eltern vielleicht ermitteln. Weil ihm die Sache sehr wichtig war, glaube ich, daß er nicht eher geruht hätte, bis er fündig geworden wäre. Und danach hätte er bestimmt mit mir darüber gesprochen.«

Sanguine hörte die ganze Zeit schweigend zu: keine Regung, fester Blick, tiefes Wasser. »Eins will mir dabei nicht in den Kopf, Ben«, sagte er schließlich. »Was kann ich in dieser Angelegenheit tun?«

»Haben Sie eine Ahnung, was Adams unternehmen wollte?«

»Leider nein. Aber lassen Sie mich einen Mitarbeiter hereinbitten.« Er drückte auf eine Taste seiner Telefonanlage. »Darryl, könnten Sie bitte für einen Moment zu mir kommen?«

Gleich darauf trat ein schwarzhaariger Mann mittlerer Statur ins Büro, der an den Schläfen schon bedenklich kahl war. Auffällig an ihm war sein aprikosenfarbenes Hemd, zu dem er eine dezent mit Blumen gemusterte Krawatte trug. Ben schätzte ihn auf um die Fünfzig.

»Sie haben nach mir verlangt, Joe?«

»Ja. Benjamin, darf ich ihnen meinen Privatsekretär Darryl Tidwell vorstellen? Darryl, Benjamin Kincaid.«

Die zwei Männer gaben sich die Hand.

»Darryl ist zugleich auch der für das Projektmanagement zuständige Abteilungeleiter und mein Mädchen für alles. Auch wenn ich es ungern zugebe, im Moment fehlt mir einfach die Zeit, um mich um all die Kleinigkeiten zu kümmern. Ich muß mich auf das große Ganze konzentrieren und kann froh sein, wenn ich das schaffe. Darum brauche ich Darryl. Er ist mein Mann fürs Detail.«

Mit kurzen, abgehackten Sätzen klärte Sanguine Tidwell über Bens Anliegen auf. »Können Sie sich vorstellen, was Jonathan vorgehabt haben könnte?« fragte er am Ende.

»Keine Ahnung«, erwiderte der andere an Ben gewandt. »Wir haben uns ziemlich oft unterhalten. Ich wußte, daß er dieses kleine Mädchen gefunden hatte, und kürzlich erzählte er mir, daß ihm die Ermittlungen des Jugendamtes Sorgen bereiteten. Darum wandte ich mich an Joe und fragte ihn, ob wir Jonathan nicht vielleicht einen Anwalt stellen könnten.«

»Wir möchten unseren Angestellten helfen, wo immer wir können«, schaltete sich Sanguine ein. »Das ist ja wohl das Mindeste. Wozu baut man das Ganze denn sonst auf?« Wie um zu erklären, was er mit *das Ganze* meinte, beschrieb er mit der Hand einen Halbkreis um sein Büro.

»Aber ich habe von John nie eine Andeutung gehört, daß er wüßte, wer die Eltern des Mädchens sein könnten«, fuhr Tidwell fort. »Im Gegenteil, ich nehme an, er hätte mir sofort Bescheid gesagt, wenn er etwas in Erfahrung gebracht hätte.«

Unvermittelt warf Sanguine einen Blick auf die Uhr. »Es tut mir leid, Ben, aber die Zeit drängt. Ich muß den White Lightning – das ist mein Lear Jet – nach Dallas erreichen. Großes Pow-wow im Vertriebsbüro Südwest.«

»Sehr viel mehr Fragen hätte ich ohnehin nicht gehabt«, sagte Ben. »Es tut mir leid, wenn ich Ihre Zeit über Gebühr in Anspruch genommen habe.«

»Es war mir ein Vergnügen.«

Ben erhob sich. »Nur eins noch, Mr. Sanguine. Dürfte ich mich einmal in Mr. Adams' Büro umsehen? Ich kann mir nicht allzuviel erwarten, aber wer weiß, vielleicht finde ich ja doch den einen oder anderen Hinweis auf die Umstände seines Todes.«

Sanguine antwortete erst nach kurzem Überlegen: »Sie werden sicher verstehen, daß wir Ihnen das nicht gestatten können, Ben. Die Polizei hat das Büro bereits gründlich durchsucht und anschließend mit einem gelben Klebeband versiegelt. Ich glaube nicht, daß dort Dritte herumwühlen dürfen. Abgesehen davon hat noch nicht einmal die bedauernswerte Witwe die Möglichkeit gehabt, seine Effekten zu sichten, doch gerade sie sollte als allererste das Recht dazu haben, finden Sie nicht auch? Es könnten ja auch sehr persönliche Dinge dabei sein.« Er trat auf Ben zu und tätschelte ihm die Schulter. »Aber sobald wir Neuigkeiten hören oder etwas herausfinden, das Ihnen von Nutzen sein könnte, setzen wir Sie unverzüglich in Kenntnis, nicht wahr, Darryl?«

»Unbedingt.«

»Sie können sich darauf verlassen, Ben. Aber jetzt muß ich zum Flughafen. Darryl, würden Sie diesen gewissenhaften jungen Anwalt hinausbegleiten?«

Ben und Tidwell gingen gemeinsam den gefliesten Flur zum Aufzug hinunter. »Morgen vormittag kommt er wieder aus Dallas zurück«, erklärte Sanguines Sekretär. »Die Konferenz ist viel wichtiger, als er gesagt hat. Nur damit Sie verstehen, warum er so angespannt wirkt ... Sagen Sie, sind Sie wirklich Anwalt?«

»Klar. Mit Diplom und allem Drum und Dran.«

»Oh, ich wollte Ihnen nicht unterstellen, daß ... Es ist nur, daß Sie so jung aussehen ... Hey, ich habe einen Witz für Sie: Was braucht man, wenn einem Anwalt das Wasser bis zum Hals steht?«

Ben unterdrückte einen Seufzer. »Keine Ahnung.«

»Noch mehr Wasser!« Tidwell brach in dröhnendes Gelächter über seinen eigenen Scherz aus. »Gut, was?«

»Ja.«

»Und kennen Sie schon den? Warum fressen Haie keine Anwälte?«

»Ich gebe auf. Warum?«

»Weil man sich unter Kollegen eben nichts antut.« Wieder lautes Lachen.

Ben schoß in den Kopf, daß er noch gar nicht wußte, wieviel er für eine Stunde berechnen sollte, aber wie hoch der Satz auch immer ausfiel, er wollte ihn wegen erschwerter Bedingungen durch Anwaltswitze verdoppeln.

Tidwell wischte sich die Augen. »O Mann, die sind einfach großartig. Hoffentlich nehmen Sie sie nicht persönlich.«

»Aber woher denn.«

Dann endlich erreichten sie den Aufzug. Ben öffnete die Tür per Kopfdruck und trat hindurch.

»Lassen Sie mich Ihnen eins versichern, Ben«, versprach Tidwell zum Abschied. »Sollte ich auf Informationen stoßen, die Ihnen bei der Adoptionsgeschichte weiterhelfen könnten, sage ich Ihnen unverzüglich Bescheid.«

»Das wäre sehr freundlich, Darryl.«

Wieder gaben sie sich die Hand, dann fuhr Ben zur Empfangshalle hinunter. Auf dem Weg zum Parkplatz ließ er sich das Gespräch mit Sanguine noch einmal durch den Kopf gehen. Nach außen hin hatte der Mann extrem hilfsbereit, besorgt und aufrichtig gewirkt. Ja, er schien ein richtiger Musterarbeitgeber zu sein. Andererseits wurde Ben ein gewisses Mißtrauen einfach nicht los. Auch wenn er es nirgendwo festmachen konnte, irgend etwas störte ihn dennoch.

12

Nach seiner Rückkehr ins Büro lud Ben Christina zu einem Arbeitsessen in einem Schnellimbiß im nahegelegenen Einkaufszentrum ein.

Laut dem Verhaltenskodex der Kanzlei, so erfuhr Ben von Christina, war ein außerdienstlicher Umgang zwischen Anwälten und untergeordneten Mitarbeitern wie Sekretärinnen oder Gehilfinnen verpönt. Darin lag zuviel Potential für unziemliches Verhalten. Sogar der Anschein sollte vermieden werden. Sobald sich jedoch ein Anwalt eine Aktentasche unter den Arm klemmte, änderten sich die Vorzeichen: Dann war es ein Arbeitsessen und somit statthaft. Also nahm Ben eben seine Aktentasche mit, obwohl sie keinen einzigen Schriftsatz enthielt.

Heute hatte Chistina ihren grünen Tag. Zu einem kurzen grünen Kleid trug sie eine Strumpfhose in der gleichen Farbe. Nur die Taille hatte sie sich mit einem schwarzen Gürtel zugeschnürt. Ben fühlte sich an Robin Hood erinnert.

Im Einkaufszentrum sprang Ben ein großer Mann mit Hawaiihemd und weißer Hose ins Auge. Er war wahrscheinlich nicht viel älter als Ben, doch sein Gesicht war von zahllosen Falten durchfurcht, die er vermutlich übertriebenem Sonnenbaden verdankte. Mit der einen Hand hielt er eine Bibel umfaßt, mit der anderen deutete er nach oben. Sein Blick war ebenfalls gen Himmel gewandt. Er schien etwas zu summen oder zu singen. Doch plötzlich fing er an zu brüllen: »Was soll die Hektik? Warum hetzt ihr von einem Termin zum nächsten? Laßt euch nicht zu Sklaven der Zeit degradieren! Macht den Gang der Sonne nicht zu eurem Götzen! Tick, tack, tick, tack, tick, tack ...«

»Was ist denn das für ein Verrückter?« fragte Ben.

»Sag bloß, du kennst ihn nicht?« erwiderte Christina.

Ben schüttelte den Kopf. »Mit dem gängigen Repertoire der Auferstehungsprediger hier in Tulsa bin ich schon vertraut, daß AIDS eine Geisel der Pharaonen sei und so weiter, aber dieser Spinner ist mir bisher nicht über den Weg gelaufen.«

»Das ist Lance Caldwell«, meinte Christina mit einem rätselhaften Lächeln.

»Und wer soll dieser Lance Caldwell sein?«

»Das weißt du nicht mehr? Dein Vorgänger. Der letzte Junioranwalt bei Raven, Tucker & Tubb, der unter Derek arbeitete.«

»Im Ernst? Dieser Typ ist Anwalt?«

»Na ja, ich weiß nicht, ob er dieses Jahr noch die Gebühr für die Zulassung gezahlt hat. Aber auf alle Fälle war er es mal.«

Ben tippte sich an die Stirn. »Das verstehe, wer will.«

»Wart's nur ab, Junge. Als Anwalt in einer Tretmühle wie Raven, Tucker & Tubb zu stecken, ist schlimm genug. Aber das ist noch nichts im Vergleich zur Arbeit unter Richard Derek. Dieser Kerl hat schon bessere Leute als dich fertiggemacht.«

»Na großartig!«

Nachdem Ben bei einem mexikanischen Schnellimbiß für Christina und sich *Burritos* gekauft hatte, setzten sie sich damit in möglichst großer Entfernung zu Lance Caldwell an einen Brunnen.

»So, so, dann hat dich Sanguine also rausgeworfen ...«

»Sieht ganz so aus. Sein Sekretär hat sich aber für sein Verhalten entschuldigt. Er meinte, ich solle es noch einmal versuchen, wenn Sanguine weniger um die Ohren hat.«

»Glaubst du, daß der Mann irgendwie in diese Sache verwickelt ist?«

»Keine Ahnung. Aber ich habe den Verdacht, daß er mir etwas verschweigt. Und ich würde gerne noch einmal mit Tidwell sprechen. Bei ihm hatte ich das Gefühl, er sucht das Gespräch mit mir.« Ben verstummte für einen Moment, um sich Soße vom Mund zu wischen. »Und noch etwas will mir nicht in den Kopf: Was soll die Geheimniskrämerei um Adams' Büro? Ich habe Mike angerufen, und er hat mir gesagt, die Polizei hätte es letzte Woche durchsucht, aber keine neuen Erkenntnisse gewonnen. Warum läßt Sanguine mich dann nicht einmal einen Blick reinwerfen? Die Geschichte, daß die Witwe das Recht haben müsse, als erste reinzugehen, kaufe ich ihm nicht ab.«

»Die Polizei hat Indizien für einen Mordfall gesucht«, meinte Christina. »Vielleicht liegt dort noch etwas anderes herum, das zwar nichts mit dem Mord zu tun hat, aber das Sanguine dir dennoch lieber vorenthalten möchte.«

»Ja, vielleicht.« Ben deutete auf einen Eisstand gegenüber. »Wie wär's mit einer Portion Eis? Ich lade dich ein.«

Christina klimperte mit den Wimpern. »Eis ist meine *raison d'être*!«

So gingen sie hinüber und stellten sich an. »Und wie sieht dein Schlachtplan aus, Boß?« fragte Christina.

»Keine Ahnung. Ich möchte Mrs. Adams helfen, weiß aber noch nicht, wie. Mir fällt einfach nichts ein.«

Sie waren an der Reihe. Ben kaufte zwei Eistüten, und sie kehrten damit zu ihrem Platz am Brunnen zurück.

»Hört sich ganz so an, als müßtest du dich mal in Adams' Büro umsehen«, murmelte Christina, ohne von ihrer rasch schmelzenden Nachspeise aufzusehen. Der Versuch, mehr Eis zu schlecken und weniger zu verkleckern, nahm ihre ganze Konzentration in Anspruch.

»Weißt du, es ist gut möglich, daß Sanguine noch nicht die Gelegenheit hatte, das Büro in Augenschein zu nehmen«, sagte Ben. Die Cops waren ja schon drin, bevor er von dem Mord erfuhr. Aber wenn er morgen aus Dallas zurückkehrt, wird er das ganz bestimmt nachholen.«

»Dann mußt du ihm eben zuvorkommen.«

»Ach? Und wie?«

»Durch Einbruch wahrscheinlich.«

»Willst du mich veralbern? Was ist, wenn ich erwischt werde? Die könnten mich ins Gefängnis stecken! Selbst wenn ich mit einem blauen Auge davonkomme, bin ich auf alle Fälle meine Zulassung als Anwalt los. Meine Karriere wäre zu Ende, noch ehe sie angefangen hat.«

»Du weißt ja, was ich in solchen Situationen immer sage, Ben: *Qué será será.*«

Ben funkelte sie an. »Kommt nicht in die Tüte!«

»Okay, hast du einen besseren Vorschlag?«

Daraufhin schwieg Ben eine Weile. »Nein«, sagte er schließlich kleinlaut.

»Demnach hast du im Grunde nur zwei Möglichkeiten: entweder du versuchst, in dieses Büro reinzukommen, oder du gibst auf. Richtig?«

»Wir sollten warten. Vielleicht erhalten wir ja noch den einen oder anderen Hinweis.«

»Hör zu, Ben. Wenn du Sanguine richtig eingeschätzt hast und trotzdem bis morgen wartest, dann ist übermorgen alles, was dich interessieren könnte, verschwunden.«

Wieder entstand eine Pause. »Und wie kommen wir da rein?«

Christina zucke mit den Achseln. »Was siehst du mich an? In der Ausbildung zur Anwaltsgehilfin steht Einbruch nicht auf dem Lehrplan.«

Ben schleckte hingebungsvoll an seinem Eis, ehe er darauf eine Antwort gab. »Es wäre eine Verletzung des Verhaltenskodexes für Anwälte«, meinte er kopfschüttelnd.

»Im Kodex steht aber auch, daß Anwälte sich nach bestem Wissen und Gewissen für ihre Mandanten einsetzen müssen«, entgegnete Christina. »Und das tust du ja schließlich.«

Er schluckte stumm den letzten Rest seiner Eistüte runter.

»Keine Angst, *mon ami*«, sagte sie und boxte ihm freundschaftlich gegen den Arm. »Ich bin doch bei dir.«

Ben bedachte sie mit einem dünnen Lächeln. »*Merci beaucoup.*«

Seit fünf Minuten marschierte Ben nun schon vor Gregs Büro auf und ab. Wo zum Teufel steckte der Kerl? Wahrscheinlich machte er gerade irgendeine Sekretärin an. Mußte er denn nicht arbeiten wie jeder andere? Ben stopfte grimmig die Hände in die Taschen und wartete weiter.

Kurz darauf trat Greg aus der Herrentoilette. Er begrüßte Ben und ging mit ihm zu seinem Büro. Kaum waren sie eingetreten, zog Ben die Tür hinter sich zu.

»Eine geschlossene Sitzung, was?« Greg setzte sich grinsend an seinen Schreibtisch. »Was kann ich für dich tun, Kincaid?«

»Ich brauche deinen Rat.«

»Wirklich? Ich bin geschmeichelt.«

»Kannst du mir mit deinem Fachwissen weiterhelfen?«

»Inwiefern? Ach, jetzt verstehe ich! Du willst eine Frau umlegen.«

»Nein. Zumindest nicht jetzt. Weißt du noch, was du mir neulich bei der Feier gesagt hast?«

Greg sah ihn mit verständnisloser Miene an. »Was ich bei der Party gesagt habe? Meinst du etwa das über deine neue Flamme Mona?«

»Nein.« Ben hielt ihm seine Hände unter die Nase. »›Siehst du diese Finger? Sie kriegen jedes Schloß auf, knakken jede Warnanlage.‹ Stimmt das, oder hast du nur große Töne gespuckt?«

»Ben, jetzt bin ich aber verletzt. Ich spucke nie große Töne! Ich wollte dich nur an meiner Weisheit teilhaben lassen, die ich mir in den Jahren meines Asozialendaseins angeeignet habe.«

»Sehr gut.« Ben rückte mit seinem Stuhl näher heran. »Dann müssen wir miteinander reden.«

13

Zu Bens Überraschung öffnete Emily die Tür. Er hatte gedacht, nur Bertha würde Besucher empfangen, denn von Emily war nun wirklich nicht zu erwarten, daß sie dieser Aufgabe gerecht wurde.

So blieben er und Christina zunächst vor der Tür stehen

und starrten das kleine Mädchen verwundert an. Emily schien gar keine Angst zu haben, obwohl sie Ben sichtlich nicht erkannte.

»Hallo, Emily«, sagte er. »Ich bin Ben Kincaid. Erinnerst du dich noch? Wir haben uns neulich bei mir im Büro kennengelernt. Schön, daß ich dich mal wieder sehe. Sag mal, ist Mrs. Adams daheim?«

Emily lächelte ihn an. Offenbar war sie erleichtert, weil sie ihm nicht gestehen mußte, daß sein Name ihr kein Begriff war. Eine Antwort auf seine Frage blieb sie ihm jedoch auch schuldig.

Dann erschien Bertha Adams in der Tür. Sie wirkte erschöpft. »Hallo«, sagte sie leise. »Es tut mir leid. Normalerweise gehe ich selbst zur Tür, aber ich war in meinem Zimmer und habe geschlafen. Ich bin in der letzten Zeit immer so müde.«

»Ich verstehe«, sagte Ben hastig. »Mrs. Adams, das ist Christina McCall. Sie arbeitet mit mir zusammen.«

Bertha musterte die fremde Frau argwöhnisch, eine Reaktion, vor der Ben Christina schon auf der Herfahrt gewarnt hatte. Bertha gehörte der Generation an, der Frauen in gutbezahlten Berufen noch unheimlich waren.

Die Hausherrin führte die Besucher in ihr Wohnzimmer, das mit hübschen, aber billigen und nicht unbedingt zueinander passenden Möbeln eingerichtet war. Doch bei aller Bescheidenheit war die Wohnung aufgeräumt und sauber.

Ben und Christina setzten sich auf ein mit einem grünen Blumenmuster bezogenes Sofa, Bertha nahm ihnen gegenüber auf einem Kunstledersessel Platz. Emily ließ sich ihr zu Füßen auf dem Boden nieder.

»Das ist aber eine Überraschung, Mr. Kincaid«, sagte Bertha, die ihre Fassung nun wiedererlangt hatte. »Ich hatte nicht damit gerechnet, Sie vor der Verhandlung noch einmal zu sehen. Wenn ich gewußt hätte, daß Sie mich sprechen wollen, wäre ich natürlich zu Ihnen ins Büro gekommen. Sie hätten sich die Mühe wirklich nicht machen müssen. Ich weiß doch, daß Sie viel zu tun haben.«

Arme Frau, dachte Ben. Ihr ist nur die armselige Wohnung peinlich. Vielleicht hätte ich sie vorher anrufen sollen.

»Nennen Sie mich doch bitte Ben«, sagte er, obwohl ihm ein solcher Vorschlag in dieser Situation unpassend vorkam. Andererseits hatte er das Gefühl, es wäre besser, wenn sie sich mit den Vornamen anredeten.

»Na gut – Ben«, murmelte sie.

»Ich werde mich kurz fassen, Ma'am. Ich habe noch ein paar zusätzliche Fragen und eine vielleicht etwas merkwürdige Bitte.« Er hielt inne, um sich die richtigen Worte zu überlegen. »Zunächst möchte ich, im Lichte der jüngsten Ereignisse …« Er brach abrupt ab. Mitten im Satz tat ihm bereits leid, daß er einen Anfang gewählt hatte, den er dann doch nicht zu Ende zu führen wagte. Wie dumm von ihm. Er sah doch, daß ihr die Tränen in die Augen schossen. »Die Polizei hat Ihnen sicherlich dieselbe Frage auch schon gestellt, aber fällt Ihnen ein möglicher Grund ein, warum jemand …« Er verstummte erneut.

Da die Frau nichts sagte, nahm Ben einen dritten Anlauf. »Gab es … Mißstimmigkeiten zwischen Ihrem Mann und Joseph Sanguine?«

Bertha hob den Kopf, blieb aber weiter stumm.

»Mrs. Adams«, schaltete sich Christina ein, »denken Sie bitte daran, daß Ben Ihr Anwalt ist. Alles, was Sie uns sagen, bleibt streng vertraulich. Kein Gericht dieses Landes würde dieses Recht antasten. Wir bitten Sie nur deshalb um zusätzliche Informationen, weil wir glauben, daß wir Ihnen helfen können.«

Bertha sah sie fragend an, als genüge ihr diese Versicherung noch nicht, doch schließlich antwortete sie fast im Flüsterton: »Etwas stimmte nicht zwischen den beiden, aber ich kann Ihnen beim besten Willen nicht sagen, was los war. Jonathan sprach nie mit mir über die Arbeit. Aber letzten Monat war er sehr aufgeregt, das habe ich gespürt. Er bekam zu den unmöglichsten Zeiten Anrufe und verbrachte ganze Nächte im Büro. Es muß mit Sanguine zu tun gehabt haben. Wir … Wir waren nicht immer glücklich mit Joseph Sanguine. Er machte Jonathan alle möglichen Versprechen, von denen er keins hielt.« Sie senkte den Blick wieder auf ihren Schoß.

Ben begriff, daß es keinen Sinn hatte, sie weiter zu bedrängen. Bertha war zu erschöpft. Ein, zwei Dinge konnte sie ihm vielleicht noch sagen, doch mußte er seine Fragen schonend formulieren. Womöglich konnte er es später noch einmal probieren, wenn das Schlimmste überstanden war.

»Fällt Ihnen ein Grund ein, warum Sanguine etwas dagegen haben könnte, daß ich mich im Büro Ihres Mannes umsehe?«

Bertha sah auf, um den Blick sofort wieder abzuwenden. »Nein.«

Aber sie würde so etwas auch nicht ausschließen, überlegte Ben. Jetzt mußte er es wagen. Er holte tief Luft. »Bertha, Lieutenant Morelli von der Mordkommission hat mir gesagt, daß man Ihnen die persönlichen Besitzgegenstände zurückgegeben hat, die bei Ihrem Mann gefunden wurden.

»Ja.«

Es gelang ihm, wieder Blickkontakt herzustellen. »Könnten Sie mir den Schlüsselbund Ihres Mannes leihen?«

Bitte frag nicht, flehte Ben. Frag einfach nicht.

Sie tat ihm den Gefallen. »Moment, bitte.«

Sie verschwand kurz in einem anderen Zimmer, um gleich darauf mit einer Kette zurückzukehren, an der Schlüssel der verschiedensten Formen und Größen hingen.

»Danke, Ma'am. Ich bringe sie Ihnen so bald wie möglich zurück.«

Die Frau nickte stumm. Christina und Ben erhoben sich.

»Ihr geht schon wieder?« fragte Emily. »Wollen wir nicht ›Backe, backe Kuchen‹ singen?«

»Heute nicht«, sagte Ben und lächelte sie an. »Aber bald, das verspreche ich dir.« Liebevoll tätschelte er ihr den Scheitel. Wie dumm ich doch bin, dachte er. Da versuche ich krampfhaft, mich mit ihr anzufreunden, aber sobald die Tür hinter mir zufällt, wird sie vergessen haben, daß es mich je gegeben hat.

Auf der Schwelle blieb Ben noch einmal stehen. »Ich werde alles in meiner Macht Stehende für Sie tun, Mrs. Adams. Für Sie und Emily. Das verspreche ich Ihnen.«

Bertha nickte nur stumm und wandte sich ab.

Schweigend gingen Ben und Christina hinaus.

14

»Wie lange denn noch?« flüsterte Christina. »Dunkler kann es nicht mehr werden.«

Ben sah auf die Uhr. Es war kurz vor Mitternacht. Durch das Fenster seines Wagens starrte er auf das verglaste Bürohochhaus auf der anderen Straßenseite. Solange sie im Auto blieben, konnte sie niemand verhaften. Aber wenn sie rübergingen …

»Bring mich davon ab, Christina.«

»Nichts da, Boß. Es ist doch für einen guten Zweck.«

Ben nickte nervös. Seit über einer Stunde saßen sie nun schon in seinem Honda Accord. Nach seinen Beobachtungen gab es hier nur einen Nachtwächter, der abwechselnd im Gebäude und auf dem Gelände draußen patrouillierte. Innen dauerte seine Runde fünfundzwanzig Minuten, draußen streifte er zwanzig Minuten herum, davon die Hälfte im Wäldchen hinter dem Haus.

Sofern sich Ben, der ihn mit dem Fernglas beobachtete, nicht getäuscht hatte, bewältigte der Mann seine Aufgabe in der Manier eines Schlafwandlers. Das war günstig. Auch schien er nicht mehr der Jüngste zu sein. Das war ebenfalls günstig. Leider begleitete ihn ein Dobermann. Das war weniger günstig.

Sie hatten ihren Schlachtplan schon bis ins Detail festgelegt. Während der Nachtwächter und sein Hund hinter dem Haus waren, mußten sie durch die Eingangstür eindringen. Für die Durchsuchung von Adams' Büro blieben ihnen dann bis zu seiner Rückkehr ungefähr zwölf Minuten. Danach mußten sie sich verstecken, solange er durch das Gebäude stiefelte und in den einzelnen Räumen nach dem Rechten sah. Sobald er wieder hinter dem Haus verschwunden war, konnten sie türmen. In einer Stunde war es überstanden. Eigentlich mußte es klappen, hielt sich Ben vor. Richtig, was sollte denn schon schiefgehen?

»Wir marschieren rein, sobald der Mann hinter dem Haus verschwunden ist. Halte dich bereit. Wir haben nicht viel Zeit zu verlieren.«

»Aye, aye, Captain«, antwortete Christina.

Zum wiederholten Mal untersuchte Ben Adams' gut zwanzig Schlüssel. Der Größe und dem Logo nach zu urteilen, kamen fünf für den Eingang in Frage – vorausgesetzt, Adams hatte einen Schlüssel für die Vordertür.

Das nächste Problem war die Alarmanlage. Am Bund hingen drei kleinere Schlüssel, mit denen man nach Gregs Auskunft das Sicherheitssystem ausschalten konnte. Sie konnten aber genausogut für Koffer gemacht sein. Oder Aktentaschen. Oder Schubladen. Ben wischte sich den Schweiß von der Stirn. Ihm war heiß.

»Hast du so was schon mal gemacht, Christina?« fragte Ben, ohne den Blick vom Haus zu wenden.

»Nein. Du?«

»Auch nicht. Na ja, in dem Jahr beim Bezirksstaatsanwalt habe ich die Polizei bei ein paar Aktionen begleitet, aber das war etwas ganz anderes. Damals wußte ich ja, wo die Polizisten waren – auf meiner Seite.«

»Schon gut«, sagte Christina. »Beruhige dich. Du bist zu angespannt.«

»Wer hätte das gedacht ...«

»Konzentriere dich auf was anderes.«

Ben starrte weiter das Bürogebäude an.

»Wie kommt es, daß ein so netter Kerl wie du Anwalt wird?« fragte Christina.

»Na ja, ursprünglich wollte ich Profi bei den Cardinals werden, aber ich versäumte dann immer das Training.«

»Ah, ein Sportler.«

»Das nicht unbedingt«, lachte Ben und wandte zum erstenmal den Blick vom Haus ab. »Ich war der erbärmlichste Spieler, den die je hatten. Meine schlimmsten Kindheitserinnerungen sind mit meinen jämmerlichen Bemühungen verbunden, beim Sport Freunde zu finden. Das einzige, was ich einigermaßen konnte, war Baseball, aber selbst das war nichts Berühmtes.«

»Aha, deine Mom wollte wohl, daß aus ihrem Sohnemann eine Sportskanone wird, was?«

»Meiner Mom war das egal. Es war ... Aber das ist eine andere Geschichte.« Er rutschte auf seinem Sitz hin und her. »In der Grundschule habe ich in der Little League gespielt. Da haben sie mich ans zweite Base gestellt. Dafür braucht man nicht viel zu können, und der Ball kommt nicht allzu oft in diese Richtung. Wir hatten so einen komischen Trainer, einen kleinen, dürren Psychopathen namens Shedd. Mein Gott, wenn der einen Sohn hatte, dann tut mir der Kerl heute noch leid. Er schmiß mit Bällen nach uns, wenn er meinte, wir legten uns nicht genügend ins Zeug.«

Christina kicherte leise.

»Auch in der Umkleidekabine war dieser Shedd ein Ekel. ›Hey, schaut mal alle her, jetzt legt Kincaid einen Striptease für uns hin!‹ Mensch, war das ein Arschloch! In unserem Team hatten wir einen, der war noch schlechter als ich. Ein Jude war das. Was meinst du, was der Junge unter ihm leiden mußte. Er hatte Probleme mit dem Schließmuskel und machte sich beim Training immer in die Hose. ›Och, hat das Babylein wieder Pipi gemacht?‹ schrie Shedd dann immer. Mann, wie ich den Dreckskerl gehaßt habe!«

»Klingt ganz wie die traumatischen Erlebnisse von Kindern, die später im Supermarkt auf wildfremde Leute schießen.«

»Nein, von der Art waren eher die Stunden im Steptanzen«, sagte Ben, der sich nun in Fahrt geredet hatte. »Eines Nachmitags saß ich friedlich vor dem Fernseher und mampfte Kartoffelchips, als meine Eltern auf einmal reinplatzten und mir eröffneten, daß ich jetzt Steptanzen lernen sollte. ›Aber warum?‹ fragte ich sie ein ums andere Mal. Für mich stand fest, daß das eine Art heimtückischer Plan war, um Benjy Kincaid endgültig vor seinen Alterskameraden zu blamieren. Wenn meine Eltern mir die Wahl gelassen hätten, wäre mir die Kastration lieber gewesen ... So, jetzt haben wir aber genug über mich geredet. Erzähl mir doch mal von deinen Pleiten in der Kindheit.«

»Das ist schwer. Ich war nämlich immer so eine Art Außenseiterin.«

Ben fragte sich unwillkürlich, ob Christina sich damals auch schon so ähnlich gekleidet haben mochte wie heute.

»Ich hatte immer das Gefühl, die anderen wüßten etwas ganz Wichtiges, von dem ich nichts verstand. Einmal hörte ich Jungen aus der dritten Klasse über *Vögeln* reden. Natürlich hatte ich keinen blassen Schimmer, was das heißen sollte. Ich konnte mir höchstens vorstellen, daß es vielleicht eine Art Sport war. Weil es mir überhaupt keine Ruhe mehr ließ, fragte ich meine Mutter. Mein Gott, ich dachte, sie trifft der Schlag. Wahrscheinlich hätte ich warten sollen, bis die Damen aus ihrem Bridgeclub gegangen waren.«

Sie lachten beide Tränen.

»Meine Mutter wäre auf der Stelle gestorben«, sagte Ben. »Sie legte immer großen Wert auf Äußerlichkeiten. Ach was, das tut sie noch immer. Vor allem sorgt sie sich um mich, weil ich bis zu einem bestimmten Grad farbenblind bin. Ich kann die Schattierungen innerhalb derselben Farbe nicht auseinanderhalten. Alles nicht so schlimm, aber als ich ins College ging, steckte sie immer Zettel an meine Klamotten, um mir Ratschläge zu erteilen: *›Ich würde vorzüglich zu Deinem blauen Jackett passen oder zu Deiner grünen Cordhose, wenn ein legerer Look gefragt ist.‹*«

»Willst du mich veralbern?«

»Nein.« Ben legte die Hand aufs Herz. »Alles merkwürdige, aber wahre Geschichten aus der Welt der Vororte.«

»Da wir schon einmal bei deinem Leben sind, Ben, laß mich doch mal raten, warum du Anwalt geworden bist. Aufgrund unserer nun schon seit mehreren Tagen bestehenden Zusammenarbeit und meiner hervorragenden Menschenkenntnis würde ich sagen ...« – sie holte tief Luft, um dann mit einem überakzentuierten britischen

Englisch fortzufahren – »... daß du den Menschen helfen wolltest.«

»Dasselbe hat Derek auch gesagt! Steht es mir ins Gesicht geschrieben oder was?«

»Sagen wir es so: Deine Augen haben es mir verraten.«

»Gut, ich kann es nicht leugnen. Ich war darauf aus, die Welt zu retten. Zuerst drehte sich alles ums Umweltrecht: die Bäume und die Regenwälder retten. Dann dachte ich, ich könnte als Strafverteidiger etwas bewirken. Nach dem Abschluß des Studiums arbeitete ich zunächst über ein Jahr lang für den Bezirksstaatsanwalt.«

»Und was ist dann passiert?«

»Was meinst du?«

»Wie bist du ausgerechnet zu Raven & Co gestoßen? Die vertreten ja ausschließlich Firmen und haben rein gar nichts mit Strafrecht zu tun.«

Ben blickte wieder zum Bürohaus hinüber. »Ich weiß auch nicht. Manchmal passiert so etwas einfach ... Irgendwie fällt es mir schwer, immer dasselbe zu tun. Erst dachte ich, beim Bezirksstaatsanwalt hätte ich meinen Traumjob gefunden. Aber das war ein Irrtum. Ich hatte das Gefühl, ich würde dort mein Leben lang eine ruhige Kugel schieben, ohne je wirklich herausgefordert zu werden. Die Arbeit war einfach unbefriedigend. Tag für Tag steckte man arme Hunde hinter Gitter und handelte mit dem Richter und der anderen Seite einen Deal aus. Ruhm gibt es da nicht zu ernten. Und Geld genausowenig.«

»Drum bist du also bei Raven gelandet«, vollendete Christina für ihn.

»Ja. Jetzt bin ich etwas über eine Woche dabei, und schon frage ich mich, ob ich nicht einen Riesenfehler gemacht habe. Beim Bezirksstaatsanwalt waren wir alle voller Idealismus bei der Sache. Das fehlt mir hier. Auch wenn es noch so geschwollen klingen mag, dort betrachteten wir das Gesetz als die mächtige Lanze eines Kreuzfahrers. Bei Raven macht man sich über so etwas nur lustig. Bei Raven ist das Gesetz nichts als eine Trickkiste.«

Ben konzentrierte sich wieder auf das Gebäude. Durch

die Fenster konnte er den Schein der Taschenlampe eindeutig nach unten wandern sehen. Bald war der Wärter wieder draußen, und sie konnten hineinschleichen.

»Jetzt haben wir aber wirklich genug über meine Probleme geredet«, brummte Ben. »Erzähl mir von dir, Christina McCall.«

»Da gibt es nicht viel zu sagen«, meinte sie mit einer abschätzigen Handbewegung. »Ich bin einunddreißig – eine reifere Frau –, umwerfend schön, trage heute zur Abwechslung strapazierfähige schwarzen Sachen und schicke mich an, in einer Firmenzentrale einzubrechen.«

»Ich wollte Fakten und keine Parodie. Verheiratet?«

»Nicht mehr.«

»Keine Kinder?«

Sie zögerte kurz. Ein Schatten huschte über ihr Gesicht, verschwand aber sogleich wieder. »Nein, ich bin über dreißig, alleinstehend und arbeite jetzt als Gehilfin für eine Horde steinreicher Anwälte. Ganz offenbar bin ich auf eine gute Partie aus.« Sie brach in ein für Bens Gefühl zu herzhaftes Lachen aus.

»Aber warum hast du nicht Jura studiert? Anwaltsgehilfin ist sicher nicht schlecht, aber es muß doch lukrativere Posten geben.«

»Tja«, meinte Christina, »ich bin eben nicht das, was man hochgebildet nennen würde. In der Schule war ich ein As – nur gute bis sehr gute Noten –, aber dann heiratete ich Ray und verzichtete aufs Studium. Jetzt bist du überrascht, was?«

Ben zuckte nur mit den Achseln.

»Die meisten glauben, ich hätte ein College besucht. Tatsächlich habe ich nur Abendkurse gemacht. Wollte mich auf diese Weise weiterbilden.«

»Du hättest den Französischkurs bleiben lassen sollen.«

»Was hast du gegen mein Französisch?« fragte Christina erstaunt. »Ich betrachte es als mein Markenzeichen. Meine Methode, Aufmerksamkeit zu erregen.«

»Das gelingt dir damit in der Tat.«

»Ich mußte einen Job finden, in dem ich auch ohne Universitätsabschluß genügend verdienen konnte. Eine Weile versuchte ich es als Model. Das war eine Katastrophe – zuviel Busen, zuwenig Bein. Dann arbeitete ich als Sekretärin, aber bei keinem Boß hielt ich es länger als eine Woche aus, ohne daß ich in Mordfantasien schwelgte. Nach langem Hin und Her kam ich zu dem Schluß, daß Anwaltsgehilfin noch das Beste für mich wäre.«

»Ein Hausfrauendasein hat dir nie vorgeschwebt?«

»Für meinen Exmann? Ray? O Gott, nur das nicht!«

»Wo ist er jetzt?«

»Ach, irgendwo in Oklahoma City. Er hat wieder geheiratet. So eine Blondine frisch von der Highschool – so wie ich damals vor zwölf Jahren. Als ich zuletzt von ihm hörte, hatte er sich für einen Studienplatz in Zahnmedizin beworben.« Sie lachte erneut. »Wenn das nicht zusammenpaßt? Er ist mit mir verheiratet und fährt einen Lieferwagen. Er heiratet die andere und wird Zahnarzt.«

Plötzlich holte sie tief Luft und murmelte etwas Unverständliches in sich hinein.

»Was war das?« erkundigte sich Ben.

»Ach, ich habe nur etwas gesungen.« Und da Ben sie verständnislos angaffte, fügte sie hinzu: »So entspanne ich mich. Ich versetze mich in einen hypnotischen Zustand.«

»Wirklich? Das schaffst du so schnell?«

»Das muß man erst üben. Auf Anhieb klappt es nie.«

»Selbsthypnose? Das ist ja hochinteressant. Kennst du dich auch mit Astrologie aus?«

Christina warf Ben einen Blick zu, der auch eine Supernova zum Abkühlen gebracht hätte. »Nein, das nicht. Aber ich kann mich an frühere Leben erinnern, wenn dich das glücklich macht.«

»An frühere Leben? Das ist nicht dein Ernst!«

»Wenn man sich schon mal auf Band über sein Leben im alten Mesopotamien hat sprechen hören, dann ist es irgendwie schwer, das nicht mehr ernst zu nehmen.«

»Wer warst du denn?« fragte Ben. »Ich sehe dich eher als so etwas wie Madame Curie.«

Christina schaute an Ben vorbei zum Wagenfenster hinaus.

»Er ist draußen«, sagte sie.

Ben drehte sich um. Tatsächlich – der Wachtposten und sein Hund tauchten vor dem Haus auf. Nach einigen Minuten verschwanden sie in der Dunkelheit.

»Es ist soweit«, sagte Ben mit zitternder Stimme. »Gehen wir los.«

Christina stieg als erste aus. Ben folgte ihr mit einer Taschenlampe und Berthas Schlüsseln. In geduckter Haltung rannten sie zur Tür. Um sich besser zu tarnen, hatten sie sich von Kopf bis Fuß in Schwarz gehüllt. Daß sie damit eher an Einbrecher aus Gangsterkomödien erinnerten, schien sie nicht zu stören. Aber wenigstens hatten sie darauf verzichtet, sich auch noch schwarze Strümpfe über das Gesicht zu ziehen.

Ein Neonlicht strahlte die Hausfassade an, ohne allerdings den Schatten, den das Vordach auf die Eingangstür warf, zu durchdringen. Ben und Christina erreichten das Portal und machten sich im Schutz der Dunkelheit sofort am Schloß zu schaffen. Der erste Schlüssel ging auch gleich hinein, drehte sich dann aber im Kreis. War es der falsche oder gehörte er zu denjenigen Schlüsseln, die anscheinend nur zu dem einen Zweck gemacht worden sind, um ihren Besitzer zu ärgern. Ben versuchte es mit Gewalt.

»Gib's auf«, flüsterte Christina. »Wenn er abbricht, kommen wir nie rein. Nimm den nächsten.«

Ben folgte ihrem Rat. Anderer Schlüssel. Gleiches Ergebnis.

»Verdammt!«

»Nur nicht nervös werden«, zischte sie. »Versuch's mit dem nächsten.«

Auf der Kiesauffahrt war das Knirschen von Reifen zu hören. Ein Wagen näherte sich. Ben und Christina erstarrten. Was war, wenn man ihr Auto auf der anderen Straßenseite bemerkte? Und wenn jemand kam? *Ach, hallo, wir wollten nur mal kurz vorbeischauen und unsere Einbrecherkollektion vorführen.*

Das Knirschen entfernte sich. Offenbar war der Wagen weitergefahren. Ben atmete auf. Dann versuchte er es mit dem nächsten Schlüssel, und diesmal sprang der Riegel mit einem Klicken zurück.

»Geschafft«, flüsterte Ben. Er öffnete die Tür, stieß dann allerdings auf unerwarteten Widerstand. Wegen der getönten Glasscheiben hatten sie nicht sehen können, daß die Tür von innen zusätzlich mit Kette und Vorhängeschloß gesichert war. Kein Problem, vorausgesetzt, man hatte den Schlüssel dafür. Doch Ben erkannte auf den ersten Blick, daß an seinem Bund nichts Passendes hing.

»Das war's dann wohl«, stöhnte er. »Für ein Schloß wie das hier habe ich keine Schlüssel. Hauen wir ab.«

»Gib doch nicht so schnell auf«, drängte Christina und stemmte sich gegen die Tür. »Sieh doch, der Spalt ist breit genug. Komm, das schaffen wir.« Sie machte Anstalten, sich seitlich hindurchzuzwängen.

»Bist du verrückt?« ächzte Ben. »Ich bin doch breiter als du.«

»Dann zieh den Bauch ein.« Sie duckte sich unter das Vorhängschloß und schaffte es tatsächlich, zwischen Tür und Rahmen hindurchzuschlüpfen. Alles in allem war sie sehr schlank und hatte nur mit den Hüften etwas Mühe. Ben kam es fast wie ein Kinderspiel vor, so leicht sah es bei ihr aus.

»Los, gib mir die Hand«, flüsterte sie.

Ben gehorchte. Ihre Hand fühlte sich warm an. Er spürte sogar den Puls. Sie gab die Kommandos, und er führte sie gehorsam aus: Kopf voran, dann Arme, Brust und Bauch und zum Schluß die Beine. Wenig später stand er neben ihr.

Als sie durch die Vorhalle liefen, quietschten Bens Turnschuhe auf den Bodenfliesen. Und noch etwas anderes war zu hören: Ein elektronisches Signal fing an, in regelmäßigen Abständen von drei Sekunden leise, doch eindringlich zu piepsen.

»Ist das die Alarmanlage?« fragte Christina, die noch immer Bens Hand umschlossen hielt.

»Das glaube ich nicht. Wenn Greg recht hat, dann zeigt das Piepsen nur an, daß der Timer der Alarmanlage aktiviert worden ist. Jetzt haben wir noch eine Minute Zeit, um den Schaltkasten zu finden und das Ding abzustellen, ehe es losgeht und wir die Polizei am Hals haben. Das hat man eigens so ausgetüftelt, damit die Leute, die hier arbeiten, die Sirene von selbst ausschalten können.«

»Dann verschwenden wir keine Zeit mit Quasseln. Wo ist der Schaltkasten?«

Sie leuchteten in der geräumigen Empfangshalle herum. Tausend Stellen kamen in Frage: Aufzüge, Türen, das Empfangspult ... »Da drüben!« flüsterte Ben und rannte zu einem Tisch in der linken Ecke hinüber. »Dort saß der Wachmann, als ich heute morgen meine Aufwartung bei Sanguine machte. Zumindest wäre es die logischste Stelle für eine Alarmanlage.«

Sie durchsuchten den Tisch. Das Piepsen wurde auch lauter, doch sie vermochten keinen Schaltkasten zu entdekken, bis Ben sich hinkniete und sich unter der Tischplatte zu schaffen machte. Tatsächlich entdeckte er dort einen Kasten, der zeitgleich mit dem Piepsen ein rotes Signallicht aussandte. Auf einem Digitaldisplay leuchtete die Zahl elf auf, dann zehn, dann neun. Neben dem Anzeiger befand sich ein kleines Schlüsselloch.

Ben versuchte es mit dem kleinsten Schlüssel an Adams' Bund. Er ging nicht hinein. Dann plötzlich brach das Piepsen ab. »Jetzt geht es sicher gleich los«, murmelte Ben. Mit dem Mute der Verzweiflung steckte er den zweitkleinsten Schlüssel ins Schloß und drehte ihn. Das rote Licht erlosch.

»Hey«, flüsterte Christina und tätschelte ihm die Schulter. »Du bist ja ein richtiges Naturtalent. Du solltest öfter einbrechen.«

Ben gab keine Antwort darauf.

Jetzt mußte es schnell gehen. Sie jagten die Treppe zum ersten Stockwerk hinauf und verschwanden in dem Korridor, in dem die Büros lagen. Zum Glück war Adams' Zimmer weder verschlossen noch versiegelt. Sie konnten also sofort mit der Durchsuchung beginnen. Das mußte natürlich mit Bens Taschenlampe vonstatten gehen. Die Deckenbeleuchtung hätte sofort den Nachtwächter auf den Plan gerufen.

»Alles klar«, flüsterte Ben. »Jetzt haben wir noch etwa zehn Minuten.«

Während Ben mit dem Schreibtisch anfing, durchstöberte Christina die Bücherregale. Ben war schon beim Eintreten aufgefallen, daß Adams' Büro zwar größer war als das seine, doch für einen für neue Projekte zuständigen Vizedirektor ungewöhnlich bescheiden wirkte. Der Schreibtisch war aus hellbrauner Eiche – zumindest der Farbe nach. Aber bei näherem Hinsehen drängte sich Ben der Verdacht auf, daß es sich um eine billige Imitation handelte. Auf der Tischplatte stand ein eingerahmtes Foto von Bertha, das bestimmt schon vierzig Jahre alt war. Da es oben nichts weiter zu finden gab, öffnete Ben die Schubladen. Gott sei Dank waren sie nicht zugesperrt. So systematisch es die Eile zuließ, kämmte er den Inhalt durch, stieß jedoch auch hier auf nichts Nennenswertes.

»Bertha hat mir gesagt, Adams sei am Tag seiner Ermordung nicht mehr nach Hause zurückgekehrt«, flüsterte Ben. »Wenn er sich mit irgend jemandem verabredet hat, dann wahrscheinlich hier. Ich hatte gehofft, wir würden eine Notiz oder eine eilig hingekritzelte Adresse oder Telefonnummer finden.« Erst jetzt bemerkte er einen dicken Notizblock. Er nahm ihn prüfend in die Hand, ließ ihn aber enttäuscht wieder sinken. Er war leer.

»Moment mal«, sagte Christina. Sie ergriff den Block, riß die erste Seite heraus und hielt sie in den verschiedensten Winkeln gegen den Lichtkegel. Dann schraffierte sie das Blatt mit einem Bleistift leicht. Nach und nach zeichnete sich unter dem Grau so etwas wie ein Wort oder eine Nummer ab.

»Adams hat etwas in den Block geschrieben«, murmelte Christina, ohne von ihrem Bemühen abzulassen. »Und das ist der Abdruck. Hmm, hmm, bei Sherlock Holmes hat das viel besser geklappt.«

Ben beugte sich nun auch über das Blatt. Nur ein paar Buchstaben waren deutlich zu erkennen, ein *p* und ein *a*. Danach kam etwas Unleserliches. Darunter standen ein *f*, wieder ein *a*, dem ein *f* oder *r* folgten, dann entzifferte er noch ein *c*.

»Archer«, sagte Christina. »Das muß eine Adresse in der Archer Avenue sein.«

»Seine Leiche wurde in einer Seitengasse der Archer Avenue gefunden.« Ben war plötzlich ganz aufgeregt. »Und schau mal, siehst du das *Pa?* Meinst du, es könnte für Eltern stehen?«

»Pa wie Papa?« sinnierte Christina? »Vielleicht hatte er Emilys Vater in der Archer Avenue aufgespürt.«

Plötzlich schnippte Ben mit den Fingern. »Oder *Pa* steht für das Red Parrot Café. Das ist die Bar in der Archer Avenue. Vielleicht wollte er dort jemanden treffen.«

»Gut möglich«, murmelte Christina. »Aber wer sagt denn, daß *pa* nicht für St. Paul steht oder den Panama-Kanal oder was weiß ich noch all ...«

Sie hielt abrupt inne. Auf dem Flur waren Schritte zu hören. Ben knipste sofort die Taschenlampe aus, und sie gingen hinter dem Schreibtisch in Deckung.

Die Schritte wurden lauter, näherten sich in einem allerdings nicht zu eiligen Tempo. Durch die Ritze unter der Tür bemerkten Ben und Christina Licht im Flur. Die Schritte wurden langsamer, und eine Tür ging auf und wieder zu.

»War das der Nachtwächter?« flüsterte Christina.

»Nein, der kommt erst später.«

Wieder vernahmen sie Schritte, die sich bedächtig näherten. Christina hielt den Atem an. Die Tür wurde geöffnet. Ein Licht flackerte. Die beiden wagten keine Bewegung mehr. Sie waren vollständig hinter dem Schreibtisch verborgen – glaubten sie zumindest. Aber was nützte ihnen das schon? Wer immer gekommen war, brauchte nur dahinter nachzusehen.

Auf einmal schien die Zeit stillzustehen. Auch wenn es sich nur um Sekunden handeln konnte, sah Ben sein ganzes Leben von der Vergangenheit bis zur Zukunft an sich vorüberziehen, von seinen hochfliegenden Träumen bis hin zur Aberkennung der Zulassung als Anwalt einschließlich einer Verurteilung zu einer langjährigen Gefängnisstrafe.

Schließlich ging das Licht wieder aus, und die Tür wurde zugezogen. Christina sah Ben an. Beide wagten wieder zu atmen, wenn auch lautlos. Quälend langsam entfernten sich die Schritte über den Flur. Dann endlich hörten sie die Tür zum Treppenhaus aufgehen, und der geheimnisvolle Besucher verschwand.

Christina wollte sich aufrichten, hielt aber jäh inne, als sie bemerkte, daß Ben immer noch unter dem Schreibtisch kauerte. Er starrte etwas an. »Was ist?« flüsterte sie.

Ben deutete stumm auf die mittlere Schublade, diejenige, mit der er sich gerade beschäftigt hatte, als sie gestört worden waren. An der Unterseite war mit einem Klebestreifen ein mittelgroßer Umschlag befestigt worden.

»Ich kann einfach nicht glauben, daß die Polizei das übersehen hat«, brummte er.

»Wahrscheinlich sind sie bei der Durchsuchung auch nicht auf allen vieren durch das Büro gekrabbelt«, entgegnete Christina.

Wortlos riß Ben den Umschlag herunter.

Christina hatte mittlerweile das Fenster erreicht. »Wir müssen hier raus«, drängte sie und machte sich am Griff zu schaffen. »Zum Glück ist es nicht abgesperrt.« Und noch ehe Ben etwas sagen konnte, hatte sie die zwei Hebel links und rechts heruntergedrückt; das Fenster ging auf.

»Das kann doch nicht dein Ernst sein«, stöhnte Ben.

»Wir haben keine andere Wahl. Im Treppenhaus laufen wir nur diesem Typen in die Arme. Außerdem sind wir doch nur im ersten Stock.«

Ben beugte sich zum Fenster hinaus. Weiter hinten brannten Lichter. Dazu hatten sie Halbmond. Das hieß, wenn sie Pech hatten, konnte man sie sehen. Plötzlich fiel ihm der Nachtwächter wieder ein. Den hatte er ganz vergessen. Und nicht nur das – ihm war jedes Zeitgefühl abhanden gekommen.

Er warf einen Blick nach unten. Das Fenster mochte vier, fünf Meter über der Erde sein. Und da sollte er hinunterspringen? Doch Christina hatte recht. Es blieb ihnen nichts anderes übrig. Er schob seine Gefährtin beiseite. »Zeit für eine Machopose. Ich springe zuerst.« Er kletterte aufs Fensterbrett, klammerte sich am Rahmen fest und ließ sich langsam hinunter. Einen Moment lang blieb er so hängen, dann ließ er los.

Er landete äußerst unglücklich auf dem linken Fuß. Unter der Wucht des Aufpralls sackte er ein und krachte mit dem Kinn aufs Knie. Dann kippte er um und fand sich auf dem Rücken wieder. Kurz betastete er seine Knochen. Soweit er es beurteilen konnte, waren sie noch alle heil. Selbst seine Zähne schienen den Schlag überstanden zu haben, auch wenn sie sich wie Kartoffelbrei anfühlten.

Als nun Christina sprang, sah das ungleich eleganter aus. Sie fing den Aufprall mit beiden Ballen auf und ließ sich schulmäßig abrollen.

»Klasse gemacht«, flüsterte Ben.

»Alles Training«, wiegelte sie ab. »Als Models wurden wir auf Körperbeherrschung und Anmut gedrillt.«

»Alles in Ordnung bei dir?«

Sie nickte.

»Gut, dann nichts wie weg.« Er half ihr auf, und sie rannten los. In diesem Moment bellte hinter ihnen ein Hund. »Mein Gott, den Köter hatte ich ganz vergessen!« keuchte Ben. Sie wagten nicht mehr, sich umzudrehen. Doch zum Glück hatten sie genügend Vorsprung. Sie erreichten den Wagen, sprangen hinein und brausten los.

Hätten sie sich einmal umgeschaut, wäre ihnen vielleicht hinter dem Fenster, aus dem sie gesprungen waren, eine schwarze Silhouette aufgefallen. Jemand hatte sie beobachtet.

ZWEITER TEIL

FREUNDE IN DER NOT …

1

Die kräftige Frau in der weißen Schwesterntracht ging zur Tür; jemand hatte geklopft. Sie kannte das Zeichen. Und nachdem sie kurz durch den Spion geschaut hatte, machte sie auf.

Der Besucher trat ein und zog sogleich sein Jackett aus. »Wie geht es ihr heute?«

Die Frau zögerte. »Gut … den Umständen entsprechend. Stabil … Ich weiß, was ich tue.«

Der Mann grinste. »Das ist ja auch der Grund, warum du so viel Geld von mir kriegst.« Er spähte in den Gang. »Bring sie her.«

Mit einem stummen Nicken drehte sich die Frau um und rief etwas in den Flur. Mehrere Sekunden verstrichen. Schließlich schlurfte jemand zur Tür am Ende des Korridors, und eine Frau, die weitaus jünger und dünner war als die erste, steckte den Kopf heraus. Ihre Miene wirkte merkwürdig leer und abwesend.

»Besuch für dich«, sagte die Krankenschwester.

Als die jüngere Frau den Mann erblickte, breitete sich ein Ausdruck namenlosen Entsetzens auf ihrem Gesicht aus. Sie schlug die Tür hinter sich zu.

Die Miene des Mannes verfinsterte sich. »Das werden wir ja sehen«, knurrte er und schob die Schwester wütend beiseite. Mit zwei großen Schritten erreichte er die Tür.

»Mach auf«, sagte er ruhig, aber bestimmt.

Keine Antwort.

»Aufmachen, habe ich gesagt«, wiederholte er, diesmal etwas lauter.

Immer noch keine Antwort.

Plötzlich verlor er die Beherrschung. Er nahm Anlauf und warf sich mit seinem ganzen Gewicht gegen die Tür. Sie erbebte, gab aber nicht nach.

Damit hatte der Mann nicht gerechnet. Dunkelrot vor Zorn fing er an, die Tür mit Fußtritten zu bearbeiten. Ohne Erfolg. Nur ein bißchen Holz splitterte ab. Keuchend hielt er inne. Inzwischen zitterte er am ganzen Leib. »Also gut«, fauchte er. »Dann muß ich andere Saiten aufziehen.« Er beugte sich vor und flüsterte etwas durch die Ritze.

Einen Moment später sperrte die junge Frau auf. Sie weinte. Auf ihrer Haut hatten sich große rote Flecken gebildet.

»Bitte tu ihr nicht weh!« flehte sie mit tränenerstickter Stimme.

»Das hängt ganz von dir ab«, knurrte der Mann. Er packte sie und stieß sie brutal auf das Bett. Auf einmal grinste er. Seine Wut hatte sich schlagartig gelegt. Er wandte sich zu der stämmigen Frau um und sagte: »Du kannst gehen.«

»Aber ich habe ihr noch nicht die Sachen für den Abend gegeben.«

»Ich sage es nicht noch mal: Du kannst gehen!« bellte der Mann und knallte die Tür hinter sich zu.

2

»Was soll denn das schon wieder, Kincaid?«

Derek schloß die Tür und begann mit hinter dem Rücken verschränkten Händen auf und ab zu wandern. Ben wußte mittlerweile, daß das zu seinen Ritualen gehörte. Gott sei Dank ist sein Knöchel wieder heil, dachte er.

»Ich habe Sie gebeten, die Adoption eines Kindes in die Wege zu leiten. Keine große Sache. Der Termin für die Verhandlung steht – entweder Sie gewinnen oder Sie verlieren –, da erklären Sie mir auf einmal, Sie bräuchten einen Privatdetektiv, der irgendwelche ...« – er warf sich in Pose und verdrehte die Augen – »mysteri-ööösen Umstände klären müsse. Und heute bilden Sie sich aus weiß Gott welchen Gründen auch noch einen Buchhalter ein. Menschenskind, was soll das?«

»Mr. Derek, ich glaube, die Dokumente, die ich entdeckt habe, sind sehr wichtig.« Woher die Papiere stammten, gab Ben wohlweislich nicht an.

»Wozu? Sind etwa neue Erkenntnisse über den Adoptionsantrag zu erwarten?«

»Das weiß ich nicht, Mr. Derek. Aber das ist ja der springende Punkt. Ich bin eben kein Buchhalter.«

»Still!« Derek hob mit dramatischer Geste die Hand. »Ich will nichts mehr davon hören! Ich erkläre es Ihnen noch einmal, Kincaid, aber wirklich nur noch *einmal*, falls Sie verstehen, was ich meine. Das ist kein Fall, der uns nichts als Ärger einbringt, aber er ist verdammt nahe dran. Geld wirft er nicht ab, weder für uns noch für unseren Mandanten. Im Gegenteil, unser Mandant will nicht mehr als eine Handvoll Dollar in ihn investieren. Er will nichts als in der Nacht von Gewissensbissen verschont bleiben, weil *er* das Seine versucht hat, um der Witwe eines altgedienten Mitarbeiters zu helfen. Und wenn wir nun scheitern ...« – er zuckte mit den Achseln – »... nun, er hat getan, was er konnte.«

Ben gab keine Antwort. Es hatte ja ohnehin keinen Zweck. Genausogut hätte er mit der Mauer von China über Moral diskutieren können.

»Und da wir gerade über Sanguine sprechen«, fuhr Derek fort, »haben Sie die Daten für unseren Antrag auf eine einstweilige Verfügung zusammengetragen?«

»Ja, ich habe sie heute morgen auf Ihren Schreibtisch gel...«

»Ach ja, ich habe Ihren Schriftsatz überflogen. Und ich habe auch Änderungen vorgenommen. Sie sind in Ihrem Fach.«

»Ich werde mich an den Computer setzen und die Korrekturen einfügen, Sir.«

»Und was ist mit meinem Eröffnungsplädoyer? Haben Sie das auch geschrieben?«

»N-nein. Ich wußte nicht, daß ...«

»Was, glauben Sie, wollte ich morgen vormittag tun? Auf dem Podest stehen und Däumchen drehen?« Er hielt inne, um sich eine Zigarette anzuzünden. Es war die erste in dieser Unterredung. Ben hatte sich schon gefragt, ob er sich das Rauchen abgewöhnt hatte. »Sehen Sie, Kincaid, genau das will ich Ihnen schon die ganze Zeit klarmachen. Sie sind mit Ihrer Arbeit in Verzug. Sie verpulvern Ihre ganze Energie für einen einzigen Fall, und selbst da bringen Sie nichts zuwege!«

Er sog gierig an seiner Zigarette. Doch falls Ben geglaubt hatte, das würde ihn beruhigen, so hatte er er sich getäuscht. Plötzlich fuchtelte der Mann mit der Zigarette in der Luft herum. »Einem guten Anwalt braucht man nichts zu sagen! Ein guter Anwalt sieht, was getan werden muß, und tut es! Punkt. Ich weiß, daß Sie noch Anfänger sind, aber offen gesagt entspricht Ihre bisherige Arbeit bei weitem nicht den Anforderungen, die hier bei Raven an einen Anwalt gestellt werden. Wenn Sie sich nicht am Riemen reißen, kann nichts Ihren Arsch hier retten – keine Mutter, kein Minister, kein Teilhaber und auch nicht dessen Frau.«

Ben verschlug es die Sprache. Bei R T & T blieb nichts geheim.

»Also klemmen Sie sich gefälligst dahinter, Kincaid. Morgen ist die Verhandlung vor dem Handelsgericht unter dem Vorsitz von Old Stoneface. In Wahrheit heißt er Schmidt, aber unter seinem Spitznamen ist er besser bekannt. Er hat auch einige Gesetzeskommentare verfaßt. Obwohl sie völlig belanglos sind, hält er sich für so etwas wie einen herausragenden Autor. Also würzen Sie Ihr Eröffnungsplädoyer mit irgendwelchen obskuren Zitaten und einem möglichst geschraubten Stil. Wenigstens das müßten Sie ganz gut können.« Er tat einen letzten tiefen Zug an seiner Zigarette. »Und vergessen Sie den Unfug mit dem Buchhalter!«

Ben verließ wortlos das Büro. Auf dem Weg zum Aufzug spürte er die Blicke sämtlicher Sekretärinnen auf sich. Erst jetzt dämmerte ihm, wie laut sein Chef geschrien haben mußte. Die Frage war nur: Lag es wirklich an ihm, Ben, oder hatte Derek immer noch Ärger mit seiner Frau? Letzteres würde einiges erklären. Verzeihlich wäre sein Verhalten trotzdem nicht, denn Ben kam es so vor, als würde Derek ihm absichtlich Steine in den Weg legen.

Als Ben den Aufzug betreten wollte, schlossen sich ihm auf einmal Alvin Hager und Tom Melton an.

»So, so, Mr. Harvard macht dir die Hölle heiß, was?« fragte Alvin mit aufgesetzter Fröhlichkeit.

»Klebt ihr mit dem Ohr am Schlüsselloch oder was?«

»Das ist überhaupt nicht nötig, wenn Derek so schreit«, meinte Tom. »Was für eine Primadonna! Und der Seitenhieb mit den Frauen der Teilhaber war mehr als unfair. Es ist ja nicht so, als ob du etwas dafür könntest.« Tom und Alvin sahen einander feierlich an, um plötzlich wie auf Kommando breit zu grinsen.

Als erster gab sich Tom einen Ruck. »Jetzt aber im Ernst, Ben. Mach dir wegen dem Kerl nicht allzu viele Gedanken. Im ganzen Haus ist bekannt, was das für ein Arschloch ist.«

Alvin nickte. »Das ist noch untertrieben. Ist dir klar, daß von den Anwälten, die unter Derek arbeiten mußten, kein einziger die ersten drei Jahre bei Raven überlebt hat? Nicht einer! Und das in all den Jahren, seitdem er von Philadelphia hierher gewechselt hat.«

»Das ist ja ein Armutszeugnis«, murmelte Ben. »Da muß doch mal was unternommen werden.«

Sie hatten das Erdgeschoß erreicht. »Wir wollen zum Schnellimbiß bei der Kunsteisbahn drüben im Einkaufszentrum«, erklärte Tom. »Aber bevor du heimgehst, kommst du heute abend auch zu dieser Anwerbeaktion?«

»Was für eine Anwerbeaktion? Ich bin doch schon dabei.«

»Für die Leute, die nächstes Jahr dazustoßen, Ben. Als Anwalt hast du doch die Pflicht, dir die neuen Kandidaten anzuschauen und ein Wörtchen mitzusprechen. Ich bin mit der Sache beauftragt worden und habe für heute abend eine kleine Soiree organisiert. Die Firma knüpft möglichst früh Kontakte mit ihren potentiellen Nachwuchskräften. Uns kommt dabei die Aufgabe zu, ihnen zu sagen, was für ein herrliches Leben man bei R T & T führt. Auf uns hören die wahrscheinlich eher, weil wir praktisch gleich alt sind.«

»Ich weiß nicht, ob ich der geeignete Vertreter für Raven und Co bin«, brummte Ben mit einem skeptischen Kopfschütteln.

»An deiner Stelle würde ich nicht ablehnen, Ben«, meinte Alvin. »Faß das als einen wohlmeinenden Rat auf. Die hohen Tiere sind ganz scharf auf unseren heutigen Gast. Hat in Yale studiert, hat das Examen mit Auszeichnung abgelegt und auch schon einiges veröffentlicht. Wenn wir es schaffen, ihn einzufangen, heimsen wir die Lorbeeren ein. So, wie du zur Zeit in der Firma dastehst, kannst du es dir eigentlich nicht leisten, dir eine solche Chance entgehen zu lassen. Mann, du mußt bei den Teilhabern Eindruck schinden.«

»Von mir aus«, seufzte Ben. »Ich lasse es mir durch den Kopf gehen und sage euch dann Bescheid, okay?«

Die zwei nickten.

»Kommt Marianne denn auch?«

Tom und Alvin wechselten einen wissenden Blick. »Wohl eher nicht«, meinte Tom gedehnt. »Es wäre nicht ganz passend.« Wieder sahen sie einander an und brachen plötzlich in dröhnendes Gelächter aus, von dem sie sich auch nicht beruhigt hatten, als Tom Alvin in Richtung Ausgang schob.

Ben blickte den beiden nachdenklich hinterher. Wirklich großartig, dachte er. Und was mache ich jetzt?

Da er allein war und nichts Dringendes zu erledigen hatte, ging Ben aufs Geratewohl los. Rein zufällig landete er in der dritten Ebene des Einkaufszentrums. Am Geländer in der Mitte blieb er stehen und sah zur Kunsteisbahn im Erdgeschoß hinunter. Nur ein Mädchen drehte dort seine Runden. Ben schätzte sie auf zehn, elf Jahre. Sie hatte dunkles Haar und trug ein knappes, mit Pailletten besetztes Röckchen. Die Musik, nach der sie tanzte, kam Ben bekannt vor. Chopins Préludes, wenn ihn nicht alles täuschte. Das Mädchen warf die Arme hoch und vollführte einen doppelten Sprung, der sie fast aus dem Gleichgewicht warf. Sie gab sich wirklich alle Mühe, elegant und schwungvoll zu laufen, und doch wirkten ihre Bewegungen etwas gehemmt. Irgendwie kam sie nicht ganz mit dieser Kür zurecht. Vielleicht war sie Anfängerin, sinnierte Ben. Vielleicht übte sie aber auch nur etwas Neues ein und mußte mit den Bewegungsabläufen erst noch vertraut werden.

Ben starrte zu ihr hinunter. Plötzlich traten ihm Tränen in die Augen. Er wandte sich abrupt ab. Mit gesenktem Kopf, damit niemand ihn sehen konnte, rannte er zur nächsten Herrentoilette. Dort sperrte er sich in eine Kabine ein und fing an, hemmungslos zu weinen.

3

Als Ben in sein Büro zurückkehrte, wartete Christina bereits auf ihn.

»Oho!« rief sie und salutierte. »Benjamin Kincaid, der Abenteurer, ist da!«

»Sei still!« zischte Ben und knallte die Tür hinter sich zu. »Sonst kommt uns noch jemand dahinter. Sanguine wird den Einbruch bestimmt der Polizei melden. Schließlich haben wir das Fenster offenstehen lassen.«

Christina setzte sich auf einen der mit orangefarbenem Cord bezogenen Stühle. »Tut mir leid, Boß. Wollte dich nicht auf die Palme bringen. Hattest du Glück in Sachen Buchhalter?«

»Willst du dich über mich lustig machen?« Ben ließ sich auf den anderen Stuhl plumpsen. »Derek ist wild entschlossen, den Fall mit minimalem Aufwand abzuwickeln, selbst auf die Gefahr hin, daß wir verlieren.«

Christina legte die Stirn in Falten. »Wirklich? Das ist aber merkwürdig.«

Mittlerweile drehte Ben am Kombinationsschloß seiner Aktentasche herum, bis der Deckel aufsprang, und nahm den Umschlag heraus, den er gestern nacht in Adams' Schublade gefunden hatte. Darin befanden sich zehn jeweils mit fünf Tabellen bedruckte Schreibmaschinenseiten. In der ersten Tabelle standen Buchstaben, vermutlich der Code, in den anderen vier Zahlen. Auf das Deckblatt hatte jemand mit Bleistift *Comp Sang Anal.* gekritzelt. Einige von den Zahlen waren rot unterstrichen.

»Hast du rausgefunden, was das sein könnte?« fragte Christina.

»Nein. Ich mußte mich mit einem anderen Fall rumschlagen und hatte keine Zeit für Rechenaufgaben und höhere Mathematik.« Er legte das Dokument in die Aktentasche zurück. »Und du? Warst du in einem deiner früheren Leben vielleicht mal Buchhalterin?«

Sie zwang sich zu einem matten Lächeln. »Na ja, eigentlich wollte ich dir ja meine unbezahlbare Hilfe anbieten, aber jetzt bin ich mir nicht mehr so sicher.«

»Ach, komm, gib mir noch eine Chance.«

»Tja«, meinte sie gedehnt und strich sich das rotblonde Haar aus dem Gesicht, »ich habe hier bei Raven eine Freundin, die sich mit Buchführung auskennt. Sally könnte sich diese Aufzeichnungen mal anschauen, aber du müßtest dann auch dafür sorgen, daß es sich für sie lohnt.«

»Soll das eine Andeutung sein? Vergiß nicht, ich bin noch so was wie eine Unschuld vom Lande.«

»Keine Angst, Ben. Ich gebe die Anstandsdame ab und passe auf dich und deine Jungfräulichkeit auf. Sobald ich weiß, wann sie Zeit hat, sage ich dir Bescheid. Bist du heute abend daheim?«

»Nein. Ich gehe zu einer Orientierungsveranstaltung. Tom Melton hat sie auf die Beine gestellt.«

Christina musterte ihn mit einem nachdenklichen Blick.

»Na gut. Wie dem auch sei, ich erwarte für morgen einen ausführlichen Bericht. Und daß du auch ja keine Einzelheit ausläßt!«

Damit ging sie. Ben blieb allein zurück und rätselte, was sie nur gemeint haben könnte.

Das grelle Rot des Neonschildes zuckte in einem penetranten Rhythmus durch die Straße: THE BARE FAX. Aber weil die Röhren in den letzten zwei Buchstaben ausgebrannt waren, konnte man meinen, dort stünde THE BARE F. Das Haus, das die Junganwälte ansteuerten, war ein fensterloser, rechteckiger kleiner Flachbau. An seiner schmutzigen braunen Fassade prangte lieblos hingeklebter Stuck. Gleich auf den ersten Blick fiel Ben auf, daß hier seit mindestens zehn Jahren nicht mehr gestrichen worden war. Aber dazu, sinnierte er, hatten seine Inhaber wohl auch gar keinen Anlaß. Ihre Gäste kamen gewiß nicht wegen baulicher Besonderheiten.

Das ›The Bare Fax‹ war am Rande der Innenstadt gelegen und etwa zwanzig Autominuten von dem feudalen Fischrestaurant entfernt, in dem die Junganwälte zuvor mit dem neuen Favoriten der Teilhaber gespeist hatten. Was für ein Aufwand für einen möglichen Kandidaten! Erst ein Dinner für dreihundert Dollar und jetzt ein Stripteaselokal. Wie konnte der Mann da noch ablehnen?

Der Neue – er hieß Dewey Stockton – ging zusammen mit Tom voraus. Er war groß, blond, gutaussehend, freundlich und intelligent. Bei aller Zurückhaltung mußte Ben zugeben, daß er das Zeug zu einem guten Anwalt hatte. Er war sogar so mutig gewesen und hatte auf Wein zum Dinner verzichtet, obwohl Tom die Flasche mit Kennermiene ausgewählt und Gläser für alle bestellt hatte. Allein schon dafür bewunderte ihn Ben. Andererseits war der Wein wirklich ein erbärmlicher Jahrgang gewesen.

Hinter Donald und Tom ging Ben zusammen mit dem Partylöwen Greg und der neuen Sensation der Firma, dem unbefleckten Alvin. Ben wußte nicht mehr, wie oft sich die anderen zugezwinkert hatten. Auf alle Fälle zu oft, um noch lustig zu sein. Was Alvin betraf, so hatte er im Gegensatz zu Dewey den Wein nicht stehen lassen. Ben hatte den Verdacht, daß er für Zechtouren nicht geeignet war, ja, daß ihn wahrscheinlich schon ein Gläschen umwarf.

Vor dem Eingang zur Bar mußte die Gruppe warten, während Tom mit dem Koloß, der die Tür bewachte, verhandelte. Zu guter Letzt wurden die Anwälte gnädig durchgewunken, allerdings erst, nachdem ein grüner Schein mit Benjamin Franklins Konterfei den Besitzer gewechselt hatte. Der Typ war plötzlich sogar so freundlich gestimmt, daß er ihnen eine Empfehlung ausstellte: »Hey, Mädchen, seid besonders nett zu meinen Kumpels!« schrie er ins Dunkel der Bar.

Der Raum selbst war verraucht, überfüllt und viel zu laut. Doch wie Ben beobachtete, störte sich niemand mehr an solchen Lappalien, wenn acht Kellnerinen durch die Gegend liefen, die oberhalb der Taille keinen Fetzen Stoff trugen. An der Ostwand befand sich eine altmodische Holztheke. Dahinter stand ein junger Mann mit Vollbart, der im Akkord Bierkrüge füllte und zu den barbusigen Mädchen hinüberschob. Gegenüber der Theke war ein kleines Tanzparkett. Begrenzt wurde es von einem Geländer, hinter dem die Zuschauer saßen. In der Mitte der Tanzfläche ragte eine Eisenstange bis zur Decke hinauf. Dort erspähte Ben eine Blondine, die ihre langen Beine um die Stange geschlungen hatte und alle möglichen Verrenkungen vorführte. Bekleidet war sie mit einem knappen Leopardenfellhöschen. Das war alles.

Tom lotste die anderen zu einem leeren Tisch direkt vor der Tanzfläche. Die Frau, die gerade ihre Künste zum besten gab, erschien Ben nicht unbedingt hübsch. Allerdings achtete er auf das Gesicht, während die anderen offensichtlich nur Augen für die Körperteile darunter hatten. Ben kam es so vor, als tanze sie wie in Trance, als habe sie die johlende Meute um sich herum vergessen oder versuche zumindest, sie nicht wahrzunehmen. Gelegentlich erhaschte jedoch ein Gast einen Blick von ihr, woraufhin sie in einer Art Rückbesinnung auf das Thema ihrer Darbietung die Zähne fletschte und unbändig fauchte.

»Na, Schätzchen, was soll ich dir bringen?«

Ben drehte sich und sah sich zwei Brüsten gegenüber, nur Zentimeter von seinem Gesicht entfernt.

»Gib der Frau gefälligst eine Antwort!« rief Greg und gab Ben einen so heftigen Stoß, daß er um ein Haar im Busen der Kellnerin gelandet wäre.

Die Frau hatte feuerrotes Haar. Aus dem, was er von ihr zu sehen bekam, schloß Ben, daß sie am ganzen Körper mit Sommersprossen bedeckt war. Sie sah älter aus als die meisten ihrer Kolleginnen – vermutlich war sie bereits Mitte dreißig. Ihr dickes Make-up konnte die dunklen Ringe unter ihren Augen nicht verbergen.

»Äh, was habt ihr denn so?«

»Bier«, antwortete sie.

Ben lehnte sich zurück, weil er kaum noch Luft bekam. »Aha. Was denn für Sorten?«

»Bier«, wiederholte sie.

»Na gut, dann trinken wir eben das.«

»Zwei Krüge!« rief Tom und klopfte Alvin auf die Schulter. »Wir müssen doch noch auftauen, Kumpel.«

Die Kellnerin machte auf ihren vergoldeten Absätzen kehrt und stöckelte zur Theke.

»Dritte Runde«, kündigte die Rothaarige fröhlich an. Wie auch schon bei den anderen Malen, baute sie sich beim Abladen der Getränke unmittelbar vor Ben auf. Dieser richtete den Blick starr geradeaus auf das Bier.

Die Show auf der Bühne ging munter weiter. War eine Darbietung zu Ende, schlüpfte eine von den Kellnerinnen eilig in ein neues Kostüm und löste ihre Kollegin ab. Nach der Leopardenfrau hatte die Feenprinzessin ihren Auftritt gehabt, und dieser war die Schlangenfrau gefolgt, verkörpert von Bens Kellnerin, die auf den Künstlernamen Delilah hörte. Im Moment tanzte die Schulmamsell Jezebel. Sie hatte gerade ihre überdimensionale Brille abgenommen, das Haar gelöst und demonstrierte, wie kreativ man mit einem Zeigestock umgehen kann.

Plötzlich sprang Alvin, beflügelt von Toms Anfeuerungsrufen und von allzu vielen Bieren, auf und schrie: »Baby, Baby, du bringst mich um! Ich bin bereit für dich, Baby. Komm und hol mich!«

Die Männer an den anderen Tischen johlten begeistet, Ben dagegen starrte seinen Kollegen entsetzt an. »Alvin! Setz dich!« zischte er und versuchte, ihn am Ärmel auf seinen Stuhl zu ziehen.

Doch dann beugte sich Tom zu Alvin hinüber und sagte: »Laß einfach los, Freund. Komm, trink noch ein Bier.« Er drückte ihm ein weiteres Glas in die Hand.

Da platzte Ben der Kragen. Er entwand Alvin das Glas, dessen Inhalt prompt über seinen Arm und Schoß spritzte. »Nein! Jetzt ist Schluß! Er ist auch so schon sternhagelvoll!«

Nun wollte auch Greg seinen Beitrag zu diesem Abend leisten. Er schlug Alvin auf die Schulter. »Mensch, Al, paß bloß auf, daß sie dich nicht verhaften. Du willst doch im Oktober die Zulassung als Anwalt kriegen. Auf Vorbestrafte sind die Prüfer nicht unbedingt scharf.«

Und sogar die Kellnerin Delilah mischte sich jetzt ein. Sie beugte sich über Ben und sagte: »Ist das hier nicht lächerlich? Dabei will ich doch nur irgendwie Geld zusammenkratzen und studieren, damit ich mein Leben Jesus Christus widmen kann.« Ihr mit Sommersprossen bedeckter Busen wackelte dicht an Ben vorbei, dann verschwand sie.

Ben verstand überhaupt nichts mehr. Hatte sich diese Frau an ihn und seine Begleiter rangemacht, weil sie etwas besser gekleidet waren und nicht wie die übrige Kundschaft in Jeans und Cowboyhüten herumliefen? Auf alle Fälle war diese Spelunke nichts für weltfremde Spinner. Es war wohl besser, wenn sie es für heute gut sein ließen und gingen. Das wollte er auch Tom und Dewey vorschlagen, doch keiner achtete auf ihn. Die zwei waren offenbar zu sehr in ein ernstes Gespräch vertieft, sofern bei diesem Krach von Gespräch die Rede sein konnte. Sie mußten einander förmlich anschreien, um sich verstehen zu können. Nein, Ben wollte nicht in den Kopf, warum sie ausgerechnet diese Bar ausgewählt hatten. Wie konnte man denn über Versicherungsprämien oder Gewinnbeteiligungen diskutieren, wenn man nur noch Augen für den Tanga einer Schulmamsell hatte?

Alvin stand schon wieder. »Baby, Baby!« brüllte er und streckte den Arm nach Jezebel aus. »Bring mir was bei. Gib mir Hausaufgaben auf!« Er entblößte mit einem dümmlichen Grinsen sein Pferdegebiß und stieß ein langgedehntes Heulen aus.

Die Tänzerin achtete nicht auf ihn. Sie hatte genug damit zu tun, sich lasziv aus einem durchscheinenden Schal zu winden. Anscheinend war das, was zu enthüllen sie sich anschickte, nicht übermäßig aufregend. Um so größeres Aufhebens machte sie um die Enthüllung selbst.

»Setz dich doch!« Ben versuchte wieder, Alvin auf seinen Stuhl zu zerren, doch dieser blieb hartnäckig stehen.

»Ich will meine Hausaufgabe, du Schlampe! Komm, tu deine Pflicht als Pädagogin.« Alvin gebärdete sich immer aggressiver. Plötzlich riß er sich von Ben los, kletterte auf die Balustrade und balancierte schwankend weiter. Da brach die Schulmamsell ihre Darbietung abrupt ab und suchte hastig das Weite. Wie aus dem Boden gestampft, tauchten zwei muskelbepackte Rausschmeißer auf und näherten sich über das Tanzparkett. Von draußen eilte ihnen der Türsteher zu Hilfe.

»Ich wollte doch nur Hallo sagen«, murmelte Alvin, unterbrochen von einem Schluckauf.

Zwei Schaufeln von Händen klatschten auf seine Schultern. Das war zuviel für ihn. Er verlor das Gleichgewicht, ruderte noch einen Moment hilflos mit den Armen, dann krachte er der Länge nach auf den Tisch der Junganwälte. Gläser und Krüge fielen um, das Bier spritzte in alle Richtungen. Zwar waren die anderen schon vorher aufgesprungen, doch vermochten sie sich nicht mehr rechtzeitig in Sicherheit zu bringen. Der Tisch wackelte immer stärker und kippte um. Alvin landete auf dem Boden.

Bedrohlich beugten sich die Rausschmeißer über ihn, aber ehe sie zupacken konnten, kam Delilah herbeigestürzt und kniete sich neben ihn.

»Laßt ihn!« rief sie. »Er braucht Luft!« Sie strich Alvin

das Haar aus den Augen und fing an, das Bier aus seinem tropfnassen Gesicht zu wischen. Aus einer Platzwunde auf seiner Stirn sickerte Blut. Sie tupfte es mit einem Tuch ab.

Alvin blinzelte stöhnend. Wenigstens lebte er noch.

»Alles in Ordnung?« fragte Delilah.

»Ich glaube, ja«, lallte Alvin. »Ich kann bloß nichts spüren.«

»Kannst du aufstehen? In meiner Garderobe habe ich einen Verband. Meinst du, du schaffst es bis dorthin?«

»Klar.« Alvin wollte sich aufrappeln, gab aber ächzend auf. »O Gott!«

»Komm, du schaffst das schon.« Delilah legte seinen Arm um ihre nackte Hüfte und half ihm auf. »Na also. Immer langsam mit den jungen Pferden.«

Schließlich hatte sie Alvin soweit, daß er mehr oder weniger stehen konnte. Behutsam führte sie ihn weg. »So ist es gut. Und jetzt gehen wir in mein Zimmer. Da kann ich dich verarzten ... Das tut mir ja so leid, daß dir das passiert ist. Weißt du, ich mache das doch nur, um genug Geld fürs Studium zusammenzukratzen. Und wenn ich ...«

Sie hatten die Tanzfläche überquert und steuerten auf die Theke zu.

»Hmm, tja«, brummte Tom. »Sieht ganz so aus, als sei er in guten Händen. Die Party kann weitergehen.« Er zwinkerte Dewey zu, und sie nahmen ihr Gespräch wieder auf.

Ben sah Alvin und der Kellnerin nach, die nun hinter einem Vorhang verschwanden. Er konnte nur hoffen, daß Alvin sich nicht allzu weh getan hatte und nicht zu betrunken war, um später zu bereuen, was er getan hatte.

Und daß Alvin sein Gelübde nicht vergessen würde.

4

Ben traf sehr früh in der Kanzlei ein. Unter dem Arm hatte er die Vorlage für das Eröffnungsplädoyer, das Derek heute vor Old Stoneface halten wollte. Doch dann erfuhr er von

Maggie, daß sein Chef noch nicht da war. So zog er sich fürs erste in sein Büro zurück.

Dort wartete die nächste Überraschung auf ihn. Auf einem der Cordstühle saß Mike Morelli und paffte an seiner Pfeife.

»Morgen, Schnüffler«, begrüßte ihn Ben. »Was macht die Kunst?«

Mike schnitt eine Grimasse. »Schnüffler? Du siehst wohl zuviel fern!«

Nachdem Ben sein Jackett am Haken neben der Tür aufgehängt hatte, setzte er sich auf den Schreibtisch. »Bitte laß Gnade walten, Mike. Für eine Predigt ist es zu früh am Morgen. Immerhin habe ich dich nicht Bulle genannt.«

Mike schien nicht hinzuhören. »Ich habe ein paar vorläufige Berichte«, sagte er. »Vielleicht interessieren sie dich.«

»Klar. Schieß los.«

»Dr. Koregai glaubt, die Todesursache ermittelt zu haben. Adams starb an einem Herzschlag und zu hohem Blutverlust infolge schnell aufeinanderfolgender Messerstiche ...«

»Jetzt mal im Ernst«, fiel ihm Ben ins Wort. »Was zahlt ihr dem Typen eigentlich?«

»... die ihm nach dem Konsum einer erheblichen Menge Alkohols zugefügt wurden.«

»Wirklich?« entfuhr es Ben. Im Red Parrot vielleicht? fragte er sich insgeheim.

»Den zentralen Punkt hast du nicht kapiert, Kincaid«, sagte Mike und suchte in der Brusttasche nach einem Pfeifenstopfer. »Der Tod trat bereits nach dem zweiten oder dritten Stich ein. Damit ist auch Dr. Koregais These bestätigt, dem ja schon bei der Autopsie eine verhältnismäßig geringe Anzahl von Blutergüssen auffiel. Der Mann wurde erst verstümmelt, als er schon tot war.«

Das mußte Ben erst noch verdauen. Auf einmal fühlte er sich wie gelähmt. Was wurde da gespielt?

»Aber das Beste habe ich dir noch gar nicht gesagt. Vielleicht verdient Dr. Koregai sein Geld doch nicht ganz zu Unrecht: Er hat nämlich einen Fingerabdruck gefunden.«

»Der *Gerichtsmediziner* hat einen Fingerabdruck gefunden?«

»Richtig. Ihm sind Flecken an Adams' Armbanduhr aufgefallen. Da hat er gleich Pulaski, meinen besten Spurenfahnder, geholt. Und der hat vom Deckel einen wunderbaren, lupenreinen Daumenabdruck abgenommen. Weil der Abdruck so frisch ist und an einer höchst ungewöhnlichen Stelle gefunden wurde, sind sich unsere Jungs fast sicher, daß er vom Mörder stammt. Muß wohl während des Kampfes passiert sein.«

»Das ist ja großartig! Habt ihr den Abdruck schon in den Computer eingegeben?«

»Hältst du uns für Amateure oder was?« knurrte Mike. Er steckte sich die Pfeife in den Mund und zog aus der Manteltasche ein Formular, das er sekundenlang anstarrte. »Wir haben keine entsprechenden Fingerabdrücke in unseren Karteien. Das bedeutet, daß er nie mit dem Gesetz in Konflikt geraten ist und weder in der Army war, noch für die Regierung gearbeitet hat. Damit sind nur noch eine Viertelmillion Einwohner von Tulsa verdächtig.«

»So ein Pech«, murmelte Ben.

»Stimmt nicht. Zumindest können wir den Mörder jetzt eindeutig identifizieren, sobald wir ihn haben.«

Ben zog einen Block aus der Schublade und schrieb die wichtigsten Stichpunkte auf. »Und die Untersuchung der Fasern und Haare, hat die was ergeben?«

»Nicht viel«, brummte Mike und zündete sich seine Pfeife an.

»Sag mal, wie kannst du um halb acht in der Frühe ein so widerwärtiges Unkraut rauchen?

»Mein Frühstück«, murmelte Mike. Er zog mehrmals an seiner Pfeife, ehe er den Rauch wieder ausstieß. »Die Spurenfahnder haben alles, was sie bei Adams gefunden haben, gründlich analysiert. Das meiste stammt von ihm selbst, seiner Frau, dem Mädchen oder aus seinem Büro oder Haus. Nur zwei schwarze glatte Haare passen nirgendwo rein. Sie stammen aber eindeutig von einem Menschen, und der ist eindeutig männlichen Geschlechts.«

»Könnte der Mörder sein.«

»Vielleicht, vielleicht auch nicht.«

»Stimmt«, gab Ben zu und machte sich eine weitere Notiz. »Sehr hilfreich. Und was ist mit Fasern?«

»Ein paar, aber nichts Außergewöhnliches. Und das, was wir finden konnten, läßt sich auf sein Haus, Auto oder Büro zurückführen.«

»Sonst noch was?«

»Ja. Wir haben die Telefongesellschaft mit einem richterlichen Erlaß gezwungen, uns eine Liste mit allen Nummern zu erstellen, die Adams von zu Hause oder seinem Büro aus angerufen hat. Das dauert aber noch ein bißchen. Ich melde mich bei dir, sobald ich sie habe.«

Mit einem gierigen Zug an seiner Pfeife hüllte sich Mike in eine Rauchwolke. »Ach ja, fast hätte ich es vergessen. Wir haben eine Blutprobe. Sie wurde an Adams' linker Hand festgestellt und stammte nicht von ihm. Vielleicht konnte er seinen Mörder verletzen, ehe dieser ihn zu Hackfleisch verarbeitete. Zumindest fände ich das sehr tröstlich.«

Er zog ein zerknittertes Blatt aus seiner Manteltasche und reichte es Ben. Der Anwalt nahm es wortlos entgegen. Beim Durchlesen versuchte er sich daran zu erinnern, was er beim Staatsanwalt in Oklahoma über Blutanalysen gelernt hatte. Was diese hier betraf, so wurde er allerdings nur teilweise daraus schlau.

Adams	*Unbekannter*
Rhesus Pos	Rhesus Pos
ABO A	0
AK 2–1 (7,6 %)	I (92,3 %)
PGM 1 + (40 %)	2 + 1 – (4,8 %)

Wieder kritzelte Ben ein paar Anmerkungen in seinen Block. »Ist der Unbekannte Sekretor?« fragte er dann.

Mike zog die Augenbrauen hoch. »Ich bin beeindruckt. Vielleicht hast du ja doch das eine oder andere in Oklahoma City gelernt. Stimmt, er ist Sekretor, aber das bringt uns in diesem Fall auch nicht weiter. So wie es aussieht, werden wir kaum auf Spermien von ihm stoßen.«

Ben ließ sich nicht beirren: »Trotzdem könnten wir den Mörder anhand seines Blutes identifizieren.«

»Allerdings erst dann, wenn wir ihn geschnappt haben. So, ich habe genug geredet. Was hast du in der letzten Zeit getrieben, Ben?«

»Nichts Besonderes. Warum?«

»Da war so eine komische Sache. In der Nacht auf gestern ist in der Zentrale von Sanguine Enterprises eingebrochen worden. Jemand ist eingedrungen, aber wir wissen nicht, wie. An den Türen und Fenstern gibt es keine einzige Spur. Der Einbrecher ist durch ein Fenster im ersten Stock entkommen. Wäre fast noch erwischt worden.«

Ben hatte auf einmal nur noch Augen für seinen Block. »Haben sie etwas entwendet?« murmelte er.

»Warum sagst du *sie?*« fragte Mike grinsend. »Ich habe doch nur von *einem* Einbrecher gesprochen. Nein, unseres Wissens wird nichts vermißt. Aber das macht das Ganze nur noch merkwürdiger. Du hast nicht zufällig davon gehört, oder?«

»Natürlich nicht. Wie käme ich auch an solche Informationen ran?«

»Hätte ja sein können. Ich mußte dich fragen, verstehst du. Gehört zu meinen Aufgaben.« Mike nahm die Pfeife aus dem Mund und starrte sie nachdenklich an. »Ganz offen gesagt, wenn du es gewesen wärest, dann würde ich lieber nichts davon wissen, denn sonst müßte ich dich fragen, ob du was gefunden hättest. Und wenn das der Fall wäre, müßte ich die Beute sicherstellen. Vielleicht wäre es sogar ein Beweismittel, an dem ich selbst sehr interessiert bin, aber es würde mir nichts nützen, weil sofort irgendein Winkeladvokat daherkäme und sagen würde, es dürfe nicht vor Gericht verwendet werden. Natürlich wird niemand behaupten wollen, die Polizei sei dort eingebrochen, aber womöglich unterstellt mir am Ende irgendein Klugscheißer, ich hätte meinen Schwager bedrängt, diese abscheuliche Untat zu verüben.«

Schon verstanden, dachte Ben. »Ex-Schwager«, korrigierte er Mike.

»Stimmt.«

»Sonst noch was?« fragte Ben.

»Nein. Aber halten wir uns gegenseitig auf dem laufenden, okay? Als nächstes werde ich mehrere Leute mit Adams' Foto durch das Viertel schicken, in dem wir die Leiche entdeckt haben. Mal sehen, ob ihn jemand erkennt.«

»Glaubst du wirklich, in dieser Gegend gibt es Leute, die mit einem in blauer Uniform sprechen? Na denn, viel Glück.«

»Doch, doch, das glaube ich. Also, bis demnächst.«

Mike wandte sich zum Gehen. Ben begleitete ihn zur Tür.

»Eine Nachricht für Sie!« bellte Maggie, als sie Ben erblickte. »Mr. Derek hat vor zwanzig Minuten angerufen. Sie sollen ihn im Gericht treffen.«

»*Vor zwanzig Minuten?* Warum haben Sie mir das nicht gleich gesagt?«

Maggie schlug unschuldig die Augen nieder. »Sie waren ja in einer Konferenz.«

Ben verdrehte entnervt die Augen. »Na schön. Also, bis bald, Mike.« Dann stürzte er zurück in sein Büro, riß Jackett und Plädoyer an sich und raste zum Aufzug.

5

Mit der Aktentasche in der Hand und dem Jackett über dem Arm stürmte Ben in den Gerichtssaal. Am Klägerpult wartete Christina bereits auf ihn.

»Wo ist Derek?« wollte sie wissen.

»Soll das etwa heißen, daß er noch nicht da ist?« keuchte Ben und warf Sakko und Tasche auf einen Stuhl.

»Reg dich nicht auf, er kann ganz gut improvisieren. Hauptsache, du hast ihm das Manuskript mitgebracht.«

Eine zierliche Blondine in einem roten Kleid, die aussah, als hätte sie mehrere Nächte lang nicht geschlafen, kam auf sie zugetrippelt. Ihre Wimperntusche war dick aufgetragen, doch offensichtlich hatte ihre Hand stark gezittert.

»Wo ist er?« fragte die Frau.

Ben sah auf. »Mrs. Derek!« Er verbesserte sich gleich selbst. *»Louise.«*

»Wo ist er?« wiederholte die Frau.

»Meinen Sie Mr. Derek?« Ben wechselte einen Blick mit Christina. »Er ist noch nicht da. Er ist ... wohl noch unterwegs.«

Louise stieß ein bitteres Lachen aus. »Zu Hause ist er auch nicht. Er ist die ganze Nacht nicht heimgekommen.«

»Ich verstehe«, erwiderte Ben und nickte, während sich seine Finger selbständig machten und nervös auf die Tischplatte trommelten. Was sollte er ihr nur sagen? »Kann ich Mr. Derek etwas auerichten, wenn er kommt?«

Auf einmal starrte Louise Christina mit einem durchdringenden Blick an. »Sie sind es, nicht wahr?«

»Ich?« rief Christina perplex. »Ich bin doch nicht ... Ich verstehe gar nicht, was Sie von mir wollen. Aber ich kann Ihnen versichern, daß ich nicht das bin, wofür Sie mich halten.«

Erneut gab Louise dieses bittere Lachen von sich. »Sie würden es wohl nie zugeben. Und von diesem Mann ist auch nicht zu erwarten, daß er sich beim Ehebruch wie ein Kavalier verhält.« Sie sah wieder Ben an. »Ja, Sie können ihm etwas ausrichten. Schreiben Sie es auf eins dieser rosa Blätter und legen es in das Fach für die Sachen zum Abheften. Es ist nicht viel, was ich ihm zu sagen habe: »Geh dahin, wo der Pfeffer wächst. Wir wollen dich nicht mehr sehen.« Sie holte tief Luft. »Nie wieder!«

Damit drehte sie sich um und rauschte davon.

Ben schürzte die Lippen und ließ die Luft mit einem Pfeifen entweichen. »Uff. Meinst du auch, daß der gute Derek den Bogen diesmal überspannt hat, Christina?«

»Sieht ganz so aus. Aber ich habe keine Lust, da reingezogen zu werden. Ich soll Dereks Flittchen sein? Nein, danke. Am Ende schleifen die mich noch zum Scheidungsgericht.«

Hinter Ben räusperte sich jemand. »Hier sind die Beweismittel, um die Mr. Derek gebeten hat.«

Es war Darryl Tidwell, Sanguines persönlicher Sekretär. Heute trug er ein sportliches blaues Sakko über einem hellrosa Hemd und einer dunkelrosa Krawatte.

»Das hier sind die Fotos, die wir von Eggs'N'Such geschossen haben.« Er überreichte sie eins nach dem anderen Ben, der sie eingehend betrachtete. »Wie Sie sehen, ist das Straßenschild unserem Eggs'N'Stuff-Logo zum Verwechseln ähnlich – dieselbe Farbe, dasselbe Schriftzeichen. Und eingerichtet ist es auch fast genauso. Ähnliche Ausstattung, und die Speisekarte ist von A bis Z abgekupfert. Ich hätte sie Ihnen gern früher gebracht, bin aber nicht dazu gekommen.«

»Ich werde dafür sorgen, daß Derek sie rechtzeitig kriegt.«

»Ach ja, wo steckt er eigentlich?«

»Er ist ...«, begann Ben.

»... für einen Moment rausgegangen«, fiel ihm Christina ins Wort. »Aber er muß jeden Moment wieder da sein.«

»Oh.« Tidwell fuhr sich mit den Fingern über das schüttere Haar. »Sagen Sie, Ben, wissen Sie, warum man neuerdings Laborratten durch Anwälte ersetzt?«

Ben seufzte. Nur nicht vergessen: Höflichkeit gegenüber den Mandanten ist oberste Pflicht. »Nein. Warum?«

»Weil es Anwälte in rauhen Mengen gibt und sie einem nicht so ans Herz wachsen! Und weil Ratten bestimmte Dinge nicht tun würden.«

Während Tidwell sich vor Lachen schüttelte, versuchte Ben, die Lippen zu einem Lächeln auseinanderzuziehen.

»Tja, ich schätze, ich suche mir mal einen Sitzplatz. Sanguine will einen ausführlichen Bericht über die Verhandlung haben.«

»Gute Idee.«

Zu Bens Erleichterung verzichtete Tidwell auf weitere Witze und schlurfte zu den Zuschauerrängen.

Christina blickte unterdessen nervös zum Eingang. »Da sehe ich schon den Gerichtsdiener. Wenn Derek nicht in den nächsten zwei Minuten eintrifft, darfst du dein erstes Plädoyer halten, Ben.«

Bens Augen weiteten sich.

»Die Zuschauer und Prozeßbeteiligten werden gebeten, sich zu erheben.«

Der Gerichtsdiener trat durch die Tür. Hinter ihm kam die schwarze Robe von Richter Schmidt in Sicht.

»Sie dürfen sich wieder setzen«, erklärte der Richter mit sonorer Stimme. Schmidt schien Anfang fünfzig zu sein. Als erstes fiel an ihm ein hellbrauner Schnauzer auf. Die gleiche Farbe mußte auch sein Haar gehabt haben, als er noch nicht kahl gewesen war.

»Der Name Stonface paßt wirklich«, raunte Ben Christina ins Ohr, als der Gerichtsdiener die Formalien verlas. »So wie er aussieht, geht er bestimmt zum Lachen in den Keller.«

In diesem Moment ließ sich Derek auf dem Stuhl neben Ben nieder. Er hatte es also doch noch geschafft. Rechts standen ihm die Haare ab wie Stachel, und er hatte einen Bartschatten. Seine Kleider stanken nach Rauch. »Wo ist das Manuskript«, knurrte er leise.

»Vor Ihnen.« Ben deutete auf den Stoß auf dem Tisch.

»Sind auch genügend hochgestochene literarische Zitate darin?«

»Klar.«

Mit einem zufriedenen Grunzen stellte Derek seine Aktentasche auf den Tisch und klappte sie so auf, daß der Richter seinen Kopf nicht mehr sehen konnte. Staunend beobachtete Ben ihn dabei, wie er ein Rasiermesser herausnahm und sich damit die Bartstoppeln vom Kinn kratzte. Das muß doch höllisch brennen, dachte Ben, aber Derek schien nichts zu spüren. Schließlich befeuchtete er mit der Zunge seine Finger, strich sich die Haare glatt, vergewisserte sich mit einem diskreten Blick, daß ihn sonst niemand beobachtete, und rückte sein Toupet gerade. Plötzlich sah er wieder aus wie aus dem Ei gepellt. Aus einem Fläschchen, das sich ebenfalls in seiner Aktentasche befand, nahm er zwei Tabletten und schluckte sie. »Gegen den Kater«, murmelte er.

Der Gerichtsdiener war am Ende der Verlesung der Präliminarien angelangt und rief nun den Fall auf.

»Aktenzeichen CJ-92-49235-S: Sanguine Enterprises gegen Martin Food Corporation, die unter dem Namen Eggs'N'Such in das Handelsregister eingetragen ist. Sind die Parteien vollständig erschienen und zur Eröffnung des Verfahrens bereit?«

Die Anwälte des Klägers und der Beklagten bestätigten ihre Anwesenheit.

»Na gut«, sagte Richter Schmidt in gelangweiltem Ton. »Zu den Eröffnungsplädoyers. Fassen Sie sich bitte kurz.«

»Danke, Euer Ehren.« Derek erhob sich, knöpfte sich noch das Jackett zu und trat auf das Podium. Er wirkte gelassen und selbstsicher. Daß er die Nacht durchgemacht hatte, verkatert war und jetzt eine Rede halten sollte, die er noch nie zuvor gesehen hatte, war ihm nicht anzumerken.

»Euer Ehren, unsere Unterlassungsklage bezieht sich lediglich auf einen Punkt, doch dieser ist von erheblicher Bedeutung nicht nur für Sanguine Enterprises, sondern auch für die Wirtschaft allgemein. Die Frage, die vor diesem Gericht aufgeworfen wird, lautet: Hat Martin Foods, das hier in Tulsa das Restaurant Eggs'N'Such betreibt, den Namen und die Markenzeichen der Restaurantkette Eggs'N'Stuff widerrechtlich in einer Weise imitiert, die für diese zwangsläufig irreparable Schäden zur Folge hätte?«

Der Richter starrte Derek mit regungsloser Miene an, als hätte er nicht einen Anwalt, sondern ein lästiges Insekt vor sich.

»Euer Ehren, in diesem Fall gibt es nur eine Antwort, und die lautet uneingeschränkt ja.«

Ben konnte nicht anders als Derek bewundern. Sein Vortrag war glatt und flüssig. Und obwohl er das Manuskript zum erstenmal in den Händen hatte, sah er nicht so aus, als sei er auf Gedeih und Verderb darauf angewiesen. Es gelang ihm sogar, beim Lesen Augenkontakt mit dem Richter herzustellen.

»In jeder Hinsicht, sei es mit der Farbe, der Einrichtung oder dem Auftreten nach außen, hat Eggs'N'Such die Gesellschaft Eggs'N'Stuff in irreführender Absicht imitiert, um deren Kundschaft anzulocken. Oder, um es mit den

Worten des großen französichen Existentialisten ...« Er stockte. Ben war sofort klar, daß er ins Schwimmen geriet. »... Albert Camus ...« Derek sprach den Namen völlig falsch aus. Weder der Philosoph noch die Grundregeln der französischen Aussprache waren ihm ein Begriff. So klang der Name bei ihm plötzlich sehr amerikanisch. Er sprach das *t* in Albert aus, und Camus hörte sich bei ihm an wie *kemas*.

Da geschah auf einmal ein Wunder. Old Stoneface verzog das Gesicht, warf den Kopf nach hinten und brach in schallendes Gelächter aus. Seine Lachsalven hallten laut im Gerichtssaal wider.

Irgendwann rieb er sich die Stirn. »Kemas«, murmelte er und platzte schon wieder los.

Derek setzte zur Fortführung seines Plädoyers an, unterbrach sich aber gleich wieder. Ihm war klar, daß er keine andere Wahl hatte, als gute Miene zum bösen Spiel zu machen. Doch er stierte Ben giftig an.

Dieser begriff sofort, was das für ihn zu bedeuten hatte. Genausowenig entging ihm, daß Tidwell wie ein Besessener seinen Notizblock vollkritzelte. Er wandte sich wieder dem Pult vor ihm zu und blätterte scheinbar unbeteiligt in seinen eigenen Unterlagen herum, während er sich schon seine Antworten auf mögliche Vorwürfe zurechtlegte. Alles, was heute noch schiefging, würde zwangsläufig ihm zur Last gelegt werden.

6

»Okay, dann wollen wir mal sehen.«

Sally Zacharias zog die Dokumente aus dem Umschlag, nahm einen Taschenrechner aus ihrer Handtasche und fing an, die in insgesamt fünf Spalten festgehaltenen Zahlen und Buchstaben zu studieren.

Ben und Christina saßen zusammen mit Sally Zacharias, Christinas Freundin aus der Buchhaltung, im Angelo's. Von

Sally versprachen sie sich Aufschlüsse über die rätselhaften Papiere, die sie in Adams' Büro gefunden hatten. Den Namen der Firma hatten sie ihr allerdings nicht verraten. Da Sally kein Geld annehmen wollte, hatte Christina vorgeschlagen, sie sollten ihr dann wenigstens ein anständiges Essen spendieren. So beugte sich Sally jetzt über die Dokumente, während die anderen zwei bei Wein und Knoblauchbrot plauderten.

Nach gut zehn Minuten sah Sally endlich auf. »Das ist anscheinend eine Analyse der letzten Jahresabschlüsse eurer anonymen, aber offensichtlich stinkreichen Gesellschaft. Ich sage bewußt ›anscheinend‹, weil in der linken Spalte, wo immer die Namen und Bezeichnungen stehen, alles verschlüsselt oder so abgekürzt ist, daß nur ein Insider das verstehen kann. Ich kann euch erklären, was die Zahlen bedeuten, mehr aber nicht.«

»Warum werden solche Abrechnungen überhaupt verschlüsselt?« wollte Ben wissen.

»Das ist gar nicht so unüblich, vor allem in größeren Firmen nicht. Die haben ja immer Angst vor einer feindlichen Übernahme, einem Absturz an der Börse oder dem Untergang unserer Zivilisation. Darum sollen die Buchhalter darauf achten, daß bestimmte Dinge vor bestimmten Leuten verborgen werden, aber nie alles vor allen. Die Karten legen sie nur im äußersten Notfall auf den Tisch, wenn das Finanzamt oder die Gerichte sie dazu zwingen. Diese Zusammenstellung hier war aber bestimmt nicht für die Öffentlichkeit gedacht.«

»Enthält die Analyse Dinge, die jemand lieber verheimlichen möchte?« fragte Christina.

Sally nahm sich ein Stück Knoblauchbrot und tunkte es in die Marinade. »Schwer zu beurteilen. Die ganze Anordnung der Zahlen kommt mir ungewöhnlich vor. Schaut es euch doch nur mal an.«

Ben beugte sich vor. Wenn er schon keine Ahnung hatte, wovon diese Frau da sprach, so wollte er wenigstens halbwegs kompetent wirken.

»Es scheint drei verschiedenen Einkommensquellen

oder vielleicht auch Einkommensarten zu geben, die unabhängig voneinander abgerechnet werden«, erläuterte Sally. »Erst auf den letzten Seiten werden die einzelnen Abschlußsummen addiert. Und da unten steht das Gesamtergebnis. Über zweiunddreißig Millionen Dollar.«

Ben pfiff durch die Zähne. »Nicht schlecht.«

Doch Sally war noch nicht fertig. »Ich habe keine hundertprozentige Gewißheit, aber ich traue mich zu wetten, daß die Zahlen in der Mitte rechts für die im laufenden Jahr getätigten Ausgaben stehen. Und die Zahl darunter bezieht sich auf das, was übiggeblieben ist, mit anderen Worten, den Gewinn eurer geheimnisumwitterten Firma. Wenn das stimmt, dann wäre es nur logisch, wenn auf der letzten Seite stünde, wie die Gewinne verteilt wurden, aber da paßt plötzlich gar nichts mehr zusammen. Wartet mal, ich muß kurz zusammenzählen ... zwanzig ... vierzig und zehn ... macht siebzig ... Davon ziehen wir das hier ab ... Aha, insgesamt haben sie im letzten Jahr rund zwanzig Millionen ausgegeben.«

»Das ist ja eine gewaltige Menge«, staunte Ben.

Sally nickte. »Wir müssen natürlich einen gewissen Betrag für die Steuer abziehen, aber allzuviel wird das nicht sein, denn diese Firma wird schon ihre Mittel haben, ihre Schäfchen am Fiskus vorbei ins Trockene zu bringen. Nehmen wir der Einfachheit halber an, es hätte weder Schummeleien bei den Abschreibungen noch Kapitalerträge gegeben, und ziehen die Summe ab, die wohl für den Vertrieb aufgewendet wurde, dann bleibt eine Differenz von mindestens drei Millionen übrig. Das habe ich aber nur mal über den Daumen gepeilt, damit ihr einen Anhaltspunkt habt.«

Nun verstand Ben gar nichts mehr. »Drei Millionen wofür?«

»Drei Millionen, die eingenommen wurden, aber weder bei den Ausgaben noch beim Reingewinn wiederauftauchen.«

»Wie kann es zu einem solchen Fehler kommen?« fragte Ben. »Das muß doch jemandem auffallen.«

»Das sehe ich auch so«, meinte Christina. »Niemand kann drei Millionen Dollar abzweigen, ohne daß es jemand merkt.«

»Das hängt immer davon ab, wie viele Leute Zugang zu dieser Aufstellung hatten«, sagte Sally. »In den Bilanzen und Steuererklärungen kann man eine ganze Menge verbergen, vor allem dann, wenn man den Verwendungszweck geheimhält und sich gerissene Buchhalter leisten kann. Für die meisten Normalsterblichen ist eine Jahresbilanz nichts als ein mit Zahlen, Tabellen und Fachchinesisch gespicktes Buch von fünfzig Seiten. Jeder sieht sich das an, was unter dem Abschlußstrich steht und verläßt sich darauf, daß der Rest korrekt abgerechnet und von irgendwem überprüft wurde.« Sie legte das Dokument auf den Tisch und biß herzhaft in ihr Knoblauchbrot.

»Kannst du daran erkennen, ob jemand etwas ... gemauschelt hat?«

»Nur, wenn ich den Code für die linke Spalte geknackt habe. Na ja, wenn ich wüßte, um welche Firma es sich handelt ... Manchmal bekommt man ja was mit. Legt die Karten auf den Tisch: Für wen arbeitet ihr?«

Ben nahm das Dokument an sich und verstaute es in seiner Aktentasche. »Für ein kleines Mädchen mit einem furchtbar löchrigen Gedächtnis.

Sally sah ihn verwirrt an. »Das verstehe ich nicht. Wovon redest du?«

»Ich wünschte, ich wüßte es«, erwiderte Ben.

Nach dem Mittagessen kehrte Ben in die Kanzlei zurück. Auf seinem Schreibtisch lag ein Umschlag, der für ihn abgegeben worden war. Darin befand sich eine Kopie der Liste, die Mike von der Telefongesellschaft verlangt hatte. Auf ihr waren sämtliche Gespräche vermerkt, die Adams in den letzten zweiundsiebzig Stunden vor seinem Tod zu Hause und in seinem Büro geführt hatte. Egal, ob er selbst angerufen hatte oder angewählt worden war, die Nummer seiner Gesprächspartner hatte in jedem Fall ermittelt werden können. Daneben hatte jemand handschriftlich auch den Namen der jeweiligen Person festgehalten. Große Überraschungen gab es nicht. Mehrere Anrufe hatten anderen Mitarbeitern von Sanguine gegolten, zwei seiner Frau und vier den Tochterunternehmen in Michigan und Illinois.

Allenfalls von Adams' Kollegen versprach sich Ben nähere Aufschlüsse. Anhand des Personalverzeichnisses von Eggs'N'Stuff, das in seinem Aktenordner über die Firma abgeheftet war, fand er ihre jeweiligen Stellungen heraus. Zwei der internen Gespräche interessierten ihn besonders. Sie waren am Tag des Mordes und einen Tag davor geführt worden. In beiden Fällen hatte Adams einen gewissen Harry Brancusci angerufen, der in der Buchhaltung von Sanguine Enterprises arbeitete.

Ben wählte die Nummer.

»Hallo?«

»Hallo. Spreche ich mit Harry Brancusci?«

Pause. »Wer ist da, bitte?«

Ben nannte ihm seinen Namen. »Ich habe bestimmte Dossiers über Transaktionen Ihrer Firma vor mir liegen und hätte da einige Fragen, die Sie mir vielleicht beantworten können.«

»Das tut mir sehr leid, aber die Buchführung von Sanguine Enterprises ist streng vertraulich.« Zitterte Brancuscis Stimme, oder lag das an der schlechten Verbindung? »Wir Mitarbeiter sind an das Steuer- und das Bankengeheimnis gebunden ...«

»Das verstehe ich«, fiel ihm Ben ins Wort. »Schließlich bin ich Anwalt. Und zwar nicht irgendeiner, sondern Ihrer. Ich arbeite für die Sozietät Raven, Tucker & Tubb. Wir vertreten Sanguine Enterprises. Alles, was Sie mir sagen, fällt unter den gesetzlich gewährleisteten Schutz des Vertrauensverhältnisses zwischen Anwalt und Mandant.«

»Es tut mir leid«, beharrte Brancusci, »aber ohne die ausdrückliche Genehmigung von Mr. Sanguine kann ich Ihnen die gewünschte Auskunft nicht erteilen. Soll ich Sie mit seinem Büro verbinden?«

Ben spürte, wie sein Blutdruck anstieg. »Können Sie mir erklären, warum die Differenz zwischen den Aufwendungen und Erlösen Ihrer Firma nicht mit dem Bruttogewinn übereinstimmt?«

»Ich weiß nicht, wovon Sie da sprechen!« bellte Brancusci. »Allein in Tulsa beschäftigt Sanguine mehr als ein Dutzend Buchhalter. Ich kann Ihnen versichern, daß jeder Eintrag geprüft und gegengeprüft ...«

»Warum telefonierten Sie mit Jonathan Adams unmittelbar vor seiner Ermordung?«

Einen Moment lang war am anderen Ende der Leitung nur ein Krächzen zu hören. Dann hatte Brancusci sich wieder gefaßt. »Das waren geschäftliche Angelegenheiten, die nur uns etwas angehen und nicht Sie!« rief er und knallte den Hörer auf die Gabel.

Ben blieb regungslos auf seinem Stuhl sitzen. Noch immer tutete ihm das Freizeichen ins Ohr. Ich habe es vermurkst, hielt er sich vor. Ich hätte rausfahren und ihn persönlich ansprechen müssen, dann hätte er mich nicht so abgefertigt. Jetzt habe ich ihm alles verraten, was ich weiß. Er wird sich bestimmt eine gute Ausrede einfallen lassen. Und ich bin wieder da, wo ich angefangen habe.

Bei Null.

7

Derek stolzierte in sein Büro und hängte sein Jackett an die Garderobe.

»Tut mir leid wegen der Vespätung. Ich war in der Klinik. Mußte mich durchchecken lassen. Aber diese Idioten von Ärzten haben keinen Schimmer, was mir fehlt!«

Ben und Christina saßen auf den Stühlen vor Dereks Schreibtisch. Maggie hatte sich auf dem Sofa niedergelassen.

Derek ließ sich ächzend auf seinen Stuhl fallen. »Kommen wir gleich zum Wesentlichen. Ich nehme an, Sie haben schon gehört, daß Richter Schmidt uns in der Klage gegen Eggs'N'Such in jedem Punkt recht gegeben hat.«

Er bekam Beifall und Glückwünsche.

»Das Urteil haben wir auch schon bekommen. Eine schriftliche Bestätigung so kurz nach der Verhandlung ist eine Rarität, zumal bei Richter Schmidt. Da habe ich mir gesagt, Schmidt muß sich meine Argumente ja wirklich zu Herzen genommen haben, und habe unsere Begründung genauer unter die Lupe genommen, weil ich wissen wollte, was genau ihn so beeindruckt hat.«

Er nahm Bens Manuskript in die Hand und fing an, es durchzublättern. »Aber worauf bin ich gestoßen? Auf zwei Rechtschreibfehler! Einer auf Seite 14 und noch einer auf Seite 32.« Er riß die zwei Blätter heraus und schob sie zu Ben hinüber.

»Aber das waren immerhin vierzig Seiten, Sir!«

»Das mag sein, Kincaid!« Dereks Stimme wurde lauter. »Aber es sind zwei Fehler darin! Diese Akte trägt meinen Namen! Und jetzt ist sie öffentlich zugänglich. Wie stehe ich vor meinen Kollegen und vor Richter Schmidt da?« Seine Stimme überschlug sich fast. »Was soll Richter Schmidt denken, wenn er den Antrag durchliest und sieht, daß bei *Interim* ein *u* zwischen den letzten zwei Buchstaben steht?«

»Interium«, schlug Ben vor.

Derek funkelte ihn an. »Da gibt es nichts zu lachen, Kincaid! Hoffentlich geht Ihnen in den Kopf, wie ernst die Angelegenheit ist. Sie haben diesen Bock geschossen, Kincaid. Wann haben Sie zuletzt Korrektur gelesen?«

Ben überlegte. »Am Montag vor der Verhandlung. Dann habe ich es Christina gegeben, damit sie es sich auch noch mal ansieht.«

»Sie wollen die Schuld auf andere schieben, Kincaid?«

»N-nein, ich habe nur Ihre Frage beantwortet, Sir.«

Derek blitzte Christina an. »Und wie lautet Ihre Geschichte, McCall?«

Christina meinte achselzuckend: »Ich habe alle zitierten Präzedenzfälle überprüft, meine Korrekturen mit roter Tinte angebracht und dann alles Maggie gegeben.«

Derek wirbelte zu Maggie herum. Diese starrte ihn mit weit aufgerissenen Augen an. Sie drohte jeden Moment in

Tränen auszubrechen. »Was haben Sie zu sagen, Maggie? Sie werden dafür bezahlt, daß Sie solche Dinge fehlerfrei abtippen!«

Maggie war so verstört, daß sie kaum ein Wort herausbrachte. Ihr Hals war mit roten Flecken bedeckt, und auf ihrer Stirn bildeten sich Schweißperlen. »Es ... es tut ... mir leid ... Sie wissen doch, wieviel ich zu tun habe. Ich muß doch immer ... am Telefon sein, für den Fall, daß Sie anrufen, und jetzt habe ich so viel Mehrarbeit wegen ...« Sie deutete mit dem Kinn in Bens Richtung.

Auf einmal tat Ben die Frau leid. Sie war ja nur noch ein Häufchen Elend. In all den Jahren hatte sie sich immer für Derek abgearbeitet, und wie dankte er es ihr? Er stellte sie vor der Belegschaft bloß. Ein gnädigerer Chef hätte ihr diese peinliche Situation erspart, doch Derek ließ durch sein Schweigen zu, daß sie sich vor aller Augen erniedrigte.

»Maggie, ich erwarte, daß Sie das Manuskript übers Wochenende mit nach Hause nehmen und noch einmal Satz für Satz, Wort für Wort gegenlesen und jeden Tippfehler, jede verkehrte Schreibung, jedes unkorrekte Zitat – kurz: alles – anstreichen. Am Montag erstellen wir dann eine neue Version und reichen beim Gericht einen Antrag auf Nachbesserung ein.«

Maggie nickte und nahm das Manuskript an sich.

»Aber Mr. Derek«, sagte Ben zögernd, »wenn Sie einen Antrag auf Nachbesserung stellen, wird die andere Seite das auch tun. Am Ende wird das ganze Verfahren neu aufgerollt, und das, obwohl wir schon gewonnen haben!«

»Lieber verliere ich einen Fall, als daß ich mit einem Flekken auf meiner Weste lebe.«

Ben sackte in sich zusammen. Da war jeder Protest zwecklos.

»Maggie, Sie und Miß McCall können jetzt gehen. Ich möchte mich wegen einer anderen Angelegenheit mit Mr. Kincaid allein unterhalten.«

Maggie stand mühsam auf und taumelte zur Tür. Tränen strömten über ihre Wangen. Christina folgte ihr wortlos.

»Und machen Sie gefälligst die Tür zu!«

Christina gehorchte.

Im Büro trat Stille ein. Derek musterte seinen Untergebenen, während dieser überlegte, worin seine Bestrafung bestehen würde. Würde er ihn Seiten aus dem Wörterbuch abschreiben lassen oder ihm bis auf weiteres untersagen, in den Pausen das Büro zu verlassen?

Schließlich brach Derek das Schweigen. »Wie alt sind Sie, Kincaid?«

»Neunundzwanzig.«

»Hm-hm.« Derek ließ sich zurücksinken und kratzte sich am Kinn. »Ich glaube, mit neunundzwanzig war ich weiter als Sie jetzt.«

Ben entgegnete nichts.

»Sie sind in Nichols Hill aufgewachsen, richtig? Ein Kind aus der Vorstadt.« Er stieß ein verächtliches Lachen aus. »Wetten, daß Ihr Vater Sie nie übers Knie gelegt hat!«

Ben biß sich weiter auf die Lippen.

»Langer Rede kurzer Sinn, Kincaid: Ich glaube nicht, daß Sie sich hier durchsetzen werden. Das ist mir nicht erst heute aufgefallen. Nein, schon seit Ihrem ersten Tag hier bei uns habe ich Zweifel. Dabei versuche ich, meinen Mitarbeitern zu helfen. Das ist mir besonders wichtig, denn die Menschen liegen mir nun mal am Herzen. Aber wenn ich Sie mir so ansehe, dann frage ich mich: Hat dieser Junge den Biß, um ein erfolgreicher Anwalt zu werden? Und jedesmal gelange ich zur selben Antwort: nein.«

Ben erwiderte seinen Blick mit eisernem Schweigen.

»Mir kommt es so vor, als wüßten Sie nicht, was kämpfen heißt. Um es grob zu sagen: In Rechtsstreitigkeiten muß man manchmal ein Schwein sein, ein richtiges Dreckschwein. Als Anwalt müssen Sie sich immer vor Augen halten, daß es darum geht, die Gegenseite in Nöte zu stürzen, sie unerbittlich zu zermürben, bis sie am Ende nachgibt. Es liegt im Interesse Ihres Mandanten, wenn Sie das Schwein rauskehren. Aber das sehe ich bei Ihnen nicht. Sie sind zu scheißfreundlich!« Kopfschüttelnd drückte er die Finger der linken und rechten Hand gegeneinander. »Ich habe das Gefühl, Ihnen fehlt das *Feuer*.«

Auch darauf erwiderte Ben nichts. So wechselte Derek nach längerem Schweigen das Thema: »Sie wissen, daß für morgen die Verhandlung über die Adoption anberaumt ist?«

»Ja.«

»Ich möchte, daß Sie das übernehmen. Damit meine ich nicht nur den Antrag, sondern das ganze Drumherum: Zeugenvernehmung, Plädoyers – alles. Von Anfang bis Ende.«

Bens Augen weiteten sich. »Aber ... Sir, ich bin noch gar nicht vorbereitet. Ich ...«

Derek sprang erregt auf. »Sehen Sie, Kincaid? Genau das habe ich gemeint! Die meisten jungen Anwälte würden sich auf eine solche Chance stürzen, weil sie endlich beweisen könnten, was in ihnen steckt. Aber Sie nicht. Sie schrecken davor zurück!«

»Das ist nicht das Problem, Sir. Es handelt sich eben um eine sehr wichtige Angelegenheit, und ich bin nicht darauf vorbereitet ...«

»Dann bereiten Sie sich darauf vor! Sie haben fast vierundzwanzig Stunden Zeit. Wieviel Zeit wollen Sie denn noch haben?«

Darauf entgegnete Ben nichts mehr. Er und Christina hatten sich für diesen Abend verabredet, aber das konnte er Derek wohl kaum auf die Nase binden.

»Das ist Ihre große Chance, Kincaid.« Derek verschränkte grinsend die Hände im Nacken und streckte sich genüßlich. »Widerlegen Sie mich.«

8

Ben und Christina standen vor der Haustür und klingelten. Gerade ging auf der anderen Seite des Arkansas River die Sonne unter – ein spektakuläres pyrotechnisches Kunstwerk, das Ben allerdings nicht wahrnahm, geschweige denn zu schätzen wußte. Seine Gedanken waren vorausgeeilt zur Szene hinter dieser Tür und sogar schon zu ihrem nächsten Vorhaben, das sie in Angriff nehmen wollten, sobald sie diese Unterredung hinter sich hatten.

Niemand öffnete. Ben klingelte noch einmal.

»Ist das wirklich notwendig?« fragte er.

»Ja«, sagte Christina. »Sei kein Feigling.«

»Vielleicht sollten wir noch ein paar Tage warten.«

»Wir haben schon zu lange gewartet. Wir müssen das heute nacht erledigen.«

»Aber wir werden nichts rausbringen.«

»Wahrscheinlich nicht. Doch wir müssen nun mal alle Spuren verfolgen. Vor allem diejenigen, für die wir Leib und Leben riskiert haben, nur um an sie heranzukommen.«

»Ja, ja, ja.«

Durch die Tür drang Musik an Bens Ohren. Die Anlage war auf volle Lautstärke gedreht. Etwas Sinfonisches. Beethovens Neunte, tippte Ben. Er klingelte erneut. Jemand mußte doch kommen. Wahrscheinlich hatte die laute Musik die Glocke übertönt. Weil immer noch niemand aufmachte, drehte Ben auf gut Glück am Griff. Die Tür war nicht verschlossen.

Ist ja nichts dabei, wenn ich mich bemerkbar mache, sagte er sich und trat ein. Christina folgte ihm.

»Hallo!« rief er.

Immer noch keine Antwort.

Dann erblickte er mitten im Wohnzimmer die kleine Emily. Mit geschlossenen Augen saß sie auf dem Boden und hörte Musik – wenn man noch von hören sprechen konnte: Sie war voll und ganz vertieft. Wie Ben auf Anhieb bemerkte, hatte ihre Art des Lauschens nichts mit dem aufgesetzten Getue mancher Snobs im Konzertssal zu tun, Emily hatte noch nicht einmal mitbekommen, daß jemand eingetreten war.

Dann verklang der Satz. Langsam erwachte Emily aus ihrer Versunkenheit und schlug die Augen auf. Bei Bens Anblick kreischte sie plötzlich derart schrill los, daß Ben schon um sein Trommelfell fürchtete.

Aus einem der hinteren Zimmer kam Bertha hereingestürmt. »Mr. Kincaid«, keuchte sie. »Ich habe Sie nicht kommen hören. Bin wohl wieder eingenickt.« Jetzt erst bemerkte sie, daß Emily wimmernd auf dem Boden kauerte. »Hab keine Angst, Liebes. Ich bin ja bei dir. Kennst du mich noch?«

Als sie ihre Stimme vernahm, krabbelte das Mädchen auf Bertha zu und klammerte sich an ihren Fuß.

Nun kniete sich Ben vor Emily hin. »Es ist ja alles gut«, sagte er sanft. »Wir kennen uns. Ich bin Mr. Kincaid. Ich bin dein Freund.«

Emily sah zweifelnd zwischen Ben und Bertha hin und her, bis auch ihre Pflegemutter sich über sie beugte und wie zur Bestätigung nickte. »Du erinnerst dich doch an Mr. Kincaid, nicht wahr, Liebes?« Während sie dem Mädchen zärtlich die Haare streichelte, fuhr sie an Ben gewandt fort: »Es ist immer ein Drama, wenn sie von der Musik zurückkommt. Musik ist für sie das Höchste. Dann ist sie glücklich und findet Frieden. Die Musik ist wie eine andere Welt für sie. Um so schlimmer ist es, wenn sie aus ist.«

Emily klammerte sich noch immer an Berthas Bein.

»Ben, wir sind aus einem bestimmten Grund gekommen«, mahnte Christina.

Der junge Anwalt gab sich einen Ruck. »Wir beiden sind hier ...«, sagte er zögernd, »um Sie um ein Foto zu bitten.«

Bertha sah wortlos zu Boden. Arme Frau, dachte Ben. Ich reiße nur wieder die Wunden neu auf!

»Sie meinen, ein Foto von meinem Mann«, sagte Bertha schließlich gefaßt. »Sie können es ruhig aussprechen. Ich breche nicht gleich in Tränen aus.«

Ben nickte. »Jemand soll ihn identifizieren.«

Bertha musterte ihn kritisch. »Aber ich habe schon der Polizei einen Schnappschuß gegeben.«

»Ich weiß. Aber ich brauche noch einen.«

Berthas Blick wanderte über das Wohnzimmer. Dann ging sie eilig zum Tisch, auf dem ein golden eingerahmtes Porträt stand. Sie zeigte es ihnen. »Das ist das schönste, das je von ihm gemacht wurde.« Es handelte sich um eine sepiafarbene Porträtaufnahme. Sie zeigte Bertha und ihren Mann stehend – sie in einem mit Spitzen besetzten weißen

Kleid, er in einem braunen Zweireiher. Ganz offensichtlich war es ihr Hochzeitsfoto.

Ben räusperte sich. »Ich dachte eigentlich an eine Aufnahme jüngeren ...« Seine Stimme erstarb.

»Na ja, ich habe noch ein paar Schwarzweißbilder. Die sind ungefähr ein Jahr alt. Da kam ein Fotofraf ins Büro der Firma, um Aufnahmen für eine Werbebroschüre zu machen. Bei der Gelegenheit sind auch jede Menge Porträtfotos entstanden.« Sie öffnete eine Schublade in ihrem Sekretär und zog ein Bild heraus. »Besonders schmeichelhaft ist es nicht, aber zumindest kann man ihn gut erkennen.« Ganz in ihre Gedanken versunken, starrte sie die Aufnahme an, ehe sie sie nach einer Weile Ben reichte. »Ich vermisse ihn nun mal«, sagte sie leise.

Ben steckte das Bild ein und bedankte sich.

»Morgen um zehn ist die Verhandlung«, erinnerte er sie dann. »Auch wenn Emily wahrscheinlich nicht im Gerichtssaal gebraucht wird, sollten Sie sie unbedingt mitbringen.«

Bertha nickte stumm.

Noch einmal kniete sich Ben neben Emily. »Möchtest du wieder Musik hören? Dann drehe ich die Platte für dich um.«

Emily nickte begeistert.

Sekunden später schwoll die Musik an. Einmal mehr schloß Emily die Augen und verschmolz mit der Sinfonie. Dieses Bild sollte sich Ben ins Gedächtnis graben, als er und Christina zur Tür gingen und sich ein letztes Mal umdrehten. Das Mädchen, das weder Vergangenheit noch Zukunft kannte und selbst kaum von der Gegenwart einen Begriff hatte, saß auf dem Teppich und wiegte sich im Einklang mit der Musik, der sie sich ganz hingab.

In Schweigen versunken, gingen Ben und Christina zum Honda.

»Du bist heute so still«, meinte Ben beim Anlassen des Wagens.

»Ja.«

»Schon ein besonderes Mädchen, was?«

Christina nickte. »Wie alt ist sie denn?«

»Acht, glauben wir.«

Christina starrte geradeaus. »Wirklich? So alt wäre mein kleines Mädchen heute auch.«

»Du hast mir nie von einem Kind erzählt.«

»Nein«, murmelte sie. Auf einmal preßte sie die Finger an beide Schläfen und wandte sich ab, um während der gesamten Fahrt zum Seitenfenster hinauszuschauen.

9

Ein Cowboysaloon im eigentlichen Sinne war das Red Parrot nicht. Aber schließlich konnte auch niemand behaupten, Tulsa sei ein Cowboystädtchen. Tulsa hatte jedoch einige moderne Gegenstücke zu den Western aufzuweisen: Wanderarbeiter auf den Ölfeldern, Truckfahrer, Rocker, Arbeitslose, zwielichtige Gestalten – und anscheinend setzte sich die Stammkundschaft des Red Parrot aus einem Querschnitt all dieser Schichten zusammen.

Ausgerechnet diese Bar steuerten Ben und Christina nach dem Besuch bei Bertha Adams an. Schon beim Eintreten schlugen ihnen Rauchschwaden entgegen. Ein ums andere Mal sprach Ben sich Mut zu. Ohne Erfolg. Er vermochte nicht einmal sich selbst davon zu überzeugen.

Eigens für diesen Anlaß hatten sie Bluejeans, Baumwollhemd und Stiefel angezogen. Ja, Ben hatte sogar einen Gürtel umgeschnallt, auf dem hinten BEN prangte. Seine Großmutter hatte ihn ihm einmal geschenkt, aber bis zum heutigen Tag hatte er ihn nie getragen. Was Christina betraf, so kam sie Ben in ihrem Cowgirljäckchen aus rosa Wildleder unmöglich vor, aber dann sagte er sich, daß sich diese Ausstattung von ihrer normalen Arbeitskluft gar nicht so sehr unterschied.

Dem jungen Anwalt fiel auf, daß das Red Parrot grob in vier Bereiche unterteilt war. Nummer eins war der Tresen, an dem Schulter an Schulter schmutzige Männer und noch schmutzigere Frauen standen, Bier in sich hineinkippten und über die schlimmen Ereignisse des vergangenen Tages lamentierten. Bei Bereich Nummer zwei handelte es um die Tische und Nischen, eine Art Durchgangsstation zwischen Aufreißen am Tresen und Abschleppen in die eigenen vier Wände. Bereich Nummer drei umfaßte zwei Billardtische mit jeder Menge Biergläsern auf dem Rahmen und einer Schlange von Männern dahinter, die darauf warteten, bis sie an die Reihe kamen. Und schließlich gab es noch eine Fläche für die Spiele, auf der abenteuerlich aussehende Gestalten nicht minder abenteuerlich wirkende Stahlpfeile in die ungefähre Richtung eines übergroßen Dartboards warfen. In der Mitte des Raums stand eine bunte Musikbox, aus der eine Art Hank Williams-Verschnitt etwas von Kutschen, Cowboys und dem Tag, an dem »meine Mama aus dem Knast rauskam« jaulte.

Christina gab Ben einen Stoß. »Hey, Cowboy, einer von uns ist zuviel in dieser Pinte.«

Ben reagierte nicht.

»Verstehst du nicht? Cowboy, Westernsaloon, Bösewichte – da kann man doch mal ...«

»Ich hatte schon verstanden, Christina.«

»Oh. *Pardonnez-moi.*« Sie wirkte verletzt.

Seine Lippen kräuselten sich, und er sah in bester John-Wayne-Manier von oben auf sie herab. »Ein Cowgirl grinst, wenn sie so was sagt.«

Sie kam der Aufforderung nach.

Ben musterte die Kundschaft. Die meisten sahen ziemlich verwegen aus: dicke Muskeln, Tätowierungen und Dreitagesbart. Einige trugen Jeansjacken mit Emblemen auf dem Rücken, die sie als Mitglieder aller möglichen Clubs auswiesen. Ben kannte keinen einzigen davon, ging aber davon aus, daß Wohltätigkeitsvereine nicht dabei waren. An dem Tisch, der der Bar am nächsten stand, hatten zwei Männer ihre leergetrunkenen Gläser zu einem Turm von beachtlicher Höhe aufeinandergestapelt. Er reichte bereits an ihre Schultern heran.

Mittlerweile ging es bei den Dartspielern etwas gröber zu. Das Dartboard war mit menschlichen Zielscheiben vertauscht worden. Jeder mußte sich mal an die Wand stellen. Der Gegner hatte zwei Würfe gut, dann wurde getauscht. Gewinner war derjenige, dessen Pfeil möglichst nahe am Körper des jeweiligen armen Teufels in der Wand steckenblieb. An welchem Körperteil knapp vorbeigezielt werden sollte, das blieb dem Werfenden überlassen. Wer zusammenzuckte, hatte schon verloren. Ein versehentlicher Treffer dagegen wurde nur mit einem Punkteabzug bestraft.

»Ich habe Durst«, verkündete Ben und kämpfte sich mit Christina im Schlepptau zum Tresen durch. »Ich glaube, ich bestelle einen Amaretto.«

»Bier«, sagte sie.

»Was?«

»Du hast mich doch gehört. Bier.«

Sicherer fühlte sich Ben deswegen nicht unbedingt. Das änderte sich auch nicht, als sich der Barkeeper, ein untersetzter Bursche mit Schnauzer und rotem Holzfällerhemd, vor ihm aufbaute.

»Was haben Sie denn so?« fragte Ben.

»Sag einfach *Bier«*, flüsterte Christina ihm ins Ohr.

Ben gehorchte. »Bier. Zweimal.«

Der Barkeeper nickte und ging zum Zapfhahn hinüber.

»Amaretto«, äffte ihn Christina nach. »Wenn du hier so was verlangst, benutzen die dich als Staubwedel.«

Der Barkeeper kehrte zu ihnen zurück und knallte zwei Krüge auf den Tresen. Ben schob einen Fünfdollarschein zu ihm hinüber.

Neben ihnen stand ein hagerer, doch athletischer Typ mit struppigem rotem Bart und Baseballmütze. Als er Ben bemerkte, stieß er ihn an. »Sag mal, haste gedient?« Seine Stimme knarzte wie eine rostige Türangel.

»Wie bitte?«

Selbst beim Sprechen brachte der Mann die Zähne nicht auseinander. »Mich bittest du um nichts, kapiert! Ich kann Bettler auf'n Tod nich' ausstehen. Also laß das gefälligst bleiben!« Er schlug mit solcher Wucht auf den Tresen, daß Bens Bier überschwappte. Auf einmal fing er an zu schreien: »Ich hab' dich gefragt, ob du in der gottverdammten

Army warst!« Aus seinem Mund schlug Ben eine Mischung aus Fäule und Alkoholgeruch entgegen.

»Äh, nein«, murmelte Ben, der es vermied, dem Mann in die Augen zu sehen. »Sie?«

»Klar doch. Immer.« Erneut schlug er auf den Tresen. »Im Krieg haste bestimmt auch nich' gekämpft, oder?«

»N-nein.«

»Hab ich's doch gewußt! So was wie du is' sich zu schade fürs Kämpfen!«

Ben spürte, daß er einfach nicht den richtigen Ton traf. »Immerhin habe ich ein Jahr lang beim Friedenscorps mitgearbeitet«, sagte er sanft.

»Und du meinst, das is' 'ne Entschuldigung?« geiferte der Mann und zerschmetterte, wie um das letzte Wort zu betonen, Bens Glas mit der Faust.

»Komm, gehen wir«, flüsterte Christina Ben ins Ohr und zupfte an seinem Ärmel. »Pronto.«

Ben trat einen Schritt zurück. Doch der Typ gab keine Ruhe. Die zwei standen sich praktisch Nase an Nase gegenüber. »Soll ich dir sagen, was du verdienst? Soll ich?«

Ben wich weiter zurück, und wieder folgte ihm der Mann. Die anderen, die am Tresen hockten, drehten sich um. Sie witterten einen Mordsspaß. Der Bursche, der neben Rotbart gesessen hatte, stupste seinen anderen Nachbarn an und deutete auf Ben.

»Laß ihn in Ruhe«, brummte der Barkeeper und öffnete eine Bierflasche. »Er war ein Baby, als wir Krieg hatten. Da, ich spendier' dir ein Bier.«

Gott segne dich, dachte Ben. Doch er hatte zu früh aufgeatmet. Das Angebot des Barkeepers schien Rotbart nicht im geringsten zu besänftigen. Im Gegenteil – er rückte Ben näher. Und Ben wich weiter zurück.

Plötzlich gab es einen entsetzlichen Knall, gefolgt von einem vielfachen Klirren. Ben wirbelte herum. Er war im Rückwärtsgehen gegen den ersten Tisch vor dem Tresen geprallt und hatte den Turm aus Biergläsern umgestoßen. Das Lebenswerk der zwei kunstbeflissenen Rocker war ein einziger Scherbenhaufen.

»Arschloch!« schrie der größere der zwei und sprang wütend auf, so daß sein Stuhl zu Boden polterte. Das Auffälligste an diesem Mann waren mehrere silberne Ketten, die er sich um die Hüften geschlungen hatte, und eine am Rücken mit einem Totenschädel über zwei gekreuzten Knochen bestickte Jeansjacke. Von weiter hinten eilte eine dunkelhaarige Frau herbei und legte dem Tobenden begütigend eine Hand auf die Schulter. Im schummrigen Halbdunkel der Bar konnte Ben weder sie noch sein Gegenüber deutlich sehen.

»O Gott«, murmelte er. »Ich wollte doch nur dem anderen aus dem Weg gehen. I-ich ...«

»Es war wirklich keine Absicht«, schaltete sich Christina ein und stellte sich zwischen die zwei. »Dieser hirnverbrannte Säufer da hat ihn geschoben.«

»Ein was bin ich?« brüllte Rotbart. »Was sollas heißen?« Er stieß Christina nicht gerade sanft beseite.

Längst waren die übrigen Gäste aufgestanden und reckten neugierig die Hälse. Für Ben gab es kein Entkommen mehr. Von vorn und hinten wurde er an den Schultern gepackt. Wenn Rotbart ihn nicht zusammenschlug, dann ganz gewiß der mit dem Totenschädel. Er hätte keinen Cent mehr auf sich verwettet. Doch plötzlich hatte er eine Eingebung.

»Also gut!« rief er. »Keiner rührt sich!«

Totenschädel bog sich vor Lachen. »*Was* willst du?«

Ben atmete tief durch. »Keiner rührt sich. Ich bin Zivilbeamter Detective Kincaid. V-Mann beim Tulsa Police Department. Sittenpolizei. Dienstmarke Nummer 499.«

Die zwei Typen schienen nicht sehr beeindruckt zu sein. »Ach ja?« knurrte Rotbart. »Dann zeig uns doch mal deine Marke.«

»Siehst du nicht, daß ich in Zivil hier bin, du Trottel? V-Männer haben keine Dienstmarken dabei!«

Totenschädel lachte schon wieder. »Pech gehabt, Freund. Der, der mich letztes Jahr angemacht hat, hatte eine. Aber ein Versuch kostet ja nichts.« Er schnippte mit den Fingern. »Hey, Jungs! Ich hab' eine Idee. Wie wär's mit 'ner Partie Darts?«

Er zerrte sein Opfer zur Dartscheibe hinüber und stieß Ben gegen die Wand. Zwei Schlägertypen mit ganz ähnlichen Jacken hielten ihn fest.

»Aber ich spiele doch gar nicht Darts«, protestierte der junge Anwalt. »Gegen dich hätte ich keine Chance.«

»Stimmt nicht«, widersprach ihm Totenschädel und ließ sich eine Handvoll Pfeile geben. »Ich hab' auch schon seit Jahren nicht mehr gespielt.« Er zielte auf Bens Gesicht.

»Ben!« kreischte eine Frauenstimme. Es war die Dunkelhaarige. Sie versuchte, Totenschädel in den Arm zu fallen. »Das ist ja Benjy!«

Ben blinzelte in die Dunkelheit. *»Mona?«* flüsterte er.

Es war tatsächlich Mona. Ein Gesicht wie das ihre vergaß man nicht so schnell. Die aktuelle Frau des Seniorpartners seiner Firma hier im Red Parrot zusammen mit diesem Rokker! Heute trug sie eine dunkelblaue Jeansjacke und einen Minirock aus Leder. An ihren Ohren und Handgelenken baumelte billiger Metallschmuck.

»Du kennst diesen Schwätzer?« fragte Totenschädel.

»Ja, ja«, sagte Ben hastig. »Wir kennen uns. Aber das ist eine alte Geschichte.«

»Du warst mit meiner Frau zusammen?«

»Äh … nein … ich meine … nicht so, wie …«

»Ach, scheiß drauf!« rief der andere mit einem dröhnenden Lachen. »Wer war das nicht? Sie ist ja älter als diese Bar hier!«

Monas Gesicht schmolz förmlich. Das Produkt stundenlangen Bemühens vor dem Schminkspiegel löste sich binnen Sekunden auf. »Ich kenne ihn«, sagte sie leise. »Rühr ihn lieber nicht an. Er ist nämlich wirklich ein V-Mann.« Sie zwinkerte Ben zu.

»Ehrlich? Warum hast du das nicht gleich gesagt, Herrgott noch mal?« Der Hüne wandte sich zögernd zu Ben um. »Ich dachte, wir würden euch alle kennen. Nimm's mir nicht übel. War nicht böse gemeint. Wollte ja nur ein bißchen Spaß machen.«

»Ist schon gut.«

Von rechts näherte sich Christina und beugte sich über

sein Ohr. »Zeig ihm das Foto, wo ihr jetzt doch Kumpel seid.«

»Ach ja, richtig.«

Ben sah, daß alle Blicke auf ihn gerichtet waren, und gab sich einen Ruck. »Alle mal herhören«, sagte er mit fester Stimme. »Ich lasse jetzt ein Foto herumgehen und möchte mich mit denen, die etwas über den Mann darauf wissen, ein bißchen unterhalten. Ich will, daß jeder genau hinsieht.« Er warf einen fiesen Blick auf seine zwei Gegner von vorhin.

»Fordere dein Glück nicht heraus«, mahnte ihn seine Begleiterin leise.

Als erstem reichte Ben das Foto Totenschädel, der es wortlos entgegennahm. Monas Behauptung, Ben sei ein Cop, hatte ihn anscheinend gehörig beeindruckt. »Er war hier«, erklärte er nach einem flüchtigen Blick. »Nicht in letzter Zeit, aber ich habe ihn gesehen.«

»Könnte er letzte Woche am Montag hier gewesen sein?«

»Tja, könnte hinkommen. Er saß in einer der Nischen da hinten und quatschte mit 'nem anderen Typen. Zumindest glaube ich, daß es ein Typ war, auch wenn ich sein Gesicht nie gesehen habe. Er trug einen langen weißen Mantel mit so einem hochgeschlagenen Kragen. Sie sind dann zusammen gegangen. Das ist aber alles, was ich weiß.«

Wie kommt es, fragte sich Ben unwillkürlich, daß andere hier rein- und rausgehen und nicht belästigt werden, während ich nach noch nicht mal zehn Minuten schon so gut wie tot bin?

Er zeigte das Foto in der Bar herum. Ein paar andere hatten Adams ebenfalls in der Nacht seiner Ermordung gesehen, doch keiner hatte der Aussage von Totenschädel (dessen richtiger Name Marvin war, wie Ben bald erfuhr) etwas Wesentliches hinzuzufügen. Niemand hatte das Gesicht von Adams' Begleiter gesehen.

Schließlich steckte Ben das Foto wieder ein und orientierte sich in Richtung Tür. Auf halbem Weg kam er an Mona vorbei und blieb stehen. »Danke«, sagte er.

Sie tätschelte ihm die Wange. »Ich habe dich vermißt,

Ben. Seit dieser Party gehst du mir nicht mehr aus dem Kopf. Es hat mir sehr viel bedeutet. Ich habe mehrmals bei dir angerufen, aber du hast dich nie gemeldet.«

Ben lächelte verlegen. Er wußte nicht, ob Christina sie hören konnte.

Mona spielte mit seinem Haar. »Du mußt nicht weglaufen, weißt du. Die Nacht ist noch jung.«

Ben wich einen Schritt zurück. »Danke, aber ich habe morgen früh einen Gerichtstermin.«

»Hey!« rief Marvin, der inzwischen an sie herangetreten war. »Das alles tut mir furchtbar leid, Ben. Ich meine die grobe Tour und das mit dem Darts. Ich hab' eben getrunken und mich ein bißchen in was reingesteigert. Ich wußte ja nicht, daß du und Mona Freunde seid. Vielleicht können wir mal zu viert ausgehen oder so.«

Ben schluckte. »Oder so, klar.«

»Das wär' doch nett, hm?« Marvin gab Mona einen Klaps auf den Hintern. Doch diese bedachte ihn mit einem eisigen Lächeln. Seine Bemerkung von vorhin hatte sie nicht vergessen.

Ben winkte noch einmal, dann traten er und Christina in die erfrischend kühle Nachtluft hinaus. »Weißt du, wie ich mir vorkomme?« fragte Ben. »Wie einer, der über einem Abgrund gehangen hat und zurückkrabbeln konnte.«

Christina lächelte. »Und soll *ich* dir was sagen? Dieser Marvin war ja am Anfang ganz schön furchteinflößend. Aber wenn man erst mal den richtigen Mann hinter der rauhen Schale kennengelernt hat, dann ist er eigentlich ganz nett. Richtig knuddelig sogar.«

Darauf erwiderte Ben nichts mehr.

10

Zehn nach zehn. Der Richter hatte Verspätung.

Wahrscheinlich las er noch schnell die Akten, sinnierte Ben. Aber hoffentlich ließ er sie nicht mehr allzu lange warten. Bertha, die neben ihm auf der Anklagebank saß, war auch so schon übernervös. Jetzt, da es zu spät war, beschlichen Ben ernsthafte Zweifel, ob es richtig gewesen war, sie um eine Aussage zu bitten. Andererseits blieb ihm keine Wahl. Bertha war seine einzige Zeugin.

Er hatte ja auch sein Bestes getan, um sie zu beruhigen. Die Verhandlung, so hatte er ihr erklärt, sei eine Art Miniaturverfahren ohne Geschworene und den sonst üblichen bürokratischen Aufwand. Trotzdem versetzte sie das drohende Kreuzverhör in panische Angst, auch wenn sie diese zu verbergen suchte.

Nun, die Angst hatte Bertha gewiß nicht für sich gepachtet. Ben zitterten die Knie, und er befürchtete, sie würden ihm den Dienst versagen, wenn er aufstehen und seine erste Ansprache vor Gericht halten sollte. Von Derek konnte er natürlich nicht die geringste Hilfe erwarten. Sein Chef war zwar in den Gerichtsaal spaziert, hatte sich aber hinten in den Zuschauerraum gesetzt. Vorher hatte er Ben erklärt, sie würden ihrer Sache eher schaden, wenn sie mehr Anwälte hinschickten als das Jugendamt. Raven & Co stehe ohnehin schon in dem Ruf, überteuert zu sein. Richter, die meistens aus kleinen Kanzleien kämen oder eine gescheiterte Anwaltslaufbahn hinter sich hätten, würden solche Karrierejuristen hassen.

Darüber hinaus, hatte Derek zu bedenken gegeben, müsse Ben sowieso irgendwann flügge werden. Einen Mandanten vor Gericht zu vertreten bedeute, eine Serie von schnellen Entscheidungen aus dem Bauch heraus zu treffen. Da könne Ben sich nicht ständig an ihn wenden, sondern müsse selbständig reagieren. »Das ist Ihre Chance, zu beweisen, daß Sie doch das Zeug zu einem echten Anwalt haben.«

So lehnte sich Derek in aller Ruhe zurück, während Ben sich anschickte, seine in knapp zwei Wochen bei einer privaten Kanzlei gesammelten Erfahrungen vor dem Familiengericht anzuwenden.

Ben sah auf die Uhr. Viertel nach zehn.

Warum dauerte das nur so lange? Seine Knie zitterten heftiger. Er warf einen Blick zu Derek hinüber. Dieser sah selbst für seine eigenen Maßstäbe äußerst zerknittert aus. Laut Gerücht hatte er sich von Louise getrennt und lebte jetzt allein in einem Apartment im Süden der Stadt. Angeblich verbrachte er ganze Nächte in sündteuren Bars. Das konnte ja noch heiter werden. Nicht einmal an guten Tagen war Derek Ben besonders ausgeglichen erschienen. Wie sollte das erst an den schlechten werden?

Zum Glück blieb Emily die volle Prozedur erspart, auch wenn sie verfügbar sein mußte, falls die eine oder die andere Seite sie als Zeugin aufrufen sollte. Nun, sehr wahrscheinlich war das nicht. Von Kindern wurde in den seltensten Fällen eine Aussage vor Gericht verlangt. Das Jugendamt wollte das Mädchen mit Sicherheit schonen, und Ben wußte, daß sie Bertha nicht weiterhelfen konnte.

Da der Richter so lange auf sich warten ließ, versuchte Ben, seine Aufzeichnungen noch einmal durchzugehen, doch das war unmöglich. Seine Gedanken schweiften in einem fort ab. Ein Bruchstück aus Gilbert & Sullivan ging ihm einfach nicht mehr aus dem Kopf: »Das Gesetz ist die wahre Verkörperung das Guten. Es kennt weder Mäkel noch Schwächen ...«

»Erheben Sie sich bitte.«

Alle Anwesenden standen auf. Richter Mayberry stolzierte durch den Saal und nahm majestätisch hinter seinem Pult Platz. Ben staunte darüber, welches Aufheben manche Richter selbst um die trivialsten Streitsachen machten. Mayberry genoß den ganzen Pomp eines Verfahrens, die schwarze Robe, die lateinischen Ausdrücke, die gesamte Prozedur. Ben nahm sich vor, bei jeder Gelegenheit den gelehrten Advokaten herauszukehren – aber mit der größtmöglichen Untertänigkeit dem Richter gegenüber.

Der Gerichtsdiener rief den Fall auf: »Verhandelt wird die Sache der Minderjährigen Emily X, Aktenzeichen FS-672-92-M. Dem Gericht liegen zwei Anträge vor. Das Jugendamt der Stadt Tulsa erhebt Klage auf Herausnahme des Kindes aus seiner gegenwärtigen Umgebung und Übergang des Sorgerechts an das Jugendamt. Nach Eingang der Klage wurde Bertha Adams vom Gericht aufgefordert, die

Gründe für den Verbleib des Kindes bei ihr darzulegen. Im Anschluß daran stellte Bertha Adams einen Antrag auf Adoption der obengenannten Minderjährigen Emily X.«

»Sind sämtliche Parteien anwesend?« fragte Mayberry. Er sprach langsam und mit dem gedehntem Akzent der Südstaatler. Ben war sich nicht sicher, ob das ein Hinweis auf seine Herkunft war oder ein Versuch, sich volksnah zu geben.

Der Mann, der am Klägerpult saß, stand als erster auf. »Das Jugendamt ist zugegen, Euer Ehren. Mein Name ist Albert Sokolosky.«

Sokolosky war erst Mitte Dreißig, wirkte aber wegen seiner Brille mit runden, randlosen Gläsern älter. Ben fragte sich unwillkürlich, ob er sie trug, um sich den Anstrich eines erfahrenen Anwalts zu geben. Auffällig war auch Sokoloskys Größe. Er war so dürr, daß man fast meinen konnte, er wäre als Kind in die Länge gezogen worden.

Mit einem Anflug von Panik fiel Ben ein, daß er das Protokoll gar nicht richtig kannte. Sollte er sofort aufstehen? Oder sollte er warten, bis ihn der Richter ansah? Warum zum Teufel hatte ihm Derek das nicht beigebracht?

Er erhob sich. »Mein Name ist Benjamin Kincaid, Euer Ehren. Ich vertrete ...«

»Einen Moment noch, junger Mann. Lassen Sie erst die Protokollführerin den anderen Namen schreiben.«

Ben blieb nichts anderes übrig, als zu warten, bis die Dame, die neben dem Gerichtsdiener an einem Pult saß, die Buchstaben von Sokoloskys Namen mehr oder weniger richtig geraten hatte. Ausgebildete Protokollführer, die alles mit Lichtgeschwindigkeit diskret mitstenografierten, wurden bei den Familiengerichten seit einiger Zeit nicht mehr verwendet. Statt dessen nahm man die Verhandlung auf Band auf. Wenn eine Partei ein Protokoll verlangte, ließ das Gericht gegen eine horrende Gebühr eine Abschrift erstellen. Das hatte zur Folge, daß die meisten Anwälte darauf verzichteten, zumal die Kosten in der Regel in keinem Verhältnis zum Streitwert standen. Diesen Umstand wiederum nutzten einige Richter bedauerlicherweise weidlich aus. Da sie kaum Kontrollen zu befürchten hatten, genossen sie praktisch Narrenfreiheit.

Endlich sah Mayberry auf und bedachte Ben mit einem alles andere als Gutes verheißenden, hoheitsvollen Lächeln.

»Jetzt dürfen Sie uns Ihren Namen angeben, junger Mann.«

Ben schluckte. »Benjamin Kincaid, Euer Ehren. Ich vertrete Bertha Adams.« Seine Stimme zitterte etwas, aber es gelang ihm, sich nichts anmerken zu lassen – hoffte er zumindest.

»Meine Herren«, sagte Mayberry und ließ den Blick durch den Saal schweifen, ohne auch nur einem der Anwesenden in die Augen zu sehen. »Ich sehe keinen Anlaß, diese Angelegenheit in die Länge zu ziehen und in einem schlichten, gut überschaubaren Fall für unnötige Komplikationen zu sorgen. Wenn Sie kurz Ihre Standpunkte darlegen, können wir im Anschluß Mrs. Adams hören. Danach sollten wir in der Lage sein, eine Entscheidung zu treffen.«

Ben hörte aufmerksam zu. So wie er das verstand, gab der Richter zwischen den Zeilen nichts anderes zu verstehen, als daß er für heute noch andere Pläne hatte. Eine wichtige Partie Golf oder eine hübsche Freundin. Der junge Anwalt nahm sich vor, seine Darstellungen auf das Allernötigste zu beschränken.

»Die Eröffnungsplädoyers, meine Herren.«

Ben erhob sich, merkte jedoch, daß Sokolosky ihm zuvorgekommen war. Sein Antrag stand allerdings auch als erster auf der Prozeßliste. Das bedeutete, daß er den Vortritt hatte.

»Ich glaube, es wäre besser für alle, wenn wir schön nacheinander das Wort ergriffen«, spottete der Richter und sah zur Schriftführerin hinüber, die sich nun ebenfalls ein Grinsen erlaubte.

Ben setzte sich beschämt auf seinen Platz, während Sokolosky das Podium betrat.

»Euer Ehren, wie Sie sagen, handelt es sich um einen schlichten, um nicht zu sagen extrem einfachen Fall. Er ist zugleich ein Lehrstück über eigennütziges Fehlverhalten und nicht nur Mißachtung der Gesetze dieses Staates, sondern auch der Rechtssprechung, wie sie von unseren Gerichten, nicht zuletzt dem Ihren, nach sorgfältigem Abwägen gepflegt wird.« Er verbeugte sich vor dem Richter.

»Euer Ehren, Emily X ist ein Findelkind. Bertha Adams hat es *gefunden*. Obwohl ihr dazu geraten wurde, hat sie ihre Entdeckung nicht dem Jugendamt gemeldet. Sie hat sich auch an keine der in diesem Land tätigen Organisationen gewandt, die es sich zur Aufgabe gemacht haben, die Eltern vermißter Kinder aufzuspüren. Sie hat keinen Versuch unternommen, geeignete Pflegeeltern zu finden oder die natürlichen Eltern des Kindes zu identifizieren. Sie hat das Kind schlichtweg mit zu sich nach Hause genommen, wo es seitdem ein abgeschiedenes Leben ohne Kontakt zur Außenwelt führen muß. Sie hat ihre Nachbarn angelogen, nur um das kleine Mädchen für sich selbst behalten zu können.

Gerade in letzter Zeit hören wir immer wieder Gerüchte über betagte Leute, die Kinder aus Einkaufszentren entführen und zu einem Dasein als Sklaven im Haushalt oder ... zu noch Entsetzlicherem zwingen. Auch wenn wir nicht unterstellen wollen, daß dergleichen in diesem Fall geschehen ist ...«

Und ob du das tust! dachte Ben bitter.

»... ist an der Art und Weise, wie Mrs. Adams das Kind behandelt, eines höchst ungewöhnlich. Euer Ehren, das Jugendamt hat – ausgehend von den wenigen Informationen, die über diese Frau, die sich Bertha Adams nennt, verfügbar waren – ein Gutachten erstellt. Ich möchte Mrs. Adams nicht zu nahe treten, doch nach der Überzeugung des Jugendamtes ist sie als Pflegemutter nicht geeignet. In Fragen Adoption hat das Jugendamt einen objektiven Kriterienkatalog erstellt. Viele, ja, die meisten, erfüllt Mrs. Adams nicht.« Er zog zwei Kopien aus der Aktentasche. Eine überreichte er dem Gerichtsdiener, der sie Richter Mayberry brachte, eine zweite gab er Ben.

Ben überflog das mit ›Beurteilung der Antragsstellerin‹ überschriebene Dossier. Der Hauptteil befaßte sich mit ›Defiziten‹. Davon wiederum war der längste Abschnitt Berthas Alter gewidmet. Das Gutachten erwähnte aber auch mangelnde Erfahrung in der Erziehung von Kindern, das Fehlen eines regelmäßigen eigenen Einkommens und die Tatsache, daß Bertha allein lebte, ohne allerdings den Grund dafür zu nennen.

Ben schlug das Dossier wütend zu. Es war bewußt irreführend.

»Euer Ehren, wir bezweifeln nicht, daß Bertha Adams in der langen Zeit, in der sie das Kind bei sich hielt, eine gewisse Zuneigung oder ...« – er legte eine bedeutungsschwere Pause ein – »... Abhängigkeit entwickelt hat. Doch der Staat Oklahoma verlangt von uns, daß wir das bestmögliche Heim für jedes hier geborene Mündel finden. Wir haben eine ausführliche Liste von hervorragend geeigneten Eltern, die liebend gern ein kleines Mädchen adoptieren würden, selbst wenn es bereits so alt ist wie Emily. Darum ersuchen wir das Gericht, das Sorgerecht für Emily dem Jugendamt zuzusprechen und es so in die Lage zu versetzen, ihr eine geeignete und dauerhafte Heimat zu suchen.« Sokolosky verneigte sich, packte seine Unterlagen ein und setzte sich wieder an sein Pult.

Offenbar hatte der Richter das Bedürfnis nach etwas Heiterkeit. »*Jetzt* sind Sie an der Reihe, junger Mann«, sagte er schmunzelnd. Erneut sah er beifallheischend zu seiner Schreiberin hinüber, die ihm prompt mit einem breiten Grinsen entgegenkam.

Wie schön für dich, daß du deine Claqueure dabei hast, dachte Ben. Er erhob sich und ging mit federnden Schritten zum Podium. Auch wenn er nervös war, so wollte er wenigstens den Anschein von Zuversicht erwecken. Er legte seine Unterlagen auf das Pult. Seine Strategie stand fest. Er hatte sie bis ins Detail vorbereitet. Für den Umstand, daß Jonathan und Bertha Emily bei sich behalten hatten, ohne die Behörden zu informieren, fand auch er keine Rechtfertigung. Darum hielt er es für das Klügste, ihn nicht weiter zu erwähnen. Statt dessen wollte er Berthas Warmherzigkeit und Güte hervorheben, die Liebe, mit der sie das Kind trotz widriger Umstände gepflegt hatte, und die Bindung, die sich zwischen ihnen entwickelt hatte.

»Euer Ehren«, fing er mit belegter Stimme an. Er räusperte sich und nahm einen zweiten Anlauf. »Euer Ehren, mir ist aufgefallen, daß das Jugendamt zwar lautstark beklagt, Mrs. Adams erfülle nicht seine – im übrigen äußerst verallgemeinernden – Kriterien, doch andererseits hat Mr. Sokolosky nicht feststellen können, daß sie als Mutter ungeeignet ist oder wäre. Emily lebt nun schon seit fast einem Jahr bei Mrs. Adams, und dennoch hat in dieser Zeit die Behandlung des Kindes dem Jugendamt nie Anlaß zu Beschwerden gegeben. Mrs. Adams mag die rechtlich vorgesehenen Schritte nicht beachtet haben, aber ich gebe zu bedenken, daß sie sich durch ihre Liebe zu Emily das Recht erworben hat, als ihre Pflegemutter *in loco parentis* zu gelten. Mir ist bewußt, daß das Jugendamt seine Regeln und Vorgehensweisen hat und auf ihre Einhaltung achtet. Doch in diesem Fall sind rigide Paragraphen von untergeordneter Bedeutung. Hier muß eine andere Frage im Vordergrund stehen, nämlich: Was liegt im besten Interesse des Kindes? Die sklavische Befolgung der bürokratisch festgelegten Vorgehensweise kann nicht wichtiger als das Kind selbst sein, und ich bin überzeugt, daß dieses Gericht sich nicht das Gegenteil aufschwatzen läßt.«

»Unterschätzen Sie mich nicht«, protestierte der Richter und warf erneut seiner Anhängerin einen schnellen Blick zu. Ben wurde den Verdacht nicht los, daß er bei diesem Mann nicht ankam.

»Danke, junger Mann«, sagte der Richter unvermittelt. »Ich denke, ich habe Ihre Argumentation verstanden.«

Ben setzte zu einer Entgegnung an, dann verstummte er resigniert. Er war doch noch längst nicht fertig.

»Es dürfte feststehen, daß die vorliegenden Anträge einander ausschließen«, fuhr Mayberry fort. »Wenn ich das Mädchen dem Jugendamt zuspreche, kann Mrs. Adams sie nicht adoptieren. Und wenn Mrs. Adams das Sorgerecht bekommt, hat das Jugendamt das Nachsehen. Das Beste ist, ich verkürze das Verfahren durch Zusammenlegung der beiden Anträge und treffe dann meine Entscheidung. Wenn das Jugendamt nichts dagegen hat, werde ich Mr. Kincaid bitten, Mrs. Adams in den Zeugenstand zu rufen. Mir kommt es ganz so vor, als sei sie die einzige Person, die ich für mein Urteil brauche.«

Sokolosky erhob sich und sagte mit einer Verbeugung: »Keine Einwände, Euer Ehren. Wir sind ganz Ihrer Meinung.«

Zusammenlegung der Anträge, Abbruch der Eröffnungsplädoyers und sofortige Befragung der einzigen Zeugin. Diese Eile kam Ben mehr als verdächtig vor. Warum wollte Mayberry die Verhandlung so schnell über die Bühne bringen?

Gleichwohl mußte er sich fügen. So wurde Bertha aufgerufen. Sie wirkte gelassen, als sie sich links vom Richter in den Zeugenstuhl setzte, doch Ben war klar, daß er nicht zuviel von ihr erwarten konnte.

Ausführlich und gezielt führte der junge Anwalt sie durch die Stationen ihres Leben mit Emily: wie ihr verstorbener Mann sie nach Hause gebracht hatte; wie sie mit ihr zur Polizei gegangen waren, doch diese die Eltern nicht hatte ermitteln können; welches Glück sie dank Emily erlebt hatten; wie ihnen Joseph Sanguine zu einem Anwalt verholfen hatte, der zusammen mit ihnen die rechtlichen Schritte zur Adoption des Kindes einleiten konnte. Da Ben ihr davon abgeraten hatte, erwähnte sie Emilys Krankheit mit keinem Wort. Im großen und ganzen wirkte Bertha gefaßt, doch weil sie in einem gedämpften, müden Ton sprach, befürchtete er, man würde ihr das als Gleichgültigkeit auslegen.

Der Richter folgte ihren Ausführungen ohne Kommentare oder sonstige Unterbrechungen.

»Mrs. Adams«, fragte Ben, »wenn Ihnen dieses Gericht erlaubt, Emily zu adoptieren, werden Sie alles in Ihrer Macht Stehende tun, um Emily die bestmögliche Erziehung zu gewährleisten?«

Bertha antwortete mit einem schlichten »Ja«.

Verdammt. Ben wußte nicht mehr weiter. Er hatte ihr mit

seiner Frage ein flammendes Bekenntnis praktisch in den Mund gelegt. Vor der Verhandlung hatte er sie eigens darauf vorbereitet. Und jetzt ließ sie die Gelegenheit, das Gericht von ihren Absichten zu überzeugen, ungenutzt verstreichen. Nun, wahrscheinlich hatte sie in ihrer Nervosität alle Tips vergessen. Aber mit trockenen, einsilbigen Antworten war nichts zu gewinnen.

»Lassen Sie mich die Frage noch einmal stellen, Mrs. Adams.«

»Einspruch.« Sokolosky war aufgesprungen. »Sie hat die Antwort schon gegeben.«

»Einspruch stattgegeben«, brummte der Richter, ohne zu zögern. »Noch weitere Fragen, Herr Anwalt?«

Ben war mit seinem Latein am Ende. »Fürs erste habe ich keine weiteren Fragen mehr, Euer Ehren.«

Nun schritt Sokolosky zum Podium, um mit dem Kreuzverhör zu beginnen. Ben stach ein gelber Notizblock ins Auge, in dem er anscheinend seitenweise Fragen festgehalten hatte. Jetzt konnte er nur hoffen, daß dieser Mann Bertha nicht aufs Glatteis führte und sie sich mit einer naiven Antwort alles verdarb. Daß Bertha erschöpft war und nicht mehr lange durchhalten würde, sah er nur allzu deutlich.

»Mrs. Adams, Emily lebt seit bald einem Jahr in Ihrer Obhut, ist das richtig?« Sokolosky schlug einen beiläufigen, geschäftsmäßigen Ton an. Er und das Gericht standen über den Emotionen, die mit diesem Fall verbunden waren, gab er damit zu verstehen.

»Emily lebt seitdem bei uns, ja.«

»Sie haben Ihren Fund der Polizei gemeldet, nicht wahr?«

»Ja, das habe ich gesagt.«

»Aber die Polizei hat Sie doch sicher dazu aufgefordert, sich an das Jugendamt zu wenden.«

Bertha zögerte. »Ja.«

Sokolosky ließ nicht locker. »Nun, meines Erachtens ist die Polizei mit Sicherheit davon ausgegangen, daß Sie diesen Schritt tun würden – sehe ich das richtig?«

»Ich weiß nicht. Vielleicht. Ja.«

»Also ja. Wahrscheinlich haben Sie es den Beamten sogar *versichert*. Aber Sie haben das Jugendamt nie eingeschaltet, oder täusche ich mich da?«

Bertha sah zu Boden. »Nein.«

»Nein. Sie haben Ihren kleinen Schatz für sich behalten.«

Ben war der Verzweiflung nahe. Nichts von dem, was Sokolosky sagte, hätte einen Einspruch gerechtfertigt. Abscheulich war es. Und wertend. Aber anders als von Geschworenen konnte man von einem Richter erwarten, daß er auch ohne Hilfe des Anwalts wertende von neutralen Fragen unterschied. Auch gehörte Mayberry Bens Einschätzung nach nicht zu den Richtern, die sich über langatmige Einsprüche freuten, zumal er den Fall ja allem Anschein nach schnell ad acta legen wollte.

»Ich nehme an, Emily macht sich im Haushalt recht nützlich.«

Berthas Miene hellte sich etwas auf. »Nein«, sagte sie und lachte sogar ein wenig. »Das kann man nicht gerade sagen.«

Zum erstenmal lächelte Sokolosky. Allerdings sah er nicht Bertha an, sondern den Richter. »Also, Mrs. Adams, haben Sie Emily denn nie gebeten, Ihnen ein bißchen zu helfen, beim ... Abwaschen zum Beispiel?«

»Ja, natürlich, aber ...«

»Oder Sie kleine Besorgungen erledigen lassen?«

»J-ja natürlich ...«

»Oder Drinks holen, Bügeln, Ihnen Gesellschaft leisten.«

»*So* ist das überhaupt nicht«, widersprach Bertha mit vor Erregung schriller Stimme. »Sie versuchen, mich da in eine bestimmte Ecke zu drängen, die ...«

»Beantworten Sie nur die Fragen, Mrs Adams«, fuhr ihr der Richter über den Mund. »Ihr Anwalt wird nachher die Reden halten, da habe ich keinen Zweifel.«

»Aber so, wie er das sagt, klingt das, als ob ...«

»Ich sage es nicht noch einmal, Mrs. Adams.« Der Richter sah weg, und Bertha verstummte.

Sokolosky dachte gar nicht daran, Bertha die peinliche Situation zu erleichtern. Vielmehr legte er eine Kunstpause ein. »Beantworten Sie mir nur noch eine Frage, Mrs. Adams«, sagte er schließlich. »Eine ganz einfache Ja-Nein-Frage. Können Sie guten Gewissens bejahen, daß Emily in dem Jahr, das sie bei Ihnen lebt, eine feste Bindung zu Ihnen entwickelt hat?«

Ben sah Sokolosky scharf an. Er wußte also Bescheid!

Und Bertha rang mit den Worten. Ihre Augen schwammen in Tränen.

»Einspruch, Euer Ehren!« Ben war aufgesprungen, noch ehe er einen Gedanken gefaßt hatte.

Der Richter runzelte die Stirn. »Ach, wirklich, junger Mann? Die Frage kommt mir aber erheblich vor. Was sind die Gründe für Ihren Einspruch, wenn ich Sie bitten darf?«

Ben geriet ins Schwimmen. Er hatte ja keine Gründe. Und auf keinen Fall wollte er auf Emilys Störung hinweisen. »Sie ... sie ist einfach nicht fair, Euer Ehren.«

Mayberry wiegte übertrieben nachdenklich den Kopf. »So, so, das gute alte Argument ›das ist nicht fair!‹« Er brach in dröhnendes Lachen aus.

Der Anwalt der Gegenseite feixte, auch wenn er nicht offen zu lachen wagte. Opportunistischer Schweinekerl, dachte Ben.

»Mit Ihrer Logik bin ich nicht ganz vertraut, Mr. Kincaid«, setzte Mayberry nach. »Aber vielleicht sollte ich noch mal in den Gerichtsstatuten von Oklahoma nachlesen.«

Jetzt wieherte sogar Derek auf seinem Zuschauersitz.

Nachdem sich die allgemeine Heiterkeit gelegt hatte, wandte sich der Richter Bertha zu. »Einspruch abgelehnt. Die Zeugin muß die Frage beantworten.«

»Ich habe sie vergessen«, sagte Bertha mit zitternder Stimme.

»Ich habe Sie gefragt, ob Sie ruhigen Gewissens sagen können, daß Emily eine tiefe Bindung zu Ihnen entwickelt hat«, wiederholte Sokolosky in einem übertrieben freundlichen Ton. »Anders als Mr, Kincaid finde ich nichts Entsetzliches dabei, wenn sich zwei Menschen, die ein Jahr zusammengelebt haben, gern haben. Hat sie Ihnen je gesagt, daß Sie sie mag?«

»Nein«, antwortete Bertha sehr leise.

»Ich glaube nicht, daß das Gericht Sie gehört hat.«

Bertha ließ den Kopf hängen. Sie weinte. *»Nein.«*

»Lädt sie andere Kinder zu sich ein und stellt sie Ihnen vor?«

»Nein.«

»Wacht sie je am Morgen auf und ruft nach Ihnen?«

»Natürlich nicht, sie ist nicht in der Lage ...«

»Ja oder nein, Mrs. Adams.«

Jetzt platzte Ben endgültig der Kragen. »Einspruch!«

Sokolosky bedachte ihn mit einem kühlen Blick. »Schon wieder, Mr. Kincaid?«

Ben funkelte ihn an. Er weiß Bescheid, dachte er. Das Schwein weiß Bescheid und gibt ihr keine Chance, die Wahrheit zu sagen. »Euer Ehren, die Zeugin hat ein Recht, ihre Antwort zu erklären. Das Gericht kann sie nicht zu einem bloßen Ja oder Nein zwingen.«

Als der Richter zu einer Antwort ansetzte, verriet Ben seine vor Empörung bebende Stimme bereits, daß er einen Fehler gemacht hatte. Er hätte ihm nichts vorschreiben dürfen. »Das ist ein Kreuzverhör, Mr. Kincaid. Denken Sie doch mal an Ihr Studium zurück. Vielleicht erinnern Sie sich dann wieder an das, was Sie über Kreuzverhöre gelernt haben. Mr. Sokolosky hat ein Recht dazu, Ja-Nein-Fragen zu stellen. Und wenn er es wahrnimmt, ist die Zeugin verpflichtet, in der entsprechenden Form zu antworten.« Er lehnte sich zurück. »Abgesehen davon hatten Sie bei Ihrem Verhör ausreichend Gelegenheit, die Tatsachen vor dem Gericht auszubreiten, Mr. Kincaid.«

Sokolosky ließ sich nicht zweimal auffordern: »Ich wiederhole, Mrs. Adams: Wacht Emily jemals am Morgen auf und ruft Ihren Namen?«

»Nein«, flüsterte Bertha. Und jetzt brach sie in Schluchzen aus. Ihr Make-up war hoffnungslos verschmiert. Sie war am Ende.

Ben unterdrückte einen Fluch. Für die Leute im Saal mußte ihre Schuld feststehen. Und ihre fehlende Eignung zur Adoption. Genausogut hätte man sie auf frischer Tat bei irgendeinem Verbrechen ertappen können. Einem solchen Menschen vertraute man doch keine kleinen Mädchen an.

Sokolosky legte wieder eine bedeutungsschwere Pause ein, dann sagte er: »Ich denke, das genügt, Euer Ehren.«

Richter Mayberry raschelte mit seinen Unterlagen. »Gut, ich habe mir ein Urteil gebildet.«

Ben stand auf. »Aber Euer Ehren, ich beantrage eine weitere Befragung ...«

»Nicht nötig. Meine Entscheidung steht fest.«

»Euer Ehren, ich habe ein Recht, meine Zeugin zu rehabilitieren.

»Junger Mann!« rief der Richter. »Sie haben auf nichts ein *Recht*! Dieses Gericht hat Für und Wider sorgfältig abgewogen und kann so ziemlich alles tun, was es für richtig hält. Es ist höchste Zeit, daß Sie mit diesem wehleidigen Gejammere aufhören, wenn Ihnen etwas nicht in den Kram paßt. Sie kommen mir vor wie ein zweijähriges Kind und nicht wie ein Volljurist ... ›Ich habe ein Recht, ich habe ein Recht ...‹«, äffte er plötzlich Ben mit Fistelstimme nach, um sogleich wieder ernst zu werden. Er deutete drohend mit dem Finger auf Ben. »Wenn Sie in meinem Gericht Rechte geltend machen wollen, dann sollten Sie schleunigst erwachsen werden, junger Mann.«

Ben brachte kein Wort mehr hervor.

Der Richter holte tief Luft. »Ich muß schon sagen, es gehört einiges dazu, eine Entscheidung anzufechten, von der wir alle wissen, daß es die einzig mögliche ist. Ihre Mandantin hat gegen sämtliche Vorschriften verstoßen. Seien Sie froh, daß ich wegen ihres Alters auf eine Strafe verzichte. Ich denke, es ist ziemlich klar, was hier geschehen ist. Es gefällt mir ganz und gar nicht, und es gibt keine Kanzlei auf der Welt, und sei sie noch so groß, die mich vom Gegenteil überzeugen könnte.«

Bertha, die immer noch im Zeugenstand auf ihrem Stuhl saß, weinte hemmungslos.

»Dem Antrag des Jugendamtes wird stattgegeben. Bertha Adams' Ansinnen wird hiermit abgelehnt. Das Kind

Emily X wird mit sofortiger Wirkung in die Obhut des Jugendamtes gestellt.«

Mit sofortiger Wirkung. Ben traute seinen Ohren nicht. Damit wurde Emily Bertha ja praktisch aus den Armen gerissen!

»Euer Ehren«, meldete sich eine Stimme aus den Zuschauerrängen. »Mein Name ist Richard Derek. Ich vertrete Mrs. Adams ebenfalls.«

Mayberry nickte. Anscheinend kannte er Derek.

»Euer Ehren, mir ist bewußt, daß die Entscheidung feststeht, und ich möchte sie auch nicht in Frage stellen. Andererseits lebt dieses Kind seit fast einem Jahr bei Mrs. Adams. Ihr ganzes Hab und Gut ist dort. All die Leute, die sie kennt, leben dort. Da wäre es doch sicher eine menschliche Geste, wenn man ihr eine Woche Zeit für den Abschied ließe.«

Darüber dachte Mayberry einen Moment lang nach. Offenbar gefiel ihm die Vorstellung, er sei zu einer menschlichen Geste fähig. Was immer man von Derek halten mochte, im Gegensatz zu Ben hatte er die Gabe, Richter zu manipulieren.

»Nun gut«, sagte Mayberry. »Das Jugendamt wird das Kind heute in einer Woche um neun Uhr morgens von Mrs. Adams' Wohnung abholen. Aber Sie tragen die Verantwortung dafür, daß es dann auch abreisebereit ist, Mr. Derek.«

»Selbstverständlich. Vielen Dank, Euer Ehren.«

Der Richter schickte sich zum Gehen an, und sämtliche Anwesenden erhoben sich. Bertha stand mit zitternden Knien vor ihrem Stuhl und wollte ebenfalls gehen. Ben wußte, daß er sie jetzt trösten müßte, doch dazu war er nicht in der Lage. Er selbst hätte dringend Zuspruch benötigt. Daß Derek zu seinem Pult unterwegs war, bekam er nicht mit. Er rannte aus dem Saal und erreichte gerade noch die Toilette, bevor er sich übergab.

11

Schweigend kehrten Ben und Derek in die Kanzlei zurück. Kaum angekommen, stürmte Ben in sein Büro, schloß die Tür hinter sich und setzte sich an seinen Schreibtisch. Das Licht schaltete er nicht an. Er blieb einfach reglos sitzen.

Nach mehreren Minuten klopfte es an der Tür. Noch ehe Ben reagieren konnte, trat Derek ein. Im ersten Moment runzelte er ärgerlich die Stirn, dann schaltete er wortlos das Licht an.

»Machen Sie sich wegen des Mandanten keine Sorgen«, sagte Derek. »Das habe ich schon erledigt.«

»Sie haben mit Emily und Bertha gesprochen?«

»Ich habe mit unserem Mandanten Joseph Sanguine telefoniert. Es tut ihm leid, daß wir keinen Erfolg hatten, aber ihm war von Anfang an klar, daß wir auf verlorenem Posten kämpften. Alles in allem glaube ich nicht, daß er mit unserer Arbeit unzufrieden ist.«

»Na, da bin ich aber erleichtert«, murmelte Ben.

»Hier ist Ihr nächster Auftrag, Kincaid«, verkündete Derek und ließ einen schweren braunen Aktenordner auf Bens Schreibtisch fallen. »Wieder etwas für Sanguine. Ich werde Sie betreuen, aber im wesentlichen ist die Sache Ihr Baby. Wachsen Sie daran. Seien Sie stolz darauf. Es ist ein Juwel von einem Fall. Und es geht um einen Haufen Geld. Ursprünglich hätte sich Bryce Chambers damit befassen sollen.«

Er war Chambers weggenommen worden? Zum erstenmal warf Ben einen Blick auf die Akte. Chambers gehörte der Kanzlei seit fünf oder sechs Jahren an und war auf dem Sprung zum Partner. »Warum bekomme ausgerechnet ich einen Fall, der für Bryce Chambers gedacht war?«

Derek zuckte mit den Achseln. »Es war Sanguines Vorschlag. Vielleicht will er Sie für diese dämliche Adoptionsgeschichte entschädigen.«

»Und was ist mit unserem Widerspruch?«

»Es gibt keinen. Wozu denn auch? Der Richter hat seinen Ermessensspielraum ausgenutzt.«

»Verstoß gegen die Prozeßordnung und Verfahrensfehler«, erwiderte Ben hastig. »Er hat uns das Recht auf eine zweite Befragung verweigert.«

»Vergessen Sie's. Sie haben ein Recht, Ihre Sicht darzustellen und diejenigen in Frage zu stellen, die Sie angreifen. Von einem Recht auf eine zweite Befragung ist in der Verfassung nirgendwo die Rede.«

»Aber das ist nicht fair!« erwiderte Ben mit bebender Stimme. »Der Richter kann nicht mitten im Spiel einfach die Regeln ändern. Wir hatten uns eine zweite Befragung ausdrücklich vorbehalten!«

»Ben, lassen Sie mich Ihnen mal einen Rat geben. Steigern Sie sich nicht in diesen Fall rein. Das bringt Ihnen nichts. Es ist für Sie und für uns alle das beste, wenn wir ihn schlicht und einfach vergessen. Gehen Sie zu etwas anderem über. Viel Glück beim nächsten Fall.« Er hielt kurz inne. »Das gilt übrigens auch für Ihr Säbelrasseln vor Gericht. Bilden Sie sich nicht ein, ich wüßte nicht, was los war. Es wäre ja etwas anderes gewesen, wenn die Sache unserem Mandanten ein Herzensanliegen gewesen wäre. Aber dem war nicht so. Er will sie abhaken. Und das sollten wir auch. Es gibt genug anderes zu tun.«

Ben erwiderte nichts darauf.

»Ben, ich weiß ja, wie Sie sich fühlen. Irgendwann erlebt jeder seinen ersten Reinfall vor Gericht, und jeder fühlt sich dabei beschissen. Aber Sie müssen den Tatsachen ins Auge sehen, Ben – Sie haben *verloren.*« Er wartete einen Moment, damit seine Worte ihre Wirkung entfalten konnten. »Und jetzt geht es eben weiter. Sie haben eine zweite Chance bekommen, Kincaid. Vermasseln Sie das nicht. Und vergessen Sie nicht, was ich Ihnen gestern gesagt habe: Ich werde Sie aufmerksam beobachten.«

Derek ging zur Tür, drehte sich aber auf der Schwelle noch einmal um. »Wissen Sie, so schlecht haben Sie sich heute gar nicht einmal geschlagen. Es hat einfach nicht geklappt.«

Nachdem sein Chef gegangen war, drehte sich Ben zum Fenster und schaute auf die achtunddreißig Stockwerke unter ihm liegende Stadt hinaus. Irgendwie machte Dereks Trost alles nur noch schlimmer.

Ben wußte, daß er Bertha enttäuscht hatte. Und Emily. Dieses entzückende Mädchen sollte nun aus ihrem Zuhause gerissen werden, in dem sie so glücklich gewesen war, wie es für ihre Verhältnisse eben möglich war. Von einem Pflegeheim würde man sie zum nächsten weiterreichen, und keines würde mit diesem sonderbaren hirngeschädigten Mädchen zurechtkommen. Jeder Umzug würde sie noch mehr durcheinanderbringen, und das, obwohl gerade sie nichts nötiger hatte als ein stabiles Umfeld.

Ben verbarg das Gesicht in den Händen. Er hätte gewinnen müssen. Er hätte gestern nacht daheimbleiben und sich besser vorbereiten sollen. Er hätte den Richter überzeugen müssen. Schuld war einzig und allein er!

Wieder klopfte es. In der Öffnung erschien ein Kopf. »Kann ich reinkommen?«

Ben drehte sich um. Es war Alvin. Ausgerechnet Alvin! »Was ist?«

Alvin schloß die Tür und hockte sich auf einen der Cordstühle.

»Bitte keinen Vortrag«, knurrte Ben. »Und Phrasen wie ›die Welt dreht sich weiter‹ kannst du dir auch sparen, falls du gekommen bist, um mir das zu sagen. Ich will nichts davon hören.«

Alvin sah ihn verwirrt an. »Ich weiß überhaupt nicht, wovon du sprichst.«

»Du wolltest nicht über diese Verhandlung von heute morgen mit mir sprechen?«

»Du hattest eine Verhandlung? Davon wußte ich noch gar nichts. Nein, ich habe ein Problem und wollte mit dir drüber reden.«

Ben mußte unwillkürlich lächeln. Andere Leute hatten ja auch Probleme. Das hätte er fast vergessen. »Was ist los, Alvin?«

Sein Besucher räusperte sich. »Erinnerst du dich noch an den Abend, an dem wir mit dem neuen Kandidaten ausgegangen sind, dem Typen aus Yale?«

»Du meinst das Bare Fax? Und ob ich mich erinnere! Wie geht's deinem Kopf?«

»Gut, danke. Du wirst dich vielleicht nicht erinnern, aber als wir dort waren ...«

»Glaub mir, Alvin, ich erinnere mich an alles.«

»Auch an die Frau, die mir ... geholfen hat?«

»Du meinst die Rothaarige mit den ...« Ben fiel kein angemessenes Wort ein, und er ließ das Ende offen.

»Sie ist eine sehr nette Frau«, sagte Alvin und räusperte sich noch einmal. Sein Gesicht war rot angelaufen. »Bestimmte Umstände, für die sie nichts kann, haben sie zu ... dieser Berufswahl gezwungen. Aber in Wirklichkeit ist sie ganz anders.«

»Laß mich raten. Sie möchte viel lieber studieren und ihr Leben Jesus Christus widmen.«

»Stimmt genau. Woher weißt du das?«

Ben verdrehte die Augen gen Himmel. »Ich sah es in ihren Augen.«

»Wie dem auch sei, wir haben uns in dieser Nacht lange unterhalten, und später hat sie mich in meinem Apartment besucht. Wir verstanden uns prächtig.«

»Alvin, ich möchte ja nicht ungeduldig und gefühllos wirken, aber ich bin heute sehr, sehr schlecht drauf. Sag mir, worauf du hinaus willst.«

»Ich will sie heiraten, Ben«, antwortete Alvin mit gedämpfter Stimme.

Ben blieb der Mund offenstehen.

»Ich habe um ihre Hand angehalten, und sie hat ja gesagt. Die Trauung ist wahrscheinlich Anfang des nächsten Monats.«

»Nächsten Monat?«

»Na ja, wir wollen warten, bis ihre Tochter Ferien hat.«

»Ihre *Tochter?*«

»Ja, leider unehelich. Aber das werde ich alles ändern.«

Ben ließ sich in seinem Stuhl zurücksinken. Er wußte nicht, wo er anfangen sollte. »Aber ... deine Karriere! Du warst doch so auf deinen Aufstieg bedacht ... Sag mal, Alvin« – er sah ihn streng an –, »hast du mit ihr geschlafen?«

»Was hat das mit meiner Karriere zu tun?«

»Du hast mir doch erzählt, daß du im Zölibat lebst, daß du wahrscheinlich noch jungfräulich bist. Weißt du, Alvin, man muß nicht gleich das erstbeste Mädchen heiraten, nur weil man mit ihr geschlafen hat.«

»Ich glaube, du liegst vollkommen daneben, Kincaid.«

»Hast du Greg schon davon erzählt?«

Alvin sah ihn bestürzt an. »Ich habe noch niemandem davon erzählt. Du bist der erste, dem ich was gesagt habe. Aber jetzt bin ich mir nicht mehr so sicher, ob das eine gute Idee war. Ich dachte, Greg würde mich nicht verstehen.«

»Du willst sagen, du hast befürchtet, Greg würde sich über dich lustig machen – und damit hast du verdammt recht.«

Alvin brummelte etwas Unverständliches und ging zur Tür.

»Hör zu, Alvin. Erzähl fürs erste niemandem davon. Warte sicherheitshalber, bis sich der Reiz des Neuen etwas gelegt hat.«

»Ich verstehe nicht, was …«

»Tu's mir zuliebe, Alvin. Weil wir Kumpel sind, okay?«

»Na gut, ich werde schweigen wie ein Grab.« Alvin stand schon auf der Schwelle, drehte sich dann aber noch einmal um. »Eins muß ich dir aber sagen: Ich dachte, du würdest das anders aufnehmen. Ich hielt dich immer für … *sensibler* als die anderen und dachte, du würdest es verstehen, wenn man die Liebe seines Lebens gefunden hat und einer Frau und einem kleinen Mädchen helfen möchte.« Er zog die Tür hinter sich zu.

Ben starrte die Tischplatte an. Er hatte das Gefühl, sein Kopf müsse jeden Moment explodieren. Ein kleines Mädchen, hatte Alvin gesagt. Ein kleines Mädchen. *Ich dachte, du würdest es verstehen, wenn man die Liebe seines Lebens gefunden hat und einer Frau und einem kleinen Mädchen helfen möchte.*

Wie in Trance nahm Ben den Telefonhörer ab und wählte eine Nummer. Siebenmal knackste es, dann hörte er zweimal das Freizeichen. Jemand am anderen Ende der Leitung nahm ab.

»Hallo?«

»Hören Sie zu, Sie Arschloch. Ich weiß, daß Sie und Adams kurz vor seiner Ermordung miteinander gesprochen haben. Und ich will wissen, worüber. Daß Sie nicht mit der Polizei darüber reden wollen, kann ich verstehen. Aber mit mir ist das was anderes. Bestimmt machen Sie sich vor Angst in die Hosen, weil Sie nicht so enden wollen wie Adams. Und ob Sie's glauben oder nicht – mir ist das scheißegal. Aber bestimmte Leute brauchen mich, und darum brauche ich Ihre Informationen. Also rücken Sie sie raus!«

Keine Antwort. Stille. Nichts.

»Ich habe gesagt, Sie sollen mit den Fakten rausrücken. Los jetzt!«

Eine lange Pause. Schließlich murmelte der Mann: »Ich weiß ja gar nicht, was Sie von mir hören wollen.«

»Was hat Adams in den Büchern entdeckt? Oder was haben *Sie* darin entdeckt und ihm dann gesagt?«

Wieder trat Stille ein. Schließlich sagte der Mann: »Hier kann ich nicht sprechen. Können wir uns irgendwo treffen?«

Ben ließ sich auf seinen Stuhl sinken und schloß die Augen. »Ja«, sagte er. »Und zwar sofort.«

12

Zwischen dem Arkansas River und dem Riverside Drive im Zentrum von Tulsa liegt der landschaftlich wohl reizvollste Teil der Stadt, der zugleich ein vielfältiges Angebot für die Bevölkerung bereithält: hübsche Wäldchen und Wiesen, Spazier- und Radwege, einen Trimm-dich-Pfad, Campingtische, einen Spielplatz und Würstchenbuden. Hierher bringen geplagte Eltern ihre Kinder, wenn es ihnen zu Hause zuviel wird, hier suchen Hausfrauen in Aerobic Selbstverwirklichung, und hier treffen sich auch Homosexuelle auf der Suche nach einem neuen Partner.

Bens Meinung nach war das auch ein idealer Ort für vertrauliche Gespräche. Harry Brancusci, Sanguines Buchhalter, hatte sich bereit erklärt, den jungen Anwalt dort in der Mittagspause zu treffen. Sie schlenderten auf einem Joggingpfad immer den Fluß entlang und redeten mit gedämpfter Stimme. Sobald sich ihnen jemand näherte, flüsterten sie sogar oder verstummten kurzzeitig ganz.

»Jonathan Adams hatte also den Verdacht, daß ein Teil des Bruttogewinns unterschlagen wurde. Wozu brauchte er dann Sie?«

»Um es beweisen zu können«, erwiderte Brancusci, ein hagerer dunkelhaariger Mann, der etwa Mitte Dreißig sein mochte. Er hatte die irritierende Gewohnheit, die Augen zu schließen, sobald er Ben ansah, und erst wieder aufzuschlagen, wenn er den Kopf wegdrehte.

»Adams hatte von der Existenz einer schwarzen Kasse Wind bekommen – fragen Sie mich nicht, wie. Aber er hatte keine Beweise. Also wandte er sich an mich. Bei Sanguine haben nur die Buchhalter und die Topmanager Zugang zu den Geschäftsunterlagen. Und was uns Buchhalter betrifft, so darf jeder nur in den Teil Einsicht nehmen, den er zu bearbeiten hat. Die Gesamtbilanz bekommt keiner von uns zu sehen. In puncto Rechnungswesen ist Sanguine Enterprises in drei Sparten unterteilt. Die erste umfaßt die Lizenznehmer, die von ihren Gewinnen einen prozentualen Anteil abführen. Dann gibt es auch Lizenznehmer, die eine Pauschalgebühr entrichten, dafür aber ihre Gewinne in voller Höhe behalten dürfen. Die dritte Sparte schließlich rechnet alles andere ab, die Verwaltungskosten, die Büromieten und Leasingraten und die neben den Löhnen anfallenden Kosten wie Prämien und so weiter.«

Er drehte den Kopf in Bens Richtung, und wie von einem Faden gezogen, klappten seine Augen zu. »Sanguine beschäftigt drei Chefbuchhalter, von denen jeder für eine andere Sparte zuständig ist. Ich habe die Abteilung, die die selbständigen Lizenznehmer abrechnet, unter mir. Die anderen zwei Drittel der Bilanz habe ich nie zu sehen bekommen.«

Ben wischte sich den Schweiß aus der Stirn. Es war ein heißer Tag, und anders als die an ihnen vorbeitrabenden Jogger schwitzte er nicht gern. »Warum wird eine so normale Sache wie die Bilanz wie eine geheime Kommandosache behandelt? Da müssen doch noch mehr Leute Verdacht geschöpft haben.«

»Eigentlich nicht. Bei Kapitalgesellschaften ist das sogar gang und gäbe. Die Welt draußen ist ziemlich häßlich, und viele Leute würden brennend gern wissen, wie Sanguine sich von Quartal zu Quartal entwickelt.«

»Aber irgendwann muß sich doch mal jemand einen Gesamtüberblick verschaffen. Irgend jemand muß schließlich wissen, was Gewinne abwirft und was nicht, damit er für die Zukunft planen, die Steuern zahlen kann und so weiter – was Manager eben so alles tun.«

Brancusci nickte bedächtig. »Klar. Irgend jemand. Einer von den höheren Chargen, den Managern oder irgendein geheimer Rat. Ich bin jedenfalls nicht dabei. Und Adams war es auch nicht. Er bat mich nur, den Weg der einzelnen Unterlagen zurückzuverfolgen und herauszufinden, wer den Gesamtüberblick hatte.«

»Und?«

»Und?« Brancusci zuckte mit den Achseln. »Ich tat ihm den Gefallen. Das heißt, ich habe die ganzen Unterlagen zurückverfolgt. Unterstützt wurde ich dabei von einer jungen blonden Bürobotin, die auch ansonsten sehr freundlich zu mir war ...« Er zögerte, als sei er sich nicht sicher, ob er noch mehr Andeutungen fallenlassen sollte. Dann gab er sich einen Ruck und fuhr mit seiner Erklärung fort. »In den zwei Wochen vor unserer Jahresversammlung in Nashville sichtete ich den Posteingang und prüfte nach, was in welche Abteilung gehörte. Eines Tages fiel mir dabei eine mehrere Seiten dicke Analyse in die Hände, in der fast nur Zahlen standen. Sie kam von keiner der drei Sparten und war ausschließlich an die Chefetage gerichtet ...« Sein Blick wanderte zum Fluß hinüber. »Zufällig mußte ich gerade an diesem Abend Überstunden machen. Unter dem Vorwand, ich müsse etwas abgeben, ging ich in Sanguines

Büro, fummelte mit einer Büroklammer die Schreibtischschublade auf und schnappte mir die Analyse. Nachdem ich alles fotokopiert hatte, legte ich sie unbemerkt wieder zurück.«

Ben war überrascht, hielt aber einen Kommentar für fehl am Platz. Das Recht auf Kritik stand ihm am allerwenigsten zu. »Und welche Aufschlüsse hat Ihnen diese Analyse gegeben?«

»Daß Adams recht hatte. Eine größere Summe wurde abgezweigt, ohne später in der Gewinn- und Verlustrechnung wiederaufzutauchen.«

»Wie hoch war der Betrag?«

»Schwer zu sagen, aber er ging in die Millionenhöhe. In den letzten paar Jahren waren es wohl schätzungsweise drei Millionen.«

Ben hatte alle Mühe, sich die Aufregung nicht anmerken zu lassen. Dieselbe Summe hatte auch Sally Zacharias aus dem Zahlenwerk abgeleitet.

»Die Unterschlagung wurde durch eine Reihe gefälschter Rechnungen getarnt. Weil jede Sparte ihre eigene Buchhaltung hat, wurde den Mitarbeitern der drei Abteilungen jeweils gesagt, das fehlende Geld sei an eine andere Sparte gegangen. Wirklich raffiniert – das Geld wurde ordnungsgemäß verbucht, aber wohin es nun wirklich verschwunden ist, das wissen nur die Eingeweihten.«

»Worum handelt es sich dann bei den verschlüsselten Dokumenten, die ich gefunden habe?«

»Das ist meine eigene Zusammenfassung der Analyse in Sanguines Schublade.«

Mit der nächsten Frage wartete Ben, bis eine Joggerin in hautengem Trikot, die sich mit Walkman und Ohrstöpseln zumindest akustisch von der Außenwelt abgeschirmt hatte, an ihnen vorbei war. Dann beschloß er, aufs Ganze zu gehen: »Und wer hat das Geld bekommen?«

»Das kann ich Ihnen nicht mit Bestimmtheit sagen. Aber ich weiß, wer keinen Cent davon gesehen hat – die Aktionäre. Das war ja auch der Grund für das groß angelegte Täuschungsmanöver, wenn ich nicht vollkommen danebenliege. Sanguine Enterprises ist eine Aktiengesellschaft, verstehen Sie? Somit ist das Unternehmen verpflichtet, jährlich einen Teil der Gewinne an seine Aktionäre in Form einer Dividende auszuschütten. Oder Rechenschaft abzulegen, falls die Dividende ausbleibt. Aber wenn man die Gewinne von vornherein schmälert, erwartet auch niemand allzuviel Geld. Um so mehr bleibt für die schwarze Kasse übrig.«

Ben drehte sich der Kopf. All diese Zahlenwerke und Schiebereien der großen Handelsgesellschaften waren zuviel für ihn. In seiner Zeit beim Bezirksstaatsanwalt von Oklahoma hatte er sich nach Möglichkeit vor der Weiße-Kragen-Kriminalität gedrückt. Andererseits konnte er sich nicht vorstellen, daß es hier so unbedingt auf die Details ankam. Hauptsache, er verstand das Prinzip. Und das lag jetzt auf der Hand: Jemand riß sich Millionen unter den Nagel, und Adams war dahintergekommen.

»Warum war Adams so fest entschlossen, das aufzudekken?« fragte er.

»Bin ich Jesus?« entgegnete Brancusci. »Aber eins kann ich Ihnen sagen: Sanguine und die anderen Typen in der Chefetage haben Adams immer wie den letzten Dreck behandelt. Er war noch einer vom alten Schlag, ganz im Gegensatz zu den Neuen. Adams war schon Manager bei der Firma, als Sanguine sie kaufte und seine eigenen Leute mitbrachte. Beim Verkauf war vereinbart worden, daß Adams bleiben sollte. Offenbar hätte Sanguine im Falle eines Rauswurfs eine hohe Abfindung zahlen müssen. So fand er sich eben mit Adams ab. Aber das hieß nicht, daß er ihn mögen mußte. Und das haben sie ihn bei jeder Gelegenheit spüren lassen.«

Brancusci bückte sich nach einem flachen Kieselstein und warf ihn in den Fluß. Er sprang viermal auf dem Wasser auf. »Und lassen Sie sich nicht von seinem Titel in die Irre führen. Abteilungsleiter war Adams nur pro forma. Wirklich wichtige Aufgaben wurden ihm nie zugewiesen. Entsprechend schlecht haben sie ihn dann auch bezahlt. Sanguine und seine Kumpane sahnten ab, Adams dagegen bekam in all den Jahren nicht eine Gehaltserhöhung. Auch wenn ihn keiner offen zum Gehen aufforderte, versuchten sie, ihn so lange zu mobben, bis er seinen Job, der ja sowieso nur auf dem Papier existierte, freiwillig kündigte. Als einer von den fünf Topmanagern hätte Adams Zugang zu den wichtigen Unterlagen über die finanziellen Transaktionen haben müssen. Aber der wurde ihm verwehrt. Er wußte über nichts Bescheid. Die anderen enthielten ihm alles vor.«

Erneut wischte sich Ben den Schweiß von der Stirn. Heute war es wirklich übermäßig schwül. Man konnte fast das Gefühl bekommen, daß die Luft zum Atmen knapp wurde. »Adams wollte Sanguine erpressen, ist es das?«

»Vielleicht. Ach, verdammt, ich habe keine Ahnung! Irgend etwas hatte er mit seinem Wissen vor, soviel steht fest.

Und ich gehe davon aus, daß er seine Lebensbedingungen verbessern wollte.«

»Und Sie? Sie haben ihm zuliebe sehr viel riskiert. Was wäre für Sie dabei herausgesprungen?«

Brancuscis Blick war starr auf den Fluß gerichtet. »Sagen wir es einmal so«, murmelte er, »ich habe eine ausgesprochene Abneigung gegen Ungerechtigkeit. Und gegen Armut.«

Unvermittelt zog Ben die Kopie der Analyse aus der Jackentasche und schlug die zweite Seite auf. »Sehen Sie dieses *Ca-Em* hier über der linken Spalte? Was könnte es bedeuten? Steht es für Emily?«

»Keine Ahnung. Ich habe die Blätter so kopiert, wie ich sie vorgefunden habe. Könnte alles mögliche heißen. Es ist ganz bestimmt verschlüsselt, aber den Code kenne ich nicht. Lassen Sie mich mal sehen.« Er beugte sich über das Zahlenwerk. »Es steht in der gleichen Spalte wie einige Immobilien, die der Gesellschaft hier in Tulsa gehören. Ich bin mir deswegen so sicher, weil der Betrag für das Objekt drei Zeilen darüber mit der Leasingrate für unsere Zentrale hier in Tulsa identisch ist. Hmm ... Ca-Em: vierhundertsiebzehn Dollar sechsundvierzig Cent. Und derselbe Betrag wird regelmäßig jeden Monat abgebucht. Könnten die Zinsen oder die Monatsraten für eine Immobilie sein. Die müßte dann aber ziemlich klein sein. Jede Wette, daß es sich um eine Miete oder Leasinggebühr handelt.«

»Ihnen ist hoffentlich klar, daß Sie das unter Umständen vor Gericht unter Eid bestätigen müssen.«

Brancusci blieb jäh stehen. Obwohl sein Blick auf den Fluß gerichtet war, merkte Ben ihm panische Angst an. »Einen Teufel werde ich tun! Ich habe Ihnen alles gesagt, was ich weiß. Ich habe Adams gern gemocht, und es tut mir leid um ihn. Ich wünsche mir genauso wie Sie und jeder andere, daß sein Mörder bestraft wird – vielleicht sogar noch mehr. Wenn ich den alten Mann nicht so gemocht hätte, würde ich jetzt bestimmt nicht mit Ihnen sprechen. Aber eine Aussage kommt nicht in Frage. Wenn die rausfinden, daß ich Sie getroffen habe ...«

»Wenn Sie mir das Dokument zur Verfügung stellen, auf dem Ihre Zusammenfassung beruht, erübrigt sich eine persönliche Aussage vielleicht. Aber wenn Sie das nicht tun, dann werden Sie entweder von mir oder von der Polizei per gerichtlicher Verfügung zu einer Aussage gezwungen. Und wenn Sie dann lügen, bringe ich sie wegen Meineids hinter Gitter. Sie haben die Wahl. Die Haftanstalt in McAlester ist ziemlich übel.«

Brancusci schnitt eine Grimasse. »Schöne Wahl. Herrgott, ich hätte mir gleich denken können, daß Sie mich in eine Falle locken.« Er drehte sich abrupt um und ging weiter. »Na gut, ich besorge Ihnen diese Scheißanalyse. Geben Sie mir Ihre Telefonnummer. Ich rufe Sie an, sobald ich sie habe. Dann können wir ein weiteres Treffen vereinbaren. Nichts gegen Sie, aber ich möchte nicht, daß Sie jemand in meiner Wohnung sieht.«

Ben zog eine Visitenkarte aus der Jackentasche und reichte sie dem Buchhalter. »Nur eine Frage noch, bevor Sie gehen«, sagte er. »Wer in der Firma konnte von dieser schwarzen Kasse wissen und profitieren?«

»Mensch, die wissen doch alle Bescheid. Alle Vizepräsidenten außer Adams. Und wenn die stillhalten sollen, gibt es nur einen Weg: sie am Reichtum beteiligen. Aber das geht nicht ohne Befehl von oben. Und der kann nur von einer einzigen Person kommen – Sanguine.« Er wandte sich zu Ben um, und zum erstenmal sah er ihm direkt in die Augen. »Ihrem Mandanten.«

13

»Meinst du, er weiß mehr, als er dir sagen wollte?« fragte Christina.

»Keine Ahnung«, brummte Ben. »Er hat geredet wie ein Wasserfall.«

Die beiden saßen wieder einmal bei geschlossener Tür in Bens Büro. Der junge Anwalt hatte Christina alles gesagt, was er von Brancusci erfahren hatte.

»Er hätte doch längst anrufen sollen«, murmelte Ben. »Was hält ihn nur so lange auf?«

»Wahrscheinlich kann er nur die Unterlagen nicht finden«, meinte Christina. »Du weißt doch, wie Buchhalter so sind. In ihrem Büro herrscht grundsätzlich ein heilloses Durcheinander. Auf den Schreibtischen türmen sich Formulare und zig Bestimmungen des Finanzamtes. Mach dir keine Sorgen. Wahrscheinlich hat er auch noch Kaffee über das Dokument geschüttet und bläst gerade verzweifelt drüber, um es wieder trockenzukriegen.«

Ben ließ sich in seinen Stuhl zurücksinken. »Hör mal, Christina, ich weiß, daß du mich aufmuntern willst, und finde das auch wirklich nett von dir. Aber spar dir die Mühe. Ich bin heute einfach nicht gut drauf.«

Christina musterte ihn prüfend. Unter einem schwarzen Lederrock trug sie heute eine burgunderrote Strumpfhose. Und das rotblonde Haar hatte sie hinten zu einer Mischung aus Zopf und Dutt zusammengebunden. »Mir wurde gesagt, daß du dich gar nicht mal so schlecht geschlagen und sogar einen gewissen Elan zur Schau gestellt hast. Ich habe gehört, daß es nicht deine Schuld war.«

»Stimmt nicht. Ich hätte den Richter schon in den ersten zehn Sekunden der Verhandlung über Emilys Geisteszustand aufklären müssen. Habe ich aber nicht. Ich hatte Angst, er läßt sie sofort in eine Anstalt stecken, wenn er es erfährt. Das war eine Fehleinschätzung. Und jetzt habe ich den Salat.«

»Du hast dein Bestes gegeben.«

»Meine Mandantin wollte nicht, daß ich mein Bestes gebe. Sie wollte, daß ich ihr die Adoption eines Kindes ermögliche.«

»Vorbei ist vorbei. *Comme ci comme ça.* Was kann ich jetzt für dich tun?«

»Finde raus, wofür dieses Ca-Em steht. Vielleicht liege ich ja völlig daneben, und dieses Em heißt Emmanuel oder Empire State Building, aber das kann ich mir nicht vorstellen. Irgendwie muß es mit dem Mord zusammenhängen.«

»Willst du, daß ich jeden Vermieter und Makler in der Stadt anrufe?«

»Na ja, fang am besten mit den kleineren Wohnungen in der Gegend um Metro an. Geh systematisch vor. Hör dich doch mal bei den anderen Anwaltsgehilfinnen um. Vielleicht ist eine auf Immobilien spezialisiert und kann dir eine Liste der vermieteten Objekte hier in Tulsa geben.«

»Die Immobiliengesellschaft Jeanne Graham gehört zu Ravens Geschäftspartnern«, meinte Christina nachdenklich. »Wir schalten sie gern ein, wenn wir kurzfristig Unterkunft für Aushilfskräfte oder neue Anwälte brauchen. Die können uns bestimmt helfen.«

»Prima.« Bens Lebensgeister kehrten zurück. Seine Augen fingen wieder an zu leuchten. Christinas Reaktion erleichterte ihn. Erst hatte er gezögert, ihr soviel Mehrarbeit aufzubürden, doch wenn er sie so reden hörte, dann erschien ihm das Ganze nicht nur machbar, sondern wie ein Kinderspiel. »Sprich mit ihnen. Und wenn du Vermieter an der Strippe hast und sie am Telefon keine Information über die Höhe der Miete rausrücken wollen, dann erzähl ihnen einfach, du seist von einer Kreditanstalt oder besser noch von der Steuerfahndung. Mit dem Finanzamt will sich keiner anlegen. Sag ihnen, du brauchst diese Information, um die Angaben eines ihrer Mieter zu überprüfen.«

»Alles klar, Chef.«

»Dann ran an die Arbeit.«

»Ach, fast hätte ich es vergessen. Maggie hat mir eine Nachricht für dich mitgegeben. Deine Mutter hat angerufen und wartet auf deinen Rückruf.«

Sie reichte Ben einen Zettel. Er nahm ihn ihr wortlos aus der Hand und zerknüllte ihn.

»Muß aber ziemlich wichtig sein«, sagte Christina. »Sie hat dich schon öfter sprechen wollen.«

»Laß das ruhig meine Sorge sein«, erwiderte Ben kurz angebunden.

Christina kniff die Augen zusammen. »Und was machst du, während ich rumtelefoniere?«

»Ich fahre noch mal zu Joseph Sanguine raus. Ich denke, der neue Auftrag liefert mir eine perfekte Ausrede.«

»Solltest du dir den Besuch nicht vorher von Derek absegnen lassen?«

»Geht nicht. Er ist ja nicht da. Laut Maggie hat er einen akuten Asthmaanfall. Mußte sogar ins Krankenhaus.«

»Daß das ausgerechnet einem so netten Kerl passiert ...«

Ben erlaubte sich ein Lächeln. »Sonst noch Neuigkeiten?«

»Ich nehme an, du hast das von Alvin schon gehört.«

»Ja, das ist mir auch schon zu Ohren gekommen«, seufzte Ben. »Von wem hast du es erfahren?«

»Ben, inzwischen solltest du eigentlich wissen, daß man vor mir nichts geheimhalten kann.«

»Tu ihm bitte einen Gefallen, Christina. Trage es nicht weiter.«

»Warum nicht? Ach, die anderen sollen bloß nicht erfahren, daß es in dieser Kanzlei einen zweiten Don Juan gibt, ist es das?«

Ben bedachte sie mit einem kalten Blick.

»Na ja«, sagte Christina und stand hastig auf. »Ich kann nicht den ganzen Nachmittag mit Tratschen vertun. Ich muß ja noch ein paar tausend Leute anrufen und mich mit dem einen oder anderen Ver...«

»Christina«, fiel ihr Ben ins Wort, »danke für alles. Nicht

nur heute, sondern auch für gestern abend und überhaupt ...«

Sie berührte ihn leicht an der Schulter. »Gern geschehen. Aber ich will dich nicht noch mal zusammen mit anderen Frauen im Red Parrot ertappen.«

»Keine Sorge, davon bin ich kuriert.«

»Eine Frage noch. Wem stelle ich denn jetzt meine Rechnungen? Die Adoptionsgeschichte ist ja gestorben.«

»Sie ist erst gestorben, wenn ich es sage«, erwiderte Ben. Es tat ihm sofort leid, daß er Christina mit einer so dümmlichen Phrase abgefertigt hatte, aber es war ihm wirklich ernst. Er konnte nicht einfach aufgeben. Nicht, solange er den Schaden nicht wiedergutgemacht hatte.

14

Beim Betreten der Vorhalle der Zentrale von Sanguine Enterprises bemerkte Ben, daß man ein neues ultrasicheres Schloß angebracht hatte. Er mußte unwillkürlich grinsen. Auch die massivsten Schlösser halfen nichts, wenn die Einbrecher Schlüssel hatten.

Am Empfangspult wurde Ben mitgeteilt, daß er erwartet wurde. Das überraschte ihn nun doch etwas. Zwar hatte er Maggie gebeten, ihn bei Sanguine telefonisch anzumelden, doch hatte er sich auf eine längere Wartezeit eingestellt. Ob Dereks Sekretärin sich ihren Charme für Telefongespräche aufhob? Oder hatte Sanguine einen besonderen Grund, ihn zu sprechen?

Beim Verlassen des Aufzugs im ersten Stock wurde er von Tidwell in Empfang genommen. »Mr. Sanguine kann sich leider nur ein paar Minuten Zeit für Sie nehmen. Sie haben Glück, daß er Sie überhaupt empfängt. Mr. Sanguine ist ein vielbeschäftigter Mann.« Er räusperte sich. »Ich habe ihm übrigens schon das Ergebnis der ... äh ... Verhandlung über die Adoption mitgeteilt.«

»Schnee von gestern«, murmelte Ben.

»Wenn Sie wegen dieser Sache gekommen sind …«

»Nein«, sagte Ben mit fester Stimme. »Hat man es Ihnen nicht gesagt? Ich bin mit einem anderen Fall beauftragt worden. Ein Rechtsstreit in Vancouver.«

Tidwell war sichtlich überrascht. »Vancouver? Ich dachte, das hätte Bryce Chambers übernommen.«

»Nein. Sieht ganz so aus, als könne Sanguine nicht genug von mir kriegen.«

»Hmmm«, brummte der andere gedankenverloren, um abrupt das Thema zu wechseln. »Sagen Sie, wissen Sie, warum der ganze Müll nach New Jersey geht und alle Anwälte nach Washington?«

»Nein. Es ist mir auch herzlich egal.«

»New Jersey darf es sich aussuchen, Washington nicht.«

Aus einem Lautsprecher kam ein Klingelzeichen. »Mr. Sanguine empfängt Sie jetzt.«

Ben ließ Tidwell kurzerhand stehen, trat ins Büro und setzte sich unaufgefordert in den Mahagonistuhl, auf dem er schon bei seinem ersten Besuch Platz genommen hatte.

Tidwell folgte ihm und stellte sich neben seinen Chef hinter den Schreibtisch. »Ich bräuchte Ihre Unterschrift.« Obwohl er mit Sanguine sprach, ließ er Ben nicht einen Moment aus den Augen. »Hier, das Aktionärsverzeichnis in zwei Ausfertigungen. Ich habe es bereits gegengelesen.«

Sanguine warf einen kurzen Blick auf die Dokumente, unterschrieb beide je zweimal an den gekennzeichneten Stellen und gab sie Tidwell zurück.

»Außerdem glaube ich einen geeigneten Standort für das in Fort Smith geplante Restaurant gefunden zu haben«, fuhr Tidwell fort.

»Später«, sagte Sanguine.

Nachdem Tidwell gegangen war, herrschte zunächst Schweigen, bis Ben sich endlich ein Herz faßte und das Eis brach.

»Mr. Sanguine …«

»Nennen Sie mich Joe.«

»Joe.« Bei dieser Form der Anrede fühlte sich Ben alles andere als wohl, aber er hätte es nicht gewagt, Sanguines freundliches Angebot auszuschlagen. »Ich wollte bestimmte Aspekte dieser Streitsache in Vancouver mit Ihnen besprechen. Sie können jederzeit in die Offensive gehen und Mrs. DeAmato hier in Tulsa verklagen. Seit dem Präzedenzfall *Burger King gegen Rudzewicz* ist auch eine Klage vor Ort möglich. Wenn wir abwarten, bis sie vor Gericht zieht, wird sie das mit Sicherheit in Vancouver tun. Dann müßten Sie dort präsent sein und wären gezwungen, sich kanadische Anwälte zu nehmen, was wahrscheinlich eine Verdoppelung der Gebühren zur Folge hätte. Rechtsstreitigkeiten in anderen Bundesstaaten und noch viel mehr im Ausland bringen horrende Kosten mit sich.«

Sanguine lehnte sich in seinem Stuhl zurück und legte die Füße auf den Schreibtisch. »Ich wittere einen Einerseits-andererseits-Ansatz.«

Eins mußte man Sanguine lassen: Mit Anwälten kannte er sich aus. »Andererseits will DeAmato wahrscheinlich nur aus ihrem Lizenzvertrag aussteigen. Das ganze Geschwätz von Betrug und Vertragsbruch und Schadensersatzforderungen ist nur vorgeschoben. Sie will nichts als raus. Ein Gang vors Gericht würde aber sehr viel Zeit und Geld kosten. Selbst wenn Sie am Ende siegen, würde der Schadensersatz den Aufwand kaum rechtfertigen. Ich glaube, Sie würden in jedem Fall mehr verlieren als gewinnen. Entlassen Sie die Frau aus dem Vertrag und bauen etwas Neues mit einem anderen Partner auf. In Vancouver gibt es doch sicher Tausende, die für Sie ein Frühstücksrestaurant hochziehen wollen.« Er zog einen Aktenordner aus seiner Tasche und schlug ihn vor Sanguine auf.

Dieser warf nur einen kurzen Blick hinein. »Schön und gut, Ben, aber Sie müssen verstehen, daß Kosten in einem Unternehmen wie dem unseren nicht alles sind. In ganz Nordamerika haben wir über sechshundert Lizenznehmer. Wo kämen wir hin, wenn alle über Nacht aussteigen und unter einem anderen Namen in Konkurrenz zu uns treten wollten. Wir könnten zumachen. Manchmal muß man mit dem eisernen Besen kehren. Den Leuten unmißverständlich klarmachen, daß sie tief in den Geldbeutel greifen müssen, wenn sie sich aus ihrem Vertrag mit Sanguine Enterprises davonstehlen. Einen Joseph Sanguine hält keiner zum Narren. Das ist mein Credo.« Er sah dem jungen Anwalt fest in die Augen.

Ben wich seinem Blick aus. Auf dem Schreibtisch entdeckte er eine Taschenlampe, *seine* Taschenlampe. Er und Christina hatten sie bei ihrem Einbruch benutzt und dann in Adams' Büro vergessen.

Sanguines Blick fiel nun ebenfalls auf die Taschenlampe. »Lassen Sie mich etwas Licht auf diese Angelegenheit werfen«, sagte er und lachte über sein gelungenes Wortspiel. »Das Ding da habe ich neulich in Adams' Büro gefunden. Mitten in der Nacht. Das Fenster stand offen. Allem Anschein nach war jemand eingebrochen, aber Spuren eines gewaltsamen Eindringens konnten nicht festgestellt werden. Auch wurde nichts vermißt. Zwar haben wir die Polizei eingeschaltet, aber ...« Er zuckte in gespielter Gleichgültigkeit die Achseln. »Sie wissen nicht zufällig, was es in einem Büro wie dem von Jonathan zu schnüffeln geben könnte, hm?« Er starrte Ben unverwandt an. »Sie waren doch neulich sehr begierig darauf, sich dort umzusehen, wenn ich mich recht erinnere.«

Ben rutschte unbehaglich auf seinem Stuhl herum. So hatte er sich dieses Gespräch nicht vorgestellt. »Sie standen Mr. Adams sehr nahe, nicht wahr?« murmelte er. »Sein Tod muß ein schrecklicher Schock für Sie gewesen sein.«

»Wollen Sie die Wahrheit wissen? Wir standen uns alles andere als nahe. Ich konnte ihn nicht ausstehen, und er mich genausowenig. Er gehörte nicht hierher. Er gehörte nicht in diese Welt. Beim Kauf des Unternehmens legte ich ihm die Kündigung nahe, aber er lehnte ab. Seine Begründung war, er wolle einen Job und keine Rente. Na gut, mir waren die Hände gebunden. Er hatte einen Vertrag, und ich hatte mich verpflichtet, ihn mit zu übernehmen. Aber niemand konnte mich daran hindern, ihn den Preis für seine Sturheit zahlen zu lassen.«

Ben versuchte sich seine Reaktion nicht anmerken zu lassen. Er hatte ja immer gehofft, auf ein Motiv zu stoßen, und jetzt bekam er plötzlich eins auf dem goldenen Tablett serviert.

»Da staunen Sie, was?« setzte Sanguine nach. »Sie sind jung, aber so ist das Leben. Was soll's. Jemand stirbt, und plötzlich tun alle, als ob er ein Heiliger gewesen wäre. Pure Heuchelei! Adams war kein Heiliger, und da, wo ich herkomme, hatten wir keine Zeit für diesen Firlefanz. Wo sind Sie eigentlich aufgewachsen, Mr. Kincaid ... Ben.«

»In einer Vorstadt von Oklahoma City, Nichols Hills, um es genau zu sagen.«

»Tja, war wohl eine schwierige Kindheit. Ihre Seele muß ja über und über vernarbt sein!« Er beugte sich vor und deutete mit einem Bleistift, den er schon die ganze Zeit in der Hand hielt, auf Ben. »Wissen Sie, wo ich aufgewachsen bin? In einem Reservat der Sioux in South Dakota.«

Ben musterte sein Gegenüber. Sein erster Eindruck hatte ihn also nicht getäuscht. Darum hatte Sanguine also all die Kachinapuppen und die anderen Indianerreliquien in seinem Büro aufgestellt.

»Richtig, ich bin Indianer. Verzeihung, neuerdings heißt es ja Ureinwohner des amerikanischen Kontinents. Ich bin schrecklich vergeßlich ... Und um Ihre nächste Frage vorwegzunehmen, die Antwort lautet nein. Sanguine ist nicht mein Geburtsname, sondern Bloodhawk – in der englischen Übersetzung zumindest. Joseph Paitchee Bloodhawk. Meine Mutter war eine Weiße. Von ihr stammt wahrscheinlich das ›Joseph‹.«

»Ich wußte gar nicht, daß es noch Indianerreservate gibt«, sagte Ben.

»Gibt es auch nicht mehr in Oklahoma. Stammesgebiete ja, aber keine Reservate als solche. In anderen Staaten existieren sie allerdings noch. Größtenteils sind sie genauso schmutzig, verkommen und elend wie das, in dem ich groß geworden bin. Haben Sie eine Vorstellung davon, wie es ist, wenn man in so was heranwächst? Über sechzig Prozent Arbeitslose! Durchschnittseinkommen von dreitausend Dollar pro Jahr! Haben Sie eine Ahnung, wie winzig nach einer solchen Kindheit die Chance ist, aus seinem Leben was zu machen? Nein, natürlich nicht. Wie könnten Sie auch?« Er wurde lauter. »Sie wissen nicht, wie das für ein Kind ist, wenn es spürt, daß die anderen ihm nichts zutrauen und nichts beibringen, weil es ja nur ein dummer Indianer ist, der später bestenfalls als Betreiber eines Glückspielsalons in Frage kommt! Und das Schlimme daran ist, man *weiß* selbst, daß man nur ein dummer Indianer ist und nichts daran ändern kann.«

Sanguines Stimme drohte schon sich zu überschlagen, als er die Beherrschung zurückgewann. Er atmete tief durch und fuhr deutlich ruhiger fort: »Aber natürlich können Sie nichts von all dem wissen. Wahrscheinlich haben Sie in Nichols Hills nie einen Indianer gesehen. Abschaum wird dort wohl nicht geduldet.«

Ben hielt es für das klügste zu schweigen. Dieser Monolog verriet ihm weit mehr über Sanguine, als er je mit Nachfragen in Erfahrung hätte bringen können.

»Ich will auf folgendes hinaus«, sagte Sanguine. »Ich habe für meinen Erfolg geschuftet – und das, obwohl alles dagegen sprach. Ich übertreibe nicht: Ich hatte keine Beziehungen, keine Ausbildung, kein Geld. Aber ich habe es geschafft. Ich bin reich. Sanguine Enterprises gehört zu den fünfhundert führenden Unternehmen in Amerika.« Mit einem Mal schien seine ganze Aufmerksamkeit dem Bleistift in seiner Hand zu gelten. »Und ich habe meinen Erfolg benutzt. Ich versuche, es für den nächsten Indianer, der nach oben will, etwas leichter zu machen. Und ich bewirke etwas. Vielleicht wird schon in der nächsten Generation kein Sioux mehr unterhalb der Armutsgrenze leben. Vielleicht schafft dann der nächste den Durchbruch, ohne daß er seinen Namen ändern muß.« Plötzlich zerbrach der Bleistift in seiner Hand. »Aber man kann noch soviel Erfolg haben, man stößt trotzdem immer und überall auf Feindseligkeit. Kaum hat man eine Firma aufgebaut, die anscheinend ganz gut läuft, da kommt so ein Ewiggestriger daher und stellt sich jedem Wandel zum Besseren in den Weg. Besteht die Möglichkeit zur Expansion, sagt er nein. Macht man einen Vorschlag, die Effizienz, die Produktivität zu steigern, sagt er wieder nein. Darum habe ich Adams zum für die neuen Projekte zuständigen Abteilungsleiter ernannt. Das war so eine Art privater Witz. Er verstand ihn auch, und es wurmte ihn gewaltig. Aber genau das hat mir am meisten Spaß gemacht.«

Unvermittelt fixierte er wieder Ben und ließ die zwei Bleistifthälften auf den Tisch fallen.

»Ich nehme an, Sie haben etwas Bewundernswertes an dem alten Spinner gesehen. Auf seine verquere Weise mag er das auch gehabt haben. Ein verspäteter Don Quixote, wenn Sie so wollen. Mir geht es ja auch fast so wie Ihnen, aber ich kann nicht zulassen, daß er mein Unternehmen kaputtmacht. Ich kann nicht zulassen, daß er all das, was ich aufgebaut habe, in den Ruin treibt. Das geht nicht!« Die letzten Worte brüllte er geradezu. Und zur Bestätigung hämmerte er mit der Faust auf den Tisch.

Ben spürte, daß ihr Gespräch in einer Sackgasse gelandet war, und wechselte das Thema. »Sie haben sicherlich von der Adoptionsgeschichte gehört.«

Sanguine fuhr hoch, als sei er aus einer Trance gerissen worden. »Was? Oh! Ja. Selbstverständlich trage ich der Witwe nichts nach. Schwere Phase für sie jetzt.« Ohne erkennbaren Grund lachte er lautlos vor sich hin.

»Na ja, ich wollte Sie nur aus erster Hand informieren«, sagte Ben und fing an, seine Unterlagen einzupacken.

»Warum wird sie nicht Großmutter?«

»Wie bitte?«

»Das Gericht ist doch der Ansicht, Mrs. Adams sei zu alt, um als Mama in Frage zu kommen. Aber warum ernennt es sie dann nicht zur Stiefoma? Das wird neuerdings praktiziert. Erst kürzlich habe ich davon im *Time Magazine* gelesen. Ist angeblich von Vorteil für alle Seiten: das Kind und die betagte Person. Gut, sie könnte das Mädchen zwar nicht jeden Tag sehen, bekäme aber ein Besuchsrecht zugesprochen. Besser als nichts, würde ich sagen.«

»An so was hatte ich noch gar nicht gedacht«, gab Ben zu.

»Nicht? Gott, wozu zahle ich euch diese horrenden Honorare! Sie verzetteln sich in unmögliche Theorien und ziehen die Möglichkeiten, die Ihnen eine realistische Gewinnchance eröffnen würden, gar nicht in Betracht. Himmel, ich hatte eine gute Idee, und Sie nicht, Ben! Mensch, am Ende bin ich dämlicher Indianer ein besserer Anwalt als Sie!«

15

Ben trat aus dem Aufzug und ging zu seiner Wohnung. Vor der Tür stellte er die Aktentasche ab und kramte erst in der einen, dann in der anderen Jackentasche nach dem Schlüssel. Endlich fand er ihn und steckte ihn ins Schlüsselloch.

Die Tür war nicht zugesperrt.

Merkwürdig. Er war sich hundertprozentig sicher, daß er den Schlüssel heute morgen zweimal umgedreht hatte. Er überlegte fieberhaft. Wäre das ein Film, würden die Zuschauer jetzt mitzittern und ihm am liebsten zuzischen: ›Geh nicht rein, du Narr.‹ Andererseits, sagte er sich, gäbe es auch keinen Film, wenn er draußen bliebe. Zögernd drehte er am Knauf und stieß die Tür auf.

Drinnen brannte Licht. Im Wohnzimmer saß eine junge Frau mit kastanienbraunem Haar in einer Art Lotusstellung auf dem Boden und aß Kartoffelchips mit Mayonnaise-Zwiebelsauce. »Ich dachte schon, du würdest überhaupt nicht mehr auftauchen«, sagte sie und wischte sich mit dem Handrücken den Mund ab.

»Julia! Wie bist du reingekommen?«

»Ich habe dem Hausmeister gesagt, daß ich deine Schwester bin. Verrückte Geschichte, was?«

»Diese Chips machen dich nur wieder dick.«

»Wenn ich einen Diätberater brauche, mein lieber Ben, gehe ich zu den Treffen der Weightwatchers. Abgesehen davon hast du sonst nichts Eßbares in der Wohnung.«

»Ich bin ja gerade erst eingezogen.«

»Das sieht man.« Sie blickte sich in seinem Zimmer um, das bis auf ein paar Kartons, zwei Kissen und seinen Schlafsack leer war. »Wann kaufst du dir Möbel?«

»Irgendwann zwischen dem Eintreffen des ersten Gehalts und meinem Tod. Darf ich eintreten?« Er schloß die Tür hinter sich.

»Fühl dich ganz wie zu Hause, Bruderherz.«

Ben warf seine Jacke in die Ecke und setzte sich Julia gegenüber auf den Boden. Für ihn war und blieb sie seine kleine Schwester. Auch wenn sie etwas Übergewicht hatte, war sie außerordentlich attraktiv. Allerdings waren die Falten um ihre Augen seit dem letzten Mal tiefer geworden. Die Zeit bleibt nicht stehen, sinnierte er, nicht einmal bei kleinen Schwestern.

»Ich dachte, du lebst jetzt in Oklahoma City«, sagte er.

»Tue ich auch. Ich bin nur vorbeigekommen, um mit dir zu sprechen.

»Worüber?«

»Warum beantwortest du Moms Anrufe nie? Merkst du denn nicht, daß sie sich um dich noch zu Tode sorgt?«

»Herrgott noch mal!« stöhnte Ben.

»Das habe ich nicht gehört!« fuhr sie ihn an. »Mir persönlich ist egal, ob du mit deiner Familie sprichst oder nicht. Aber bei Mutter ist das anders. Dein Verhalten ist ja unglaublich! Erst suchst du dir einen anderen Job. Und dann ziehst du in eine andere Stadt, ohne auch nur einem Menschen Bescheid zu sagen. Du hinterläßt nicht mal deine neue Adresse oder Telefonnummer. Willst alle Brücken hinter dir abreißen oder was? Ich mußte Detektiv spielen, um deine Wohnung zu finden.«

»Julia, im Moment vertrage ich keine Moralpredigt. Ich habe eine schreckliche Woche hinter mir. Du kannst dir ja gar nicht vorstellen, wie ...«

»*Mir* ist das doch scheißegal! Ich habe es satt, mir dein ewiges Gejammere anzuhören. Ständig zerfließt du vor Selbstmitleid, nur weil ...«

Ben brachte sie mit einem eisigen Blick zum Verstummen. Nach einem Moment fing sie noch einmal an, wenn auch leiser und weicher. »Es ist einfach nicht fair von dir, Ben. So verhält man sich nicht seiner Mutter und ...«

»Hör auf!« schrie Ben. »Wenn du willst, daß ich Mom

anrufe, dann rufe ich sie eben an. Aber ich hatte in der letzten Zeit wirklich zuviel um die Ohren und ...«

»Was denn? Eine Fusion zweier Firmen oder was?«

»Ich bin kein Syndikus, Julia«, seufzte Ben. »Ich arbeite für eine Kanzlei ...«

Ein Klopfen an der Tür unterbrach ihn.

»Ich bin näher dran«, sagte Julia und sprang auf. »Du kannst dich noch etwas erholen von deiner ach so harten Arbeit.«

Sie öffnete die Tür und prallte zurück.

Es war Mike.

Julias Mund klappte auf und langsam wieder zu. Sie wich zurück, was Mike sogleich ausnutzte. Er trat ein. Unterwegs war er von einem Regenschauer überrascht worden. Von seinem Mantel tropfte das Wasser auf den Boden. Sie starrten sich an – eine halbe Ewigkeit lang, wie es Ben schien. Schließlich drehte sich Julia zu ihrem Bruder um.

»Aha, du hast dich also mit Morelli rumgetrieben. Das erklärt einiges.«

Mike stand schweigend da. Zu seinen Füßen bildete sich allmählich eine kleine Pfütze. »Ich muß mit dir sprechen, Ben«, sagte er.

Julia stieß ein bitteres Lachen aus. »Ja, behandle mich nur wie Luft, Mike! Aber wenn ich es recht bedenke, war es ja auch schon während unserer gesamten Ehe so.«

Ben seufzte. Ging das schon wieder los ...

»Das ist jetzt wirklich nicht fair von dir, Julia!« protestierte Mike. »Du weißt genau, daß ich hart arbeiten mußte.«

»Manchmal ja, manchmal nein.«

Mike atmete tief ein und stieß alle Luft wieder aus. Er hatte keine Lust, den alten Streit neu aufzuwärmen. »Du siehst gut aus«, sagte er. »Schön, daß die Schwesternschule dich nicht in ein Schlachtschiff verwandelt hat.«

»Was noch nicht ist, kann ja noch werden«, stieß Julia zwischen zusammengepreßten Zähnen hervor. »Auf alle Fälle war so was nie in meiner Lebensplanung vorgesehen.«

»Du gibst mir immer noch die Schuld dafür, daß du arbeiten mußt. Du weißt genau, daß niemand dich zu einem so anstrengenden Beruf gezwungen hat ... es sei denn, du wolltest mich damit bestrafen.«

Julia funkelte ihn an. »Ich wollte einen Mann haben, der mich so versorgt, wie ich es von früher her gewohnt war. Und das hattest du mir versprochen, Morelli.«

»Morelli ist auch dein Name, Julia.«

»Nicht mehr! Und garantiert nie wieder.«

»Hört mal her, ihr zwei«, stöhnte Ben. »Was soll das denn? Hört doch bitte auf.«

»Ich muß wirklich dringend mit Ben sprechen«, brummte Mike.

»Von mir aus.« Julia hob ihre Jacke auf und ging zur Tür. »Aber, Ben, vergiß nicht ...«

»Ich rufe Mom an, sobald ...« Ben stockte. »Ich rufe sie an, sobald ich kann.«

Julia nickte. »Na, hoffentlich. Tschüs, Ben.«

Als die Tür hinter ihr ins Schloß gefallen war, zog Mike seinen Mantel aus und setzte sich Ben gegenüber auf den Boden. »Drei Jahre habe ich sie nicht mehr gesehen. Ist das nicht verrückt? Da ist man Tag für Tag, Nacht für Nacht zusammen, und dann sehe ich sie plötzlich drei Jahre lang nicht ein einziges Mal. Verrückt.«

Ben besann sich darauf, daß er der Gastgeber war, und warf Mike ein Kissen zu. »Also, wenn ich du wäre«, brummte er, »würde ich bis zum nächsten Treffen mit ihr wieder drei Jahre vergehen lassen. Aber sag, weswegen wolltest du mich so dringend sprechen?«

»Ich habe noch ein paar Beweismittel mehr, die dich interessieren könnten. Aber erst will ich wissen, was du in den letzten Tagen so getrieben hast.«

Ben beugte sich aufgeregt vor. »Ich habe mit Sanguine gesprochen, Mike. Rate mal, was er mir gesagt hat. Du wirst es nicht glauben! Es war ein lupenreines Geständnis, wie man es im Leben nicht zweimal zu hören bekommt.«

»Hat er denn gesagt, daß er Adams umgebracht hat?«

»Nicht direkt, aber so gut wie! Er hat mir sein Motiv genannt.«

»Ach, ein Motiv.« Mike lehnte sich entspannt gegen die Wand. Das Kissen benutzte er dabei als Kopfstütze. »Sag mal, hast du an der Uni denn gar nichts gelernt?«

»Ich weiß, ich weiß. Das Vorhandensein eines Motivs ist noch kein schlüssiger Beweis. Aber es ist ein Indiz. Und wenn es zum Prozeß kommt, wird es die Geschworenen beeindrucken. Das weißt du ebensogut wie ich.«

»Na ja, vielleicht sollte ich diesen Mr. Sanguine mal aufsuchen«, meinte Mike zögernd.

»Tu's gleich morgen vormittag. Am besten gehen wir zusammen hin. Wenn wir zu lange warten, setzt er sich am Ende noch ab.«

»Langsam, Ben. Der Mann steht an der Spitze eines zig Millionen schweren Unternehmens. So einer setzt sich nicht einfach ab. Falls du ihm tatsächlich Angst einjagen solltest, würde er eher einen Anwalt anheuern, einen gerissenen Burschen, der ihn mit tausend Tricks vor dem Gefängnis bewahrt. Untertauchen wäre nicht halb so sicher für ihn. Wenn ich es recht bedenke, nimmt er wahrscheinlich sogar jemanden aus deiner Firma. Mensch, vielleicht sogar dich! Zur Zeit scheinst du ja ohnehin hoch im Kurs bei ihm zu stehen. Wäre das nicht ein verzwickter Fall für dich? Wenn R T & T ihn tatsächlich vertritt, kannst du nicht mehr gegen ihn aussagen.«

»Das geht doch gar nicht. Sie müßten vorher überprüfen, ob ein Interessenkonflikt vorliegt. Und spätestens da würde ich mich rühren. Ein Anwalt, der mit einer Vorladung als Zeuge rechnet, darf nicht zugleich als Rechtsvertreter des Beschuldigten in Erscheinung treten. Und das gilt nicht nur für mich, sondern für die ganze Kanzlei.«

»Dann würde Raven, Tucker & Tubb einen ihrer einträglichsten, wenn nicht sogar *den* einträglichsten Mandanten verlieren. Wie, meinst du, würdest du dann vor den Teilhabern dastehen?«

Darauf hatte Ben nichts zu erwidern.

»Hör zu, Ben. Laß uns erst die Analyse der Spuren zu Ende bringen. Wenn wir uns dann immer noch sicher sind, daß Sanguine es war und die Beweismittel seine Schuld nahelegen, dann statte ich dem geschätzten Inhaber von Sanguine Enterprises gern einen Besuch ab.

Ben nickte, wenn auch widerstrebend. »Aber was haben wir denn?« fragte er.

»Die Spurenermittler haben mehrere dunkle Männerhaare im Futter von Adams' Mantel gefunden. Sie passen zu denen, die an seinem Körper entdeckt wurden.«

Bens Augen weiteten sich. »Dunkle Haare? Das könnte Sanguine sein!«

»Klar ... könnte. Aber ist er es? Sie könnten auch von jemandem in dieser Bar da stammen, oder in Adams' Haus oder sonstwo. Allerdings kommt es den Jungs von der Spurenfahndung verdächtig vor, daß sie sich an bestimmten Stellen, noch dazu in der Nähe der Blutflecken, angesammelt haben. Auch sie gehen davon aus, daß die Haare vom Mörder stammen. Ihrer Meinung nach müssen sie im Futter hängengeblieben sein, als er sich damit abmühte, die Leiche in den Müllcontainer zu hieven. Und ich sehe es genauso. Damit wäre auch erklärt, warum die Haare nur auf der einen Körperhälfte waren.«

Mike zog aus seiner Manteltasche einen Zettel und las etwas nach. »Ich habe die Haare und die Blutprobe eingeschickt«, erklärte er dann. »Wir lassen eine Analyse in einem Speziallabor vornehmen, eine DNA-Analyse. Die machen einen genetischen Fingerabdruck.«

Ben war beeindruckt. »Ich habe schon davon gelesen. Wie funktioniert das denn?«

»Na ja, sie analysieren mehr die nukleare und nicht so sehr die mitochondriale DNA ...«

»Aha, danke für die erhellende Unterscheidung.«

»Sie benutzen Restriktionsenzyme als Schere«, fuhr Mike ungerührt fort, »zerteilen die DNA in Segmente und arrangieren diese zu ganz bestimmten Mustern. Solche Muster sind leichter zu vergleichen als Fingerabdrücke. Und wenn sie nicht gerade von absolut identischen Zwillingen stammen, kommt kein einziges zweimal vor.«

»Gibt es denn keine Zweifel an der Schlüssigkeit der Ergebnisse?«

»Klar. Aber im Augenblick sind wir froh um jede Spur.«

Ben schüttelte sich theatralisch. »O Gott, genetischer Fingerabdruck. Klingt ja ganz nach ›Big brother is watching you‹.«

»Willst du den Kerl kriegen oder nicht? Morgen, spätestens übermorgen erfahre ich das Ergebnis. Dann kann ich Sanguine um ein Haar oder eine Blutprobe bitten. Bei Übereinstimmung ...«

»... wissen wir, daß er der Mörder ist.«

»Wissen wir, daß er Adams in den letzten vierundzwanzig Stunden vor seinem Tod gesehen hat. Da er vor der Polizei das Gegenteil behauptet hat, dürfte das Material genügen, um ihn zu einem Verhör mitzunehmen. Und wenn das Blut unter Adams' Fingernagel tatsächlich von Sanguine stammt, haben wir einen wasserdichten Beweis.«

So ungern Ben es zugab, bisweilen konnte er die Normalbürger verstehen, für deren Begriffe die Mühlen der Justiz unerträglich langsam mahlten.

»Weißt du, was der Witz an dem Ganzen ist?« fragte Mike. »Mir ist immer noch nicht klar, was ich für einen Fehler gemacht haben soll. In meiner Ehe, meine ich. Ich habe hart gearbeitet. Und zwar Tag und Nacht, das hast du ja selbst mitgekriegt. Und ich habe mir solche Mühe gegeben. Ich habe immer alles getan, um sie glücklich zu machen. Wenn ich noch einmal von vorne anfangen könnte, wüßte ich nicht, was ich anders machen sollte.«

Ben gab ihm einen freundschaftlichen Klaps auf die Schulter. »Rufen wir Julia doch einfach an. Wetten, daß sie es dir sagen kann.«

Die zwei Männer sahen einander an, und plötzlich brachen beide in Gelächter aus.

16

Auf der Toilette herrschte im Alltag einer großen Kanzlei wie Raven, Tucker & Tubb eine ganz eigene Etikette. Der Raum mit den Urinalen war vielleicht die einzige Begegnungsstätte für alle männlichen Mitarbeiter, ungeachtet ihrer Rangstufe. Irgendwann ging jeder einmal dorthin. Die einzige Ausnahme bildeten die drei Seniorpartner, denen die Firma ihren Namen verdankte. Sie hatten jeweils ihre eigene Toilette, zu der sonst niemand den Schlüssel besaß. In der allgemein zugänglichen Herrentoilette dagegen befolgten Teilhaber wie angestellte Anwälte ein komplexes Ritual, das mit der persönlichen Begrüßung der anderen begann und mit einem ausgiebigen Händewaschen endete. Alle gaben sich betont locker und ließen sich sogar noch Zeit, um auf diese Weise zu demonstrieren, wie wenig es ihnen ausmachte, vor den Augen der anderen zu urinieren. Allerdings hatte Ben den Verdacht, daß jeder sein Geschäft viel lieber ungestört und in einem privaten Klo verrichtet hätte. So aber war die Toilette oft genug der einzige Ort, an dem junge Mitarbeiter mit höheren Tieren ins Gespräch kommen konnten. Wer sich empfehlen wollte, hatte dort die Gelegenheit dazu.

Insofern war es kein Wunder, daß Ben beim Betreten der Toilette zum erstenmal seit Tagen Greg über den Weg lief.

»Lange nicht gesehen«, sagte Greg und hielt Ben die Tür auf. »Dabei bist du das Tagesgespräch.«

Ben sah sich schon wieder in die Defensive gedrängt. »Ich will nichts mehr ...«

Er verstummte, als Greg den Zeigefinger auf seine Lippen legte und sich plötzlich auf die Knie sinken ließ, um nachzusehen, ob auch wirklich keine Schuhe unter den Klotüren hervorschauten. »Man kann nicht vorsichtig genug sein« erklärte er, als er sich wieder aufrichtete und zum Wasserlassen anschickte. »Hier haben die Wände Ohren.«

Ben verdrehte die Augen. »Findest du nicht, daß du etwas übertreibst?«

»Hey, ich wollte zeitlebens immer nur Anwalt werden!

Da vermassele ich mir meine Karriere doch nicht mit dummen Fehlern. Reden ist Silber, Schweigen Gold.«

Was für ein toller Arbeitsplatz, dachte Ben.

»Mir ist zu Ohren gekommen, daß dein erster Auftritt vor Gericht eine einzige Katastrophe war«, sagte Greg.

Warum er dabei grinste, vermochte sich Ben allerdings nicht zu erklären. »Schön, daß schon alle davon gehört haben«, knurrte er. »Dann kann ich mir die Mühe sparen, es an die große Glocke zu hängen.«

»Ach ja«, seufzte Greg. »Deswegen also hast du da, wo es darauf ankommt, Beziehungen geknüpft ...« Er zauberte sein perfektes Lächeln auf die Lippen. »Ein kluger Anwalt sichert sich eben rechtzeitig ab.«

»Ich weiß überhaupt nicht, wovon du sprichst, Greg! So langsam redest du schon wie Alvin.«

Gregs Lächeln erstarrte zu einer gönnerhaften Fratze. »Also wirklich! Du hast doch wohl nicht im Ernst geglaubt, du könntest das geheimhalten, oder?« Er knöpfte seine Hose zu und ging zum Waschbecken hinüber. »Laß die Geheimniskrämerei, alter Junge. Deine Kollegen sind doch überaus beeindruckt. *Ich* war überaus beeindruckt. Soviel Raffinesse hätte ich dir nicht unbedingt zugetraut. Am Anfang kamst du mir eine Spur zu vornehm vor. Aber dann hast du uns alle überlistet. Wirklich elegant hast du das hingekriegt, alle Achtung. Wie kann Raven dich jetzt noch feuern? Das können die sich gar nicht mehr leisten! Eigentlich hätte ich mir nach deiner Nummer mit Mona Raven gleich denken müssen, daß du Karriere machst.« Er wischte sich die nassen Hände mit einem Papiertuch ab.

Ben starrte ihn entgeistert an. »Was soll das? Ich habe keine Ahnung, wovon du da sprichst.«

»Ja, natürlich! Du willst deine Taktik nicht aufgeben. Ich kann's dir nicht verübeln. Aber sag, hat Mona die Hände im Spiel gehabt? Ich war gerade in Chambers' Büro, als er erfuhr, daß du die Vancouvergeschichte übernehmen sollst. Mann, war der sauer! Er hatte fest damit gerechnet, allein schon, weil er mit den Rechnungen in Verzug ist. Bin ja gespannt, was er sagt, wenn er das Allerneueste hört. Ganz schön beeindruckend für einen Anwalt, der erst einen Auftritt vor Gericht hatte und dabei baden gegangen ist.«

Allmählich wurde Ben ärgerlich. »Ich verstehe nicht, was Mrs. Raven mit der Vancouvergeschichte zu tun haben soll.«

»Also bitte, Ben! Tust du nur so, oder weißt du wirklich nicht, daß Mona Raven und Sanguine ein Verhältnis miteinander haben? Oder zumindest vor ihrer Hochzeit mit Arthur Raven eins hatten. Nun, Mr. Raven ist augenscheinlich ein erstaunlich verständnisvoller Ehemann. Na ja, in seinem Alter muß er das wohl auch sein.«

»Wo schnappst du das bloß alles auf?«

»Ein guter Anwalt hat viele Quellen.« Greg zwinkerte Ben noch einmal zu und schlenderte zur Tür hinaus.

Merkwürdig, dachte Ben. Alle Wege führen zu Sanguine. Egal, auf was für neue Verwicklungen ich stoße, immer hat Joseph Sanguine die Hände im Spiel.

Plötzlich erstarrte er. Von welcher Neuigkeit hatte Greg überhaupt geredet?

17

Auf dem Weg in sein Büro unterdrückte Ben ein Gähnen. Er hatte die ganze letzte Nacht kein Auge zugetan. Zuviel auf einmal stürmte auf ihn ein. Derek, Julia, Sanguine, Emily. Zu viele Sorgen. Zu viele Schuldgefühle. So langsam fragte er sich, ob er je wieder friedlich schlafen würde, ob sich das flaue Gefühl in seinem Magen je wieder legen würde.

Er hatte das Vorzimmer schon fast durchquert, als Maggie ihn aufhielt. »Zwei Nachrichten für Sie, Mr. Kincaid!« rief sie unnötig laut.

»Danke, Maggie.« Ben nahm die zwei Memos an sich und eilte weiter in sein Büro.

Die erste Mitteilung war von Christina. *Noch kein Glück gehabt, bleibe aber am Ball. Prüfe wahrscheinlich mehr Unterlagen als das richtige Finanzamt. Warum muß es in Tulsa so viele Wohnungen geben?*

Ben lächelte. Was für ein Juwel von Frau. Irgendwo mußte es ja ausgleichende Gerechtigkeit dafür geben, daß er Derek und Maggie zu ertragen hatte.

Die zweite Mitteilung stammte von Derek. Er wünschte ihn auf der Stelle zu sehen. Ben zerknüllte den Zettel und schlenderte gemächlich zu Dereks Büro hinüber.

»Schön, Sie zu sehen, Kincaid.«

Ben traute seinen Augen nicht. Sein Chef lächelte ihn doch glatt an. Und wirkte sogar herzlich!

»Na, wo haben Sie sich die ganze Zeit versteckt?«

Ben konnte es immer noch nicht fassen. Dieser Mann war nicht der Derek, den Ben kennen- und verabscheuen gelernt hatte. Sollte er sich von Grund auf geändert haben?

»Setzen Sie sich, mein Freund. Ich würde ja gerne zu Ihnen rüberkommen, aber mein verdammtes Knie spinnt mal wieder.«

Ben nahm gehorsam Platz.

Einmal mehr musterte Derek seinen jüngeren Kollegen, doch diesmal fehlte seinem Blick jede Kälte. Im Gegenteil, er wirkte sogar freundlich. »Sie waren ja richtig fleißig, hm?« Er kniff die Augen zusammen und brach in Gelächter aus. »Habe soeben mit Joseph Sanguine gesprochen.«

Na prima, dachte Ben. Ich habe Sanguine wohl zu sehr bedrängt, und das nimmt er mir übel. Jetzt bin ich erledigt. Weg vom Fenster. Arbeitslos. Am Bettelstab.

»Seit Jahren schon schlagen wir Sanguine vor, er solle doch einen Hausjuristen fest anstellen. Und natürlich meinen wir damit einen Mann aus unseren Reihen. Damit könnten wir die Beziehung zwischen seinem Unternehmen und uns auf eine noch solidere Basis stellen.« Derek legte eine Kunstpause ein. »Ist Ihnen bewußt, daß Sanguine Enterprises allein im vergangenen Jahr Anwaltshonorare in Höhe von über vier Millionen Dollar an Raven, Tucker & Tubb gezahlt hat? Das ist unglaublich viel! Es versteht sich wohl von selbst, daß wir diesen Mandanten nicht verlieren wollen.«

Derek verlagerte das Gewicht. Beim Versuch, die Beine unter dem Tisch übereinander zu schlagen, mußte er die

Hände zu Hilfe nehmen. Er zuckte vor Schmerzen zusammen, als er das Knie beugte. »Sanguine will *Sie* zu seinem Hausjuristen ernennen, Kincaid. Er hat ausdrücklich Sie verlangt und will keinen anderen. Offen gesagt hatten wir mit einem erfahreneren Anwalt gerechnet, einem, der bereits zehn, fünfzehn Jahre für diese Firma gearbeitet hat, und nicht erst zehn, fünfzehn Tage ... Aber wer sind wir schon, um das zu beurteilen? Der Mandant hat immer recht. Sanguine sagt, er will sich eine unverbrauchte Kraft heranziehen, jemanden, der bei ihm von Anfang an lernt, die Geschäfte so zu führen, wie er es will. Tja, und Sanguine weiß genau, daß wir ihm jeden geben, den er verlangt.«

Ben starrte seinen Vorgesetzten ungläubig an. »Ich ... verstehe nicht, wie ...«

»Das verstehe ich offen gesagt auch nicht, Kincaid. Sie waren ja erst mit zwei kleineren Fällen befaßt und beschäftigen sich erst seit einem Tag mit der Vancouversache, da ernennt er Sie auf einmal zu seinem Syndikus. Sanguine hat etwas von Bewunderung für Ihre Aggressivität und Ihren Mut gesagt. Ich weiß natürlich nicht, was Sie bei Ihren Besuchen dort getan haben, aber was immer das war, es hat eingeschlagen wie eine Bombe. Sie sind Ihren Kollegen um einen Riesenschritt voraus.«

Er holte tief Luft. So wie Ben ihn kannte, setzte er bestimmt wieder zu einer schonungslos ehrlichen Bemerkung an. »Offen gesagt hätte ich Ihnen diesen Vorsprung vor dem Rest des Rudels nicht unbedingt zugetraut, Kincaid. Sie sind mir eher als zu zart besaitet für Firmen wie Raven oder gar Sanguine Enterprises vorgekommen. Daraus habe ich Ihnen gegenüber auch nie ein Hehl gemacht. Nun gut, es ist Sanguines Entscheidung.«

»Was hätte ein Hausjurist denn so zu tun?« fragte Ben zögernd.

»Ach, als erstes müssen Sie herausfinden, was dort alles los ist. Bei Sanguine Enterprises geht es ja drunter und drüber. Es laufen noch Verfahren, bei denen sie gar nicht mehr wissen, worum es geht, wenn sie sie nicht ganz vergessen haben. Für Sanguine arbeiten weltweit zig Rechtsvertreter vor Ort. Aber in der Zentrale gibt es niemanden, der den Leuten mal auf die Finger schaut. Über kurz oder lang werden Sie dort wahrscheinlich Ihr eigenes Team aufbauen. Dann haben Sie Anwälte unter sich, die alle älter sind als Sie selbst. Jünger wäre ja wohl kaum noch möglich. Sie werden auch zuständig sein für den täglichen Krimskrams, der in der Verwaltung einer Firma dieser Größenordnung eben anfällt. Und bei Rechtsstreitigkeiten, vor allem in Fällen, bei denen es um viel Geld geht, werden Sie Raven, Tucker & Tubb zu Rate ziehen müssen.«

»Aber ...« Ben merkte, daß er stotterte wie ein kleines Kind. Etwas war faul an der Sache, das wußte er, doch mit Derek konnte er unmöglich darüber sprechen. »Aber ich wollte doch nie in die Verwaltung gehen. Mich interessieren vor allem Gerichtsverfahren. Ich will meine Mandanten vor Gericht vertreten.«

Derek winkte ab. »Junger Mann, in diesem Job können Sie tun, was Sie wollen. Sie haben sozusagen einen Blankoscheck in der Hand. Apropos Scheck, Sie beziehen weiterhin Ihr Gehalt von uns und bekommen zusätzlich eine beträchtliche Vergütung von Sanguine. Nach einiger Zeit wird er Ihr gesamtes Gehalt übernehmen und darüber hinaus Prämien und diverse Zusatzleistungen. Kincaid, Sie arbeiten hier noch nicht einmal einen Monat und sind schon ein gemachter Mann!«

Ben ließ sich erschöpft zurücksinken. Das klang alles zu schön, um wahr zu sein. Viel zu schön.

»Und Sie müssen sich kein Bein ausreißen. Sie brauchen nur Ihren Job gut zu erledigen und Sanguine glücklich zu machen. Aber vergessen Sie nicht ...« – sein Ton war jetzt nicht mehr ganz so freundlich – »wir *alle* zählen auf Sie. Wenn Sie scheitern, sucht er sich Ihren Nachfolger womöglich in einer anderen Kanzlei.«

Derek hielt inne, damit seine Worte ihre Wirkung entfalten konnten. Unvermittelt strahlte er Ben an. »Aber jetzt lassen Sie sich beglückwünschen, Sie junger Wilder! Das muß gefeiert werden. Nehmen Sie sich für den Rest des Tages frei. Heute abend veranstalte ich bei mir eine kleine Party für Sanguine und einige seiner Spitzenleute, die Sie unbedingt kennenlernen müssen, und noch ein paar von unseren Anwälten, die Fälle für ihn bearbeiten. Sie werden unser Ehrengast sein, Kincaid.«

Damit war die Unterredung beendet. Ohne ein Wort der Entschuldigung beugte sich Derek über einen Stapel Dokumente auf seinem Schreibtisch. Ben richtete sich benommen auf und fand irgendwie den Weg zurück in sein eigenes Büro. Das alles war einfach zuviel auf einmal.

18

Ben mußte zugeben, daß Dereks Haus in einer Hinsicht bestimmt keine Wünsche offenließ: Es spiegelte den Charakter seines Eigentümers in allen Facetten wider. Wenn man sich von der Auffahrt her näherte, türmte sich im Vordergrund ein massiver weißer Ziegelbau auf, der genausogut als Mausoleum hätte durchgehen können. Weiter hinten stand am Rand eines durchaus olympiatauglichen Swimmingpools das Badehäuschen, eine Miniaturausgabe des Bungalows.

Bei allem Prunk erregte der Swimmingpool das größte Aufsehen. Auf dem Beckenboden prangte – den Schwanz im flacheren, den Kopf im tieferen Teil – eine Nixe. Es war kein bloßes Gemälde, sie war dreidimensional gestaltet. Verblüffend fand Ben die Detailtreue. Jede einzelne Schuppe des grün schillernden Schwanzes war mit den bloßen Augen zu erkennen, und die rosa Warzen ihres mächtigen Busens konnte man von jeder beliebigen Stelle der Veranda sehen. Fast erweckte die üppige Seejungfrau den Eindruck, als würde sie sich von ihrem Ruhebett erheben und den arglosen Gast ins Verhängnis locken wollen.

Und damit nicht genug! Am tiefen Ende bestand die Beckenwand aus durchsichtigem Acryl. Unmittelbar dahinter führte eine Treppe in einen unterirdischen Raum, von dem aus die Gäste die Nixe mitsamt ihrem Hofstaat aus nächster Nähe betrachten konnten, ohne sich auch nur eine Zehe naßzumachen. Ben verschlug es den Atem. Zu welchen Fantasien dieses kleine architektonische Wunder wohl anregen mochte?

Zeit zum Sinnieren blieb dem jungen Anwalt nicht. Er stand etwas verloren zwischen Derek und Sanguine und sah keine Chance, ihrem gnadenlosen Smalltalk zu entkommen. Was Derek betraf, so schien der sich pudelwohl zu fühlen. War er zu seiner Frau zurückgekehrt? Oder war Louise ausgezogen? Zu ihrer Mutter vielleicht? Derek redete unaufhörlich über sich, Sanguine hörte zu, und Ben langweilte sich. Bei ihnen stand auch noch Tidwell, er beteiligte sich jedoch kaum am Gespräch; irgendwie wirkte er abwesend. Auch hatte er heute noch keinen einzigen Anwaltswitz vom Stapel gelassen. Befürchtete er am Ende, der neue Hausjurist würde ihm seinen Einfluß auf den Boß streitig machen?

»Stellen Sie sich bitte auf die andere Seite; da höre ich besser«, sagte Derek, während sie über einen Prozeß fachsimpelten, den er Monate zuvor für Sanguine geführt hatte. »Ich gebe es nicht gern zu, Joe, aber mein rechtes Ohr ist geschädigt. In meiner Zeit bei der Küstenwacht mußte ich einmal eine ganze Winternacht lang in der Chesapeake Bay eine Schwimmübung mitmachen. Es war schrecklich. Der Wind war so kalt, daß einem das Trommelfell einfrieren konnte. Totale Hörmuskellähmung. Mein armes Ohr hat sich von der Tortur nie erholt.«

»Ach so!« rief Sanguine und zwinkerte Ben verstohlen zu. »Wissen Sie, Dick, so etwas hatte ich fast schon vermutet. Bei den mündlichen Verhandlungen hatte ich ja immer den Verdacht, Sie könnten die Fragen des Richters nicht richtig verstehen.«

Derek nippte an seinem Martini. »Erinnern Sie sich noch an die Verhandlung in Charleston, Joe? Die Frage der Zuständigkeit?«

Sanguines Gesicht nahm einen verträumten Zug an. »Das war ein Klassiker. Sagen Sie, Tidwell, waren Sie nicht auch dabei?«

»Nein, Sir«, erwiderte sein Privatsekretär höflich und strich sich die wenigen ihm verbliebenen Haare glatt. »Ich schaute mir damals gerade einen möglichen Standort für ein Restaurant in Phoenix an.«

»Tja, da ist Ihnen wirklich was entgangen«, fuhr Sanguine fort. »Die arme Gehilfin versuchte verzweifelt, Dick während seines Plädoyers einen Zettel zu reichen, aber er bekam das nicht mit. Sie gab nicht auf und flüsterte und gestikulierte so lange, bis dem Richter der Geduldsfaden riß und er Dick aufforderte, sich doch endlich umzudrehen und den Scheißzettel zu nehmen.«

Derek und Sanguine brachen in schallendes Gelächter aus, während Ben nicht mehr als ein gequältes Grinsen zuwege brachte.

»Das war vielleicht ein scharfes Ding, diese kleine Rothaarige«, meinte Sanguine, als sie sich wieder beruhigt hatten. »Wie hieß sie gleich wieder?«

»Christina. Christina McCord oder McLaine oder so ähnlich.«

»Wir sollten mal wieder mit ihr zusammenarbeiten, Dick«, sagte Sanguine augenzwinkernd und stieß Derek mit dem Ellbogen an, so daß dieser seinen Drink verschüttete. »Sie hat mir gefallen.«

»Sie wollen, daß ich sie Ihnen zur Verfügung stelle, Joe?« fragte Derek mit einem anzüglichen Grinsen. »Tja, das ließe sich wohl machen, wenn Sie wissen, was ich meine.«

Jetzt reichte es Ben endgültig. Langweilige Reminiszenzen und Machogehabe konnte er zur Not ja noch ertragen, aber eine Frau herabsetzen, noch dazu eine, die so nett war und ihm einen Riesengefallen tat – das ging ihm über die Hutschnur. »Wenn Sie mich bitte entschuldigen«, murmelte er. »Ich brauche einen frischen Drink.«

»Klar, Junge«, sagte Derek, der noch immer feixte. »Feiern Sie nur. Das ist heute Ihr Abend.«

Ben bahnte sich den Weg zur Bar. Diese ganze Party widerte ihn an. Vor allem aber Derek. Der Kerl hatte ihn von Anfang an nicht ausstehen können und immer herablassend behandelt. Und nun diese plötzliche Verwandlung.

Keine zwei Tage war es her, daß er ihn angeschrien und der Unfähigkeit bezichtigt hatte. Und heute sollten sie auf einmal Saufkumpane sein!

Greg stand an der Bar und plauderte mit Marianne. Als er Ben bemerkte, legte er gleich den Arm um ihn und nahm ihn mehr oder weniger in den Schwitzkasten. »Mein Kumpel!« dröhnte er. »Ben! Na, wie läuft's, Alter?«

Ben war nicht ganz klar, ob Greg betrunken war oder ob dieses lärmende Getue zu seiner Rolle als Partylöwe gehörte. »Mir geht's gut, Greg. Hübsches Sakko übrigens, das du da trägst.«

»Dieser alte Fetzen da? Dir gefällt der Schnitt?«

»Jedenfalls besser als das komische Fell, das du am ersten Arbeitstag anhattest.«

»Stimmt. Ich hatte es wirklich nötig, mein Image aufzupolieren. Mit diesem Ding sehe ich doch etwas seriöser aus, oder?«

»Mensch, Greg, das ist ja Kaschmir!«

»Hmm, ja, kann schon sein. Hey, ist das nicht eine Riesensause? Wetten, Marianne hätte nie gedacht, daß die Jungs in diesem Laden so bald einen draufmachen?« Er stieß Marianne in die Rippen, um dann sogleich wieder Ben an sich zu drücken. »Und wem verdanken wir das, Bennieboy? Du bist eine Wucht, Junge!«

Ben verneigte sich.

»Hey!« rief Greg unvermittelt und legte wieder sein perfektes Lächeln hin. »Erinnerst du dich noch, du und ich im Bare Fax. War doch aufregend, oder?« Das schien ihn ungemein zu erheitern. Sehr zu Bens Glück, der nichts daran komisch fand, lachte er gleich für sie beide.

»Ja, ja, das waren noch Zeiten«, brachte Ben hervor. Doch er traute seinen Ohren nicht. Was sollte das Gerede von der guten alten Zeit? Ihr Besuch in diesem Lokal lag doch erst eine Woche zurück.

Greg ließ sich von dem Mann an der Bar einen Gin Tonic geben, dann wandte er sich noch einmal an seine Kollegen.

»Tja, ich ziehe mal besser weiter. Muß noch jede Menge Hände drücken und Teilhaber beeindrucken. Aber was sage ich das dir, großes Tier? Du kennst dich in dieser Hinsicht ja wohl besser aus.« Er boxte Ben gegen den Arm und mischte sich im nächsten Moment unter die Menge.

Ben und Marianne sahen einander an. »Was ist denn in ihn gefahren?« fragte Ben.

»Ich glaube, du bist soeben vom Angestellten zum großen Macker befördert worden«, meinte Marianne mit einem dünnen Lächeln. Dann wurde ihr Gespräch kurz unterbrochen, weil sie ihre Cola mit Rum bekam.

»Anscheinend hat er gehört, daß ich bei Sanguine Hausjurist werden soll.«

»Sieht ganz so aus«, meinte Marianne. »Und vor allem hat ihn wohl der Teil beeindruckt, daß du deinen eigenen Mitarbeiterstab aufbauen kannst.«

»Wirklich? Davon wußte ich noch gar nichts.«

Marianne starrte ihn veblüfft an. »So geht das zu auf dieser Welt. Wenn du eine Frau bist, kannst du dir dein Leben lang den Arsch aufreißen und kriegst nie einen vernünftigen Job; wenn du ein Mann bist, fällt dir alles so schnell in den Schoß, daß du gar nicht mehr weißt, was du so hast.«

Jetzt war Ben an der Reihe und ließ sich eine Flasche Seven-Up geben. Als er sich wieder umdrehte, fiel ihm zum erstenmal Mariannes neue Frisur auf. Sie hatte ihr schwarzes glattes Haar zu einem Knoten zusammengebunden.

»Ich nehme an, du hast das gemacht, um professioneller auszusehen«, mutmaßte Ben.

»Was? Ach, die Frisur. Ja ... äh ...«

»Zumindest ist das Problem mit dem Namen gelöst.«

»Stimmt, aber das erinnert mich an was. Kennst du meinen Begleiter schon?« Ben schüttelte den Kopf. »Er muß hier irgendwo sein. Großer, gutaussehender Typ. Dichter Schnauzer. Kevin heißt er. Sein voller Name ist Charles Kevin Bryant. Er ist Architekt. Mir ist nur noch nicht klar, ob ich ihn als Kevin oder als Charles vorstellen soll. Du weißt ja, auf den guten Eindruck kommt es an. Sag, was hältst du von C. Kevin?«

C. Kevin? Ben beherrschte sich mit Mühe. Fehlte nur noch, daß sie den armen Kerl so anredete, wenn sie mit ihm allein war. »Ob sich das so gut in Konversationen macht?« fragte er zurück.

»Wohl nicht unbedingt. Andererseits klingt Kevin schrecklich kindlich. Die Leute sollen doch das Gefühl haben, daß er auf dem Sprung nach oben ist. Was sagst du dazu, Ben? Deinem Urteil kann ich trauen. Ich will doch das Richtige tun.«

»Das wird dir auch bestimmt gelingen«, murmelte Ben.

Plötzlich spähte Marianne über Bens Schulter hinweg in den Garten. »Mein Gott, Ben«, flüsterte sie. »Schau dir das an, sonst glaubst du es mir nie.«

Ben drehte sich neugierig um. In der Einfahrt stand Alvin. Und er hatte eine Frau mitgebracht.

Ben sah eilig weg, doch Alvin hatte ihn bereits erkannt und steuerte geradewegs auf ihn zu.

»Ich nehme an, du weißt, wer die Frau ist«, raunte Ben Marianne zu.

»Sehe ich aus wie eine Hinterwäldlerin?« erwiderte Marianne. »Natürlich weiß ich Bescheid.«

Jetzt stand Alvin auch schon vor ihnen. Er strahlte übers ganze Gesicht und schüttelte beiden die Hand. »Ich möchte euch meine Verlobte vorstellen. Candy Corell heißt sie. Candy, das sind meine Kollegen Ben Kincaid und Marianne Gunnerson.«

Keine Frage, das war sie. Auch wenn Ben in jener verhängnisvollen Nacht kaum einen Blick auf ihr Gesicht hatte werfen können, so erkannte er doch die vielseitig begabte Kellnerin vom Bare Fax auf Anhieb wieder. Das rote Haar hatte sie sich heute zu zwei Zöpfen geflochten, was sie um mindestens fünf Jahre jünger erscheinen ließ. Außerdem meinte es das matte Licht auf der Terrasse offenbar besser mit ihr als die grellen, schonungslosen Scheinwerfer der Nachtbar. Bekleidet war Candy mit Bluejeans und einer weit ausgeschnittenen weißen Bluse, die mehr zeigte als verhüllte. Damit machte sie sich bei den Männern bestimmt äußerst beliebt, bei den Frauen wohl weniger.

Ben zog Alvin hastig beiseite. »Was machst du denn?« flüsterte er entsetzt. »Du ruinierst dir deine ganze Karriere!«

Alvin sah ihm ernst in die Augen. »Wenn sie meine Frau werden soll – und das *wird* sie –, müssen die anderen sie ja eines Tages kennenlernen. Außerdem brauchen sie ja nichts über ... ihre Vergangenheit zu erfahren.«

Bevor Ben zu einer Antwort ansetzen konnte, schaltete sich die Person, um die es ging, in ihr Gespräch ein. »Oh, ich kenne dich doch!« quietschte sie. »Warst du nicht auch im ...«

»Ja, richtig, der bin ich«, fiel ihr Ben ins Wort. »Was waren das doch für verrückte Zeiten.«

»Entschuldigung, kann ich mal durch?«

Ben sprang erschrocken beiseite. Es war Derek. An seiner Schulter hing Sanguine. Sie sahen noch viel betrunkener aus als vorhin, obwohl es erst Minuten her war, daß Ben sie verlassen hatte.

Derek erspähte Candy und musterte sie in nicht gerade diskreter Weise. Na ja, dachte Ben, sie wird es gewohnt sein.

»Stellen Sie uns doch der jungen Dame vor, Mr. Hager«, sagte Derek mit einem lüsternen Grinsen.

»Mit Vergnügen, Sir. Das ist meine Verlobte Candy Corell.«

Derek rückte so nahe an Candy heran, daß er sie fast berührte. »Ich hoffe, Sie halten mich nicht gleich für einen Sexisten, wenn ich Ihnen in aller Offenheit sage, daß Sie eine wunderschöne Frau sind.«

»Aber überhaupt nich'«, kicherte sie. »Red' nich' um den heißen Brei herum, sag' ich meinen Kunden immer.«

Derek legte nachdenklich die Stirn in Falten. »Was haben Sie denn für einen Beruf, wenn ich fragen darf?«

Ben hielt den Atem an.

»Na ja, ich geh' jetzt aufs College.«

Ben atmete auf.

»Genauer gesagt: Ich fange im Herbstsemester an. Dank Alvin.« Sie legte den Arm um seine Hüfte und kniff ihn. »Er ist nämlich mein kleiner Sugardaddy.«

»Ach, wirklich?« lachte Derek. Er schien das ungemein lustig zu finden.

War zuvor dezente Hintergrundmusik aus den in regelmäßigen Abständen angebrachten Lautsprechern gedrungen, so wurde jetzt auf einmal die Lautstärke aufgedreht, und eine Rock 'n' Roll-Nummer aus den fünfziger Jahren dröhnte los.

»Zeit zum Tanzen!« rief Derek begierig. »Hat jemand Lust?«

»Ich tanze immer«, verkündete Candy.

»Nein!« riefen Ben und Alvin wie aus einem Mund.

»Ich meine, der erste Tanz ist doch für den Bräutigam reserviert«, fügte Alvin eilig hinzu.

»Genau«, sprang ihm Ben bei. »Ganz genau.«

So nahm Alvin Candy bei der Hand und führte sie zur Tanzfläche. Derek und Sanguine gingen weiter zur Bar.

»Aufregende Frau«, hörte Ben Derek sagen. »Hätte ich Hager nie zugetraut. Tolle Titten.«

In seinem Rücken vernahm Ben eine andere Stimme. »Na so was. Kaum legen sie richtige Musik auf, da sehe ich auf einmal meinen Lieblingstanzpartner.«

Ben wirbelte herum. »Mona!« rief er. Es war zum Heulen. Als wäre die Party nicht alptraumhaft genug, mußte er auch noch Mona Raven über den Weg laufen. Sie stand Arm in Arm mit ihrem Mann unmittelbar vor ihm. Heute trug sie eine weite Lamébluse, die über einem engen Lederrock hing. Anders als in Candys Fall meinte es das Licht hier nicht sonderlich gut mit ihr.

»Ich glaube, wir kennen uns«, krächzte Raven mit seiner zittrigen Stimme.

Ben schüttelte ihm die Hand. »Ja, natürlich, und es war mir ein Vergnügen.« Er fragte sich, an welche ihrer zwei Begegnungen sich der alte Mann erinnerte.

»Und ich hatte das Vergnügen eines Tanzes mit Ihnen, wenn ich mich recht entsinne«, sagte Raven und wandte sich Marianne zu. Offensichtlich halfen junge hübsche Frauen seinem Gedächtnis auf die Sprünge. »Ich finde, wir sollten diesen Brauch unbedingt aufleben lassen.« Er reichte Marianne den Arm, und sie folgte ihm lächelnd aufs Parkett.

Mona legte Ben die Hand auf die Schulter und drückte

sich an ihn. »In meinen Augen warst du neulich im Red Parrot wahnsinnig männlich. Fast wie ein richtiger Held.«

»Wie nett von dir, daß du mir das sagst.« Aus den Augenwinkeln beobachtete Ben die nähere Umgebung. Sah schon jemand her?

»Ich will eine Zugabe«, sagte Mona und benetzte sich mit der Zunge die Lippen.

»Vergiß es, Mona. Das ist einfach nicht mehr drin.«

»Wenn du nicht mitspielst, dann muß ich Joseph von den häßlichen Leichen erzählen, die sein neuer Hausjurist im Keller hat.«

»Ach ja? Ich habe gehört, daß bei dir und Sanguine auch ein paar Klapperskelette rumstehen.«

Mona wich zurück. »Ich weiß nicht, worauf du anspielst. Und ich glaube nicht, daß ich deine neue Haltung mir gegenüber gut finde, Benjy. Vielleicht sollte ich mal ein Gespräch mit meinem Mann führen. Ihn interessiert nämlich brennend, wer von den neuen Anwälten mit seiner Frau schläft.«

»Von mir aus gern.« Ben sah Mona mit festem Blick in die Augen. Sie konnte ihn nicht mehr einschüchtern. Irgendwie fiel es ihm schwer, sie noch ernst zu nehmen, nachdem er sie an der Schulter eines zwei Zentner schweren Rockers hatte hängen sehen. »Sag ihm, was du willst, aber dann erzähle ich ihm, wen ich neulich im Red Parrot gesehen habe.«

»Er wird dir kein Wort glauben!« lachte Mona.

»Ich habe Fotos.«

»Hast du nicht!«

»Ach nein? Wir Zivilbullen gehen nie ohne versteckte Kamera auf die Straße.«

Auf einmal flatterten Monas Lider. Alle Energie schien aus ihrem Gesicht zu weichen. Ben sah Tränen in ihren Augen schimmern. »Es ist wegen meines Alters, nicht wahr?« flüsterte sie.

»Nein«, sagte er sanft und legte die Hand auf ihren Arm. »Das ist wirklich nicht der Grund. Ich halte es einfach nicht für richtig.«

Sie kam nicht mehr dazu, ihm zu antworten. Ein spitzer Schrei ließ sie alle herumfahren.

»Du bist eine Krankheit! Schlimmer als die Beulenpest!« Beim Swimmingpool stand Louise Derek vor ihrem Mann und spuckte Gift und Galle.

Ben konnte es nicht fassen. Was war nur in sie gefahren? Ihr Gesicht wirkte noch ausgemergelter als neulich bei der Szene im Gerichtssaal. »Ich dachte, sie hätten sich getrennt«, murmelte er, ohne den Blick von dem streitenden Paar zu wenden.

»Haben sie auch«, bestätigte Mona, die ebenfalls zuschaute. »Aber dann haben sie wieder zusammengefunden. Er hat sie angefleht, sie solle ihn wieder einziehen lassen, allein schon wegen der Kinder, der schönen Zeit früher ... das übliche Gesülze eben. Ich habe sie ermuntert, sich nicht erweichen zu lassen, aber ...« – Mona seufzte – »als er einen Selbstmordversuch unternahm, gab sie dann doch nach.«

»Einen was?«

»Schloß einen Schlauch an den Auspuff seines Jaguar an und leitete die Abgase ins Innere. Mußte vom Notarzt ins Krankenhaus gebracht werden.«

»Ich habe gehört, es wäre ein Asthmaanfall gewesen.«

Mona sah ihn lächelnd an. »Mein Gott, du bist wirklich sehr jung. Ich nehme an, in den letzten Jahren war das Leben mit ihr auch nicht gerade ein Honigschlecken für ihn. Na ja, wenn er nicht so ein egoistischer und ausschließlich auf sich fixierter Scheißkerl wäre, hätte ich sogar Mitleid mit ihm.«

»Du Schwein! Du untreuer Mistkerl!« kreischte Louise mit sich überschlagender Stimme und brach in Schluchzen aus.

»Bitte, Liebling«, brummte Derek. »Die Leute schauen schon. Reg dich nicht auf.« Er griff nach ihrem Arm.

Sie schlug ihm wütend auf die Finger. »Du sagst mir nicht, daß ich mich nicht aufregen soll! Ich rege mich auf, wann ich will!« Sie wich zurück und stand plötzlich bedrohlich nahe am Beckenrand.

»Jemand muß sie vom Pool wegziehen, sonst wird aus der Tragödie noch eine Farce«, sagte Ben. Keiner achtete auf ihn. Die Leute hatten nur noch Augen und Ohren für den Streit zwischen den Gastgebern.

»Ich will dich hier nicht mehr sehen!« heulte Louise. »Verschwinde aus meinem Haus und nimm deinen ganzen Krempel mit, und zwar jeden Scheißfetzen, hörst du!«

»Sei doch vernünftig, Schatz.« Erneut versuchte Derek, ihre Hand zu ergreifen.

Sie schlug nach ihm, verfehlte ihn, und dann geschah das, was Ben befürchtet hatte: Sie verlor das Gleichgewicht. Verzweifelt ruderte sie mit den Armen durch die Luft, konnte den Sturz aber nicht mehr abfangen. Mit einem gellenden Aufschrei fiel sie ins Wasser.

Ben hoffte, Derek würde wenigstens soviel Anstand aufbringen und sie nicht auslachen. Doch er hatte den Mann überschätzt. Derek barst förmlich vor Gelächter. »Das ist zu köstlich!« keuchte er zwischendurch, um gleich wieder loszuplatzen.

»Was zuviel ist, ist zuviel!« stieß Mona hervor, warf ihre Handtasche zu Boden und stürmte zum Swimmingpool. Ehe Derek sich versah, hatte sie ihn ins Becken gestoßen. Sein Brüllen übertönte bei weitem das Spritzen des Wassers.

Ben fiel auf, daß einige bereits nervös zum Gartentor schielten. Die Show war wohl zu Ende. Er hielt es für das klügste, das Weite zu suchen.

Er steuerte auf seinen Wagen zu, als ihm auf der anderen Straßenseite im Schatten eine Gestalt auffiel, die auf dem Bürgersteig hin- und herwanderte.

»Ben?« fragte die Gestalt. Es war Brancusci.

»Was machen Sie denn hier?« entfuhr es Ben.

Der Buchhalter trat nun in den Schein einer Straßenlampe. »Ich habe Sie gesucht. Von Ihrer Sekretärin habe ich erfahren, daß Sie hier sind. O Mann, was ist denn das für ein Schlachtschiff? Wie dem auch sei, ich habe jetzt die Dokumente, die Sie brauchen. Sie sind alle in meiner Wohnung.«

Ben seufzte. Er hatte einen anstrengenden Tag hinter sich

und konnte sich unmöglich auch noch auf obskure Gewinn- und Verlustrechnungen einlassen. »Ich denke, morgen früh müßte auch noch reichen.«

»Haben Sie nicht selbst gesagt, daß Sie es eilig haben? Außerdem geht es nicht nur um finanzielle Transaktionen. Ich habe rausgefunden, wer ...« Er verstummte abrupt.

»Was ist?«

»Mein Gott«, flüsterte Brancusci fast unhörbar. »Ich wußte nicht, daß *er* auch dabeisein würde.«

Ben drehte sich um und sah Mona das Anwesen in Begleitung eines gutaussehenden Burschen mit Schnurrbart verlassen. War das nicht der Mann, mit dem Marianne gekommen war, dieser berühmt-berüchtigte C. Kevin? Arme Marianne, dachte er. Offensichtlich war ihr neuer Freund nicht so professionell, wie sie gedacht hatte. Oder war er es am Ende gerade deswegen?

Brancusci hatte sich inzwischen hinter einen geparkten Wagen geduckt. »Hat er mich gesehen?« zischte er.

»Wer soll Sie gesehen haben?« fragte Ben. »C. Kevin?«

Immer mehr Leute strömten nun durch das Tor. »Rufen Sie mich morgen an«, flüsterte Brancusci aus seinem Versteck und verschwand in der Dunkelheit.

Ben blieb nachdenklich vor seinem Auto stehen und sah die letzten Gäste gehen. Als zum Schluß auch Derek und Louise auftauchten, sprang er hastig in den Honda.

Derek war auf einmal die Fürsorglichkeit in Person. Er hatte den Arm um Louises Schulter gelegt und trocknete sie mit einem Badetuch ab. »Es tut mir so leid, Liebling«, hörte Ben ihn mit ungewohnt sanfter Stimme sagen. »Und ich verspreche dir auch ganz bestimmt Besserung. Komm, wir fahren gleich ins Krankenhaus und lassen deine Beule dort behandeln.« Er hielt Louise die Beifahrertür auf und half ihr beim Einsteigen. Dann kletterte er hinter das Steuer und ließ den Motor an.

Was für eine Nacht, dachte Ben. Aber er war froh, daß Derek endlich weg war. Sein Wagen hatte sich schon in Bewegung gesetzt, als das Scheinwerferlicht auf eine Gestalt fiel, die in einer dunklen Ecke neben Dereks Haustür stand.

Im nächsten Augenblick war Ben schon vorbei. Er schaute in den Rückspiegel, konnte jedoch niemanden mehr entdekken. Hatte er sich nur getäuscht? Und wenn nicht, wie lange hatte die Gestalt schon in dieser Ecke gestanden? Hatte Brancusci womöglich sie gemeint?

Ben wendete und schaltete vor dem Haus das Fernlicht ein. Jetzt war kein Mensch mehr dort. Nach einem abermaligen Wendemanöver schlug er den Heimweg ein. Zwar kurbelte er das Fenster hoch, doch vermochte er ein klammes Gefühl nicht zu vertreiben.

DRITTER TEIL

GIBT ES KEINE BIENEN …

1

»Geschafft!« verkündete Christina und wedelte triumphierend mit ihrem Notizblock. »Ein Glück, daß so ein komischer Betrag drauf stand und nicht eine runde Summe. Sonst hätte ich tausend mögliche Adressen abklappern müssen. Aber so kommt nur eine in Frage.«

»Eine was?« fragte Ben und sah von einem Schriftsatz auf, den er gerade überarbeitete.

»Eine Wohnung! Na ja, genaugenommen sind es zwei in einem Wohnkomplex. Vielleicht kennst du das runde Hochhaus südlich der Innenstadt? The Malador heißt es. Dort werden Wohnungen in dreierlei Größen angeboten: Apartments, Zwei- und Dreizimmerwohnungen. Rate mal, was eine Wohnung mit zwei Zimmern und Küche im Moment kostet! Exakt vierhundertsiebzehn Dollar und sechsundvierzig Cents inklusive Nebenkosten."

»Das ist ja unglaublich!« rief Ben. »Christina, du bist ein Schatz!«

»Man tut, was man kann«, sagte sie mit einem unschuldigen Augenaufschlag.

»Andererseits können wir uns nicht hundertprozentig

darauf verlassen, daß es sich bei dem Betrag wirklich um die Miete für eine Wohnung handelt. Es könnte genausogut die Rate für ein noch nicht erschlossenes Grundstück sein.«

»Das glaube ich nicht. Wenn Sanguine in aller Heimlichkeit einen Zweitwohnsitz anmieten wollte, würde er garantiert größtmögliche Anonymität wahren. Ein Hochhaus wäre ideal dafür. Er bräuchte nur einen Strohmann vorzuschieben, der für ihn die Formalitäten erledigen und dann einmal pro Monat den Scheck für die Miete einwerfen würde. Aber *pièce de résistance* ist die Monatsmiete. Mensch, Ben, es ist auf den Cent derselbe Betrag!«

»Stimmt«, räumte Ben ein. »Zumindest ist das unser bester Anhaltspunkt. Fahren wir raus.«

Ben und Christina saßen in Bens Honda, den sie schräg gegenüber dem Malador abgestellt hatten. Unterwegs hatten sie kurz bei Christina angehalten, damit sie in weniger auffällige Kleider schlüpfen konnte: raus aus den grellen Leggings, rein in Jeansrock und weiße Bluse.

Ben setzte sie über die Ergebnisse seines Besuchs bei Sanguine ins Bild. Am besten gefiel ihr die Nachricht über das neue massive Schloß an der Eingangstür. Weit weniger begeistert zeigte sie sich allerdings, als Ben ihr seine Strategie zur Auskundschaftung des Malador auseinandersetzte.

»Warum gerade ich?« rief sie. »Ich dachte, wir wären ein Team!«

»Das sind wir auch, aber du mußt als erste ran. Allein schon der Glaubwürdigkeit halber sollte unbedingt eine Frau die Fragen stellen. Ich muß mich ja schon deswegen schön im Hintergrund halten, weil ich später unter einem anderen Vorwand reingehe. Da kann ich mich doch nicht vorher als Meinungsforscher ausgeben. Was wäre, wenn ich aufflöge? Meine Zulassung als Anwalt wäre ich los. Anwaltsgehilfinnen kann so was nicht passieren.«

»Das nicht, aber wir können verhaftet und gefeuert werden, uns bis auf die Knochen blamieren und verarmen. Aber von mir aus. Ich sehe ja ein, daß du recht hast.« Sie beugte sich über den Rücksitz und ergriff ein Klemmbrett, das sie eigens mitgebracht hatten. Doch dann zögerte sie auf einmal. »Vielleicht sollte ich mich doch wieder umziehen«, meinte sie und strich sich das rotblonde Haar aus der Stirn.

»Du willst nur Zeit schinden. Du siehst doch gut aus, wie eine richtige Meinungsforscherin. Erzähl ihnen einfach, du seist von der Stadt und würdest im Zuge einer großangelegten Sanierungsmaßnahme eine Befragung der Anwohner dieses Viertels durchführen. Oder nenn von mir aus die Handelskammer, sag, du müßtest mehr über das Konsumverhalten der Bürger erfahren.« Er hielt inne. »Und noch was, Christina. Laß das Französisch bleiben.«

»Alles klar.« Sie öffnete die Tür, machte aber keine Anstalten, auszusteigen. »Brauche ich nicht so was wie einen Dienstausweis?«

Ben schob sie mit sanfter Gewalt aus dem Wagen. »Bist du immer noch nicht draußen? Keine Sorge, das kriegst du schon hin.«

»Das kriegst du schon hin«, äffte sie ihn nach. »Zeig mir lieber deine Dankbarkeit, wenn es vorbei ist.«

»Das werde ich. Ganz bestimmt.«

»Pffh!« Christina strich den Rock glatt, klemmte sich das Brett unter den Arm und stiefelte los.

»Warum lasse ich mich nur immer für so was breitschlagen«, murmelte Christina im Aufzug vor sich hin. Ich bin eine erwachsene Frau von etwas über Dreißig, geschieden, keine von diesen dämlichen Akademikerinnen und über das Alter hinaus, in dem man Räuber und Gendarm spielt. Als ob ich nicht schon genug für ihn getan hätte. Beim Einbruch hätten sie uns fast erwischt. Und wie war das in dieser schmierigen Bar, in der sie uns hätten totschlagen können? Habe ich da etwa nichts für ihn getan?

Der Aufzug hielt im siebten Stock, die Tür ging auf, und damit war Christinas innerer Monolog beendet. Jetzt war volle Konzentration angesagt. Sie warf einen Blick auf die Tür zum Apartment mit der Nummer 701. Na ja, sprach sie sich Mut zu, besser als Dokumente bearbeiten ist das hier schon.

Kaum hatte sie angeklopft, wurde die Tür auch schon geöffnet. Ein kleiner, dicker Mann in einem weiten T-Shirt mit dem Logo einer heimischen Brauerei auf der Brust stand auf der Schwelle und musterte sie unverhohlen von oben bis unten.

»Ja?« grunzte er.

Auf einmal wurde ihr am ganzen Körper heiß. »Guten Tag, mein Name ist Christina Crocket. Ich arbeite für die Handelsgemeinde und soll Sie im Auftrag der Horrorkammer ... äh ... ich meine ...« Sie fuhr sich nervös über die Stirn. »O Gott, lassen Sie mich noch mal anfangen.«

Der Mann kratzte sich nachdenklich am unrasierten Kinn.

»Das kennen Sie wahrscheinlich selbst«, sagte Christina. »Nach dem Mittagessen kommt man immer schwer in die Gänge. Vor allem sollte ich endlich mal diese mexikanischen Restaurants links liegenlassen.« Sie gab ein verkrampftes Lachen von sich. O Gott, was für ein Alptraum!

»Da kann ich nich' mitreden«, brummte der Typ. »Ich arbeite immer in der Nacht. Nach der Schicht kipp' ich ein paar Bier runter und hau' mich aufs Ohr.«

»Ach, wirklich?« fragte Christina und kritzelte Strichmännchen in ihren Block. »Das ist ja hochinteressant! Was für eine Tätigkeit üben Sie denn aus?«

»Nachtwächter im Williams Center drüben. Im Augenblick wenigstens. Eigentlich war ich nie scharf auf diesen Job, aber man kann sich's halt nich' aussuchen. Aber was kümmert das Sie?«

Christina lächelte ihn freundlich an. »Das sind nur ein paar Kleinigkeiten, die ich für eine Erhebung brauche. »Sagen Sie, leben Sie allein?«

»Schön wär's!« schnaubte er. »Klar, außer meiner Alten, drei Bälgern und meinem Schwager lebe ich allein.«

»Ich verstehe.« Wieder kritzelte sie wie eine Besessene.

»Ich mach Ihnen 'nen Vorschlag, Miß Crock oder wie Sie heißen. In der nächsten Stunde kommt bestimmt keiner heim. Wollen Sie nich' 'n bißchen reinkommen? Ich hab' noch Bier im Kühlschrank.«

»Oh, ich glaube, das geht nicht.«

»Ich hätt' auch Hasch, wenn Ihnen das lieber is'.«

Wieder dieses perverse Lachen. »Danke, danke, aber ich ...« Das wirst du mir büßen, Ben, nahm sie sich insgeheim vor. »Gut, ich lese Ihnen jetzt eine Liste von größeren Unternehmen in und um Tulsa vor und würde Sie bitten, mir zu sagen, ob der Name Ihnen ein Begriff ist. Damit soll die Effektivität ihrer Werbung getestet werden. Also, wie wär's mit ... äh ...« – Los, mach schon Christina, und bitte jetzt keinen Blackout mehr! – »... mit ... äh ... Williams Companies?«

»Ich hab' Ihnen doch gesagt, daß ich im Williams Center arbeite! Halten Sie mich für blöd oder was?«

»Neinneinnein! Nichts läge mir ferner! ... Und die Barma Pie Company?«

»Sind das nicht die, die diese leckeren Nußkuchen machen? Klar mag ich die! Meine Scheißalte bringt sie in letzter Zeit überhaupt nich' mehr heim. Dieses Miststück.«

»Aha, aha. Und Sanguine Enterprises?«

»Hmm, nie davon gehört. Muß man die etwa kennen?«

»Nein, nein, wirklich nicht.« Christina gewann allmählich an Selbstvertrauen. Sie spürte, daß dieser Mann sie nicht anlügen würde. Dazu war er gar nicht fähig.

»Hören Sie, ich hab's langsam satt, hier in der Tür zu stehen. Kommen Sie jetzt rein oder nich'? Sie werden es nicht bereuen.«

Christina stieß ihr bis dahin schrillstes Lachen aus. »Wirklich sehr verlockend! Aber leider gegen alle Vorschriften. Danke für Ihre Mitarbeit. Ich melde mich wieder.«

»Was sind Sie überhaupt? So 'ne religiöse Fanatikerin oder was?«

»Nein ... nein, aber vielen Dank noch mal ...«

Sie trat hastig den Rückzug an.

2

Als Christina zu guter Letzt vor Nummer 724 stand, war sie fest davon überzeugt, daß die Bevölkerung von Tulsa ausschließlich aus Fundamentalisten, Hausfrauen, Fernsehsüchtigen oder Arbeitslosen bestand. Die aufdringlichsten waren die Anhänger der Wiedergeborenen mit ihren Missionierungsversuchen gewesen; am zugeknöpftesten hatten sich diejenigen gegeben, die noch ganz unter dem Bann der letzten Folge von *Alle meine Kinder* gestanden hatten.

Mit langsam schon wund werdenden Knöcheln klopfte sie an.

Die Frau, die ihr öffnete, wies sich durch ihre weiße Tracht unverkennbar als Krankenschwester aus. Sie war eine imposante Erscheinung, kräftig gebaut, aber alles andere als fett.

»Sind Sie für eines der Krankenhäuser in und um Tulsa tätig?« wollte Christina wissen, nachdem sie ihr Sprüchlein runtergeleiert hatte.

»War ich mal. Jetzt nicht mehr.« Kurz und bündig. Diese Frau gab nur das Allernötigste von sich.

»Ich verstehe. Und jetzt arbeiten Sie freiberuflich?«

»Ja.«

»Wie lange schon?«

»Fast zwei Jahre.«

»Darf ich fragen, für wen?«

Die Frau zögerte. »Das ist streng vertraulich.«

Christina wollte sich nicht so schnell einschüchtern lassen. »Ich verstehe. Nun, der Name ist für meinen Auftraggeber wohl auch nicht von Belang. Trotzdem würde die Handelskammer ganz gerne wissen, ob Ihr Arbeitgeber mit einem der größeren Unternehmen hier in dieser Stadt in Verbindung steht. Das wären zum Beispiel die Memorex/Telex Corporation oder … äh … Sanguine Enterprises.«

Die Reaktion der Schwester ließ an Eindeutigkeit nichts zu wünschen übrig. »Wer sind Sie?« fragte sie, und mit einem Schlag nahm ihr Gesicht einen abweisenden Zug an.

»Wie gesagt, ich führe im Auftrag der Handelskammer eine Umfrage durch. Sie leben nicht allein, wie ich annehme ...«

Die Frau durchbohrte Christina schier mit den Augen. »Hier lebt nur meine Patientin«, erwiderte sie gereizt. »Ich versorge sie täglich zwischen neun und neunzehn Uhr, auch an Feiertagen. Und ich sollte mich auch jetzt um sie kümmern. Wenn Sie mich also entschuldigen ...«

»Wie lautet denn der Name ihrer Pa...?« wollte Christina wissen. Doch ihre Frage kam zu spät. Die Schwester hatte ihr kurzerhand die Tür vor der Nase zugeschlagen.

»Das ist sie, Ben, garantiert! Kaum hatte ich den Namen Sanguine erwähnt, starrte sie mich an wie ein gehetzter Kriegsverbrecher aus der Nazizeit.«

Bens Blick wanderte unwillkürlich zum westlichen Horizont, wo die Sonne sich anschickte, unterzugehen.

»Hast du auch die übrigen Bewohner abgeklappert?«

»Natürlich, aber da ist mir niemand verdächtig vorgekommen, auch wenn drei Leute nicht aufgemacht haben. Waren wohl noch in der Arbeit. Aber die Schwester ist es, Ben. Jede Wette.«

Ben kratzte sich nachdenklich am Ohr. »Kann schon sein, daß sie es ist – aber *was* ist sie? Ich sehe den Zusammenhang nicht. Was soll sie mit Sanguine zu tun haben? Weißt du, was der Patientin fehlt? Wie alt ist sie überhaupt?«

»Keine Ahnung. Ich wollte sie fragen, aber da hatte sie schon die Tür zugeknallt.«

»Dann gehen wir zu Plan B über«, seufzte Ben. »Jetzt muß wohl ich ran.«

»Beeil dich, Ben. Ich glaube, sie hat schon Verdacht geschöpft. Am Ende spricht sie noch mit ihrem mysteriösen Auftraggeber oder sonst wem. Wer weiß, was dann alles passieren kann. Ich will nicht, daß du dir Ärger einhandelst.«

Ben sah Christina an, daß sie sich aufrichtig Sorgen machte. Die Schwester mußte sie ganz schön eingeschüchtert haben. »Das kriege ich schon hin«, versuchte er sie und sich selbst zu beruhigen. »Aber ich warte lieber noch ein paar Stunden, sonst holt sie noch die Polizei. Außerdem muß ich vorher noch etwas mit Mike besprechen.«

»Warum übergibst du das Ganze nicht sowieso Mike? Schließlich ist er der Cop. Cops sind für solche Sachen zuständig und nicht Junganwälte.«

»Was hätte Mike dort zu suchen? Es liegt ja kein begründeter Verdacht vor. Wir haben nichts in der Hand, was auch nur annähernd einen Durchsuchungsbefehl rechtfertigen würde. ›Tja, Euer Ehren, diese Krankenschwester hat sich verdächtig benommen.‹ Vergiß es. Wenn die Cops sich durch illegales Eindringen Beweismittel verschaffen, wird das vor Gericht nicht anerkannt. Dann ist es so gut wie unmöglich, Sanguine zu überführen. Und ...«

Ben verstummte, denn auf einmal streichelte Christina ihm die Schläfe. »Sei vorsichtig, Ben, versprich mir das.«

»Ach? Warum?«

Sie verschränkte abrupt die Arme vor der Brust. »Weil du mir immer noch ein Dinner schuldest und ich nicht zulasse, daß du dich davor drückst, du Hornochse!«

3

Ben klopfte schüchtern an. Dann aber fiel ihm die Rolle wieder ein, die er heute spielen wollte. Er klopfte noch einmal, und zwar sehr energisch.

Die Schwester öffnete die Tür einen Spaltbreit. Sie war genau so, wie Christina sie beschrieben hatte: furchterregend. An der biß sich garantiert jeder die Zähne aus. Ben sank das Herz in die Hose.

»Ja?« sagte die Frau. Nicht nur ihr Ton, auch ihre Körpersprache war eindeutiger als jede Neonreklame: MICH HÄLTST DU NICHT ZUM NARREN!

Ben griff bedächtig in die Innentasche seines Jacketts. Tu's mit aller Selbstverständlichkeit, als ob du es gewöhnt wärst, hatte Mike ihm geraten. Und paß auf, daß sie nicht näher hinsieht. Schließlich ist es eine Fälschung. Es wäre zu riskant, dich mit einem richtigen Ausweis auf Streife zu schicken. Sonst kriege ich womöglich Schwierigkeiten.«

»Lieutenant Kincaid, Tulsa Police Department.« Ben hielt der Frau für einen Sekundenbruchteil die falsche Marke unter die Nase und steckte sie wieder ein, bevor sie die Angaben überprüfen konnte. »Ich untersuche eine Serie von Einbrüchen, die in diesem Hochhaus verübt wurden.«

Die Frau machte keinerlei Anstalten, die Tür zu öffnen. »Davon habe ich noch gar nichts gehört.«

»Dann haben Sie Glück gehabt«, bluffte Ben. »Lesen Sie denn nie Zeitung oder sprechen mit den Nachbarn?«

»Nein.«

»Darf ich eintreten?«

Die Frau musterte ihn. Ihre Haltung verriet deutlich, daß sie scharf nachdachte. Nach einem langen Augenblick gewährte sie Ben sichtlich widerwillig Zutritt.

Die Wohnung war spartanisch eingerichtet. Dazu wirkten die Möbel willkürlich durcheinandergewürfelt, als wären sie bei diversen Haushaltsauflösungen zusammengekauft worden. Ein Kamin war vorhanden, doch wurde er anscheinend nicht benutzt – es gab weder einen Rost noch Asche. In der Mitte des Zimmers stand ein runder Eßtisch aus weißem Acryl, auf dem nicht ein Krümel lag. Vor dem Fenster hingen nicht etwa Gardinen, sondern Bettücher.

Die Krankenschwester deutete stumm auf das Sofa. Ben hatte sich schon in Bewegung gesetzt, als er noch einmal einen Blick in den Flur warf. An dessen anderem Ende lag ein zweites Zimmer. Durch die offenstehende Tür konnte er eine zweite Frau erkennen, die aufrecht in einem Korbstuhl saß und Ben anstarrte. Er blieb jäh stehen.

Die Frau trug einen langen blauen Mantel – oder war es ein Morgenrock? Um sicher zu sein, hätte Ben näher herangehen müssen. Ihr Alter schätzte er auf Ende Dreißig, Anfang Vierzig. Sie hatte die Arme vor der Brust verschränkt, ja, sie klammerte sich mit den Händen geradezu an den Oberarmen fest. Die Beine hatte sie übereinandergeschlagen. Die Füße waren nackt.

Ihr Gesicht wirkte sehr ernst, aber sympathisch auf Ben. Aus ihrer elfenbeinfarbenen Haut, die aussah, als hätte sie noch nie ein Sonnenstrahl berührt, schien ein intensives Glühen zu strömen, ein Glühen, das Ben irgendwie bekannt vorkam.

»Das ist Catherine ... Catherine Andrews, meine Patientin. Sie lebt in dieser Wohnung. Ich pflege sie.«

Ben nickte. Die Frau im anderen Zimmer reagierte nicht. Hatte sie sein Eintreten überhaupt registriert? Ihre Augen waren glasig, ihr Blick starr.

»Mein Name ist übrigens Harriet Morrison«, fügte die stämmige Frau hinzu. »Ich bin Krankenschwester.«

Ben konnte den Blick nicht von Catherine wenden. Er vermochte nicht genau zu sagen, warum, aber etwas schien hier einfach nicht zu stimmen. Die Schwester spürte offenbar sein Mißtrauen, denn von sich aus hätte sie bestimmt nicht die zusätzliche Information rausgerückt. Und jetzt führte sie ihn sogar zu der Couch, von der aus er Catherine nicht mehr sehen konnte. Ben zückte Block und Stift und machte sich kurz ein paar Notizen, ehe er wieder aufsah. »Verzeihen Sie meine Neugierde, aber aus Sicherheitsgründen muß ich das wissen. Sind Ihre Ausführungen so zu verstehen, daß Miß Andrews die Nächte allein verbringt?«

»Das ist ... richtig«, antwortete die Schwester zögernd. »Sobald ich Miß Andrews ins Bett gebracht habe, verlasse ich die Wohnung.«

»Kommen Sie jeden Tag?«

Ihre linke Augenbraue wanderte nach oben. »Ja.«

Ich bin zu aufdringlich, hielt sich Ben vor. Laß es gefälligst langsamer angehen, alter Junge. »Bewahren Sie oder Ihre Patientin wertvollen Schmuck in dieser Wohnung auf?«

Die Schwester ließ sich auf dem Sessel gegenüber dem Sofa nieder. »Miß Andrews hat ein paar Ringe, aber bestimmt nichts Wertvolles.«

Ben kritzelte eifrig Notizen in seinen Block. Dann stand er auf und sah sich unter dem Vorwand, er müsse eine Bestandsaufnahme machen, im Wohnzimmer um. »Weder Fernseher noch Stereoanlage. Gut, gut. Einbrecher sind ganz scharf auf Unterhaltungselektronik. Läßt sich leicht abtransportieren und verhökern. Bewahren Sie hier Medikamente auf?«

»Als Schwester muß ich natürlich bestimmte Sachen benutzen.«

»Welcher Art?«

»Nichts, was Herumtreiber interessieren würde.«

»Sie würden sich wundern, wenn sie wüßten, wofür sich Junkies auf der Suche nach Stoff alles interessieren, Ma'am. Was bewahren Sie denn auf?«

»Beruhigungsmittel, Schlaftabletten. Catherine muß gelegentlich … ruhiggestellt werden. Nichts Verbotenes, das kann ich Ihnen versichern.«

»Das glaube ich Ihnen gern. Lassen sich alle Türen verriegeln?«

»Leider nein. Sie haben nur gewöhnliche Drehgriffe.«

»Das ist ja unglaublich«, gab sich Ben entsetzt. »Das leite ich weiter. Der Hauseigentümer sollte da schleunigst etwas unternehmen. Ein Einbrecher bräuchte höchstens eine Minute, um da reinzukommen und mit all Ihren Wertsachen wieder zu verschwinden.«

»Es ist ja nicht viel da, was einen Diebstahl wert wäre«, meinte die Schwester achselzuckend.

Ben schritt unterdessen weiter hin und her, bis er in den Flur blicken konnte. Er hob die Stimme. »Wäre es möglich, daß ich Ihnen auch ein paar Fragen stelle, Miß … Andrews, nicht wahr?«

Die Schwester stand abrupt auf. »Kann ich unter vier Augen mit Ihnen sprechen, Lieutenant?«

Ben stolzierte auf sie zu.

»Lieutenant, Miß Andrews … geht es nicht gut. Physisch *und* psychisch. Sie ahnen sicher schon den Grund, warum sie auf ständige Pflege angewiesen ist. Sie ist chronisch depressiv, paranoid und wahrscheinlich auch schizophren. Es dürfte Ihnen schwerfallen, ein Gespräch mit ihr zu führen, und Sie würden trotzdem nichts erfahren. Nicht nur das, da

Sie nicht die notwendige Ausbildung haben, könnten Sie ihr ein Trauma zufügen.«

Ben sah zu der Frau im Korbstuhl hinüber. Soweit er das beurteilen konnte, schlief sie mit offenen Augen.

»Ich verstehe. Wahrscheinlich habe ich ohnehin alles, was ich brauche. Aber bitte rufen Sie sofort die Polizei, wenn Ihnen etwas Verdächtiges auffällt. Verlangen Sie Lieutenant Kincaid.«

Die Schwester nickte. Gleichwohl blieb ihre Miene streng. »Gut. Wie lautet die Nummer?«

Schweigen trat ein. Ben wurde nervös. »Sie ... steht im Telefonbuch. Oder wählen Sie einfach die 911.«

Auf einmal starrte die Frau Ben mit durchdringendem Blick an. »Für einen Lieutenant sind Sie sehr jung.«

Ben überlegte fieberhaft. »Ich bin gleich nach der Entlassung aus der Army zur Polizei gegangen. Die Zeit dort wurde mir angerechnet.«

»Ich verstehe«, sagte die Schwester, ohne den Blick von ihm zu wenden. »Wie war noch mal die Nummer auf Ihrem Dienstausweis? Für den Fall, daß ich Sie persönlich sprechen möchte.«

»Nicht nötig«, sagte Ben, der es plötzlich eilig hatte, die Tür zu erreichen. »Fragen Sie einfach nach mir. Danke für Ihre Geduld, Ma'am.«

4

Die Nacht war sehr finster. Ben hätte sich nicht unbedingt Vollmond gewünscht, doch wenigstens soviel Licht, daß er sich von der Dunkelheit nicht so erdrückt gefühlt hätte. In Zeiten wie diesen bedauerte er fast, daß er Nichtraucher war. Nicht wegen des Geschmacks, sondern weil ein Glimmstengel ihm geholfen hätte, die Zeit zu überbrücken. So aber hieß es warten, warten und wieder warten.

Ein leichter Sprühregen setzte ein. Sofort kurbelte Ben das Fenster hoch, allerdings nicht ganz, denn er mußte ja hören, was sich draußen tat. Natürlich liefen jetzt die Scheiben innen an, doch das mußte er eben in Kauf nehmen. So gerne er bei laufendem Motor das Gebläse eingeschaltet hätte, er verzichtete darauf. Jetzt galt es vor allem, keine Aufmerksamkeit auf sich zu lenken. Folglich begnügte er sich damit, die Seitenscheiben immer wieder mit dem Ärmel abzuwischen, damit er wenigstens einigermaßen freie Sicht hatte.

Ein Lied fiel ihm ein. Wie ging der Text gleich wieder? Von der Zeit war darin die Rede, die wie der Sand einer Sanduhr verrann. Wie das Leben, sinnierte Ben. Es wurde sieben, die Zeit ging weiter, es wurde acht. Ticktack, ticktack. Erinnerungen, Tagträume, Überlegungen zogen an Ben vorbei. Hatte die Krankenschwester gelogen? Vielleicht blieb sie doch Tag und Nacht in dieser Wohnung. Vielleicht war es eine Falle. Ticktack, ticktack. Neun Uhr.

Um Viertel vor zehn ging endlich die Aufzugtür auf, die direkt zum Parkplatz führte. Die Schwester trat heraus, lief mit klappernden Absätzen an den Wagen der Hausbewohner vorbei, kletterte in einen gelben Nova und ließ den Motor an.

Nachdem sie weggefahren war, ließ Ben weitere fünf Minuten verstreichen, ehe er seinen Wagen verließ. Eine reine Vorsichtsmaßnahme, versuchte er sich einzureden, doch ihm war bereits klar, daß er vor allem Angst hatte. Er sprang über die Ziegeleinfassung, die den Parkplatz von der Straße abtrennte, und erreichte von niemandem bemerkt den Aufzug.

Im siebten Stockwerk angekommen, huschte er lautlos zur Wohnung mit der Nummer 724, um dann plötzlich laut anzuklopfen. Die gute Kinderstube ließ sich eben nicht leugnen, und das, obwohl er wußte, daß niemand aufmachen würde. Er klopfte wieder.

Keine Antwort.

Bei seinem Besuch am Nachmittag hatte er sich das Schloß genau angeschaut. Danach hatte er Greg angerufen und sich von ihm erklären lassen, wie man so etwas knackte. In der Theorie hatte es wirklich einfach geklungen.

Er zog seine Mastercard aus der Brieftasche und schob sie in den Spalt zwischen Schloß und Türrahmen. Vorsichtig drückte er sie dann unter den Bolzen, zog sie mit einem Ruck zurück, und tatsächlich sprang das Schloß mit einem scharfen Klicken auf. Ein Kinderspiel. Die meisten Badezimmer waren besser gesichert. Er trat ein.

»Hallo?«

Bis auf ein Lämpchen, das im Zimmer am anderen Ende des Flurs brannte, war die Wohnung dunkel. Plötzlich sah Ben weiter hinten einen Schemen durch den Schatten huschen. Er wartete noch, bis der Schatten näher kam, dann schaltete er abrupt das Licht an.

Genausogut hätte er Catherine mit einem Hammer treffen können. Sie prallte zurück. Vor Schreck oder um nicht zu fallen, stützte sie sich mit einer Hand an der Wand ab. Ihre Augen weiteten sich, und sie schnappte mehrmals nach Luft.

Und doch stieß sie keinen Schrei aus. Auch rannte sie nicht davon, sondern starrte Ben nur mit fassungslosen Augen an. Offenbar erkannte sie ihn nicht, hatte aber auch keine Angst vor ihm.

Ben trat einen Schritt auf sie zu. Er hatte sie nicht erschrecken wollen und mußte sie jetzt irgendwie beruhigen.

»Ich will dir helfen«, sagte er hastig, um seine Worte sogleich wieder zu bereuen. Das mußte sich ja anhören wie die Worte eines Märchenprinzen, der irgendein Burgfräulein aus den Klauen eines Bösewichts rettete. Er trat noch näher heran.

»Daddy?« fragte sie mit der hohen, zitternden Stimme eines Kindes. Ben überlegte unwillkürlich, wie oft sie den Mund zum Sprechen aufmachte. Täglich? Wöchentlich? Oder noch seltener? Sie trug einen schäbigen, mit Löchern und Essensflecken übersäten blauen Morgenrock, den sie nun fester um ihre Taille zog.

»Nein«, antworte Ben ruhig. »Ich bin nicht dein Daddy.

Ich bin dein Freund. Ich will dir helfen. Ich habe angeklopft, aber weil niemand aufgemacht hat, habe ich aufgesperrt.«

Sie starrte ihn verwirrt an, als spreche er in einer fremden

Sprache. Zugleich schien sich die erste Aufregung zu legen. Ihre Lider wurden schon wieder schwer.

»Erinnerst du dich an mich? Ich war heute nachmittag da.« Ben stand jetzt unmittelbar vor ihr. Ihm fiel auf, wie matt und strähnig ihr dunkles Haar war. Es war seit Wochen nicht mehr gewaschen worden. Und ihr bleiches Gesicht war schmutzverschmiert.

Catherine starrte ihn weiter perplex an. »Bist du Harriets Helfer?« fragte sie.

»Ja«, antwortete Ben hastig. »Genau, ich bin ihr neuer Helfer.«

»Harriet hat mir gesagt, ich soll schlafen. Aber das konnte ich nicht. Ich hatte Angst, daß Daddy mich besuchen kommt.« Ein Ausdruck von Schmerz und Panik zeigte sich in ihren Augen.

Ben ließ sich auf den Sessel gegenüber dem Sofa nieder und forderte sie mit einer Geste auf, sich ebenfalls zu setzen, doch sie wich weiter in den Gang zurück und krallte sich an ihrem Morgenrock fest.

Er wußte, daß er irgendwie ihr Vertrauen gewinnen mußte, wenn er weiterkommen wollte. »Magst du Gedichte, Catherine?«

Sie antworte mit einem kaum wahrnehmbaren Nicken.

»Ich auch«, sagte er. »Kennst du das hier? ›Kleeblatt und Biene schaffen eine Wiese. Kleeblatt, Biene und ein Traum.‹«

»›Gibt es keine Bienen‹«, ergänzte Catherine langsam, »›tut's auch der Traum allein.‹«

Ich hatte also recht, dachte Ben. »Catherine, ich weiß, daß Harriet heute abend sehr beschäftigt war. Kann ich vielleicht etwas für dich tun, wozu sie nicht mehr gekommen ist?«

»Darf ich mich baden?« fragte Catherine, ohne ihn anzusehen. Obwohl Ben direkt ihr gegenüber saß, konnte sie die Augen offenbar nicht richtig auf ihn einstellen. »Harriet hat es mir heute nicht erlaubt.« Sie senkte die Stimme zu einem Flüstern. »Sie läßt mich kaum noch baden.«

»Natürlich kannst du baden. Ich lasse dir das Wasser ein.« Ben stand auf und näherte sich Catherine vorsichtig.

Sie wich ihm nicht aus. Ihr Gesicht wirkte auf einmal unendlich traurig. Traurig und erschöpft.

Ben berührte sanft eine Strähne ihres zottigen Haares und strich sie ihr aus dem Gesicht. Dann ging er weiter zum Badezimmer, schaltete das Licht an und drehte das Wasser auf. Nach einer Weile folgte ihm Catherine schüchtern.

»Wie warm möchtest du es denn haben?« wollte er wissen. Sie sah ihn mit großen Augen an, als spräche er ein unverständliches Kauderwelsch. Da sie nichts sagte, stellte er die Temperatur lauwarm ein.

»Das reicht schon«, erklärte sie plötzlich und drehte die Hähne zu. Das Wasser war allenfalls knöcheltief. »Ich brauche noch ein Handtuch.«

Ben traute seinen Augen nicht. »Bist du sicher, daß das genug ist?«

Catherine gab keine Antwort. Statt dessen machte sie Anstalten, den Morgenrock auszuziehen.

»Wenn du meinst ... Dann hole ich dir ein Handtuch.« Ben richtete sich verlegen auf und ging an ihr vorbei auf den Flur, ließ aber die Badezimmertür einen Spaltbreit offen.

Im Kleiderschrank fand er schnell ein weißes Handtuch. Jetzt brauchte er nur noch Unterwäsche. Er inspizierte die Schubladen. Fehlanzeige. Es gab weder Slips noch BHs. Und auch keine Nippessachen, Fotos oder sonstige Gegenstände, die darauf hinwiesen, daß hier jemand lebte. Lediglich auf dem Bettkästchen fand Ben ein dünnes Buch mit Gedichten von Emily Dickinson und vier große Tablettenflaschen, von denen zwei zur Hälfte leer waren. Er las die Aufschriften, wurde aber aus den Zungenbrechern nicht schlau. Wahrscheinlich handelte es sich um Schlaftabletten und Beruhigungsmittel.

Mit dem Handtuch als einziger Ausbeute trat er wieder in den Flur. Dort entdeckte er vor der Badezimmertür Catherines Morgenrock und ein braunes Handtuch. Sie hatte beides einfach auf dem Boden geworfen. Ben bückte sich danach, hielt jedoch jäh inne. Das Handtuch stank erbärmlich. Bei näherem Hinsehen erkannte er, daß es wie eine Windel zusammengeknotet war.

»Hast du denn keine … Unterwäsche?« fragte er Catherine durch dir Tür.

»Nein«, flüsterte sie. »Harriet darf keine kaufen. Es würde nämlich auffallen. Daddys Spione sind überall. Sie passen darauf auf, daß ich brav bin.«

Durch den Spalt lugte Ben ins Badezimmer. Im Spiegel sah er, wie Catherine badete. Wenn man das ›baden‹ nennen konnte: Sie stand nackt in der Wanne. Naß wurden allenfalls ihre Füße.

»Ist das Wasser zu heiß?« fragte er durch die Tür.

»Es ist gerade richtig, danke.«

»Aber … warum stehst du? Warum setzt du dich nicht?«

»Neinneineinein! Ich könnte ja einschlafen und ertrinken! So was passiert jeden Tag, sagt Daddy.«

»Mein Gott«, murmelte Ben. »Was haben sie dir nur angetan?«

»Ich bin jetzt fertig«, verkündete Catherine.

Ben hörte Wasser spritzen. Sie stieg aus der Wanne. Durch die immer noch nur halb offene Tür reichte er ihr das frische Handtuch und den Morgenrock.

Wenig später kam sie heraus. Ihr Gesicht war nach wie vor verschmiert, die Augen waren rot und müde. Ben legte die Hand um ihren Oberarm. Zu seiner Überraschung wich sie nicht aus.

»Hör zu, Catherine«, sagte er, »ich bringe dich hier raus.«

»Nein!« kreischte sie voller Entsetzen.

»Um Himmels willen, warum denn nicht?«

»Er merkt es! Er merkt es!« schluchzte sie. »Und dann bringt er sie um! Ich muß dableiben und brav sein! Ich muß ihm beweisen, daß er mir trauen kann. Dann gibt er sie mir zurück.« Sie versuchte vergeblich, sich loszureißen.

»Wer ist *er,* Catherine? Wer ist *er?«*

»Wenn ich brav bin, belohnt er mich. Dann gibt er sie mir zurück. Aber wenn ich wieder böse bin, wird es noch schlimmer als jetzt.«

»Wen bringt er zurück?« fragte Ben eindringlich. »Dein Baby?«

»Mein *Ba-by!*« heulte sie. »Bitte nimm sie mir nicht weg! Bitte! Ich tue auch alles, was du willst! Ich kann ohne mein Baby nicht leben! Mein kleines Baby ...« Sie wollte noch mehr sagen, doch die Stimme versagte ihr den Dienst. Sie war einfach zu erschöpft.

Ben zog ein rotes Taschentuch aus der Jackentasche. »Nimm das. Wisch dir die Augen ab.«

Sie starrte das Taschentuch entgeistert an. »Das kann ich nicht nehmen. Es ist zu schön.«

»Doch, doch. Nimm es ruhig. Es ist für dich.«

»Für mich?« Sie konnte es immer noch nicht glauben, nahm aber das Taschentuch, drückte es sich ans Gesicht und steckte es dann in die Tasche ihres Morgenrocks.

Ben schloß beide Arme um sie, und sie schmiegte sich so fest an ihn, daß ihre Tränen sein Gesicht benetzten.

»Willst du mir helfen?« bat sie.

»Ich tue alles für dich, was du willst«, versprach er. Behutsam führte er sie in ihr Schlafzimmer und legte sie aufs Bett. Dann richtete er sich auf.

»Bleib bei mir«, flüsterte sie und berührte seinen Arm.

»Das kann ich nicht«, sagte er und deckte sie zu. »Es geht nicht. Es wäre nicht ...« Er verstummte, denn erneut schossen Tränen aus ihren Augen.

»Na ja, vielleicht noch ein bißchen.« Er legte sich neben sie aufs Bett und nahm sie in die Arme. Ihm war klar, daß er das nicht tun durfte, doch zugleich stand für ihn fest, daß es richtig war. Sie hatte ihn um Hilfe gebeten, und die wollte er ihr nicht verweigern. Ja, verdammt noch mal, er würde alles tun, was sie wollte. Es war höchste Zeit, daß er wenigstens einmal das Richtige tat.

5

Ängstlich darauf bedacht, Catherines Schlaf nicht zu stören, krabbelte Ben aus dem Bett und tastete in der Dunkelheit nach seinen Schuhen, die er aber erst im Flur anziehen wollte. Auf dem Weg zur Tür trat er plötzlich in einen spitzen Gegenstand, der ihm zu allem Überfluß auch noch im Fuß steckenblieb. Er unterdrückte gerade noch einen Aufschrei. Dann bückte er sich und zog das Ding heraus. Es war eine Spritze. Das hätte er sich gleich denken können.

Er huschte weiter in den Flur, zog sich fertig an und verließ auf Zehenspitzen die Wohnung.

Im Osten ging die Sonne auf. Die ersten Strahlen durchbrachen den orangefarbenen Horizont und beleuchteten den Williams Tower und die Fassade der Bank of Oklahoma. Die kühle Morgenluft wirkte belebend, reinigend.

Ben hatte es eilig. Im Laufschritt überquerte er die Straße und stieg in seinen Honda. Auf dem Heimweg durch die noch verlassene Stadt freute er sich schon auf die Dusche. Danach wollte er sich frische Sachen anziehen und Mike anrufen.

Als er schließlich vor seiner Wohnung stand und aufschließen wollte, erstarrte er auf einmal.

Die Tür war nicht verschlossen.

Merkwürdig. Beim Verlassen der Wohnung sperrte er immer ab. Immer. Und für einen neuerlichen Besuch von Julia war es zu früh.

Ben gab sich einen Ruck, dann trat er die Tür auf und sprang sofort hinter die Wand.

Drinnen war kein Geräusch zu hören.

Nach kurzem Warten ging er zögernd hinein. Überall lagen Platten, Bücher, Kissen und Kartons zwischen grauen Scherben. Der Fernsehapparat war ein Trümmerhaufen. Die Stereoanlage war ebenfalls auf den Boden geschleudert worden. Die wenigen Habseligkeiten, die Ben hatte, waren nicht mehr zu gebrauchen.

In der Kochnische bot sich ihm das gleiche Bild der Verwüstung. Pfannen und Töpfe lagen auf dem Linoleum, Tassen und Teller waren zerschlagen worden. Der Kühlschrank stand weit offen. Im Schlafzimmer schließlich war der Boden übersät mit Kleidungsstücken. Der Schlafsack lag zerfetzt in einer Ecke. Entweder hatte hier ein Hurrikan gewütet, oder jemand hatte Bens Wohnung geplündert.

Jemand, der, wie es Ben siedend heiß einfiel, immer noch hier sein konnte.

Ben rannte ins Treppenhaus hinaus und lehnte sich keuchend gegen die Wand. Das ist doch lächerlich, hielt er sich vor. Ich war doch in jedem Zimmer. Niemand ist da. Aber irgendwie half ihm all seine Logik nicht. Er wagte sich nicht mehr zurück.

Während Ben noch überlegte, schrillte das Telefon. Nach dem dritten Signalton faßte er sich endlich ein Herz. Als er dann in der Wohnung war, mußte der Apparat drei weitere Male klingeln, bis Ben ihn unter einem Haufen blütenweißer, gestärkter, doch nun total zerknitterter Hemden fand.

»Wer ist da?«

»Wo, zum Teufel, warst du die ganze Nacht? Ich versuche dich seit drei Uhr früh zu erreichen.« Es war Mike, und er hörte sich äußerst schlecht gelaunt an.

»Mike! Gott sei Dank! Gerade wollte ich dich auch anrufen. Jemand ist bei mir eingebrochen und hat die ganze Wohnung verwüstet.«

»Ach ja?« Mike wirkte alles andere als betroffen. »Vielleicht würde so was nicht passieren, wenn du mehr Zeit zu Hause verbringen würdest. Ich kann ja verstehen, daß man sich ein bißchen einsam fühlt, wenn man neu in einer fremden Stadt ist ...«

»Mensch, Mike, ich brauche deine Hilfe!«

»So hilflos kommst du mir gar nicht vor, du Schwerenöter. Aber deswegen habe ich nicht angerufen. Ich habe wieder einen Toten.«

Ben spürte verstärkt dieses flaue Gefühl in der Magengrube, das er schon seit Tagen nie ganz los wurde. »Wer?«

»Keine Ahnung. Sämtliche Papiere fehlen. Es ist wie beim letzten Mal.«

»Was soll das heißen?«

»Warum, glaubst du, versuche ich verzweifelt, dich zu erreichen? Wir haben schon wieder deine Visitenkarte gefunden. Er hielt sie mit den Fingern umklammert. Die Totenstarre war schon eingetreten.«

Der kalte Schweiß trat Ben auf die Stirn. »Wie sieht er aus! Es ist doch ein Mann, oder?«

»Ja. Ungefähr einsfünfundsiebzig groß, kurze schwarze Haare, wahrscheinlich italienischer Abstammung, sehr schlank, Hakennase.«

»Mein Gott, das ist Brancusci! Der Buchhalter. Mike, das ist wahnsinnig wichtig. Hatte er denn gar keine Papiere dabei?«

»Nichts. Ich hab's dir doch gesagt – er wurde ausgenommen wie eine Weihnachtsgans.«

Auf einmal wurde Ben schwindlig. »Habt ihr denn Verdächtige?«

»Nur einen«, erwiderte Mike. »Dich.«

Ben und Mike standen in einem schmalen Durchgang im Herzen der Altstadt von Tulsa, der sich zwischen Ernie's Pool Hall und ein winziges griechisches Restaurant gezwängt hatte. Beide Etablissements waren geschlossen, die Neonschilder, die noch aus den fünfziger Jahren stammten, erloschen. Schräg gegenüber öffnete gerade der schmierigste Supermarkt der Stadt die Tore für einen neuen Geschäftstag. Die Obdachlosen, die über Heizungsschächten gekauert hatten, wachten allmählich auf, streckten sich, pinkelten auf die Straße und klopften sich den Schmutz der Nacht aus den Kleidern.

Zum erstenmal in seinem Leben überlegte Ben, ob *déjà vu* mehr war als ein Klischee. Der Morgen war neblig, feucht und unangenehm – genauso wie damals. Und wie damals standen er und Mike in einem schmutzigen Durchgang. Wieder sah er zu, wie die Sanitäter mit größter Mühe eine verstümmelte Leiche auf eine Bahre hoben und in den Krankenwagen schoben. Und erneut war Ben klar, daß ihm ein zermürbendes Verhör nur deshalb erspart blieb, weil ein angeheirateter Verwandter von ihm die Ermittlungen leitete.

Einen Unterschied sah er allerdings, und zwar einen wesentlichen. Diesmal, sagte er sich, war es wahrscheinlich seine Schuld. Er hatte Brancusci versprochen, er würde anrufen, hatte dies jedoch in der Aufregung über die Entdeckung der Wohnung im Malador-Hochhaus vergessen. Dabei hatte er doch mit eigenen Augen gesehen, wie verängstigt der Buchhalter gewesen war, als er ihn nach Dereks Party abgepaßt hatte. Und jetzt war Brancusci tot.

»Dieser Typ hielt deine Visitenkarte fest umklammert«, brummte Mike. »Hast du eine Ahnung, warum?«

Ben erzählte seinem Ex-Schwager von seinen Treffen mit Brancusci, danach klärte er ihn über die Wohnung im Malador und sein Gespräch mit Harriet auf. Den nächtlichen Besuch bei Catherine verschwieg er ihm allerdings.

»Irgendwas ist faul an dieser Wohnung«, murmelte Mike. »Ich werde mal ein paar Männer hinschicken.«

»Noch nicht«, bat Ben hastig. »Das würde nur den Mieter aufschrecken. Und wenn wir warten, führt uns die Wohnung womöglich sogar auf die Spur des Mörders.«

»Vielleicht hast du recht«, seufzte Mike.

»Kannst du mir sagen, wie Brancusci ermordet wurde?«

»Genau so wie der andere. Mit einem großen Messer. Noch haben wir keinen Beweis, aber es sieht ganz so aus, als wäre es dasselbe, mit dem Adams aufgeschlitzt wurde. Ein paar von meinen Männern grasen schon die nähere Umgebung ab, aber ich traue mich zu wetten, daß sie nichts finden werden. Der Mörder ist raffiniert genug, um das Messer wieder mit nach Hause zu nehmen und in sein Roastbeef zu stecken.«

»Wer hat die Leiche gefunden?«

»Das wissen wir nicht. Gegen zwei Uhr heute früh bekamen wir einen anonymen Anruf. Normalerweise würde ich ja auf einen von den Obdachlosen tippen. Das Dumme ist nur, daß die wenigsten davon Kleingeld fürs Telefonieren übrig haben. Sag mal, hast du dir die Wunden angeschaut?«

Ben schloß die Augen. Kopfschmerzen kündigten sich an. »Nein«, flüsterte er.

»Der Mörder hat mitten drin aufgehört. Laß mich mal spekulieren. Wir wissen immerhin, was mit Adams' Leiche geschehen ist und daß die zwei Morde irgendwie miteinander zusammenhängen. Darum könnte ich mir vorstellen, daß unser Mörder gestört wurde. Wahrscheinlich hatte er seinem Opfer schon den tödlichen Stich zugefügt und wollte es gerade nach allen Regeln der Kunst aufschlitzen, als jemand dazustieß.«

»Was für Leute könnten das gewesen sein?« fragte Ben, ohne auf Mikes makabres Wortspiel einzugehen.

»Frag mich lieber, wer nicht. Betrunkene. Prostituierte. Penner. Du würdest die Augen aufsperren, wenn du wüßtest, wie viele Leute sich spät in der Nacht rumtreiben, vor allem in der Innenstadt. Die meisten haben sonst nichts, wo sie hingehen können. Einige von meinen Männern sind schon ausgeschwärmt und hören sich bei den Pennern um, ob ihnen etwas aufgefallen ist.«

»Meinst du, das bringt was?«

»Keine Ahnung. Obdachlose gelten ja nicht gerade als Musterbürger. Und die wenigsten von ihnen mögen Cops. Die verscheuchen sie schließlich ständig von den Straßen. Als ob das ginge! Sie haben ja nur die Straßen.« Mike machte eine Pause, um sich seine Pfeife anzuzünden. »Aber eins stimmt mich wieder ganz zuversichtlich. Ich kann mir nicht vorstellen, daß der Mörder sich diese Gegend ausgesucht hat. Für wahrscheinlicher halte ich da schon, daß Brancusci in der Nähe gewohnt und den Mann auch hier getroffen hat. Wie ich das sehe, ruft der Mörder Brancusci an, sie verabreden sich hier irgendwo, und Brancusci wird dort abgestochen. Danach schleift der Killer ihn in diesen Durchgang und fängt an, ihn zu zerstückeln.«

Ben rieb sich die Schläfen. Inzwischen hatte er rasende Kopfschmerzen. »Aber das ergibt doch keinen Sinn. Bei unserer letzten Begegnung war Brancusci übernervös. Warum sollte er sich spät in der Nacht in einer obskuren Straße mit seinem Mörder verabreden?«

»Der Mann hat ihm bestimmt nicht gesagt, daß er ihn umbringen will. Vielleicht hat er sich als du ausgegeben.«

Auf einmal hatte Ben das Gefühl, sein Kopf müsse jeden Moment platzen. Aber natürlich! Jetzt fiel es ihm wie Schuppen von den Augen. Brancusci hatte wie auf glühenden Kohlen in seiner Wohnung gesessen und auf Bens überfälligen Anruf gewartet, damit er ihm endlich die Dokumente aushändigen konnte, die Ben ihm mehr oder weniger abgepreßt hatte.

»Entschuldige mich bitte«, murmelte Ben. Er stakste um die Ecke, ließ sich im Schatten der Hauswand auf die Knie fallen und versuchte sich zu übergeben. Der Brechreiz war da. Er würgte und würgte, doch es kam nichts. Kein Wunder – er hatte nichts im Magen. Wann hatte er zuletzt gegessen? Er konnte sich nicht mehr erinnern. Es war einfach zuviel los gewesen. So viel, daß er das Wichtigste vergessen hatte – Brancusci.

Er richtete sich vorsichtig wieder auf, wischte sich den Speichel von den Lippen und kehrte zu Mike zurück.

»Wir müssen unbedingt zu Sanguine rausfahren, Mike, Du mußt ihn zum Sprechen bringen.«

»Genau«, höhnte der Polizist. »Wie im Fernsehen. Und er bricht wimmernd zusammen und gesteht alles.«

»Dann jag ihm eben Angst ein. Bring ihm Respekt vor Gott und den Staatsorganen bei.«

»Ich weiß ja noch nicht einmal, weswegen wir Sanguine verdächtigen sollen. Ich verstehe nicht, wie das alles zusammenpaßt – die Unterschlagungen, die Wohnung im Malador, Adams, das kleine Mädchen. Was sollen wir ihm denn zur Last legen? Betrug? Einen Mord können wir ihm bis jetzt nicht nachweisen, und es ist kein Verbrechen, eine Wohnung zu mieten.«

»Sanguine muß aber der Mörder sein, Mike!«

»Aha, unser Sherlock Holmes hat also kombiniert und den Fall geknackt.«

»Jawohl!«

»Weißt du denn, wer deine Wohnung demoliert hat und warum?«

»Ich glaube, es war Sanguine. Er suchte bestimmt die gestohlenen Unterlagen. Vielleicht war Brancusci klug genug, um sie nicht mit sich herumzutragen, als er ermordet wurde. Oder aber Sanguine wollte wissen, ob ich Kopien habe.«

Mike sah Ben einen langen Moment fest in die Augen. Dann ging er zu seinem Einsatzwagen hinüber und drehte sich noch einmal zu Ben um. Seine Miene verriet eher Schicksalsergebenheit als innere Überzeugung. »Hoffentlich hast du recht«, knurrte er und stieg ein.

»Fahren wir besser getrennt«, sagte Ben.

Mike nickte. »Und hoffentlich ist dir auch noch etwas anderes in den Sinn gekommen. Wer immer der Mörder ist, offensichtlich hat er nur getötet, damit bestimmte Unterlagen nicht in die falschen Hände geraten. Er könnte auch glauben, daß *du* diese Unterlagen schon hast.«

»Ach ja?«

»Weißt du, was bei Shakespeare steht, *kemo sabe?* ›Laßt uns als erstes alle Advokaten töten.‹«

Plötzlich wich alles Blut aus Bens Kopf. »Christina weiß auch über die Unterlagen Bescheid«, flüsterte er.

Bevor Mike zu einer Antwort ansetzen konnte, jagte Ben über die Straße zu seinem Honda, sprang hinein und raste mit Vollgas davon.

6

Ben stürmte aus dem Aufzug, rannte um die Ecke und sprintete über den Flur zu Dereks Vorzimmer. Maggie hatte sich auf ihrem Stuhl bequem zurückgelehnt und blätterte in einer Modezeitschrift.

»Haben Sie Christina heute morgen schon gesehen?« keuchte Ben.

Maggie hob betont langsam den Kopf und musterte ihn mit zusammengekniffenen Augen. »Ich habe sie nicht gesehen.«

»Rufen Sie sie in ihrer Wohnung an!«

Maggie schüttelte den Kopf. »Mr. Derek hat gesagt, ich soll die Leitung freihalten ...«

Ben packte kurzerhand den Telefonhörer und rammte ihn ihr unters Kinn. »Rufen Sie sie an«, schrie er.

Maggies Augen verengten sich zu Schlitzen. Schließlich beugte sie sich über eine auf ihren Schreibtisch geklebte Liste und wählte die Nummer. »Niemand geht hin«, meldete sie, nachdem sie es mehrfach hatte klingeln lassen.

Ben trommelte frustriert mit der Faust auf den Tisch. »Scheiße, Scheiße, *Scheiße!*«

Aufreizend langsam stieß Marjorie die Luft aus. »Sie ist in der Bibliothek«, erklärte sie.

»Was?«

»Sie hinterließ mir eine Nachricht auf dem Schreibtisch. Sie ist in der Bibliothek.«

»Warum haben Sie das nicht gleich gesagt?«

Maggie senkte den Blick schon wieder auf die Zeitschrift. »Sie haben mich ja nicht gefragt, ob ich weiß, wo sie ist, sondern ob ich sie gesehen habe.«

Nachdem sich Ben in den vergangenen zwei Wochen immer nur gewundert hatte, konnte er auf einmal verstehen, wie manche Menschen zum Mord getrieben wurden. Mühsam seine Wut im Zaum haltend, stürmte er den langen Korridor zur Bibliothek hinunter.

Christina stand vor dem Regal, das die Ordner mit den Urteilen des *Supreme Court* enthielt. Heute war sie wieder mal als Robin Hood in die Arbeit gekommen.

»Christina!« rief Ben so laut, daß einige Anwälte, die um den Konferenztisch herum saßen, aufsahen. »Gott sei Dank bist du da!«

»Ben! Wie ist es gelaufen?«

»Gut«, sagte er merklich leiser und ging zu ihr hinüber. »Wirklich gut.«

»Ich habe gestern abend bei dir angerufen, aber du warst nicht daheim.«

»Ich war ...«

»Stimmt was nicht? Du siehst so mitgenommen aus.«

»Ich war nur besorgt.«

Christina runzelte die Stirn. »Was war los, Ben?«

»Brancusci ist tot.«

Christinas Hand flog zu ihrem Mund. »Mein Gott«, flüsterte sie, »hast du die ...«

»Nein, und ich glaube, sie waren der Grund, warum er ermordet wurde.«

Christina sah ihn stumm an.

»Christina, ich brauche deine Hilfe.«

»Dir zu dienen verschafft mir immer eine besondere *joie de vivre.*«

»Gut, dann mach Brancuscis Wohnung ausfindig. Fahr raus und warte dort bis zum Eintreffen der Polizei. Geh auf keinen Fall vorher rein. Das wäre zu gefährlich. Aber ich will, daß du ihnen bei der Durchsuchung hilfst. Mike wird nichts dagegen haben. Du weißt mehr über diesen Fall als er. Vielleicht findest du ja die Unterlagen oder einen Hinweis darauf, wen Brancusci gestern nacht getroffen hat.«

»Alles klar. Und danach?«

»Dann fährst du zum Malador und wartest in der Nummer 724 auf mich. Den Weg kennst du ja. Und ...« – Er zögerte, weil ihm keine diplomatische Formulierung einfiel – »... bring Frauenkleider mit. Ich weiß nicht genau, welche Größe, aber sie ist ein bißchen kleiner als du und hat in etwa deine Figur. Nimm einfach irgendwas mit, was dir nicht mehr so gut paßt, und zwar von allem etwas, auch Unterwäsche.«

»Geht in Ordnung.«

Danke, daß du nichts fragst, dachte Ben. »Und dann will ich, daß du Maggie alle halbe Stunde anrufst, exakt zu jeder vollen und halben Stunde. Sag ihr, sie soll sofort die Polizei alarmieren, wenn dein Anruf ausbleibt.«

Christinas Lippen kräuselten sich. »Du hast dir Sorgen um mich gemacht, nicht wahr?«

»Ich habe nur ... Wenn der Mörder über mich Bescheid weiß, dann hat er es vielleicht auch auf dich abgesehen. Sei vorsichtig, okay?«

»Du bist schon in Ordnung«, sagte sie lächelnd.

Ben hatte sich schon wieder umgewandt und rannte den Flur hinunter. Als er bei Maggie vorbeikam, erklärte sie: »Mr. Derek wünscht Sie zu sprechen.«

»Das muß warten.«

»Er hat mir aber aufgetragen, Sie sofort zu ihm zu schikken, sobald Sie zurückkommen.«

»Sagen Sie ihm, er soll es sich in sein taubes Ohr stecken. Ich habe jetzt etwas anderes zu tun.«

7

Die vier Männer in Sanguines Büro starrten einander feindselig an. Ben und Mike saßen Sanguine gegenüber auf den Besucherstühlen, Tidwell stand neben seinem Herrn und Gebieter. Die Spannung war schier mit Händen zu greifen. Anwaltswitze gab es heute keine.

»Vielleicht haben Sie an der Universität etwas in den falschen Hals bekommen, Mr. Kincaid«, sagte Sanguine. »Ein Hausjurist ist dazu da, um *für* sein Unternehmen und dessen Angestellte zu arbeiten und nicht dagegen.«

»Ich habe den Job ja noch gar nicht angenommen«, erwiderte Ben aufgebracht.

»Bei Raven geht aber jeder vom Gegenteil aus. Wie dem auch sei, Sie sind nach wie vor für Raven tätig. Sie arbeiten dort, wo die Firma Sie hinschickt, und Sie tun das, was die Firma von Ihnen verlangt. Oder täusche ich mich da etwa?«

»Diesen Job habe ich nie angenommen.«

»Wie schade.« Sanguine verschränkte die Hände hinter dem Kopf und lehnte sich zurück. »Dann werden Sie vielleicht bald einen neuen brauchen. Ich werde ein Wörtchen mit Dick Derek reden müssen. Versprechungen wurden gemacht, Geschenke wurden ausgetauscht. Gott allein weiß, was ich alles für Derek getan habe.« Mit übertriebener Nonchalance schlug er die Beine übereinander. »Nun, meine Herren, wo sind Ihre Beweise? Keiner soll mir nachsagen, ich hätte die Justiz behindert. Also zeigen Sie mir, an welcher Stelle im Innersten meines Unternehmens das Geschwür der Korruption schwärt.«

Ben biß die Zähne aufeinander. Dieser Mann wußte genau, daß sie die Unterlagen nicht hatten. Im günstigsten Fall konnten sie die verschlüsselte Analyse vorlegen, die Sanguines Handlanger in Null Komma nichts ganz anders erklären würden – und keiner könnte sie widerlegen. Sanguine spielte schlicht und ergreifend Katz und Maus mit ihnen.

»Wir sind nicht bereit, unsere Anhaltspunkte zu diesem Zeitpunkt vor Ihnen zu Ihrem Vergnügen auszubreiten«, erklärte Mike. »Aber ich kann Ihnen versichern, daß wir nicht gekommen wären, wenn wir die Verdachtsmomente gegen Ihre Firma und Ihre Person nicht für ausreichend hielten.«

»Mit anderen Worten, Sie haben nichts in der Hand«, lächelte Sanguine. »Haben Sie überhaupt Zeugen?«

Nun konnte Ben nicht länger an sich halten. »Es ist ja keiner mehr da, der gegen Sie aussagen könnte, Sie Scheißkerl! Dafür haben Sie schon gesorgt. Aber irgendwann reißt Ihre Glückssträhne ab. Wir haben Catherine gefunden.«

Sanguines Miene verriet keine Regung. »Catherine?«

»Allerdings! Wir haben diese widerwärtige Absteige im Malador gefunden, in der Sie sie gefangenhalten. Ihr Zustand ist unbeschreiblich. Sie ist total verängstigt. Sie wagt sich nicht aus dem Haus, ja, nicht einmal zu sprechen traut sie sich. Das haben Sie wirklich großartig hingekriegt.« Ben holte tief Luft, um sogleich weiterzureden. Jetzt war er zu weit gegangen, als daß er noch einen Rückzieher hätte machen können. »Aber wir kriegen Sie. Wir werden die Mietzahlungen bis zu Ihnen zurückverfolgen, und wenn wir jeden Scheck, den Sie je ausgestellt haben, konfiszieren müssen. Und wir werden auch mit Catherine zusammenarbeiten. Sie wird sich erholen – das weiß ich. Und dann wird sie reden!« Ben beugte sich weit vor und fixierte sein Gegenüber. »Wo werden Sie dann sein, Mr. Sanguine?«

Der Unternehmer unterdrückte ein Gähnen. »Tidwell«, murmelte er gelangweilt, »bringen Sie mir doch bitte den Ordner über die angemieteten Objekte.«

»Gewiß.« Tidwell hastete aus dem Büro.

Unterdessen hatte sich Sanguine schon wieder an Ben gewandt. »Haben Sie eine Vorstellung davon, wie viele Immobilien meine Gesellschaft besitzt?« Er legte eine Kunstpause ein. »Nein? Sollten Sie aber. Ihre Sozietät hat uns die meisten vermittelt. Und ein Großteil davon ist angemietet. Wir brauchen Lagerräume, Büros für die Zweigstellen, günstige Wohngelegenheiten für unsere Mitarbeiter. Allein in Tulsa beschäftige ich über dreitausend Leute, Mr. Kincaid. Vielleicht haben wir auch Wohnungen im – wie hieß es gleich wieder? – im Malador gemietet. Offen gesagt habe ich keine Ahnung. Oder glauben Sie etwa, ich wüßte, wer von unseren Angestellten wo lebt?«

»Ich glaube, Sie wissen genau, wer in dieser bestimmten Wohnung lebt«, erwiderte Ben kühl.

Bevor er antwortete, streckte sich Sanguine in aller Ruhe und legte die Füße auf den Schreibtisch. »Schade, daß Sie nicht bei uns Hausjurist geworden sind, Kincaid. Dann hätten Sie sich nicht auf diesen lächerlichen Kreuzzug versteift. Ich hätte Sie schon auf den Boden der Tatsachen zurückgeholt und Ihnen eine kräftige Dosis Realität verpaßt. Die haben Sie nämlich dringend nötig.«

»Ich fürchte, das gehört jetzt nicht mehr zur Sache«, schaltete sich Mike ein. »Mr. Sanguine, innerhalb von zwei Wochen wurden zwei Ihrer Mitarbeiter ermordet. Sicher werden Sie für unsere Sorge Verständnis haben. Ein Mann wurde auf dem Weg zur Polizei erstochen, als er ihr wertvolles Beweismaterial ...«

»Gehört Mr. Kincaid neuerdings der Polizei an?«

Mike zögerte. »Er ... beteiligt sich an einer Untersuchung. Finden Sie denn die Häufung der Zufälle nicht bemerkenswert, Mr. Sanguine? Zwei Ihrer Mitarbeiter werden binnen eines Monats ermordet. Und beide unter fast identischen Umständen!«

»Wie gesagt, Lieutenant Morelli«, meinte Sanguine achselzuckend, »ich beschäftige über dreitausend Mitarbeiter. Es tut mir leid, daß zwei davon gestorben sind, aber ich vermag keinen Beweis für eine gigantische Verschwörung dahinter zu sehen. Und mir ist schlichtweg unverständlich, wie Sie darauf kommen, daß die Spur zu mir führen soll. Ich kannte den zweiten ja nicht einmal, diesen – jetzt fällt mir der Name nicht ein – den Buchhalter. Und was kann ich dafür, wenn sich Jonathan Adams nachts mit den übelsten Gestalten in Rockerkneipen herumtrieb.«

»Jemand hat Adams ins Red Parrot gelockt«, erwiderte Ben mit leiser, doch zornbebender Stimme. »Jemand hat ihn dort hinbestellt. Jemand mit dunklem Haar.«

Sanguine sah Ben stumm an. Plötzlich schüttelte er sich vor Lachen. »Ach Gott«, stöhnte er schließlich und wischte sich die Augen aus. »Das ist also der Beweis für meine Schuld.«

»Mr. Sanguine«, erwiderte Mike kühl, »ich empfehle Ihnen, diese Angelegenheit etwas ernster zu nehmen.«

»Wie kann ich das noch ernst nehmen? Sie platzen mitten in der Arbeit bei uns herein und bringen mit bierernster Miene die ungeheuerlichsten Anschuldigungen vor, ohne auch nur den kleinsten Beweis in der Hand zu haben. Und Zeugen haben Sie auch nicht. Das einzige, worauf Sie sich berufen können, ist ein blutiger Anfänger, der eigentlich auf meiner Gehaltsliste steht und keine Ahnung hat, wovon er überhaupt redet! Jetzt sage ich Ihnen mal was, Lieutenant. Sie bekommen, was Sie von mir wollen. Ich nehme diesen Unsinn ernst und reagiere darauf so, wie ich auf jede Gefahr für mein Unternehmen reagiere. Ich schalte auf der Stelle meine Anwälte ein, und die drehen Sie mitsamt Ihren komischen Beamten durch die Mangel, bis Sie nicht mehr wissen, wie Ihnen geschieht. Mit einer Klage wegen Belästigung fangen wir an. Dazu kommt vielleicht noch ein Prozeß wegen Rassismus. Ihre Abteilung wird sich noch wünschen, Sie wären nie geboren worden.«

Er fuhr herum und richtete den Zeigefinger auf Ben. »Und nun zu Ihnen, Kincaid. Ich werde mich bei der Anwaltskammer beschweren. Sie wurden von mir zu meinem Hausjuristen bestellt und haben Ihre Position schamlos mißbraucht. Unter dem Bruch der Schweigepflicht verwenden Sie Wissen, das ich Ihnen anvertraut habe, gegen mich. Das würde ich einen gravierenden Interessenkonflikt nennen, und ich gehe davon aus, daß die Kammer sich meiner Meinung anschließen wird. Sie werden nie wieder Ihren Beruf ausüben können, junger Mann.«

Erneut stach er mit dem Zeigefinger in Mikes Richtung. »Und wenn ich schon dabei bin, ich werde bei Ihrem Vorgesetzten eine Dienstaufsichtsbeschwerde gegen Sie einreichen, Lieutenant. Das müßte Chief Blackwell sein, richtig? Raten Sie mal, woher ich das weiß. Ihr Boß und ich kennen uns vom Angeln her. Und zwei-, dreimal pro Jahr spielen wir zusammen Golf bei Southern Hills. Kann gut sein, daß Sie bald den Verkehr regeln oder auf der Straße Streife gehen müssen. Und ich habe Freunde auf den Straßen. Die werden sie nicht aus den Augen lassen. Vielleicht tun Sie ganz gut daran, sich nach einer anderen Beschäftigung umzusehen. Wollen Sie nicht Jura studieren, Lieutenant?« Er streifte Ben mit einem Seitenblick. »An den Unis ist man heutzutage ja nicht mehr allzu wählerisch.«

Ben schloß die Augen. Wie in Gottes Namen hatte es nur soweit kommen können? Sie waren hereinmarschiert, um mit Sanguine aus einer Position der Stärke zu verhandeln, doch jetzt saß er am längeren Hebel und machte mit ihnen, was er wollte.

Das Telefon auf Sanguines Schreibtisch summte. Wütend schlug der Unternehmer auf den blinkenden Knopf und drehte die Lautstärke auf. »Was ist denn jetzt schon wieder?« bellte er.

»Ähm, Sir ...«, meldete sich eine Frauenstimme, »ich habe den Bericht über die Lizenznehmer in Phoenix, den Sie angefordert haben.«

Plötzlich richtete sich Ben kerzengerade auf. Ein eiskalter Schauer jagte seinen Rücken hinunter. »Mein Gott, wir müssen los!« Er sprang auf und zog sich hastig das Jackett an.

»Was hast du denn?« fragte Mike. »Wir können doch jetzt nicht gehen. Sei nicht so ...«

Ben hatte schon fast die Tür erreicht. »Keine Zeit!« schrie er. »Vielleicht ist es schon zu spät!«

8

Ben war wie von der Tarantel gestochen aus dem Haus gestürzt und hatte ganz vergessen, sich von der Empfangssekretärin den Parkschein abstempeln zu lassen. Die Folge war, er verlor vor der Schranke fast zehn Minuten, bis der Parkwächter ihn endlich passieren ließ. Mit Vollgas jagte er dann durch die Stadt, obwohl nun der mittägliche Stoßverkehr einsetzte und zunehmend die Straßen verstopfte. Zu allem Überfluß schien er eine rote Welle zu haben. Die meisten Ampeln ignorierte er allerdings. Als er über die Kreuzung Sixty-first Street/Riverside Drive raste, dröhnte hinter ihm ein wütendes Konzert aus Hupen und kreischenden Reifen los. Ohne darauf zu achten, bog er in nördliche Richtung auf den Riverside ab.

Dann endlich erreichte Ben das Malador. Er stellte seinen Honda mitten auf der Zufahrt zum Parkplatz ab, so daß kein Auto mehr hinaus konnte, sprang aus dem Wagen und jagte mit Riesensätzen zum Aufzug. Wie lange hatten er und Mike bei Sanguine im Büro gesessen? Fast eine Stunde. Verdammt! Und jetzt ließ auch noch der Lift auf sich warten! *Mach schon!* Er hätte das Ding angebrüllt, wenn er es damit auf Trab hätte bringen können.

Endlich ertönte das Klingelzeichen, und die Tür ging auf.

Im Aufzug stand Tidwell vor einer kräftigen Dame mittleren Alters. Als er Ben erkannte, erstarrte er. Sogleich trat Ben ein. Die Frau sah ihn verständnislos an. Normalerweise ließ man doch erst die Leute aussteigen. Und als auch Tidwell ihr nicht Platz machte, versuchte sie sich an ihm vorbeizuzwängen. Da streckte er den Arm aus und blokkierte ihr den Weg.

»Lassen Sie sie gehen«, sagte Ben ruhig.

Tidwell ließ den Arm sinken. Erleichtert trat die Frau in die Tür, doch plötzlich packte er sie am Arm und stieß sie auf Ben zu. Ben stolperte, konnte sich aber genauso schnell wieder aufrichten und sich Tidwell in den Weg werfen. Als dieser versuchte, ihm auszuweichen und zu flüchten, packte Ben ihn an der Schulter und schleuderte ihn so wütend in den Aufzug zurück, daß Tidwell mit dem Kopf gegen die Wand knallte und zu Boden sackte. Wieder ertönte die Klingel. Die Tür schloß sich, und alle drei waren zusammen im Aufzug eingesperrt.

»Bitte tut mir nichts«, flehte die Frau in panischer Angst. Sie hatte sich in einer Ecke niedergekauert und hielt sich ihre Handtasche schützend über den Kopf. »Ich will doch bloß raus.«

Ben drückte auf den Schalter für das siebte Stockwerk, dann beugte er sich über Tidwell, der noch immer auf dem Boden lag, packte ihn am Kragen und fing an, ihn zu schütteln. »Du Dreckschwein! Was hast du mit ihr gemacht?«

Schneller, als Ben reagieren konnte, griff Tidwell in seine Innentasche und zückte ein großes Küchenmesser. Es war *das* Messer, schoß es Ben durch den Kopf. Die Frau kreischte los. Mit beiden Händen umklammerte Ben Tidwells Handgelenk und rammte es gegen die Wand. Doch der andere ließ das Messer nicht fallen.

Wieder ertönte die Klingel, und die Tür ging auf. Schreiend stürzte die Frau hinaus. Ein Pärchen, das auf den Aufzug gewartet hatte und gerade einsteigen wollte, sah die zwei Männer und suchte eilig das Weite.

»Holt die Polizei!« brüllte Ben, ohne Tidwell loszulassen. Seine Hände zitterten schon von der Anstrengung. Tidwell war weitaus stärker, als er aussah.

Plötzlich ballte Tidwell die freie Hand zur Faust und donnerte sie Ben gegen die Schläfe. Der Anwalt schrie auf. Unwillkürlich lockerte er den Griff, was der andere sofort ausnutzte. Er riß die rechte Hand los und rammte die Klinge in Bens rechten Oberarm, mitten in den Muskel. Ben brüllte vor Schmerzen. Ihm wurde schwarz vor Augen, und er fiel zu Boden. Tidwell sah seine Chance. Er beugte sich über Ben und setzte zum tödlichen Stich an.

In diesem Moment klingelte es wieder, und die Tür ging langsam zu. Tidwell schreckte hoch, und bevor sie wieder eingesperrt werden konnten, riß er die Hand, die den Schaltern am nächsten war – es war die mit dem Messer –, hoch und drückte auf ÖFFNEN. Daraufhin schoben sich die zwei Flügel langsam wieder auseinander.

Ben reagierte blitzschnell. Er zog sich am Haltegriff hoch, und während Tidwell noch mit dem Schalter beschäftigt war, drosch er ihm die Faust mit aller Kraft auf die Nase. Tidwell schrie auf. Schon spritzte Blut aus seinen Nasenlöchern. Durch die nun wieder offene Tür rettete sich Ben auf den Korridor.

Obwohl der verwundete Arm höllisch schmerzte, rannte er zur Wohnung Nummer 724. Sie war nicht versperrt. Ben drang ein und versuchte, die Tür hinter sich zu verriegeln, kam aber nicht mehr dazu. Tidwell war ihm dicht auf den Fersen, und als er Bens Absicht erkannte, warf er sich mit seinem ganzen Gewicht gegen die Tür. Sie sprang mit solcher Wucht auf, daß Ben rückwärts ins Wohnzimmer taumelte. Im Stolpern riß er eine schwere Messinglampe zu Boden, konnte selbst aber einen Sturz vermeiden.

Die Hand mit dem Messer hoch erhoben, näherte sich Tidwell. Sein Gesicht war eine gräßlich verzerrte Maske. Von seinem spärlich behaarten Schädel perlte Schweiß herab. Aus seiner Nase tröpfelte noch immer unentwegt Blut. Er wischte es mit dem Ärmel ab, womit er das Gesicht bis zur Unkenntlichkeit verschmierte.

Und er kam näher. Da packte Ben die umgestürzte Messinglampe, riß blitzschnell den Schirm ab und zerschlug die Birne am Tisch. Jetzt hatte er selbst eine Waffe, die mit den gezackten Splittern gewiß ebenso gefährlich wie das Messer war. Er hielt den Messingfuß mit beiden Händen umfaßt und richtete das spitze Ende auf Tidwell. Doch ihm schwanden zusehends die Kräfte. Sein verletzter Arm fing an zu zittern. Er vermochte das schwere Ding kaum noch zu halten, biß aber die Zähne zusammen. Diese Lampe war seine einzige Chance.

Tidwell hielt inne. »Ich könnte das Messer werfen«, sagte er und entblößte mit einem grotesken Grinsen seine blutverschmierten Zähne.

»Dann mußt du mich aber mit dem ersten Wurf erwischen«, knurrte Ben. »Wenn nicht, bist du tot.« Jetzt erst merkte er, wie heftig er keuchte. Er versuchte, regelmäßig zu atmen. »Wo ist die Krankenschwester?«

»Ich habe ihr frei gegeben.« Noch immer spielte dieses widerwärtige Grinsen um Tidwells Lippen.

»Catherine!« schrie Ben. »Bring dich in Sicherheit!« Er erhielt keine Antwort.

Die zwei Männer starrten einander schwer atmend an. Wieder wischte sich Tidwell Schweiß und Blut aus dem Gesicht. Das Blut begann schon unter seiner Nase zu verkrusten, ein ekelerregender schwarzer Schorf.

Plötzlich bemerkte Ben, daß aus der Wunde im rechten Arm Blut strömte. Der Ärmel war inzwischen vollgesogen, und nun begann das Blut auf den Boden zu tropfen. Lange würde er die schwere Lampe nicht mehr halten können. Tidwell brauchte nur abzuwarten.

Mit einem Mal durchbrachen näher kommende Schritte die gespannte Stille. Eine Hand stieß die Tür weiter auf.

»Ben?« fragte eine Frauenstimme schüchtern.

Mit einem Bündel Damenbekleidung über dem Arm trat Christina ein. Sofort erfaßte sie die umgestürzten Möbel, die blutverschmierten Gesichter und die Waffen, doch bevor sie reagieren und davonlaufen konnte, schlang ihr Tidwell den freien linken Arm um die Kehle und drückte ihr die Klinge ans Gesicht.

Christina kreischte los. Blitzschnell hielt ihr Tidwell den Mund zu. Die Kleider über ihrem Arm fielen zu Boden. »Gib Ruhe, oder ich schlitz' dich auf!« zischte Tidwell ihr ins Ohr.

Christina gehorchte. Das Kreischen ging in ein leises Wimmern über. Mit vor Angst weit aufgerissenen Augen starrte sie Ben an.

Dieser trat, langsam die Lampe schwingend, einen Schritt auf Tidwell zu. »Laß sie los«, knurrte er. Sein Kopf fühlte sich merkwürdig leicht an. Ihm war schwindlig.

»Bestimmt nicht«, erwiderte der andere. Erneut verzog er den Mund zu diesem ekelerregenden Grinsen. »Laß die Lampe fallen.«

»Nie!«

Tidwell drückte Christina die Kehle fester zu. »Laß die Lampe fallen, oder ich bring' sie um.«

Ben sah ihm fest in die Augen. »Woher weiß ich, daß du sie nicht sowieso umbringst?«

»Laß die Lampe fallen, oder ich bring' die Schlampe um!« Er schüttelte Christina wütend. Dabei ritzte ihr die Klinge die Haut auf. Ben sah, daß sich auf ihrer Wange ein dünner roter Strich bildete.

Christina fing an zu weinen. Vergeblich versuchte sie, die Laute zu ersticken; es wurde ein krampfartiges Schluchzen daraus.

Ohne Tidwell aus den Augen zu lassen, stellte Ben ganz langsam die Lampe auf den Boden. Er hätte sie ohnehin nicht länger halten können.

»Schlimmer Fehler«, feixte Tidwell. Im Rückwärtsgehen zerrte er Christina mit sich. Bei der Wohnungstür löste er den Würgegriff für einen Moment, aber nur, um ihr sofort die Klinge an die Kehle zu drücken.

Auf dem Korridor draußen war auf einmal das Poltern schwerer Schuhe zu hören. Sie näherten sich und blieben vor der halb offenen Tür stehen.

»Schmeißt die Schießeisen weg!« schrie Tidwell. »Laßt sie fallen, oder ich bring' sie um!« Er wirbelte seine Geisel herum und verschanzte sich hinter ihr.

Christina kniff die Augen fest zu.

»Ich bring' alle beide um!« kreischte Tidwell. Sein Gesicht zuckte wie in einem Krampf. Er sah kurz nach draußen, dann zu Ben hinüber, dann wieder nach draußen. »Waffen weg, oder ich bring' beide um!«

Ben hörte kurz hintereinander zwei durch den Teppich auf dem Korridor gedämpfte Schläge.

»Wir kommen jetzt raus!« schrie Tidwell. »Ich und die Schlampe! Und ihr laßt uns vorbei, oder ich schlitze ihr die Kehle auf!« Er rammte Christina die Knie in die Beine und stieß sie über die Schwelle.

Da Tidwells Konzentration jetzt Christina und den Leuten draußen galt, achtete er nicht mehr auf Ben. Dieser packte wieder die Lampe, jetzt aber am oberen Ende, huschte aus dem Wohnzimmer und überquerte mit zwei Schritten den Flur.

Tidwell bemerkte Ben noch aus den Augenwinkeln. Er wirbelte herum, setzte zum Stich an. Zu spät. Ben schwang die Lampe wie einen Baseballschläger und traf Tidwell voll mit dem Messingfuß am Kopf. Der Mann sackte zusammen und blieb leblos auf dem Boden liegen. Schon stürzten zwei Polizisten aus einer Ecke hervor, in die sie sich zurückgezogen hatten, fingen die schwankende Christina auf und legten sie sanft auf den Boden.

Ben beugte sich über sie. »Alles in Ordnung?« fragte er und strich ihr eine Strähne aus dem tränenüberströmten Gesicht.

Sie sah benommen zu ihm auf. Es dauerte ein paar Sekunden, bis sie ein schwaches Nicken zuwege brachte.

Plötzlich fiel Ben wieder ein, warum er eigentlich gekommen war. Er sprang auf, stürmte über Tidwell hinweg in die Wohnung zurück und jagte in Catherines Schlafzimmer. Sie lag nackt auf dem Bett und rührte sich nicht. Um ihre Füße hatte sich das Laken gewickelt, ihr Gesicht war starr zur Decke gerichtet.

»Catherine?« Ben ging um das Bett herum und beugte sich ganz nah über sie. Neben ihr lagen die zwei Tablettenflaschen, die er gestern auf dem Nachtkästchen gesehen hatte. Da waren sie noch halb voll gewesen, jetzt waren sie leer. Er legte die Hand an ihren Hals. Kein Puls. Catherine war bereits kalt.

Wie aus der Ferne drangen Schritte an Bens Ohren. Einer der Polizisten stieß Tidwell vor sich her ins Schlafzimmer. Seine Hände waren mit Handschellen gefesselt. Aus seiner Nase und seinem linken Ohr tröpfelte Blut.

Als Tidwell die alabasterweiße Gestalt auf dem Bett liegen sah, unterdrückte er auf einmal ein Schluchzen. »Was steht ihr rum«, keuchte er, »und gafft meine Tochter an?«

»Ihre Tochter?« Ben starrte den blutüberströmten Mann in der Türöffnung entgeistert an. »Ich dachte, sie wäre Ihre Geliebte gewesen.«

Tidwell wandte den Blick ab. Mit einem Schlag begriff Ben die schreckliche Wahrheit.

Tränen stiegen ihm in die Augen, und auf einmal bekam er kaum noch Luft. Er sah auf die blasse Gestalt hinab, die wie eine Statue aus Porzellan zu seinen Füßen lag. Ihm fiel auf, daß die Finger ihrer rechten Hand etwas umklammerten. Sanft drückte er die Finger auseinander und erkannte sein rotes Taschentuch.

Dann hörte er wieder Schritte draußen. Das mußte die Verstärkung sein. Wahrscheinlich führte Mike sie an. Mit zwei schnellen Schritten trat er auf Tidwell zu, zielte und drosch ihm die Faust mitten ins Gesicht.

VIERTER TEIL

DAS HIER UND JETZT

1

In einem Wohnzimmer, das aussah wie aus einem Magazin für Inneneinrichtung, saß Ben auf dem Sofa. Am entfernteren Ende des Raums befand sich ein wunderschöner Kamin, umrahmt von einem kunstvoll geschnitzten antiken Holzsims, der den Blick jedes Eintretenden auf sich zog. An der Wand gegenüber stand ein prächtig gearbeitetes Regal, das all das enthielt, was im zwanzigsten Jahrhundert zum Zeitvertreib für den gehobenen Geschmack gehört. Hinter dem Sofa standen ein imposanter schwarzer Flügel und mehrere kleine Tische, auf denen verschiedene Porzellanfiguren zu bewundern waren. Darüber prangten Familienfotos an der Wand.

Ben saß nicht allein auf dem Sofa. Neben ihm thronte eine Dame, die aussah wie höchstens fünfzig, tatsächlich aber vor kurzem ihren sechzigsten Geburtstag gefeiert hatte. Ihr frischer, gesunder Teint und die perfekt gestylten braunen Haare, zwischen denen nur gelegentlich etwas Grau durchschimmerte, bezeugten, wieviel Zeit und Sorgfalt sie für die Erhaltung ihrer Jugendlichkeit verwendete.

»Ich glaube, ich verstehe nicht ganz«, sagte sie vorsichtig. »Du willst sagen, Catherines Tochter Emily ist hervorgegangen aus einem …« Sie führte den Satz nicht zu Ende. Ihr Gesicht nahm einen mißbilligenden Ausdruck an.

»Richtig, Mutter«, antwortete Ben und rieb sich den Arm an der noch nicht ganz verheilten Stelle. »In dem Moment, in dem ich Catherine sah, war mir schon klar, daß sie Emilys Mutter sein mußte. Sie haben dieselben Augen, denselben Teint. Und dieselbe stille Schönheit.« Er überlegte kurz. »Und das Gedicht verschaffte mir die letzte Gewißheit. Ich glaube, Catherine hat das Mädchen nach der Dichterin Emily Dickinson genannt. Aber selbst nachdem mir klar geworden war, daß Tidwell der Mörder ist, auf den Rest wäre ich nie gekommen.«

»Tja«, meinte Bens Mutter kopfschüttelnd, »wenn man dergleichen hört, lernt man zu schätzen, wie gut man es doch hat. In Nichols Hills wäre so etwas nie geschehen.«

Ben lächelte stumm.

Mrs. Kincaid führte eine hauchdünne Porzellantasse an ihre Lippen und nippte an ihrem Tee. »Aber wie hast du das alles nur herausgefunden?«

»Mir ist ein Licht aufgegangen, als Sanguine ein Grundstück in Phoenix erwähnte. Davor hatte Tidwell auch schon einmal was von Phoenix, Fort Worth und noch ein paar anderen Orten gesagt und angedeutet, daß er sich um die Standorte für neue Restaurants kümmerte. Adams war nur dem Namen nach Abteilungsleiter, ansonsten aber nichts als eine Marionette. Tidwell war derjenige, der alles organisierte und ihn dann hinschickte. Tidwell war auch der einzige, der Adams zu einem Grundstück hätte lotsen können, auf dem er vorher Emily ausgesetzt hatte. Der höchst raffinierte Plan eines kranken Hirns.

Nachdem ich Sanguine erklärt hatte, daß ich die einzige Zeugin gefunden hätte, die gegen ihn aussagen könnte, nämlich Catherine, verließ Tidwell hastig das Büro. Und als er fünfzehn Minuten später immer noch nicht zurückkam, lag es auf der Hand, wohin er verschwunden war.« Plötzlich verbarg Ben den Kopf in den Händen. »Wenn ich es doch nur früher kapiert hätte!« stöhnte er.

»Benjamin, du kannst dir nicht ewig für alles die Schuld geben! Du bist nicht für alles verantwortlich!«

Ben starrte zum gewaltigen Erkerfenster hinaus.

»Benjamin, ich glaube zu wissen, warum du so fühlst. Wann begreifst du endlich, daß ...«

»Mutter, ich will jetzt nicht darüber sprechen.«

Doch sie ließ nicht locker. »Wann begreifst du endlich, daß dein Vater dich auch liebte. Wenn er streng mit dir war, dann hatte das seinen Grund.«

Schweigen trat ein. Weder Mutter noch Sohn sahen einander an. Mrs. Kincaid trank wieder einen Schluck Tee.

»Du wirst dir denken können, daß ich ... gekränkt war, als du nicht mehr anriefst«, fuhr sie schließlich ohne jedes Anzeichen einer Erregung fort. »Du bist mein einziger Sohn. Aber seit der Sache mit Ellen in Toronto kommt es mir so vor, als hättest du dich ...«

»Mutter ...«

»Ich sorge mich um dich, Benjamin.«

Ben starrte die Decke an. »Mutter, ich hatte eben sehr viel zu tun.«

»Was zum Beispiel?« Sie konnte einen leicht gereizten Ton nicht mehr verbergen. »Was soll das denn? Dachtest du etwa, das wäre im Sinne deines Vaters gewesen, als du den Wohnort und die Stelle gewechselt und dich blind in die Arbeit gestürzt hast?«

»So war es doch überhaupt nicht.«

Sie lehnte sich ungerührt zurück. Ganz offensichtlich hatte er sie nicht überzeugen können. »Benjamin, erzähl mir, was an dem Tag los war, an dem du ihn zuletzt gesehen hast.«

Ben schüttelte verzweifelt den Kopf. »Ich glaube, das kann ich nicht. Die Erinnerung daran ist zu schmerzhaft ...«

Beim Betreten des Zimmers stach Ben als erstes das düstere Grün der Wände ins Auge, das im fahlen Lampenlicht geradezu gespenstisch wirkte. Über dem an der Decke angebrachten Fernseher flimmerte eine rasche Abfolge von schwarzweißen Bildern ohne Ton. Auf dem Kasten neben dem Bett stand das inzwischen erkaltete Mittagessen. Ben fragte sich, ob ein Thermostat die Heizung regelte. Ihm kam es ziemlich kalt vor.

Bens Vater lag zwischen zwei frischen weißen Laken. In seinem rechten Nasenflügel steckte ein Plastikschlauch, durch einen weiteren tröpfelte eine Flüssigkeit in seinen Arm. Die von Alter und Erschöpfung schlaffen Wangen hingen ihm über das Kinn. Seine Augen waren geschlossen. Ben besuchte seinen Vater bereits zum fünftenmal im Krankenhaus, aber so mitgenommen hatte er ihn noch nie erlebt.

»Dad?« sagte er leise.

Die Augen seines Vaters klappten auf und irrten einen Moment lang durch das Zimmer, bis sie sich schließlich auf Ben richteten.

»Du bist also gekommen.« Mehr als ein heiseres Flüstern brachte Kincaid Senior nicht heraus. Das Sprechen bereitete ihm große Mühe.

»Natürlich bin ich gekommen«, sagte Ben und beugte sich über das Bett.

»Weil du doch soviel zu lernen hast.« Sein Vater versuchte sich aufzurichten.

»Streng dich nicht zu sehr an, Dad. Bleib liegen.«

Der ältere Kincaid ließ sich zurücksinken. »Sag, hast du was Vernünftiges gelernt?« Seine Stimme wirkte jetzt etwas kräftiger. Er sprach mit dem gedehnten Tonfall des ländlichen Südens, den er zeit seines Lebens nicht hatte leugnen können. »Haben sie dir auch schon beigebracht, wie man Ärzten vor Gericht ihre ganzen Ersparnisse abknöpft?«

»Dad, bitte. So ist das nun wirklich nicht. Im Jurastudium geht es vielmehr um Rechtskonzepte. Es ist ein ziemlich intellektueller Ansatz.«

Bens Vater schnaubte, soweit es der Schlauch in seiner Nase zuließ. »Dann mußt du ja ziemlich gut sein. Wir im Medizinstudium dagegen mußten hart arbeiten.«

»Ich weiß, Dad, das hast du mir schon mal gesagt.«

»Ich verstehe einfach nicht, warum du nicht auch was Vernünftiges tun und Medizin studieren wolltest.«

»Ich weiß es genausowenig, Dad. Wahrscheinlich wollte

ich nur nicht mein Leben lang in allen möglichen Körperöffnungen herumfummeln.«

»Mach dich nur lustig über mich, aber als Anwalt wirst du nie soviel Geld verdienen wie ein Arzt.«

»Das glaube ich gern.«

»Und was lernt man an eurer Uni noch außer Theorien?« Er zwinkerte vielsagend. »Wie sieht's mit Käfern aus?«

»Was?«

»Du hast mich schon verstanden. Oder kennst du den Begriff etwa nicht? Ich habe dich gefragt, ob was mit Mädchen läuft.«

Ben verdrehte die Augen. »Im Moment habe ich keine Freundin.«

»Ich habe dich nach etwas anderem gefragt. Du treibst es doch bestimmt jede Nacht mit einer anderen. Deine Schwester macht es doch auch so.«

»*Dad!* Ich bitte dich ...«

»In meiner Zeit ging es ganz anders zu. So etwas gab es bei den Studenten einfach nicht. Bei mir zumindest nicht. Mein Gott, um mich herum wichsten sie einander wahrscheinlich hinten und vorn durch, aber ich bekam nichts davon mit.« Er holte rasselnd Luft. »Deine Mutter war die einzige Frau in meinem Leben.«

Er schien sich zu beruhigen, doch auf einmal sah er Ben kritisch an. »Sag mal, du hast es doch nie mit Jenny Jacobson getan, oder?«

»Mit *wem?*«

»Jenny Jacobson. Das dürre Mädchen, mit dem du mal an der High-School befreundet warst.«

»An der High-School? Bestimmt nicht.«

»Na, Gott sei Dank. Sie war ein nettes Ding. Ihr Vater und ich treffen uns immer beim Rotary Club. Seit fünfundzwanzig Jahren schon.«

Schweigen trat ein. Es war Bens Vater, der es als erster brach. »Also, präsentiere mir bitte deine Abrechnung, Junge. Sag mir, wie ich als Vater war. Sag mir, was ich gut und was ich schlecht gemacht habe.«

»Dad ... Ich verstehe nicht, was du damit meinst.«

»Nein, natürlich nicht.« Ein ironisches Lächeln huschte über seine Lippen. »Was immer zu deinem mangelnden Durchsetzungsvermögen und deinen anderen weniger wünschenswerten Eigenschafen zu sagen ist, eins kann dir niemand vorwerfen: Du warst immer *nett.*« Er machte eine Kunstpause. »Vorausgesetzt, Nettigkeit ist eine wünschenswerte Eigenschaft. Na gut, Junge, es ist wohl auch ziemlich schwer, seinem Vater auf dem Totenbett zu sagen, was für ein Arschloch er ist, hm?« Er sah seinem Sohn forschend in die Augen. Und plötzlich brach er in ein lautes, rauhes Lachen aus, das bald in Husten und Spucken überging. Ben wollte ihm die Hand auf den Arm legen, doch sein Vater stieß ihn weg. Allmählich erholte er sich wieder, doch die Erschöpfung war ihm deutlich anzusehen. Seine Augenlider schienen von selbst zuzufallen.

»Mutter hat mir gesagt, du wolltest mich wegen etwas Bestimmtem sprechen«, fing Ben an.

»Ja, richtig. Zu Hause wartet ein Päckchen auf dich. Ich habe es von Jim Gregorys Kanzlei vorbereiten lassen. Genauer gesagt, es ist eine Aktenmappe.«

»Eine Aktenmappe?«

»Ganz richtig. Detaillierte Informationen über meine verschiedenen Beteiligungen und Investitionen. Ich will es mal höflich umschreiben: Bislang hast du kein übergroßes Interesse an den Familienfinanzen bekundet. Doch das wird sich jetzt ändern müssen.«

»Vater, du sollst nicht so mit mir reden. Dir geht es bald wieder besser.«

»Laß den Unsinn, Ben. Ich liege im Sterben. Ob es dir paßt oder nicht, du wirst die Verwaltung des Familienbesitzes übernehmen. Ich habe Geld gescheffelt und will, daß deine Mutter und deine Schwester sich um nichts zu sorgen brauchen.«

»Dad, wäre es nicht klüger, einen Fachmann dafür anzustellen?«

»Das ist wieder typisch für dich, Ben. Die Verantwortung von dir zu schieben.« Er richtete sich mühsam auf. »Menschenskinder, es ist ja nicht so, als ob ich dich auffordern würde, das Geld zu *verdienen*. Ich bitte dich doch nur, gut zu verwalten, was ich für euch erarbeitet habe. Du wirst bald das Familienoberhaupt sein, Ben, und ich erwarte von dir, daß du dich entsprechend verhältst.«

»Darum hast du mich also kommen lassen«, entfuhr es Ben. »Du wolltest mit mir über Geld sprechen.«

Sein Vater gab ein verächtliches Schnauben von sich. »Ja, und? Was ist so schlimm daran? Hast du etwa gedacht, ich würde dir vom Sterbebett aus meine ganze Lebensweisheit mitteilen?« Er ließ sich wieder zurücksinken. »Na schön, du kannst von mir aus einen klugen Rat haben. Werde nicht alt. Es ist es einfach nicht wert, es macht keinen Spaß, und es ist nicht fair. Sein Leben lang zieht man von Augenblick zu Augenblick weiter. Hier ein glücklicher, dort ein trauriger. Wenn du hart arbeitest, anständig lebst, eine Familie gründest, kannst du hoffen, zwei, drei oder vielleicht vier glückliche Augenblicke am Stück zu erleben. Du willst die Zeit festhalten, für immer im Hier und Jetzt bleiben. Aber das ist nicht möglich.«

Die letzten Worte sprach er schon sehr schleppend. Langsam senkten sich seine Lider. »Dann bist du alt, und dein Leben ist wie ein Buch, das du zu schnell gelesen hast. Außer vereinzelten Bildern und Gedankenfetzen ist dir nichts mehr geblieben, woran du dich erinnern kannst. Fragmente ohne Sinn.«

Er atmete tief aus. »Ich glaube, ich werde jetzt eine Weile schlafen, Ben.«

»Dann gehe ich wohl besser.«

»Nein, bleib. Wenn du gehst, wird deine Mutter reinkommen wollen, aber sie braucht auch Ruhe.«

»Na gut, dann bleibe ich.«

Sein Vater lächelte ihn matt an. Seine Augen klappten nun ganz zu. Er hob die Hand, versuchte, Bens Wange zu berühren, dann fiel sie kraftlos auf das Bett zurück. Im nächsten Moment schlief er bereits und träumte einen Traum, aus dem er nie mehr erwachen sollte.

Das Klappern der Porzellantasse riß Ben aus seinen Gedanken. Er sah auf und merkte, daß seine Mutter ihn unverwandt anstarrte.

»Wie geht es deinem Arm?« wollte sie wissen.

»Ach, gut. Wurde mit ein paar Stichen genäht. Mir wird wahrscheinlich eine Narbe bleiben, aber wegen meines Oberarms hat mich bestimmt noch niemand bewundert.«

»Was hast du jetzt vor?«

»Keine Ahnung«, antwortete Ben wahrheitsgemäß.

»Nun gut, es besteht auch keinerlei Anlaß zu Torschlußpanik. Es ist kein Manko, wenn ein Mann unter dreißig mehrmals den Beruf wechselt. Auch in Nichols Hills nicht.«

»Den Beruf des Anwalts finde ich immer noch schön«, meinte Ben. »Er bietet einem die Möglichkeit, Menschen zu helfen, selbst wenn es manchmal schiefgeht.«

»Nun, Benjamin, wenn du dir sicher bist, daß das dein Weg ist, dann solltest du ihn auch einschlagen.« Sie überlegte kurz. »Weißt du, dein Vater hatte ja nur die eine Sorge, daß du später deine Möglichkeiten vielleicht nicht voll ausschöpfen würdest.«

»Leider kann ich dir da nicht ganz zustimmen.«

»Es stimmt aber. Dein Vater mußte dich immer wieder antreiben, sonst hättest du dich nicht genügend angestrengt.«

»Du stellst ihn ja als einen Altruisten hin.«

Sie seufzte. »Bist du sicher, daß dir nichts fehlt?«

»Doch, ja«, antwortete er zögernd. »Ach, ich weiß nicht. Irgendwie ist das Ganze ein einziger Kuddelmuddel. Trotzdem, so langsam geht es wieder aufwärts.« Er stand abrupt auf. »Tja, ich ...«

»Melde dich diesmal aber ganz bestimmt.«

»Ich werde es versuchen.« Er ging zur Tür, drehte sich dann aber noch einmal um. »Mutter?«

»Ja?«

»Es hat nichts mit dir zu tun. Ich meine ... na ja ... ich liebe dich doch.«

Sie nahm ein Magazin für Innenarchitektur in die Hand und fing an, darin zu blättern. »Ich weiß, mein Lieber.«

2

Die hochgewachsene, schlanke Frau mit dem dünnen blonden Haar war der Kleidung nach zu urteilen weder Krankenschwester, Ärztin noch sonst eine Autoritätsperson. Gleichwohl schien sie hier das Sagen zu haben. Ben erklärte ihr, er sei Anwalt. Auch wenn er Tidwells Namen nicht erwähnte, so hoffte er doch, daß sie ihn für seinen Verteidiger halten würde. Und tatsächlich fiel sie auf den Trick herein. Wahrscheinlich war sie es schon gewöhnt, daß die erfahrenen Strafverteidiger ihre Assistenten herschickten, damit sie die Schmutzarbeit verrichteten. Die Frau deutete auf einen Stuhl, und Ben nahm darauf Platz.

Der Stuhl war gegenüber einer massiven durchsichtigen Acrylwand aufgestellt, die von einem gut einen Meter hohen Sockel bis zur Decke reichte und den Raum in zwei Hälften teilte. Ein in der Mitte angebrachter Metallautsprecher ermöglichte Gespräche zwischen den beiden Seiten. Offensichtlich hielt man Tidwell für hochgradig gefährlich. Ben rieb sich unwillkürlich den verletzten Arm. In diesem Fall wollte er den Behörden nicht widersprechen.

Auf der anderen Seite wurde eine Tür geöffnet, und ein untersetzter Wärter eskortierte Tidwell in den Raum. Statt eines Anzugs trug der Häftling einen etwas zu weiten orangefarbenen Overall. Ben fühlte sich spontan an die Sachen erinnert, die sein Vater immer beim Arbeiten im Garten getragen hatte. Der Wärter führte Tidwell zu einem vor die Acrylwand plazierten Stuhl und bezog sodann im hinteren Teil des Raums neben der Tür Stellung.

Tidwell maß Ben mit einem verächtlichen Blick. »Wissen Sie, warum Anwälte zwölf und nicht sechs Fuß unter der Erde beerdigt werden?«

»Vergessen Sie's. Wegen Ihrer Witze bin ich nicht gekommen.«

»Weil sie so tief unten richtig nett sind«, murmelte Tidwell sichtlich enttäuscht. »Was wollen Sie?«

»Mir eine eigene Meinung bilden.«

»Worüber?«

»Ob Sie wirklich verrückt sind.«

Tidwell verzog die Lippen zu einem Lächeln, das er sich sofort wieder verkniff. Aber nach kurzem Überlegen gelangte er offenbar zu dem Schluß, daß ihm nichts passieren könne, und er gestattete sich ein breites Grinsen. »Natürlich bin ich verrückt. Ich bin doch in der Klapsmühle, oder?«

»Zur Beobachtung«, erwiderte Ben langsam. »Damit die Psychiater beurteilen können, ob Sie überhaupt in der Lage sind, zu erfassen, was man Ihnen vorwirft.«

»Ich muß verrückt sein«, erwiderte Tidwell immer noch grinsend. »Wie könnte man sonst so schreckliche Dinge tun, wie ich sie getan habe? Ich konnte eben nicht zwischen Gut und Böse unterscheiden.«

»Heben Sie sich das für die Geschworenen auf«, knurrte Ben.

»Ich handelte unter einem übermächtigen inneren Zwang. Ich konnte die Tragweite und die Schwere der von mir begangenen Taten nicht ermessen.«

»Herrgott im Himmel, Ihre Anwälte haben Ihnen wohl schon beigebracht, wie man Wahnsinn simuliert!«

Tidwell grinste nur.

»Und Sie sind gerissen genug, um das durchzuziehen«, brummte Ben kopfschüttelnd.

Tidwell starrte ihn mit seinen grünen Knopfaugen an, die, verzerrt durch die wellige Acrylwand, gelb schimmerten.

»Können Sie mir eins verraten, Tidwell?«

Ben wartete auf eine Antwort – vergeblich.

»Ich habe das Puzzle fast fertig, aber ein Teilchen fehlt mir noch. Nachdem ich so dumm war und Ihnen verriet, daß ich Catherine gefunden hatte, fuhren Sie sofort zu ihr raus. Was haben Sie mit ihr gemacht?«

»Ich habe überhaupt nichts gemacht«, erwiderte der andere mit einem selbstgefälligen Feixen.

»Was haben Sie dann *gesagt?* Lassen Sie mich raten. Ich glaube, Sie haben behauptet, Emily sei tot. Sie hätten sie umbringen müssen, um Catherine zu bestrafen. Natürlich! Das hätte ja gereicht! Das hat Catherine den Rest gegeben.«

Tidwells Grinsen wurde noch breiter.

»Sie perverses Dreckschwein!« Ben hielt es im Sitzen nicht mehr aus. Er sprang auf und fing an, vor der Acrylwand hin und her zu laufen. »Auch wenn Sie Catherine die Pillen nicht eigenhändig in den Mund gestopft haben, Sie haben sie umgebracht!«

»Was kümmert das eigentlich Sie?« fragte Tidwell.

»Ich ...« Ben biß sich auf die Lippen. Vor diesem Kerl wollte er nichts von sich preisgeben. »Ich habe sie ein bißchen kennengelernt«, sagte er schlicht. Dann ging er zur Tür und öffnete sie. »Ich hoffe, die vierteilen Sie, reißen Ihnen die Eingeweide raus und schleifen Sie durch die ganze Stadt!«

Tidwell grinste von einem Ohr zum anderen. »Das hoffe ich auch«, sagte er. »Ist das nicht verrückt?« Und er brach in nicht enden wollendes Gelächter aus.

3

»Wenn Sie keine Fragen mehr haben«, sagte Ben, »dann lasse ich Sie jetzt allein, damit Sie die Dokumente in Ruhe durchlesen können.«

Der junge Anwalt stand vor dem langen Tisch im Konferenzzimmer, ihm gegenüber saßen Bertha Adams und Emily. Das Mädchen wirkte ruhig und fröhlich. Binnen eines Monats hatten sich zwei Tragödien um sie herum abgespielt, doch sie hatte so gut wie nichts davon mitgekriegt. Und wenn sie doch etwas gespürt hatte, so war es längst vergessen. Das also ist das Leben im permanenten Hier und Jetzt, dachte Ben.

Er räusperte sich. »Wenn Sie alles gelesen haben, unterschreiben Sie bitte an den angekreuzten Stellen und geben Sie die Dokumente meiner Sekretärin.«

Bertha sah auf und nickte. Sie wirkte heute weitaus lockerer als bei allen vorangegangenen Begegnungen. »Vielen Dank, Mr. Kincaid.«

»Geht schon in Ordnung«, brummte Ben und kehrte in sein eigenes Büro zurück.

Christina wartete bereits auf ihn. Sie trug ihren braunen Minirock und dazu die knallgelben Leggings.

Ben lächelte sie an. »Du hast dich also wieder zur Arbeit zurückgemeldet. Wie geht es dir?«

»Prächtig. *C'est la guerre.*« Sie strich sich das rotblonde Haar aus dem Gesicht. Auf ihrer rechten Wange prangte immer noch ein dünner schwarzer Strich. »Wenn wir uns um jemanden Sorgen machen müssen, dann um dich.«

»Ach, ist das hier gemütlich! Habt ihr noch Platz für einen dritten?« Mike hatte sich unbemerkt genähert und stand jetzt in der Tür.

»Komm rein«, forderte Ben ihn auf. Was hast du zusammen mit deinen Law-and-Order-Fanatikern rausgefunden?«

»Nicht viel«, gab Mike zu. »Bei der Durchsuchung von Tidwells Haus sind wir auf eine Geburtsurkunde gestoßen. Catherine war tatsächlich seine Tochter. Und wir haben einen Trauschein gefunden. Tidwell heiratete vor etwa achtundzwanzig Jahren in Flagstaff. Bald danach kam Catherine zur Welt. Sehr bald danach, wenn du verstehst, was ich meine. Als Catherine sechs Jahre alt war, starb ihre Mutter. Offensichtlich war sie für Tidwell bald mehr als eine Tochter.« Mike zögerte einen Moment. »Er zwang sie, die Funktionen seiner verstorbenen Frau zu übernehmen. Wenige Jahre vor seinem Umzug nach Tulsa wurde Emily geboren.«

»Mein Gott!« ächzte Ben.

»Zur Zeit befragen wir seine damaligen Bekannten und fahnden nach Verwandten«, fuhr Mike fort. »Er ist erst vor zwei Jahren nach Tulsa gezogen. Anscheinend mußte er Flagstaff überstürzt verlassen. Hier in Tulsa hat er Emilys Existenz geheimgehalten. Ihre Herkunft konnte er schlecht preisgeben, sonst wäre ja alles aufgeflogen. Wir haben seine Nachbarn befragt, und die wußten weder von Emily noch von Catherine. Tidwell hielt es offensichtlich für das sicherste, die zwei in einer separaten Wohnung zu verwahren.

Und seine Rechnung ging ja auch lange auf. Emily war ein kleines Mädchen, und Catherine verlor mehr und mehr den Verstand. Ich nehme an, er machte ihr weis, sie würde sterben, wenn sie die Wohnung verließe. Oder er würde Emily etwas antun.«

Christina schüttelte verwirrt den Kopf. »Eins leuchtet mir immer noch nicht ein: Wie ist Emily dann bei Bertha und Jonathan Adams gelandet?«

»Nun, das sind teilweise noch Mutmaßungen, aber ich könnte mir vorstellen, daß Catherine schon vor dem Umzug krank war. Du mußt dir nur die Belastung vorstellen. Jahre der Isolation, des Liebesentzugs, der Verwirrung, der Angst, des sexuellen Mißbrauchs und dazu ständige Schuldgefühle – das hält der gesündeste Verstand nicht aus. Ich glaube, sie wurde zunehmend instabil. Damit wurde sie aber auch gefährlich für Tidwell, der inzwischen einen hohen Posten in seiner Firma bekleidete. Nicht auszudenken, was passieren konnte, wenn sie weglief oder anderen von ihrem Schicksal erzählte! Und dann hatten sie auch noch dieses kleine Mädchen, von dem niemand etwas wußte, aber das ihm aus wer weiß welchem Grund trotzdem etwas bedeutete. Er mußte einen Weg finden, Emily bei sich aufzunehmen, ohne Verdacht zu erregen.«

Jetzt fiel bei Christina der Groschen. »Also hat Tidwell irgendwie dafür gesorgt, daß Jonathan Adams Emily finden mußte.«

»Richtig. Tidwell setzte Emily auf dem Baugrundstück in Jenks aus, an dem seine Firma interessiert war, und wies Adams noch am selben Tag an, es zu inspizieren. Die Entdeckung sah aus wie der reine Zufall. Tidwell rechnete wohl damit, daß Adams das Kind nicht behalten würde oder die Adoption ihm aus Altersgründen verweigert würde. Und da wollte er, der Jüngere, sich als angesehener, wohltätiger Geschäftsmann aufspielen und das Findelkind adoptieren.«

»Das ist doch verrückt!« entfuhr es Christina. »Tausend Dinge hätten schiefgehen können.«

»Offenbar hat es Tidwell nicht so gesehen«, sagte Mike.

»Aber du hast recht. Sein Plan schlug fehl. Es trat etwas ein, das er nicht auf der Rechnung stehen hatte: Adams übergab das Kind nicht den Behörden, obwohl das seine Pflicht gewesen wäre, und er erzählte auch keinem Kollegen davon. Er und seine Frau behielten Emily ganz einfach für sich. Und Tidwell waren die Hände gebunden. Einerseits durfte er keinen Verdacht auf sich lenken, andererseits konnte er die älteren Leute Emily nicht ewig behalten lassen. Jede Wette, daß es kein Nachbar war, der den Adams die Polizei auf den Hals gehetzt hat, sondern Tidwell. Und dann kam seine große Chance, als Adams ihm das Problem anvertraute. Sanguine erfuhr nichts davon, denn Adams haßte ihn. Aber Tidwell war bei allen beliebt. Und Tidwell beauftragte Sanguines Kanzlei mit einem Adoptionsgesuch, von dem er von vornherein wußte, daß es zum Scheitern verurteilt war. Der Rest war nur noch Formsache. Danach brauchte er nur noch abzuwarten, bis er Emily ganz legal an sich reißen konnte.«

Nachdem Mike die ganze Zeit gestanden hatte, setzte er sich auf den Besucherstuhl und steckte lässig die Hände in die Hosentaschen. »Ich habe auch schon mit Derek gesprochen. Er hat mir gesagt, daß Tidwell auf einem jungen Anwalt bestanden hat. Angeblich, um Kosten zu sparen.«

Ben rutschte plötzlich unbehaglich auf seinem Stuhl herum. »Aber in Wirklichkeit ging es ihm um einen unerfahrenen Anfänger, der garantiert baden gehen würde«, murmelte er.

Mike war noch nicht fertig. »Wie Tidwell das mit Brancusci rausgefunden hat, weiß ich noch nicht. Vielleicht hat er was im Büro aufgeschnappt, oder ihm ist das Verschwinden von Dokumenten aufgefallen. Vielleicht hat er aber auch Brancusci nach Dereks Party mit dir zusammen gesehen, Ben. Wie auch immer, er wußte, daß Brancusci hinter die Unterschlagung gekommen war und womöglich sogar sein Geheimnis um Emily und Catherine gelüftet hatte. Der Mann konnte ihn jederzeit auffliegen lassen. Also hat er ihn umgebracht. Tja, Ben, ich bin offen gesagt heilfroh, daß du nicht daheim warst, als er bei dir eingebrochen ist.«

Christina warf einen argwöhnischen Blick in Bens Richtung.

»Was mag Tidwell wohl gedacht haben«, rief Mike mit einem bitteren Auflachen, »als wir bei Sanguine reingeplatzt sind und seinen Boß des Mordes beschuldigt haben?«

»Und ich war so dumm und habe ihm damit gedroht, ich würde Catherine zum Reden bringen«, sagte Ben leise. »Tidwell hatte sie wahrscheinlich längst für hoffnungslos verwirrt und völlig harmlos gehalten. Er wußte überhaupt nicht, wie stark sie noch war oder zu sein versuchte. Und er hatte nie begriffen, daß Catherines Sehnsucht nach ihrer Tochter dafür ausschlaggebend war, daß sie sich einen letzten Funken Verstand bewahrte.« Er zog ein rotes Taschentuch aus der Hosentasche, preßte es an seine Lippen und steckte es wieder ein.

»Im nachhinein kommt es mir fast wie ein Wunder vor, daß er Catherine nicht schon viel früher umgebracht hat«, brummte Mike. »Na ja, vielleicht war er damals noch kein Mörder. Vielleicht hat er sie sogar irgendwie geliebt. In seinem tiefsten Inneren.«

»Es wäre vielleicht besser für sie gewesen, wenn er sie gleich ermordet hätte«, murmelte Ben.

Christina trat hinter Ben und legte zärtlich eine Hand auf seine Schulter. »Ich habe gehört, Tidwell und seine Anwälte wollen Unzurechnungsfähigkeit geltend machen.«

»Traurig, aber wahr«, bestätigte Mike.

»Meinst du, sie kommen damit durch?«

Mike zuckte mit den Schultern. »Es ist schwer, sich einen Wahnsinnigeren vorzustellen.«

»Tidwell wußte, was er tat«, sagte Ben. »Er ist nicht verrückt. Krank, ja, wahnsinnig, nein.«

Mike nickte. »Und doch sah er bei meinem Eintreffen in der Wohnung ganz traurig auf Catherines Leiche hinab. Wie ein Vater. Das wirkte echt. Dabei hatte er sie kurz vorher umgebracht.«

»Aber was haben jetzt die Jahresabschlüsse und die gefälschten Rechnungen mit den Morden zu tun?« fragte Christina.

»Im Grunde nichts«, antwortete Mike. »Das war nur eine andere faule Sache, an der Tidwell beteiligt war. Aber mit einem Teil des unterschlagenen Geldes finanzierte er die Wohnung im Malador, obwohl er sich die paar Kröten gerade noch hätte leisten können. Letztlich hat ihn sein Geiz den Kragen gekostet. Den Löwenanteil aber hat Sanguine für sich abgezwackt. Ratet mal, was er damit gemacht hat! Es wird dir gefallen, Ben. Er hat das Geld dem Reservat gespendet, in dem er aufgewachsen ist. Dort haben sie eine Stiftung geschaffen, die seinen Namen trägt und mit deren Hilfe unterprivilegierten Nachfahren der Ureinwohner Amerikas ein Studium ermöglicht werden soll. Na ja, *sollte* muß es jetzt wohl heißen.«

»Na großartig«, meinte Ben. »Dann werden die Sioux ja nicht sehr gut auf mich zu sprechen sein.«

»Arme Mrs. Adams«, meldete sich wieder Christina zu Wort. »Jetzt werden sich diese Bürokraten vom Jugendamt Emily endgültig schnappen.«

Zu ihrer Verwirrung grinsten Ben und Mike einander an.

»Nein«, sagte Ben schließlich.

»Nein? Warum nicht?«

Bei seiner Antwort drehte sich Ben weg und sah zum Fenster hinaus. »Das war eine ganz komische Sache. Vor ihrem Tod hat Catherine noch ihr Testament geschrieben. Mike und ich haben es gefunden. Darin wünscht sie sich ausdrücklich, daß Bertha Adams Emily adoptieren und aufziehen soll.«

Christina starrte ihn entgeistert an. »Das ist doch völlig unmög… Und das wird anerkannt?«

»Wer würde es anzweifeln? Tidwell ist im Moment mit anderen Dingen beschäftigt, und sonst hat ja niemand ein Interesse. Selbst Sokolosky und die Leute vom Jugendamt würden es nicht wagen, den letzten Willen von Emilys Mutter anzufechten.«

»Aber Catherine war geisteskrank. Nicht zurechnungsfähig."

»Und wer will das bezeugen? Schwester Harriet ist spurlos verschwunden. Ich habe mehrere Stunden mit Catherine verbracht und werde bestätigen, daß sie bei klarem Verstand war. Da müßte schon jemand aufstehen und das Gegenteil beweisen.«

»Kincaid, du bist schwer in Ordnung.« Lächelnd beugte sich Christina über Ben und drückte ihm einen Kuß auf die Wange.

»Anwälte küßt man nicht«, brummte Mike.

In diesem Augenblick klopfte es. Mike stand auf und öffnete die Tür. Es war Maggie.

»Das Exekutivkomitee wartet auf Sie.«

»Ben«, sagte Mike, »und was ist mit ...«

Ben nickte. »Das habe ich nicht vergessen. Maggie, sagen Sie den Herren, daß ich gleich komme. Vorher muß ich aber noch ein paar andere Dinge erledigen.

»Sie wollen Sie aber *jetzt* sprechen«, beharrte Maggie.

»Dann werden die Herren sich eben etwas gedulden müssen. Das macht das Kraut jetzt auch nicht mehr fett.«

Er sah zu seinen Freunden hinüber. »Drückt mir die Daumen.«

Ben steckte den Kopf durch die halb offene Tür in Alvins Büro. »Was dagegen, wenn ich reinkomme?«

Alvin sah von zwei turmhohen Stapeln Bücher und Dokumente auf. »Bitte. Ich wollte auch schon mit dir sprechen, wußte aber nicht, ob du ... Zeit hast.«

Ben trat nun gänzlich ein und nahm auf dem Lederstuhl vor Alvins Schreibtisch Platz. »Ich will dich nicht lange aufhalten. Weißt du, neulich habe ich ziemlich blöd reagiert, als du mir erzähltest, daß du und ...«

»Candy.«

»Genau, Candy.« Ben holte tief Luft. »Alvin, ich hatte unrecht. Wenn sie dich glücklich macht und du dir sicher bist, daß sie die Richtige für dich ist, dann sollst du auch dazu stehen und dich nicht um das Gerede der anderen kümmern.« Er ließ sich erleichtert in den Stuhl zurücksinken. Die ganze Zeit schon hatte er sich entschuldigen wollen.

Doch Alvin blickte ihn ganz merkwürdig an. »Was für

ein Zufall, daß du mich darauf ansprichst. Zwischen uns hat sich nämlich etwas geändert, und das wollte ich dir auch gerade erzählen. Candy und ich haben miteinander Schluß gemacht.«

»Was?«

»Ja. Es hat eben nicht geklappt. Wir haben nicht allzu viele Gemeinsamkeiten, weißt du. Du hast sie doch auch bei Dereks Party gesehen – sie hat einfach nicht dazugepaßt.«

Ben starrte ihn fassungslos an.

»Um ehrlich zu sein, sie hat mich vielleicht sogar benutzt.«

»Nein!« rief Ben in gespieltem Entsetzen.

»Doch. Ich glaube, sie sah in mir die Fahrkarte von den Stripteaselokalen zur Universität.«

»Das ist ja schrecklich. Du hast ihr doch sicher klargemacht, daß sie sich das abschminken kann.«

»Äh, nein. Ich war einverstanden und habe ihr das erste Jahr an der University of Texas finanziert.«

»Mensch, das muß dich ja ein Vermögen kosten!«

»Na ja, ich hielt es nur für richtig. Ich wollte sie doch nicht mit dem kleinen Mädchen im Regen stehen lassen.«

»Eine edle Geste, Alvin.«

»Außerdem hatte sie da noch diese Fotos …«

»Ich will nichts davon hören, Alvin!«

»Ist wahrscheinlich auch besser so. Ich weiß ehrlich gesagt gar nicht, was damals in mich gefahren ist. Ich bin total ausgerastet. Die Leute haben mich alle ausgelacht.«

»Das stimmt doch nicht!«

»Doch. Ich hatte noch Glück, daß ich einigermaßen ungeschoren davongekommen bin. Mit diesem einen dummen Fehler hätte ich mir die ganze Karriere versauen können.«

Ben seufzte. Kein Kommentar.

»Apropos Karriere«, brummte Alvin. »Viel Glück beim Exekutivkomitee.«

»Du hast auch schon davon gehört?«

»Das weiß doch jeder.« Alvin sah auf die Uhr. »Derek war vor zwei Stunden da und hat mich gefragt, was ich über diese Sanguinegeschichte und deine Aktivitäten weiß. Ich habe mich dumm gestellt.« Er senkte den Blick auf seine Dokumente.

»Danke, Al«, murmelte Ben und ging.

Als Ben in Gregs Büro schaute, führte dieser gerade ein sehr lebhaftes Telefongespräch. Trotzdem bemerkte er Ben und winkte ihn zu sich herein. Mit seinem nun schon vertrauten Lächeln deutete er auf den Besucherstuhl.

Nonchalant beugte sich Ben über den Schreibtisch und klaubte ein Haar von Gregs Schulter. »Du verlierst noch deinen Ruf als Playboy, wenn dir das öfter passiert«, murmelte er.

Greg flüsterte ein Dankeschön und führte sein Gespräch fort, während Ben sich setzte und wartete.

Dann endlich legte Greg auf. »O Mann!« stöhnte er. »Die Mandanten blasen einem die Ohren voll, wenn man sie läßt.« Er beugte sich vertraulich vor. »Ich hatte heute gar nicht mit dir gerechnet. Hast du das Exekutivkomitee schon hinter dir?«

»Noch nicht, aber ich bin auf dem Weg dorthin.«

»Viel Glück. Wir stehen alle hinter dir. Moralisch.«

»Schon gut. Deswegen bin ich aber nicht vorbeigekommen.«

»Ach?« Greg rutschte auf seinem Stuhl herum. »Weswegen dann?«

»Ich dachte, du willst mir vielleicht von dieser alten Sache erzählen.«

Greg kniff die Augen fast unmerklich zusammen. »Was für eine alte Sache?«

»Du und Jonathan Adams.«

»Ich habe keine Ahnung, wovon du da sprichst.«

Aalglatt, dachte Ben. Aber nicht überzeugend. Nicht mehr. »Du kanntest ihn doch. Ich meine, von früher. Und du hast ihn auf Anhieb wiedererkannt, als du bei meiner Unterredung mit ihm in mein Büro reingeplatzt bist.«

Greg gab keine Antwort.

»Nachdem wir vom Labor den Bescheid bekamen, daß

die an Adams' Leiche gefundenen Spuren nicht von Tidwell stammen, habe ich mir den Kopf darüber zerbrochen, mit wem alles Adams am Tag vor seinem Tod Kontakt hatte. Es dauerte eine ganze Weile, aber dann bist du mir eingefallen. Du hast so merkwürdig reagiert, als du damals in mein Büro gekommen bist. Adams übrigens auch.« Ben hielt kurz inne. »Einen Teil wußte ich ja schon. Und einiges habe ich durch Recherchen über dich rausgefunden. Den Rest werde ich hoffentlich von dir direkt erfahren.«

Greg fuhr sich mit den Fingern durch die Haare. »Ich fürchte, ich lege keinen gesteigerten Wert auf die Fortführung dieses Gesprächs.«

»Von mir aus.« Ben erhob sich. »Draußen wartet die Polizei auf dich.«

»Es war doch nur ein harmloser Vorfall«, sagte Greg abrupt.

Ben setzte sich wieder.

»Total blödsinnig. Trivial. Es geschah im Haus meiner Verbindung. Da war ich ja noch Studienanfänger.«

»In Kalifornien, nicht wahr?«

Greg sah zu Ben auf. »Richtig. Wir haben uns doch bloß ein paar Höschen geschnappt, verstehst du? Menschenskinder, bei Studentenverbindungen wird so was doch verlangt! Es war wirklich harmlos. Ein kleiner Eingriff ins Privatleben, der eine oder andere schmutzige Witz, ein kurzer Strip und ein paar Fotos – sonst nichts. Aber irgend so eine verkniffene Jungfer holt die Polizei, und wir landen tatsächlich vor Gericht.«

»Erregung öffentlichen Ärgernisses?«

»Ja. Und Einbruch, dazu noch sexuelle Belästigung. Und nur, weil ich als Vorsitzender meiner Verbindung einer der Anstifter gewesen sein soll. Es war schrecklich. Wir hatten Anwälte. Unsere Eltern kamen, dazu ein paar Pressefritzen, und alle redeten sich wegen nichts und wieder nichts die Köpfe heiß. Na gut, wir bekannten uns der Erregung öffentlichen Ärgernisses schuldig und kamen deshalb mit einer Bewährungsstrafe davon. Aber vorbestraft war ich trotzdem. Du weißt selbst, was das für mich hieß.«

Ben dachte kurz nach. »Das hieß, man würde dich nicht zum Examen zulassen. Kein Anwalt oder Richter darf sich sexuelle Übergriffe leisten – und seien sie noch so harmlos. Wahrscheinlich hätte dich jede Hochschule abgelehnt. Und selbst wenn du in irgendeiner Provinzuni untergekommen wärest, hättest du nie einen Job gefunden. Vor allem nicht bei den Kanzleien, die dich interessieren.«

»Eben«, stieß Greg bitter hervor. »Mein ganzes Leben lang wollte ich immer nur Anwalt werden. Das war mein großes Ziel! Darauf hatte ich hingearbeitet! Und plötzlich stand ich nach den Jahren des Lernens und Planens vor dem Nichts! Wegen einer Lappalie!«

»Aber was hat das mit Adams zu tun? Ich kann mich erinnern, daß er mal eine Versetzung nach Kalifornien erwähnt hat.«

Greg nickte. »Adams gehörte dem Gremium an, das sich mit der Sache befaßte. Er selbst war zwar kein Angehöriger der Uni, aber das Direktorat hatte die freie Wirtschaft in das Campusleben mit einbinden wollen und spekulierte wohl vor allem auf großzügige Spenden. Auf alle Fälle belegte das Gremium unsere Verbindung mit einer empfindlichen Strafe und suspendierte mich zusammen mit zwei Freunden für ein Semester vom Studium.«

»Soll das heißen, du wolltest dich wegen der Suspendierung an ihm rächen?«

»Rede doch keinen Unsinn, Ben! Den Rauswurf habe ich längst abgehakt. Ich bin einfach in einen anderen Staat gezogen und habe meine Vornamen miteinander vertauscht. Jetzt heiße ich eben Greg John und nicht mehr John Greg. Das Grundstudium habe ich dann in New Mexico absolviert und bin zum Hauptstudium nach Texas gegangen. Danach bin ich hierher gezogen und habe eine Anstellung bei Raven, Tucker & Tubb gefunden. Im Oktober lege ich das Staatsexamen ab. Dann kann ich auch vor Gericht plädieren. Weil ich nicht wußte, ob meine Fingerabdrücke noch im Polizeicomputer gespeichert sind, habe ich irgend so einem Arsch zwanzig Dollar gegeben, damit er seine Pfote auf meine Bewerbung drückt. Es ging wie geschmiert.

Keine Fragen, keine Probleme. Keiner wußte über meine Vergangenheit Bescheid.«

»Bis du Adams über den Weg gelaufen bist.«

»Bis Adams daherkam. All die Jahre des ständigen Umziehens, Lügens und Lernens sollten umsonst gewesen sein, nur weil so ein dämlicher alter Mann zur falschen Zeit am falschen Ort aufkreuzte.«

»Und darum hast du ihn getötet.«

Greg lehnte sich zurück. »Tut mir leid, Ben. Das Gespräch ist beendet.«

»Du hast bestimmt versucht, Adams zum Stillhalten zu überreden«, setzte Ben nach. »Darum hast du dich mit ihm im Red Parrot verabredet. Aber er war zu korrekt, um sich auf einen Kuhhandel mit dir einzulassen. Er gehörte eben noch zum alten Schlag. Also hast du ihn umgebracht.«

Greg biß sich auf die Lippen.

»Ich glaube, du trugst an diesem Abend deinen weißen Kamelhaarmantel. Denselben, den du tagsüber in der Kanzlei anhattest. Deswegen hat sich Crazy Jane, die Pennerin, in ihrem Suff eingebildet, sie hätte eine riesige weiße Taube gesehen. Jede Wette, daß du dir den schönen weißen Mantel dabei verdorben hast. Immerhin hast du ja wie ein Verrückter auf Adams eingestochen.« Er legte eine Pause ein. »Und bei seinem Mord an Brancusci imitierte Tidwell deine Methode, um die Polizei zu verwirren.«

Greg massierte sich das Kinn. »Dafür hast du keinerlei Beweise.«

»Doch. In meiner Hand.« Ben hielt Greg das Haar, das er ihm vorhin von der Schulter geklaubt hatte, unter die Augen. »Man wird feststellen, daß dieses Haar von derselben Person stammt wie dasjenige, das an Adams' Leiche gefunden wurde.«

»Das ist kein schlüssiger Beweis!« rief Greg.

»Das werden wir ja sehen.«

Greg griff nach dem Hörer. »Ich rufe besser einen Anwalt.«

»Gute Idee. Darf ich dir einen Rat geben? Nimm dir keinen aus dieser Kanzlei.« Ben schickte sich zum Gehen an. In der Tür drehte er sich aber noch einmal um. »Eine letzte Frage noch. Es geht um die Verabredung mit Adams ... Hast du dabei meinen Namen benutzt?« Er trat wieder einen Schritt näher. »Und als Adams losging, um sich abschlachten zu lassen, glaubte er da, er würde mich treffen?«

»Willst du es wirklich wissen?«

»Nein«, erwiderte Ben. »Sag's mir lieber nicht.«

Im Konferenzzimmer saßen acht ernst dreinblickende Herren. Am Kopfende des langes Tisches thronte Derek, der offenbar den Vorsitz führte. Vor ihm lagen mehrere maschinengeschriebene Bögen. Rechts von Derek hockte Arthur Raven. Soweit Ben das beurteilen konnte, schlief er tief und fest. Die übrigen Mitglieder des Rats saßen jeweils zu dritt in den zwei Längsreihen.

Niemand sah bei Bens Eintreten auf. Derek deutete lediglich stumm auf den Stuhl am anderen Ende des langen Tisches, und der junge Anwalt nahm Platz.

Derek räusperte sich. »Zweifellos wissen Sie bereits, warum Sie hier sind, Kincaid. Ich brauche das Ganze also nicht unnötig in die Länge zu ziehen. Das Exekutivkomitee ist gestern zusammengetreten und hat beschlossen, Ihr Anstellungsverhältnis zu beenden.

Bens Augen waren starr auf einen Punkt in der Mitte des Tisches gerichtet. »Darf ich mich nach dem Grund erkundigen?«

»Machen Sie es nicht schwerer, als es ohnehin schon ist. Ich denke, die Gründe sind Ihnen bekannt.«

»Ich würde sie aber gerne von Ihnen hören.«

»Na schön, dann tue ich Ihnen den Gefallen.« Derek legte die Handflächen auf den Tisch und begann, eine offenbar vorbereitete Erklärung abzugeben. »Erstens: fortgesetzte Mißachtung der Anweisungen Ihres Vorgesetzten, das heißt mir.«

»Nie ohne Grund.«

»Das tut nichts zur Sache. Zweitens: Obwohl ich Sie in den letzten Wochen mit diversen Fällen beauftragt habe, einige davon mit dringenden Fristen, haben Sie diese größtenteils ignoriert und sich eigenmächtig auf eine andere Sache konzentriert. Und selbst da waren Ihre Bemühungen höchst unprofessionell – so etwas in Rechnung zu stellen, wäre jedenfalls für jeden Mandanten unzumutbar. Sie haben sich der groben Fahrlässigkeit schuldig gemacht, und das ist eine der schwerwiegendsten Verletzungen des Verhaltenskodex für Anwälte.

Aufgrund Ihrer Jugend und Unerfahrenheit sehen wir jedoch davon ab, Sie bei der Anwaltskammer anzuzeigen. Da Raven, Tucker & Tubb andererseits einen hervorragenden Ruf zu verlieren hat, können wir es uns nicht leisten, Ihresgleichen bei uns zu beschäftigen.«

»Ist das alles?« Nach außen hin wirkte Ben gelassen. Es kostete ihn jedoch große Mühe, seine Wut zu bezähmen.

»Nein. Drittens: Sie haben die Treuepflicht gegenüber Ihren Klienten Joseph Sanguine und Sanguine Enterprises verletzt. Statt sich engagiert für deren Belange einzusetzen, haben Sie in Wirklichkeit gegen ihre Interessen gehandelt. Auch das ist ein schwerer Verstoß gegen den Verhaltenskodex.«

Auf einmal sah Ben Derek fest in die Augen. »Sie haben einen Mandanten verloren, nicht wahr?«

»Verdammt noch mal, ja!« Zum erstenmal wich Derek von seinem vorbereiteten Text ab. »Eine langjährige fruchtbare Beziehung! Von Sanguine Enterprises allein bezog Raven im letzten Geschäftsjahr circa dreiundzwanzig Prozent seiner Einkünfte. Und Sie haben das alles kaputtgemacht! Wollen Sie wissen, wie viele *Millionen* wir Ihretwegen abschreiben müssen? Ahnen Sie nicht, daß Sie diese Kanzlei lahmgelegt haben? Neben den Anwälten beschäftigen wir über dreihundert Mitarbeiter, deren Lebensunterhalt von den Einkünften dieser Firma abhängt. Ich weiß nicht, wie wir Sanguines Wegfall kompensieren können. Keine Gehaltserhöhungen, soviel ist sicher. Hoffentlich müssen wir niemanden entlassen.« Er funkelte Ben bitterböse an. »Wie wollen Sie das unseren Mitarbeitern erklären, Mr. Kincaid?«

»Ich werde ihnen sagen, daß ich nach bestem Wissen und Gewissen gehandelt habe.«

Derek schlug wütend mit der flachen Hand auf den Tisch. Kurz klappten Ravens Augenlider auf, doch dann fielen sie wieder zu, und er schlief weiter.

»Joseph Sanguine hat mir erzählt, er habe Sie nach dem Einbruch in seinem Büro zusammen mit einer unbekannten Frau davonlaufen sehen.«

»Joseph Sanguine wußte, daß ich hinter seine Machenschaften gekommen war«, konterte Ben. »Das ist ja auch der Grund, warum er mich kaufen wollte.«

Derek sprang erregt auf. »Joseph Sanguine sagt des weiteren, Sie und Ihr Freund bei den Cops seien in sein Büro eingedrungen und hätten ihn des Mordes bezichtigt.«

Darauf erwiderte Ben nichts.

»Das war ein Irrtum, Mr. Kincaid. Ein tragischer Irrtum.«

»Das ist wahr«, sagte Ben leise. »Ich hatte mich getäuscht.«

»Einen Tag, nachdem dieser Mann Ihnen einen Posten als Hausjurist angeboten hat, danken Sie es ihm auf solch schäbige Weise. Das ist der Gipfel der Unverschämtheit! Einen Tag, nachdem wir alle gedacht hatten, wir hätten unsere Partnerschaft mit Sanguine Enterprises auf eine dauerhafte Basis gestellt!«

»Sind Sie noch bei Trost?« brauste Ben auf. »Der einzige Grund, warum er mir dieses Angebot gemacht hat, war, daß er mich zum Schweigen bringen wollte. Es war ein Bestechungsversuch, nichts anderes!«

»Wenn Sie es über sich gebracht hätten, dieses Angebot anzunehmen, wäre die Partnerschaft zwischen Raven und Sanguine für alle Zeiten zementiert gewesen. Doch Sie haben alles zunichte gemacht.«

Ben trommelte auf einmal mit den Fingern auf der Tischplatte. »Da liegt also der Hase im Pfeffer. Das Gefasel von Verstößen gegen den Verhaltenskodex ist nur vorgeschoben.« Er musterte nacheinander die steinernen Gesichter der übrigen Teilhaber. »Ich habe mir gar nichts zuschulden kommen lassen. Aber Sie haben einen Mandanten verloren. Ihren Goldesel. Und jetzt brauchen Sie einen Sündenbock. Einen, auf den Sie alles schieben können, wenn Sie dem Rest der

Belegschaft erklären, warum weniger Geld fließt. Und da ist Ihre Wahl auf mich gefallen.«

Derek tat so, als hätte er das nicht gehört. »Natürlich halten wir unsere zweiwöchige Kündigungsfrist ein. Wir wollen nicht unfair sein.«

»Nein, danke. Ich gehe sofort.« Ben stand auf. »Ach, Dick?«

»Ja?«

»Ihr Toupet verrutscht schon wieder.«

Derek faßte sich mechanisch an den Kopf. Als seine Hand zurückzuckte, war es bereits zu spät.

Ben wackelte schelmisch mit dem Zeigefinger. »Drangekriegt!«

4

Um fünf Uhr hatte Ben den Großteil seiner Habseligkeiten in Kartons verstaut. Viel hatte sich in der kurzen Zeit ohnehin nicht angesammelt. Das meiste waren Gesetzeskommentare und Unterlagen aus seiner Studienzeit. Später sollten Büroboten alles zu ihm in die Wohnung bringen.

In seinem Rücken hörte er ein schüchternes Räuspern. Vor der Tür standen Bertha und Emily.

»Haben Sie die Unterlagen gelesen und unterschrieben?« fragte er.

»Ja«, erwiderte Bertha.

»Dann geben Sie sie einfach Maggie. Sobald der Richter sie unterschrieben hat, wird man Ihnen eine beglaubigte Kopie schicken. Ich würde sie Ihnen gerne persönlich bringen, aber ich gehöre der Kanzlei nicht mehr an.«

Verlegenes Schweigen trat ein. Bertha wollte etwas sagen, fand aber nicht die rechten Worte. Schließlich faßte sie sich ein Herz. »Ich … ich glaube, ich weiß, was Sie geleistet haben … für mich jedenfalls.« Sie sah auf Emily hinab. »Für uns. Dafür wollte ich mich ganz herzlich bei Ihnen … bedanken.« Sie stieß Emily sanft an.

»Ich auch«, sagte das kleine Mädchen lächelnd. »Danke, Mr. Kincaid.«

Bertha ergriff Emilys Hand und verließ mit ihr das Büro.

Schmunzelnd packte Ben das letzte Buch ein und versiegelte den Karton mit einem breiten Klebeband. *Danke, Mr. Kincaid.*

Auf einmal erstarrte er. *Danke, Mr. Kincaid?* Sie hatte sich seinen Namen gemerkt! Sie waren über eine Stunde lang getrennt gewesen, und Emily hatte ihn nicht vergessen!

Übers ganze Gesicht lächelnd verließ Ben sein Büro. Er fühlte sich glücklich. Zum Teufel mit Derek und Konsorten! Emily hatte sich seinen Namen gemerkt!

Vor dem Aufzug traf Ben Christina. Sie fuhren zusammen hinunter und gingen gemeinsam zur Garage.

»Sie haben mich gefeuert«, sagte er.

»Ich weiß«, antwortete sie.

»Natürlich! Ich hätte es mir gleich denken können. Wahrscheinlich hast du es sogar schon gestern gewußt.«

»Na ja ... sagen wir es mal so: Ich hatte es vermutet. Was mich betrifft«, fügte sie im Weitergehen hinzu, »so finde ich es alles andere als richtig, wie sie mit dir umgesprungen sind. Darum habe ich gekündigt. Aus Protest.«

»Du hast gekündigt?«

»Du hast dich nicht verhört.«

»Mein Gott, Christina! Das kannst du doch nicht machen!«

»Du siehst doch, daß ich es kann.«

»Glaubst du denn, du findest so schnell eine neue Stelle?«

»Ich hab' schon eine.«

Ben starrte sie entgeistert an. »So schnell?«

»Natürlich. Ich habe erst gekündigt, als ich mir den neuen Job ausgesucht hatte. Hältst du mich etwa für dumm?«

»Alles andere als das«, brummte Ben. »Ich weiß nur nicht, ob ich hier in Tulsa so schnell etwas anderes finden kann. Die Bonzen von Raven werden mich sicher überall anschwärzen. Wahrscheinlich muß ich wegziehen.«

»Ach, ich weiß nicht«, meinte Christina. »Nach Rosen duften die hohen Herren nach dieser Schmutzaffäre auch nicht gerade. Wetten, daß sie schön brav den Mund halten. Sogar Derek. Du findest garantiert wieder was.«

»Dein Wort in Gottes Ohr.«

»Aber es kann vielleicht eine Weile dauern. Sag mal, ich nehme nicht an, daß du in der kurzen Zeit etwas Geld beiseite gelegt hast ...«

»Fast nichts. Wenigstens ist die Miete bis Monatsende bezahlt. Danach ...«

Christina blieb stehen. »Ich habe eine schlechte Nachricht für dich, Ben. Heute ist der letzte.«

Ben blinzelte sie erschrocken an. »Wirklich? Ach ja, stimmt wohl. Ich habe jedes Zeitgefühl verloren.«

»Ich habe eine nette Wohnung, Ben. Nichts Aufregendes, aber mehr als ausreichend. Wenn du willst, kannst du eine Weile bei mir wohnen.«

»Christina ...«

»Keine Angst. Eine Romanze ist damit nicht verbunden. Du kannst auf der Couch schlafen, und in der Nacht darfst du sogar Licht brennen lassen. Und um deinen Ruf brauchst du dich auch nicht zu sorgen. Mama wird nichts erfahren. Von meiner Seite dringt kein Wort nach Nichols Hills.«

Ben wirkte immer noch nicht überzeugt. »Christina ...«

»Es war doch nur ein Vorschlag. Niemand zwingt dich.«

»Hör auf, Christina!« Er packte sie an den Schultern und sah ihr eindringlich in die Augen. »Ich will dich nicht ausnützen.«

»Ach was, nütz mich ruhig aus. Das Leben ist kurz. Also los!«

Plötzlich mußten beide grinsen.

»Hey, rate mal, was passiert ist!« rief Ben unvermittelt und strahlte sie an. »Sie hat sich meinen Namen gemerkt!«

Christina legte verwirrt die Stirn in Falten, bis sie endlich begriff, was er meinte. »Wie schön«, lächelte sie.

Arm in Arm gingen sie weiter zu Bens Honda. Vielleicht waren Glückwünsche tatsächlich angebracht. Eigentlich hätte er nach diesem Rauswurf Niedergeschlagenheit empfinden müssen. Statt dessen war er unbeschreiblich beschwingt. Und das flaue Gefühl in der Magengrube war mit einem Schlag verschwunden. Vielleicht, so dachte er für sich, hatte er doch etwas richtig gemacht, obwohl alles andere ein glatter Reinfall gewesen war. Vielleicht war es gut so, wenn er sich auf einmal glücklich fühlte. Es dauerte ohnehin nur einen Moment. Und was war das Leben schon – außer einer Abfolge von Momenten?

DANKSAGUNG

Ich hatte das Glück, daß ich mich beim Verfassen dieses Buches im richtigen Moment auf freundliche Ratgeber mit enormem Fachwissen verlassen konnte. Mein besonderer Dank gilt Kathy Humphries und Belinda Cuevas für ihre Mithilfe bei der Fertigstellung des Manuskripts; Dave Johnson, von dem ich so viel über die Arbeit der Polizei erfuhr; Mark und Dixie Banner, die mich nicht minder klug berieten und mir wertvolle Tips in medizinischen und psychologischen Fragen gaben. Auch die Schriften von Oliver Sacks und A. R. Luria möchte ich hier erwähnen. Ihren Forschungen auf dem Gebiet neurologischer Erkrankungen verdanke ich wertvolle Anregungen. Vor allem aber bin ich meiner Frau Kirsten dankbar. Sie war immer an meiner Seite und ist für mich die Quelle alles Guten.

William Bernhardt